JN153257

日本近代文学年表

鼎書房

凡　例

一　本書は大学・短期大学の文学史のための教材として編集した。また高等学校の生徒や一般の文学愛好者にも使用できるように配慮した。

一　作品の採択にあたっては、翻訳・大衆文学・児童文学・学問的業績などについて、可能な限り留意した。

一　作品名、書名は初出どおりとした。また副題は必要と思われるもののみに記した。

一　作者名は初出の形を生かすとともに、一般的な表記に通じるよう工夫した。

例　〈逍遙〉　坪内雄蔵＝坪内逍遙

〈美妙〉　美妙斎主人＝山田美妙

露伴→〈幸田〉露伴

など。（ただし見開きページ内では最初の項以外は省略した。）

一　作品の同一月の配列は雑誌・新聞・単行本の順とし、単行本のみ「　」をつけた。
一　月二回以上発行の雑誌は発行日まで記した。
一　改題など必要な場合は※印で注記した。
一　明治初期の作品で難読のものについては、巻末に読みを付した。
一　雑誌・新聞の項目については、主要なものに限り廃刊年月（日）を記した。
一　採択にあたり可能な限り実物と照合した。
一　なお本年表の礎稿は、明治元年～同二十四年を木谷喜美枝、明治二十五年～同四十四年を大屋幸世、明治四十五（大正元）年～同十五（昭和元）年を石割透、昭和二年～同二十年を中島国彦、昭和二十一年～同五十五年を石崎等がそれぞれ分担し、さらに平成元年までは全員で討議をし決定稿とした。
　また平成二年から二十三年までの増補分は、鳥羽耕史が担当し、全員の討議を経て決定稿とした。

日本近代文学年表

明治元年（1868）

小説

「薄緑娘白波」全八編（仮名垣魯文・青盛堂）孟春～4年

「厚化粧万年島田」全十一編（為永春水＝染崎延房・紅英堂）孟春～10年

「春色玉襷」全三編（弄月亭有人＝條野採菊・文鱗堂）大呂

「自雷也豪傑譚」第四十三編（柳水亭種清・甘泉堂）※月未詳

「室町源氏胡蝶巻」第十三編～第二十六編（柳亭種彦＝高畠藍泉・紅英堂）※月未詳～15年

「白縫譚」第五十六編・第五十七編（柳亭種彦・菊寿堂）※月未詳　第六十三編～第九十編は柳水亭種清

詩歌・戯曲・評論

「歎涕和歌集」全四篇（宮地維宣編・刊）孟春

「殉難前草」（城兼文編・文正堂）初夏

「殉難後草」（城（青雲閣）兼文編・青雲閣）初夏

「興風集」（久坂通武・松下村塾）10

「蓮月式部二女和歌集」（大田垣蓮月、高畠式部・金屏堂）12

「西洋経済小学」上・下（イリス、神田孝平訳）3※「経済小学」（慶応三年）の再版

「立憲政体略」（加藤弘蔵＝加藤弘之・谷山楼）8

「訓蒙窮理図解」上・中・下（福沢諭吉・慶応義塾）初秋

社会動向・文学事象・その他

王政復古の大号が出され、鳥羽伏見の戦いに旧幕府軍敗れる（戊辰戦争のはじまり）1

五ヶ条の御誓文の発布4

徳川慶喜、江戸城を明け渡し、水戸に幽居4

上野彰義隊の乱5

江戸を東京と改む7

会津藩白虎隊飯盛山に自刃8

明治と改元し、一世一元を制定10

この年、江戸草紙合巻の刊行盛ん

この年、維新に殉じた勤皇の志士らの顕彰として、歌集、詩文集の刊行あいつぐ

＜創刊＞「中外新聞」（柳川春三ら）2・24　「江湖新聞」（福地桜痴ら）4・3～5・22　「もしほ草」（岸田吟香ら）4・11

＜歿＞二世柳亭種彦　寺門静軒　大隅言道　橘曙覧

＜生＞清水紫琴　内田魯庵　山田美妙　徳冨蘆花　北村透谷　三宅花圃　遅塚麗水　白痴

戦争と平和（トルストイ）～一八六九（ドストエフスキィー）

明治2年（1869）

小説

「誠忠義士烈女銘々伝」（山々亭有人＝條野採菊編・大島屋伝右衛門）春

「七不思議葛飾譚」第十編（柳亭種彦・紅英堂）※月未詳

詩歌・戯曲・評論

「殉難遺草」（城兼文編・文正堂）4

「殉難続草」（兼文・文正堂）6

「平野国臣歌集」（平野国臣・柏原屋）季夏

「頭書大全世界国盡」全六冊（福沢諭吉・慶応義塾）8

「蘭学事始」（杉田玄白・杉田鶚廉）1

「匏菴十種」（栗本鯤化鵬＝栗本鋤雲・九潜館）1

「交易問答」上・下（加藤弘之・谷山楼）4

「西洋聞見録前篇」（村田文夫編述・井筒屋勝次郎外）12※後篇4年1

社会動向・文学事象・その他

新政府、小学校設立を奨励2

新聞紙印行条例制定、民間新聞の発行許可2

東京遷都3

榎本武陽ら、五陵閣の戦いに敗れる5

藩籍奉還を許し、旧藩主を知事に任命6

開拓使の設置7

開成所を大学南校、医学校を大学東校と命名2

この年、仙台をはじめ各地に農民一揆おこる

和歌御会始の開催（歌会始の復興）1

前島密、国字国文改良を集議院に建議5

この年、実学尊重の風潮広まる

福地桜痴、日新社創設、中江兆民らが学ぶ

＜創刊＞「六合雑誌」3・20　「俳諧新聞誌」（萩原乙彦ら・「俳諧新聞」改題）5

＜歿＞横井小楠

＜生＞塩井雨江　大町桂月　川上眉山　大橋乙羽　江見水蔭　木下尚江　馬場孤蝶

感情教育（フローベール）パリの憂鬱（ボードレール）マルドロールの歌（ロートレアモン）断崖（ゴンチャロフ）

明治3年（1870）

「柳蔭月廼朝妻」全六編（山々亭有人・紅英堂）新春～5年
「万国航海 西洋道中膝栗毛」全十五編（仮名垣魯文・万笈閣）9～9年3※十二編以下は総生寛
「金花七変化」第二十七編～第三十編（鶴亭秀賀・金松堂）※月未詳　第二十八編以下は仮名垣魯文
「北雪美談時代加賀見」第四十編～第四十八編（為永春水・若林堂）※月未詳～16年　初編安政3年

「海人の苅藻」（大田垣蓮月・辻本仁兵衛）初夏
「真政大意」上・下（加藤弘之・谷山楼）7
「西国立志編」全十一冊（斯邁爾斯＝スマイルス、中村敬太郎＝中村敬宇訳・木平謙一郎）7～4年7※「自助論」の訳
「西洋事情」二編（福沢諭吉・尚古堂）10※一編は慶応二年初冬
「西洋紀行 航海新説」（中井桜洲・万笈閣）※月未詳

東京・横浜間電信開通1
国旗を日の丸に決定1
種痘の全国実施始まる4
普仏戦争始まる7
フランス革命がおこり共和制を宣言9
平民に苗字許可される9
森有礼、教育制度研究のため渡米10
日本で最初の日刊紙「横浜毎日新聞」創刊12
徴兵制の発布12
この年、本木昌造、西洋式活版術を完成
仮名垣魯文「西洋道中膝栗毛」の好評により一時的に戯作界活気を呈す9
西周が育英舎を開設、「百学連環」を講義12
〈創刊〉「横浜毎日新聞」12
〈歿〉細木香以　柳川春三
〈生〉金子筑水　伊原青々園　巌谷小波　笹川臨風　菊池幽芳　堺利彦　田岡嶺雲　小金井喜美子　宮崎滔天　戸川秋骨
悲劇の誕生（ニーチェ）　ディッケンズ歿

明治4年（1871）

「藪黄鸝八幡不知」全五編（山々亭有人・紅英堂）初春
「松飾徳若譚」全七編（仮名垣魯文・青盛堂）初春～5年
「菊模様皿山奇談」全三編（三遊亭円朝作話、山々亭有人綴・若栄堂）孟春
「牛店雑談 安愚楽鍋」全三編（仮名垣魯文・誠之堂）卯月～5年春
「釈迦八相倭文庫」第五十八編～第六十編（万亭応賀・錦重堂）※月未詳～5年

「類題新竹集」上・中・下（猿渡容盛・玉巌堂）2
「夕日岡月次集」（伊達千広編・椋園）4
「神妙集」（亀井玆監・自家版）5
「ふもとのましば」（小山敬容・野呂直貞）12

ドイツ帝国成立1
郵便規則制定1
出版条例制定1
パリ・コンミューン成立を宣言3
戸籍法の制定5
我が国初の金本位制による新貨条例の制定6
廃藩置県の詔書出さる7
文部省の設置7
斬髪廃刀令8
正午号砲（ドン）開始9
津田うめら、我が国初の女子留学生渡米11
仮名垣魯文「安愚楽鍋」により新時代に対応する作家として地位を確立
〈創刊〉「新聞雑誌」5
〈歿〉大国隆正　井上文雄
〈生〉高山樗牛　島村抱月　朝永三十郎　横山源之助　木村曙　太田玉茗　国木田独歩　藤野古白　幸徳秋水　土井晩翠　前田曙山　田山花袋　徳田秋声
ルーゴン・マッカール叢書（ゾラ）～一八九三　悪霊（ドストエフスキー）

	明治5年 (1872)	明治6年 (1873)
小説	「河童相伝 胡瓜遣」初編（仮名垣魯文・万笈閣）孟春 「倭国字西洋文庫」（仮名垣魯文・紅木堂）孟春 「今朝之春三組盃」全三編（三遊亭円朝作話、山々亭有人＝條野採菊綴・青盛堂）春 「理解新文 豊稔五穀祭」（万亭応賀・仙鶴堂）5 「大洋新話 蛸入道魚説教」（仮名垣魯文・存誠閣）6 「魯敏孫全伝」（斉藤了庵訳・香芸堂）8 「寓言かたわ娘」（福沢諭吉・福沢屋諭吉）9 「大鈍託新文鬼談」（万亭応賀・山崎屋清七）※月未詳 「聖愚新文 聖人肝潰志」（万亭応賀・栄久堂）※月未詳	「通俗伊蘇普物語」（無盡蔵書斎主人＝渡辺温訳・自家版）2 「和談三才図笑」（万亭応賀・仙鶴堂）3 「当世利口女」（服部氏＝万亭応賀・山崎屋清七）3 「復古夢物語」（松村春輔、文永堂）全八編 春麗～9年 「芳香余談 二葉廼風」全三巻（瓜生政和・錦森堂）仲夏 「分根正札 知恵秤」全三号（万亭応賀・仙鶴堂）5～7年 「江湖機関西洋鑑」初編（岡丈紀・万笈閣）10 「訓蒙話草」上巻・下巻（福沢英之助訳・自家版）12 ※イソップ物語の抄訳
詩歌・戯曲・評論	「首書絵入 世界都路」（仮名垣魯文・万笈閣）6 「自由之理」一～五（彌爾＝ミル、中村敬太郎＝中村敬宇訳・吉川半七他）2 「西洋新書」（瓜生政和＝梅亭金鵞編・宝生堂）2～8年 「学問ノスヽメ」全十七編（福沢諭吉・自家版）2～9年11 擬泰西人上表（無署名＝中村敬宇・新聞雑誌）8 「童蒙をしへ草」全三編（チャンブルス、福沢諭吉訳・尚古堂）夏 「西洋料理通」上巻・下巻（英人撰述、仮名垣魯文編・江島喜兵衛）秋	「小学 暗誦十詞」（福沢諭吉・須原屋他）2 「横文字百人一首」（黒川真頼撰・文淵堂）3 「文明開化 童戯百人一首」（総生寛撰・椀屋喜兵衛）8 「西国立志編 巻之二 其粉色陶器交易」（佐橋富三郎・村上勘兵衛他）1 「三則教の捷径」（仮名垣魯文・中西源八）7 「第一文字之教」（福沢諭吉・自家版）8 「文明開化」初編（加藤祐一口述・柳原喜兵衛）9 ※第二編7年5月
社会動向・文学事象・その他	戸籍簿が編纂され、皇族・華族・士族・平民の身分が定められる1 土地永代売買の禁解除3 兵部省を廃し、陸海軍両省を設置4 学制を発布し、義務教育制度を実施8 新橋・横浜間鉄道開通10 太陽暦の採用（陰暦5年12月3日を新暦6年1月1日とする）12 徴兵令の発布12 福沢諭吉「学問のすすめ」などによる実学尊重の啓蒙活動いよいよ盛んとなる2 教部省、三条の教憲発布4 仮名垣魯文ら、三条の教憲に対し「著作道書上げ」を提出し、戯作者の自粛が始まる7 <創刊>「東京日日新聞」（「毎日新聞」の前身）2・21 「郵便報知新聞」6・10～27年12・25 <生> 島崎藤村 樋口一葉 佐佐木信綱 岡鬼太郎 岡本綺堂 武島羽衣 アルルの女（ドーデー）	切支丹禁制を解除2 中村正直ら、同人社を設立2 外人との結婚を許可3 森有礼、明六社の結成を首唱7 地租改正条例の布告7 開成学校、九月に始まる二期制を採用9 祝祭日を定め、休暇とする10 征韓論破れ、西郷隆盛参議などを辞職10 内務省の設置11 郵便はがき・封嚢、発売される12 この年、徴兵令反対の騒動各地におこる 加藤祐一の高圧的論張が民衆の反感をかう <創刊>「まいにちひらがなしんぶん」（前島密ら）2・15 <歿> 八田知紀 <生> 岩野泡鳴 平田禿木 河東碧梧桐 与謝野鉄幹 綱島梁川 姉崎嘲風 津田左右吉 登張竹風 泉鏡花 小島烏水

明治7年（1874）

「阿玉ヶ池櫛月形」全三編（山々亭有人＝條野採菊、為永春水・紅英堂）孟春
「柳橋新誌」第二編（成島柳北・山城屋政吉）2
「近世紀聞」全十二編（條野伝平＝條野採菊・金松堂）3～15年2※第二編以下は染崎延房
「東京新繁昌記」全六編（服部誠一・山城屋政吉）4～9年4
「開化自慢」（山口又市郎・柳原嘉兵衛）6
「佐賀電信録」上巻・下巻（神奈垣魯文＝仮名垣魯文編・名山閣）9
「日本女教師」（服部応賀＝万亭応賀・山城屋清七）10
「近世あきれ蟇」（服部応賀・小説社書林）11
「台湾外記」（染崎延房編・永保堂）12

「義烈回天百首」（染崎延房編・金松堂）9
「讃美歌」（スタウト・ディヴィス編・ダッチリフォームト教会、メソジスト教会）11
民選議院ヲ設立スルノ疑問（加藤弘之・日新真事誌）2
洋字ヲ以テ国語ヲ書スルノ論（西周・明六雑誌）3
福沢先生ノ論ニ答フ（加藤弘之・明六雑誌）3
「百一新論」上・下（西周・山本覚馬）3
平仮名ノ説（清水卯三郎・明六雑誌）5
妻妾論（森有礼・明六雑誌）5～8年2
「京猫一斑」（成島柳北・山城屋誠吉）5
知説（西周・明六雑誌）7～12
「致知啓蒙」上・下（西周・自家版）7
「国体新論」（加藤弘之・稲田佐兵衛）12

京橋・新橋間に鉄道馬車開通1
東京警視庁設置1
板垣退助ら、愛国公党結成、民選議院設立を左院に建白1
江藤新平らによる佐賀の乱起こる2
板垣退助ら、高知に立志社を起こす4
台湾出兵5
北海道屯田兵制度を設ける6
総合的啓蒙雑誌の先駆「明六雑誌」創刊、ローマ字論、民選議院論争、学者職分論争などを展開3
森春濤、東京下谷に茉莉吟社を開く10
「東京日日新聞」「朝野新聞」などの大新聞に対して、小新聞「読売新聞」創刊11
この年、成島柳北、服部撫松、萩原乙彦らによる東京新風俗紹介の繁昌記もの続出
＜創刊＞「明六雑誌」（森有礼、加藤弘之ら・明六社）3～8年11　「朝野新聞」（成島柳北編集）9・24　「読売新聞」（日就社・隔日刊、8年5・1より日刊）11・2～
＜生＞高浜虚子　河井酔茗　佐藤紅緑　児玉花外　上田敏　上司小剣　田沢稲舟

明治8年（1875）

「開巻驚奇暴夜物語」上巻・下巻（永峯秀樹訳・奎章閣）2※アラビアンナイトの訳
「怪化百物語」一（高畠藍泉・和泉屋市兵衛）2※二は5月
「寄笑新聞」全十一冊（橋爪錦造＝梅亭金鵞編・寄笑社）3～5
「事情明治太平記」全二十四編（村井静馬編・延寿堂）3～14年1
「報国やまと魂」（染崎延房・延寿堂）4
「近世桜田奇聞」三輯（松村春輔編・武田文永堂）4～9年5
岩田八十八の話（無署名・平仮名絵入新聞）12・28～30

「近世報国百人一首」（転々堂藍泉＝高畠藍泉編・政栄堂）1
「如是我観」（津田真道・瑞穂屋卯三郎）1
善良ナル母ヲ造ル説（中村正直・明六雑誌）3
「西洋開化小史」上巻（ギュイザウ＝ギゾー、室田充美訳・印書局）3※下巻5月
「文明論之概略」全六冊（福沢諭吉・自家版）4
「心理学」第一・二巻（奚般＝ヘブン、西周訳・文部省）4※第三巻9年9月
西語十二解（西村茂樹・明六雑誌）5
文論（無署名＝福地桜痴・東京日日新聞）8
国政転変ノ論（箕作麟祥・万国叢話）10

東京女子師範学校開校2
東京府内にガス灯竣工3
元老院、漸次立憲政体樹立の旨を詔勅4
千島樺太交換条約調印5
新島襄、京都に同志社英学校開校11
徴兵令改正、国民皆兵となる11
讒謗律及び新聞紙條令公布、言論弾圧強化6
この年、「仮名読新聞」など、小新聞の創刊が相次ぎ、戯作者が復活、つづき物に腕を揮う
＜創刊＞「平仮名絵入新聞」（高畠藍泉編集）4・17　「東京曙新聞」6・2　「仮名読新聞」（仮名垣魯文編集）11・1
＜歿＞本木昌三　大田垣蓮月
＜生＞田口掬汀　小栗風葉　服部躬治　柳田国男　大塚楠緒子　長谷川如是閑　瀬沼夏葉

アンナ・カレーニナ（トルストイ）

明治9年（1876）

小説

天路歴程（バンヤン・村上俊吉訳・七一雑報）4～10年8

「開明小説 春雨文庫」全八編（松村春輔編・文永堂）4～14年※三編以下は和田定節編

「一大奇書 書林之庫」（田島象二・玉粮堂）7

名古屋帯旅寝の虚解（無署名・仮名読新聞）11・4～9

「絵本 熊本太平記」初号～三号（篠田仙果・山本平吉）11

「天草島優名之会合」（篠田仙果・山本屋）11

詩歌・戯曲・評論

「明治歌集」全八巻（橘東世子編・橘道守）1～23年1※第六巻より橘道守編　第二～三巻金花堂刊、第四巻より椎本文庫刊

「新編 俳諧題鑑」（横山利平、不去庵幹雄校訂・東京俳門書屋）2

「改正 讃美歌」（熊野雄七編・十字屋書舗）5

「埋木廼花」上・下（高崎正風編・宮内省）9

「日本文典」上巻・下巻（中根淑・森屋治兵衛）3

「学者安心論」（福沢諭吉・自家版）4

龍動繁昌記（桜州山人・郵便報知新聞）8・9～14

書語口語同ジキヲ欲スルノ説（和田文・同人社文学雑誌）12

社会動向・文学事象・その他

海老名弾正ら、熊本バンドを成立1

日曜休日、土曜半休の制定3

廃刀令3

札幌農学校開校8

熊本神風連の乱、秋月の乱、萩の乱起こる10

工部省管轄の美術学校成立11

国安を妨害する新聞雑誌の発行禁止を布告7

坪内雄蔵、愛知より上京8

フォンタネージ来日8

この年、植木枝盛、成島柳北を初め、新聞記者の禁獄刑八十余件にのぼる

＜創刊＞「新文詩」（森春濤編集）2　「東京新誌」（服部誠一主宰）4　「近事評論」6　「同人社文学雑誌」（中村敬宇主宰）7

＜生＞蒲原有明　押川春浪　近松秋江　金子薫園　尾上柴舟　相馬黒光　長谷川天渓　太田水穂　島木赤彦

トム・ソーヤの冒険（マーク・トウェイン）

半獣神の午後（マラルメ）

明治10年（1877）

小説

「鹿児島戦争記」（篠田仙果・当世堂）3

「弥生之雪 桜田実記」（篠田久次郎＝篠田仙果・当世堂）6

和蘭美政録 楊牙児ノ奇獄（クリステマイエル、神田孝平訳・花月新誌）9～11年2

「西南鎮静録」（沼尻絓一郎・万笈閣）9

文珠知恵 三人同行（迂流散人＝梅亭金鵞・団団珍聞）11～11年7

鳥追お松の伝（無署名・仮名読新聞）12・10～11年1・10

詩歌・戯曲・評論

「明治現存 三十六歌撰」（山田謙益編・雪吹屋）6

「歌留かや集」上・中・下（松波資之編・自家版）11

「利学」（彌留＝ミル、西周訳・島村利助、鳩居堂）5

「日本開化小史」全六巻（田口卯吉・丸屋善七）9～15年10

「民訳論」全四冊（蘆騒＝ルソー、服部徳訳・島村利助外）12

「恕軒文鈔」初編（信夫粲＝信夫如軒・奇文欣賞書楼）12※二編15年5　三編21年12

社会動向・文学事象・その他

西郷隆盛らによる西南戦争起こる2～9

旧開成所、医学校を合併、東京大学とする4

クラーク、札幌農学校を去る4

博愛社（現日本赤十字社）設立5

第一回内国勧業博覧会、上野で開催8

学習院創立10

コレラ全国に流行、死者八千名にのぼる10

明治学院創立11

初の夕刊紙「東京毎夕新聞」創刊11

西南戦争に関する著述流行

＜創刊＞「花月新誌」（成島柳北主宰）1～17年10　「頴才新誌」（陽箕二主宰）3　「団団珍聞」（田島象二ら）3　「魯文珍報」（仮名垣魯文編集）11

＜歿＞木戸孝允

＜生＞柳川春葉　中村吉蔵　薄田泣菫　窪田空穂　伊良子清白　平田百穂

処女地（ツルゲーネフ）　居酒屋（ゾラ）

明治11年（1878）

「鳥追阿松海上新話」全三編（久保田彦作・錦栄堂）1
「英国龍動新繁昌記」（マレー、丹羽純一郎＝織田純一郎訳・坂上半七）4
「夜嵐阿衣花廼仇夢」全五編（岡本勘造＝岡本起泉・金松堂）6～11
「新説八十日間世界一周」前・後（ジュル・ヴェルヌ、川島忠之助訳・丸屋善七）6～13年6
金之助の話説（無署名＝前田香雪・東京絵入新聞）8・21～9・12
妄想未来記（梅亭蕩人＝梅亭金鵞・驥尾団子）9～11
「小倉山青樹栄昔日新話」（泉龍亭是正・延寿堂）10～12年3
「欧州奇事花柳春話」全五冊（リットン、丹羽純一郎訳・坂上半七）10～12年4
「新未来記」（ヂヲスコリデス、近藤真琴訳・青山清吉）12

「開花珍奇詩文集」（藤原元親編・錦鼓堂）5
「瀧のしぶき」上・下（黒田清綱編・金華堂）5
「明治詩文歌集」（岡村邁編・同盟書楼）5
「志濃夫廼舎歌集」全五巻（橘曙覧、井手今滋編・稲田佐兵衛外）8
「開花新題歌集」第一編（大久保忠保編・金花堂）11※第二編13年11月
「福沢文集」一編（福沢諭吉・松口栄造）1※二編12年
「奚般氏心理学」上巻（ヘーブン、西周訳・文部省）2※下巻12年
「柳北奇文」上・下（成島柳北、西山喜内編・明八堂）3
「西洋品行論」全十二冊（斯邁爾斯＝スマイルス、中村正直訳・珊瑚格）6～12年
「画入通俗民権百家伝一～三」（島田三郎訳・薔薇楼）8
「通俗国権論」（福沢諭吉・自家版）9
「通俗民権論」（福沢諭吉・自家版）9
社会党鎮圧法（社説・東京日日新聞）12・16

パリ万国博覧会に参加5
大久保利通、島田一郎らに暗殺される5
陸軍士官学校設立6
近衛兵二百余名、西南戦争論功行賞及び減俸に対する不満から反乱（竹橋事件）8
参謀本部設置12
この年、明治5年の大火で焼失した銀座に、れんが街完成
依田学海らが団十郎、菊五郎らに演劇改良の必要を説く4
新富座開場、劇場の新富座時代始まる6
フェノロサ来日、東京大学哲学教師となる8
坪内雄蔵、東京大学文学部本科に進み、ホートンの英文学講義を受く9
市川団十郎、活歴を試み始める10
この年、戯作復興の気運生じ、「驥尾団子」「月とスッポンチ」などの戯作雑誌続出
翻訳小説出始む
「開花新題歌集」など、新題歌流行
〈創刊〉「有喜世新聞」（栗本鋤雲ら）1・3「妙々雑俎」（田島象二編輯）5「芳譚雑誌」（高畠藍泉主宰）7「芸術叢誌」（週刊）10「驥尾団子」（団々社）10「月とスッポンチ」（篠田仙果主宰）10「風俗新誌」（萩原乙彦編集）10
〈生〉横瀬夜雨　吉野作造　松根東洋城　有島武郎　平出修　斉藤野の人　鏑木清方　真山青果　千葉亀雄　寺田寅彦　与謝野晶子
家なき子（マロー）人間的な、あまりに人間的な（ニーチェ）～79

明治12年（1879）

小説

「菊種延命袋」（久保田彦作・錦栄堂）1～13年9
水錦隅田曙（伊東専三・有喜世新聞）2・22～4・19
「高橋阿伝夜叉譚」全八編（仮名垣魯文・金松堂）2～4
「其名も高橋毒婦の小伝 東京奇聞」全七編（岡本勘造＝岡本起泉・島鮮堂）2～4
「雪月花三遊新話」（篠田仙果・山村金三郎）5
「欧州小説 哲烈禍福譚」全八冊（フェヌロン、宮島春松訳・太盛堂）5～13年6
「欧州奇話 寄想春史」全三編（リットン、丹羽純一郎訳・山中市兵衛）6～13年3
「格蘭氏伝倭文賞」全三編（仮名垣魯文・金松堂）7
「島田一郎梅雨日記」全五編（岡本起泉・島鮮堂）6～12
「巷説児手柏」初篇（転々堂主人＝高畠藍泉・文永堂）9※後編12月

詩歌・戯曲・評論

「僧良寛歌集」（村上恒二郎編・小林二郎）3
「民権田舎歌」（植木枝盛、「民権自由論」附録・集文堂）4
「奇題百詠」（細川春流・小林二郎）7
「由良牟呂集」一・二（大熊弁玉・岡野良哉、犬山周三編・西口忠助）12
人間万事金世中（リットン、福地桜痴訳、河竹新七脚色・歌舞伎新報）2
霜夜鐘十字辻筮（河竹其水・歌舞伎新報）12～13年7
「ちまたの石ふみ」上・下（拝郷蓮茵述・正宝堂）3
「民権自由論」（植木枝盛・集文堂）4
「百科全書 修辞及華文」（チェンバー、菊池大麓訳・文部省）5
「民情一新」（福沢諭吉・自家版）8
「開化本論」上・下（吉岡徳明編・弘道社）11

社会動向・文学事象・その他

東京学士会院（現日本学士院）設立、福沢諭吉、初代会長となる1
二世河竹新七、新富座で初の翻案物「人間万事金世中を上演2
東京法学社（現法政大学）設立2
東京府会開会（府県会の初め）3
琉球藩を廃し、沖縄県を置く4
東京招魂社を靖国神社と改称6
学制を廃し、教育令を制定9
文部省に音楽取調掛を設置10
大阪での愛国社大会において、国会開設の上奏を決議、自由民権運動昂まる11
新聞の読み売り禁止12
この年、コレラ全国に蔓延、死者十万人に及ぶ
高橋阿伝、夫と情夫殺害により斬罪に処せられ、小新聞、毒婦お伝の記事掲載に端を発し、実録物流行1
「読売新聞」、社説欄として読売雑譚の欄を設ける1
柴四朗（東海散士）、アメリカへ留学1
初の全編活版による「巷説児手柏」刊行9
この年、新訳聖書全巻和訳完成

<創刊>「大阪朝日新聞」（社主村山龍平）1・25「東京経済雑誌」（田口卯吉主宰）1「歌舞伎新報」（久保田彦作ら）2～30年3「浪華叢談・薫蕕具佐」（津田貞編輯・大阪朝日新聞社）10「嚶鳴雑誌」（末広重恭主宰）10「東京横浜毎日新聞」（社主沼間守一）11・18「いろは新聞」（仮名垣魯文主宰）12・4

<生>　臼田亜浪　正宗白鳥　長塚節　山川登美子　長谷川時雨　河上肇　永井荷風

ナナ（ゾラ）　エゴイスト（メレディス）　カラマーゾフの兄弟（ドストエフスキー）　人形の家（イプセン）　赤い部屋（ストリンドベリ）

明治13年（1880）

名広沢辺萍（無署名＝花笠文京・いろは新聞）1・7～4・2
「鵞瓈皤児回島記」（スウィフト、片山平三郎口訳、九岐晰筆記・玉山堂）3
「九十七時二十分間月世界旅行」全二十巻（ジュルスベルン＝ジュール・ベルヌ、井上勤訳・二書楼）3～14年3
「春風情話」（スコット、橘顕三訳・中島精一）4※実際は坪内逍遙訳
「坂東彦三倭一流」（岡本起泉・島鮮堂）4～8
「民権演義情海波瀾」（戸田欽堂・聚星館）6
「吉野一重咲丸岡八重咲恋相場桜花夜嵐」全三編（猫々道人＝仮名垣魯文・金松堂）6～14年8
「沢村田之助曙草紙」初編～五編（岡本起泉・島鮮堂）7～10
「冠松真土夜暴動」前編・後編（武田交来録・錦寿堂）10
「開巻驚奇龍動鬼談」（リットン、井上勤訳・世渡谷文吉）11
「瑞西独立自由の弓弦」（シルレル、斉藤鉄太郎、白水増吉訳・三余堂）12※「ウイルヘルム・テル」の訳
「二万里海底旅行」（ジュールス＝ベルヌ、鈴木梅太郎訳・山本）※月不詳

「類題明治和歌集」上・下（朝比奈泰吉編・万笈閣）5
「千草の花」（高崎正風編・宮内省）6
「明治開化和歌集」上・下（佐々木弘綱編・山中市兵衛）7
民権かぞへ歌（植木枝盛・世益雑誌）12
「民権国家破裂論」（井上勤・二友書楼）1
「民権弁惑」（外山正一・自家版）3
「利用論」上・下（ミル、渋谷啓蔵訳・山中市兵衛）3
「斯氏教育論」（スペンセル＝スペンサー、尺振八訳・文部省）4
文明開化は小説を害す（足薪翁＝高畠藍泉・芳譚雑誌）5
「言論自由論」（植木枝盛・愛国社）7
人民ノ国家ニ対スル精神ヲ論ズ（植木枝盛・愛国新誌）11
平仮名国会論（小室信介＝小室案外堂・大阪朝日新聞）12・1～26
「花柳事情」一～三（酔多道士＝田島象二・弘令社）12

愛国社、国会期成同盟と改称3
集会条例制定4
東京大学文学部第一回卒業生誕生（井上哲次郎、岡倉天心ら）7
教育令改正12
新聞界の功労者ブラック（英）歿す6
国安妨害、風俗壊乱と認められる新聞、雑誌の発行を停止または禁止する旨布告10
キリスト教主義総合雑誌「六合雑誌」創刊、清新な内容により歓迎さる10
国歌「君が代」（林広守作曲）初演11
この年、翻訳小説が隆盛し、政治小説が台頭
〈創刊〉「愛国志林」（植木枝盛編集）3　「臥遊席珍」（高橋源吉主幹）4　「親釜集」5　「世益雑誌」（植木枝盛編輯）9　「六合雑誌」（小崎弘道、植村正久ら）10～大10年12　「江湖新報」（服部誠一主宰）11　「東京輿論新誌」（週刊）11　「東京事情」（服部誠一主筆）12　「俳諧・明倫雑誌」（社主三森幹雄）12
〈生〉武林無想庵　田中貢太郎　茅野雅子　吉江喬松　津田青楓　厨川白村　山川均
脂肪の塊（モーパッサン）　ピノッキオの冒険（コルローディ）
フローベール　G・エリオット歿

明治14年（1881）

小説

「川上行義復讐新話」全二編（岡本起泉・島鮮堂）1～2
「冬楓月夕栄」全三編（雑賀柳香＝彩霞園柳香・金松堂）1～3
「幻阿竹噂廼聞書」全三編（岡本起泉・島鮮堂）1～5
春色雙木の花（夢柳子＝宮崎夢柳・高知新聞）2・22～3・30
岡山紀聞筆の命毛（転々堂主人＝高畠藍泉・芳譚雑誌）4～15年3
「西国烈女伝」（田島任天＝田島象二・弘令社）5
「席旗群馬嘶」全三編（彩霞園柳香編・金松堂）5～10
「仏国情話 五九節操史」全三巻（チューマ、松岡亀雄訳・温故堂）6
「明治烈婦伝」（松村桜雨＝松村春輔・文永堂）6

詩歌・戯曲・評論

「花仙堂家集」（松波資之、松浦辰男編）2
「明治三十六歌撰」（岡田伴治編・刊）4
「忘具」上・下（村山松根・山本彦兵衛）5
「柳園詠草」上・下（石川依平・平尾八束）6
「讃美歌」（デニング編・英国監督会派日本凾館教会）8
「開化新題和歌梯」（佐佐木信綱編・文言堂）9
「小学唱歌集」初編（文部省音楽取調掛編・文部省）11
天衣紛上野初花（無署名＝河竹黙阿弥・歌舞伎新報）3
「嶋鵆月白波」上巻・中巻・下巻（河竹黙阿弥・歌舞伎新報社）11
「社会平権論」全六巻（斯辺珂＝スペンサー、松島剛訳・報告社）5～17年2
稗史小説ノ利益ヲ論ズ（玩球少年＝中島勝義・鳳鳴新誌）6
稗史小説ノ結構及ビ功用ヲ論ズ（香夢楼主人＝三木愛花・東京新誌）10～12
航西日乗（濹上漁史＝成島柳北・花月新誌）11～17年8

社会動向・文学事象・その他

明治法律学校（現明治大学）創立1
神田、日本橋など一万戸余焼失、明治年間東京第一の大火となる1
内務省警保局、新聞雑誌等の納入を命ず2
憲兵条例公布3
初の管弦楽演奏、東京女子師範学校で行われる5
開拓使官有物払下げに反対の大隈重信罷免さる（十四年の政変）、また大隈罷免に反対し矢野文雄、犬養毅、高田早苗ら辞職10
国会開設を明治二十三年とする旨の詔勅10
板垣退助ら、自由党を結成10
この年、書生節流行
この年、自由民権運動盛ん
「東洋自由新聞」創刊、我が国で初めて「自由」の二字を紙名に使用3
加藤弘之、東京帝国大学初代総理となる7
官学系学者による科学的啓蒙雑誌「東洋学芸雑誌」創刊10
二世河竹新七、引退を声明、黙阿弥と改称11
この年、翻訳文学不振
この年から翌年にかけて、スペンサーなどの進化思想が全盛となる

＜創刊＞「東洋自由新聞」（西園寺公望社長、中江兆民主筆）3・18「東洋学芸雑誌」（杉浦重剛、井上哲次郎ら）10～昭5年12「信濃毎日新聞」（「信濃日報」改題）11

＜生＞森田草平　小山内薫　大須賀乙字　会津八一　岩波茂雄　橋口五葉　小杉放庵（未醒）

ある婦人の肖像（H・ジェイムス）　王子と乞食（トウェイン）　幽霊（イプセン）
ドストエフスキー　カーライル歿

明治15年（1882）

「良政府談」（モーア、井上勤訳・兎屋思誠堂）2
「恨瀬戸恋神奈川」全二編（岡本起泉・島鮮堂）2〜3
「〈魯国奇聞〉烈女之疑獄」（杣田策太郎抄訳・由己社）4
「薫兮東風英軍記」（戸田鉄研＝戸田欽堂・増田三郎）4
「〈民権泰斗〉板垣君近世紀聞」（中島市平・金松堂）5
「〈欧州情譜〉群芳綺話」（ボッカス、大久保勘三郎訳・博聞社）6
自由乃凱歌（デューマ、宮崎夢柳訳・絵入自由新聞）8・12〜16年2・8
冤桂乃鞭笞（〈宮崎〉夢柳・絵入自由新聞）9・1〜10・28
「虚無党退治奇談」（ヴェルニエ、川島忠之助訳・自家版）9
「哲爾自由譚―一名自由之魁」前編（シルレル、山田郁治訳・廿泉堂）10
「〈革命余聞〉勇婦テレーズ」（エルクマン・シャートリアン、河津祐之、小宮山天香訳・日本立憲政党新聞）11・5〜16年2・13
「〈仏国革命起源〉西洋血潮小暴風」（デューマ、百華園主人＝桜田百衛訳・絵入自由新聞社）12

ハムレット（シェキスピーヤ、尚今居士＝矢田部良吉訳・東洋学芸雑誌）3
「〈新撰俳諧〉明治歳時記栞草」（三森幹雄編・東京錦城書楼）3
抜刀隊（ゝ山外山正一訳・東洋学芸雑誌）5
「〈千題千首〉明治歌集」（大野定子編・駒井友三郎）6
「新体詩抄」初編（外山正一、矢田部良吉、井上哲次郎・丸屋善七）8※第二編12月
「新体詩歌」第一集〜第五集（竹内節編・徴古堂）8〜16年9
思ひやつれし君（勝海舟訳・東洋学芸雑誌）11
「民権自由論」二編（植木枝盛・東萍館）2
民約訳解（妻騒＝ルソー、中江篤介＝中江兆民訳・政理叢談）3・10〜16年9・5
「時事大勢論」（福沢諭吉・慶応義塾出版社）5
「〈倍因氏〉心理新説」第一〜第四（ベイン、井上哲次郎抄訳・同盟社）8〜11
清治湯の講釈（春の屋おぼろ＝坪内逍遙・東京絵入新聞）9・13〜12・24
「美術真説」（フェノロサ、大森惟中訳・龍池会）10
「人権新説」（加藤弘之・自家版）10
「人権新説駁論」（矢野文雄＝矢野龍溪・畑野林之助）12

画家ビゴー来日1
中島信行、小室信介（小室案外堂）ら、立憲政党を結成2
伊藤博文、憲法調査のため渡欧3
大隈重信らの東洋議政会を中心に立憲改進党結成3
上野博物館開館3
福地源一郎ら、立憲帝政党を結成3
自由党総理板垣退助、遊説先の岐阜で刺客に襲われ、小室信介の演説により〈板垣死すとも自由は死せず〉の名句伝わる4
樽井藤吉ら東洋社会党を結成8
東京専門学校開校10
福島県自由党員の政府転覆計画発覚（福島事件）11
この年、西周、憲法を草案
高畠藍泉、三世柳亭種彦を襲名1
西洋のポエトリー移入による、我が国初の近代詩集「新体詩抄」初編刊行、〈新体詩〉の流行を生み、「新体詩歌」などこれに追随8
加藤弘之、「真政大意」「国体新論」を絶版とし、反天賦人権論に転向、そのため自由民権論者から攻撃を受ける10
この年、政治熱最高潮に達し、魯国虚無党、仏蘭西革命に関する翻訳政治小説が隆盛
この年、馬琴、春水などの翻刻が盛んとなる
〈創刊〉「政理叢談」（中江兆民ら）2「時事新報」（福沢諭吉ら）3「日の出新聞」4・1「絵入自由新聞」（桜田百衛、宮崎夢柳ら）9・1〜23年11・15「内外政党事情」（「江湖新聞」、「東洋事情」合併改題）10・18
〈歿〉岡本起泉　鷲津毅堂　橘東世子　武田交来
〈生〉川田順　石井柏亭　小川未明　生田長江　金田一京助　斎藤茂吉　野口雨情　渡辺水巴　瀧田樗陰　青木繁　生方敏郎　鈴木三重吉　野村胡堂　有島生馬
散文詩（ツルゲーネフ）　日記（アミエル）
ロングフェロー　ダーウィン　エマルソン
歿

明治16年（1883）

小説

「天下無双人傑 海南第一伝記 汗血千里の駒」（烏々道人＝坂崎紫瀾・七陽新聞）1・24～9・27
「開明奇談 写真廼仇討」（伊東専三・滑稽堂）3
「斉武名士 経国美談」前編（矢野文雄＝矢野龍渓纂訳補述・報知社）3※後編17年2
昔語千代田刃傷（須藤南翠・開花新聞）4・7～8・30
「露国奇聞 花心蝶思録」（プシキン、高須治助訳・法木徳兵衛）6※「太尉の娘」の抄訳
「全世界一大奇書」全十冊（井上勤訳・報告堂）7※「アラビアンナイト」の訳
「勤王為経 民権為緯 新編大和錦」（小室案外堂・日本立憲政党新聞）8・11～11・11
「茨木阿瀧紛白糸」（土屋南翠＝須藤南翠・東勝堂）8
「亜非利加内地 三十五日間空中旅行」全七冊（ジュールスベルネ、井上勤訳・絵入自由出版社）8～17年2
「福島奇聞 自由夜話」（箕輪勝編・金松堂）9
「阿国民造 自由廼錦袍」（桜田百衛・日進堂）9
「西洋珍説 人肉質入裁判」（西基斯比耶＝シェークスピア、井上勤訳・今古堂）10※「ベニスの商人」の訳
「絶世奇談 魯敏孫漂流記」（ヅフヲー、井上勤訳・長尾景弼）10
「経世指針 鉄烈奇談」（フェネロン、伊沢信三郎訳・白梅書屋）12

詩歌・戯曲・評論

「小学唱歌集」第二編（文部省音楽取調掛編・文部省）3
「明治英名百首」（福城駒太郎編・文盛堂）5
「欧州戯曲 ジュリアス・シーザルの劇」（無署名＝河島敬蔵・日本立憲政党新聞）2・17～4・11
「天賦人権論」（馬場辰猪・自家版）1
「天賦人権弁」（植木枝盛・栗田信太郎）1
「倫理新説」（井上哲次郎・文盛堂）4
政事に関する稗史小説の必要なるを論ず（無署名・絵入自由新聞）8・26～29
「東洋民権百家伝―一名日本義人伝」全三帙（小室信介＝小室案外堂編・見光新聞出版局）8～17年6※二帙より「東洋義人百家伝」と改題
小説文体（蓼汀迂史＝坪内逍遙・明治協会雑誌）9～10
「東京妓情」全三冊（酔多道士＝田島象二・同楽野楼）10
「維氏美学」上冊（ウエロン、中江篤介＝中江兆民訳・文部省編輯局）11※下冊17年3

社会動向・文学事象・その他

東京電燈会社創立2
新聞紙条例、出版条例が改正され、言論弾圧強化4
「官報」、太政官文書局より刊行開始さる7
伊藤博文、欧州より帰国8
三池炭坑、高島炭坑で坑夫暴動9
大井憲太郎、奥宮健之ら、人力車夫を組織し、車界党を結成、即日禁止さる9
麴町に鹿鳴館落成11

板垣退助、ユーゴーの勧めによる西欧小説を大量に持参し欧州より帰国、翻訳小説の隆盛をもたらす6
正岡子規、松山から上京6
かな文字運動の諸団体合同、かなのくわいを結成7
坪内逍遙、東京大学を卒業し、東京専門学校講師となる9
若林玵蔵、林茂淳ら、筆記法研究会結成8
北村透谷、東京専門学校政治科入学9
奥宮健之ら、自由講談を演述9
寄席取締規制改正10
岸田俊子（中島湘烟）、大津で「函入娘」「結婚の不完全」を演説、拘引さる10
この年、井上勤、翻訳に活躍

〈創刊〉「絵入朝野新聞」1・22 「吾妻新誌」（服部撫松主宰）3 「かなのみちびき」5 「かなのまなび」8 「河北新報」8 「大日本美術新報」（持主大内青巒）11

〈殁〉桜田百衛 岩倉具視

〈生〉人見東明 魚住折蘆 秋田雨雀 志賀直哉 高村光太郎 茅野蕭々 水野葉舟 北一輝 佐々木邦 相馬御風 前田夕暮 小寺菊子 阿部次郎 野上豊一郎 岡田八千代 安倍能成

女の一生（モーパッサン） 残酷物語（リラダン） 宝島（スチィーヴンソン） 赤い花（ガルシン） 民衆の敵（イプセン）
ワグナー、マルクス、ツルゲーネフ殁

明治17年（1884）

「泰西活劇春窓綺話」上・下（スコット、服部誠一纂述・阪上半七） 1 ※実際は坪内逍遙、高田早苗訳
「勤王佐幕巷説二葉松 前篇」（宇田川文海・駸々堂） 1 ※後篇2
「六万英里海底紀行」（ジュールスベルヌ、井上勤訳・博聞社） 2
「政党余談春鶯囀」全四編（ビスコンスフォールド侯、関直彦訳・坂上半七） 3～9
「仏蘭西太平記鮮血の花」（デュマ、宮崎夢柳訳・自由燈） 5・11～9・23
「該撒奇談自由太刀余波鋭鋒」（シエキスピヤ、坪内雄蔵訳・東洋館） 5
「惨風悲雨世路日記」（菊亭香水・東京稗史出版社） 6
「仏国革命修羅の衢」（紫瀾漁長＝坂崎紫瀾訳・自由新聞） 7・9～12・12 ※ユゴー「九十三年」の訳
「島衛沖白波」（伊東橋塘＝伊藤専三・滑稽堂） 7
「独逸奇書狐の裁判」（ゲーテ、井上勤訳・絵入自由出版社） 7
「怪談牡丹燈籠」全十三冊（三遊亭円朝演述、若林玵蔵筆記・東京稗史出版社） 7～12
「自由艶舌女文章」（案外堂主人＝小室案外堂・自由燈出版局） 9
「虚無党実伝記鬼啾啾」（ステプニヤック、宮崎夢柳訳・自由燈） 12・10～18年4・3 ※「地底のロシア」の訳

孝女白菊詩（井上哲次郎・「巽軒詩鈔」鈎玄堂） 2
「小学唱歌集」第二編（文部省音楽取調掛編・文部省） 3
「井上文雄翁家集」全三冊（井上文雄・別所平七） 4
「俳諧絵入八百題」（〈雪中庵〉梅年、〈其角堂〉永機・求古採新書房） 4
「松のした露」（勝安房＝勝海舟編・自家版） 6
「蜻蛉集（Poemes Dela Libellule）」（西園寺公望、ゴーチェ訳） ※月未詳 「古今集」の訳
漢字を廃すべし（外山正一・東洋学芸雑誌） 2～4
「一局議院論」（植木枝盛・自由新聞社） 3
稗官者流（妙々道人魯叟＝仮名垣魯文・芳譚雑誌） 9
歌学論（末松謙澄・東京日日新聞） 9・10～18年2・3
「文明東漸史」（藤田茂吉・報知堂） 9
「真理一斑」（植村正久・警醒社） 10
「東京大家十四家集評論乾・坤」（海上胤平・晩成堂） 11

東京商業学校（現一橋大学）創立3
学習院、宮内省管轄の官立学校となる4
自由党員、群馬県下で蜂起（群馬事件） 5
日本鉄道開業、上野・高崎間開通6
華族令公布（公侯伯子男の五等制定） 7
自由党員、茨城県下で蜂起（加波山事件） 9
自由党解散10
自由党員、農民ら、埼玉県下で蜂起（秩父事件）10
自由党員の名古屋鎮台襲撃計画発覚（飯田事件）12
金玉均、日本へ亡命12
北村透谷、政治学習社静修館で大矢正夫を知る1
井上哲次郎、原田直次郎、ドイツへ、黒田清輝、フランスへ留学2
フェノロサら、鑑画会結成2
森鷗外、陸軍衛生制度調査を命ぜられ、ドイツへ留学8
<創刊>「自由燈」（星亨ら）5 「女学新誌」6 「かなのしるべ」（かなのくわい）7 「改進新聞」（「開化新聞」改題、須藤南翠ら）8
<歿>笠亭果仙（三世） 成島柳北
<生>白柳秀湖 山村暮鳥 中村星湖 片上伸 小宮豊隆 長谷川伸 吉植庄亮 田村俊子 宮地嘉六 荻原井泉水 竹久夢二 下村湖人 辻潤 楠山正雄
さかしま（ユイスマン） ハックルベリ・フィンの冒険（マーク・トウェイン） サッポー（ドーデー） 私有財産及び国家の起源（エンゲルス）

明治18年（1885）

小説

「(円朝叢談)塩原多助一代記」全六編（三遊亭円朝演述、若林玵蔵速記・速記法研究会）1〜3

「(開巻悲憤)慨世士伝」前篇（ロルド、リットン、逍遙遊人＝坪内逍遙訳・晩青堂）2

「(拍案驚奇)地底旅行」（ジュールスヴェルネ、三木愛花、高須墨浦訳・九春社）2

「(新編)黄昏日記」（醒々居士＝小宮山天香訳・駸々堂）3※デューマ「椿姫」の翻案

堅琴草紙（樵耕蛙船＝山田美妙・我楽多文庫）5〜6

(江島土産)滑稽貝屏風（半可通人＝尾崎紅葉・我楽多文庫）5〜19年5

「花茨胡蝶廼彩色」（古川魁蕾・駸々堂）5

「(一読三歎)当世書生気質」全十七冊（春のやおぼろ＝坪内逍遙・晩青堂）6〜19年1

「(西洋人情話)英国孝子(ジョージスミス)之伝」（三遊亭円朝演述、若林玵蔵筆記、速記法研究会）7

「新説小簾の月」（醒々居士・上田屋）8

「(諷世嘲俗)繋思談」初編・中編（リットン、藤田茂吉、尾崎庸夫訳・報知社）10〜21年5※実際は朝比奈知泉訳

「佳人之奇遇」全八編（東海散士・博文堂）10〜30年10

群鵆鳴門名和波（為永春水＝染崎延房・東京絵入新聞）12・1〜19年4・7

「(新磨)妹と背かがみ」全十三号（春のやおぼろ・会心書屋）12〜19年9

詩歌・戯曲・評論

「(明治現存)続三十六歌撰」（豊島有常編・雪吹廼屋）4

「詠歌自在」全二冊（佐佐木弘綱編・柳瀬喜兵衛）8

「十二の石塚」（湯浅吉郎＝湯浅半月・自家版）10

(甸国皇子)斑烈多物語（シェークスピヤ、坪内雄蔵＝坪内逍遙訳・中央学術雑誌）7・10、8・10

「(趣向は沙士比阿の肉一片文章は柳亭種彦の正本装)何桜彼桜銭世中」（セキスピア、雨の家狸遊＝宇田川文海訳・宝文堂）12

仮作物語の変遷（坪内雄蔵・中央学術雑誌）3・10、3・25、5・10

詩歌の改良（春のや隠居おぼろ＝坪内逍遙・読売新聞）5・13

政治小説の効力（烏々道人＝坂崎紫瀾・自由燈）5・28

「第十九世紀日本ノ青年及其教育」（大江逸猪＝徳富蘇峰・自家版）6

「文学論」（有賀長雄・丸善商社書店）8

「日本開化之性質—一名社会改良論」（田口卯吉・経済雑誌社）9

「小説神髄」全九冊（坪内雄蔵・松月堂）9〜19年4

「(東京大家)十四家集評論弁」（鈴木弘恭・吉川半七）12

社会動向・文学事象・その他

清国と天津条約締結4

日本銀行、我が国初の銀行券（拾円）発行5

鹿鳴館で最初の舞踏会開かる6

婦人束髪会設立、束髪流行す7

英吉利法律学校（現中央大学）開校9

大井憲太郎、大矢正夫らの朝鮮革命計画未遂に終わり、逮捕さる（大阪事件）11

太政官制度を廃し、内閣制度を制定12

東海散士、七年間のアメリカ留学より帰国1

尾崎紅葉、山田美妙、石橋思案、丸岡九華、我が国初の文学結社硯友社を結成2

北村透谷、朝鮮革命計画への大矢正夫の勧誘を拒絶、政治運動より遠ざかる7

女性啓蒙雑誌「女学雑誌」誕生、進歩的、かつ穏健な改良主義により他誌を圧倒7

坪内逍遙、改良主義を背景に「小説神髄」を刊行し始め、勧懲主義を廃し、写実主義に基づく近代小説理論を提唱9

我が国初の宗教的叙事詩で、個人詩集の先駆である「十二の石塚」刊行10

「佳人之奇遇」、熱狂的に支持さる10

この年、「ROMAJI ZASSHI」「かなのざつし」などが創刊され、国語国字改良運動広まる

<創刊>「中央学術雑誌」（東京専門学校同攻会）3　「日之出新聞」（織田純一郎、巌谷小波ら）4・10　「我楽多文庫」（筆写回覧本、尾崎紅葉ら・硯友社）5〜19年5「ROMAJI ZASSHI」（羅馬字会）6　「かなのざつし」（かなのくわい）7　「女学雑誌」（巌本善治ら）7〜37年2（以後不明）　「新体詩林」10

<歿>　小室案外堂　高畠藍泉

<生>　加能作次郎　大杉栄　尾崎放哉　北原白秋　田辺元　中里介山　富安風生　飯田蛇笏　野上弥生子　武者小路実篤　長田秀雄　中勘助　平野万里　土岐善麿　木下杢太郎　若山牧水　池田大伍　山中峯太郎　相馬泰三

ジェルミナール（ゾラ）　ベラミ（モーパッサン）

ユーゴー歿

明治19年（1886）

慨世悲歌照日の葵（南翠外史＝須藤南翠・改進新聞）1・6〜4・14

今様商人気質（饗庭篁村・読売新聞）3・23〜5・20※第二回より「当世商人気質」と改題

「内地雑居未来之夢」（春のやおぼろ・晩青堂）4〜10※第一〇号で中絶

雨窓漫筆緑簑談（南翠外史・改進新聞）6・1〜8・12

「二十三年未来記」（末広重恭＝末広鉄腸・原田庄左衛門）6

「諷誡京わらんべ」（春の屋おぼろ・日野商店）6

「政治小説雪中梅」上編（末広鉄腸居士・博文堂）8 ※下編11

「泣花怨柳北欧血戦余塵」（トルストイ、肌香夢史訳・忠愛社）8※「戦争と平和」の訳

一響一笑新粧之佳人（南翠外史・改進新聞）9・30〜12・9

侠骨今に馨く賊膽猶ほ腥し松の操美人の生埋（三遊亭円朝口述、小相英太郎筆記・やまと新聞）10・7〜12・2

「ボッカース翁十日物語想夫恋」（菊亭静校閲、臥牛楼尚重訳補述・丸善書店）10

「三英双美政界之情波」（ビーコンスフキールド、渡辺治訳・丸善書店）10

嘲戒小説天狗（美妙斉主人＝山田美妙・我楽多文庫）11〜20年7

「和蘭美政録楊牙児奇獄」（神田孝平訳、成島柳北編・中川鉄次郎）12

「新日本」全二編（尾崎行雄・集成社）12〜20年3

「新体詩学必携」（落花居士＝中川清次郎演・有朋舎）4※「有朋志叢」第一号附録

「新体詞選」（山田武田郎＝山田美妙編・香雲書屋）8

「新体詞華少年姿」（美妙斎主人＝山田美妙・香雲書屋）10

「露妙樹利戯曲春情浮世之夢」（沙士比阿＝シェークスピア、河島敬蔵訳・耕文舎）5

当世書生気質の批評（半峯居士＝高田早苗・中央学術雑誌）2・1〜2・25

「言文一致」（物集高見・十一堂）3

「日本文体文学新論」（矢野文雄・報知社）3

小説総論（冷々亭主人＝二葉亭四迷・中央学術雑誌）4・10

文章新論（坪内雄蔵＝坪内逍遙・中央学術雑誌）5・10〜7・10

「日本之意匠及情交―一名社会改良論」（田口卯吉・経済雑誌社）6

「理学鉤玄」（中江篤介＝中江兆民・集成社書店）6

「演劇改良論私考」（外山正一、林茂淳筆記・丸善商社書店）9

演劇改良意見（末松謙澄・時事新報）10・6〜10・12

「将来の日本」（徳富猪一郎＝徳富蘇峰・経済雑誌社）10

歌道ノ沿革（小中村義象・東洋学会雑誌）12

北海道庁の設置1

帝国大学令公布3

師範学校令、中学校令、小学校令公布4

各国公使と第一回条約改正会議開催5

甲府の製糸工場女工スト（日本初のスト）6

地方官制が定められ、県令を県知事と改称7

英国汽船ノルマントン号、紀州沖で沈没10

矢野楫子、佐々城豊寿ら、婦人矯風会設立10

二葉亭四迷、東京商業学校露語科を中退し、坪内逍遙を初めて訪れる1

森鷗外、ミュンヘンに移り、ペッテンコッフエルに師事、原田直次郎と交遊を結ぶ3

樋口一葉、中島歌子の萩の舎に入塾8

末松謙澄ら、演劇改良会創立8

三遊亭円朝、やまと新聞に新作の速記物を連載し始める10

フェノロサ、岡倉天心ら渡米10

森鷗外、ナウマンと論争12

この年、「雪中梅」などの政治小説、写実的傾向を示す

この年、末松謙澄、高田早苗らとの間に演劇改良論争起こる

＜創刊＞「大八洲学会雑誌」（本居豊穎ら）7「やまと新聞」（条野採菊社長、宮崎三昧ら編集）10・7「我楽多文庫」（活字非売本、硯友社）11〜21年2「東洋学会雑誌」（市村瓚次郎、小中村義象ら編集）12

＜歿＞小野梓　萩原乙彦　木村鐙子　染崎延房

＜生＞木下利玄　平塚らいてう　石川啄木　服部嘉香　原石鼎　岡本一平　谷崎潤一郎　宮島資夫　三ヶ島葭子　土居光知　古泉千樫　中村武羅夫　吉井勇　後藤末雄　本間久雄　萩原朔太郎　吉田絃二郎

イルミナシオン（ランボー）　ジキル博士とハイド氏（スティーヴンソン）　女中の子（ストリンドベリ）　小公子（バーネット）

ダーウィン歿

明治20年（1887）

小説

「浮世人情守銭奴の肝」（嵯峨の屋おむろ・大倉孫兵衛）1
「伊国情史鴛鴦奇観」（ボッカス氽、近藤東之助訳・高崎書房）1※「デカメロン」の訳
此処やかしこ（春のや主人＝坪内逍遙・絵入朝野新聞）3・25〜5・14
「欧州小説黄薔薇」（三遊亭円朝口述、石原明倫筆記・金泉堂）4
「政事小説花間鶯」上編（鉄腸居士＝末広鉄腸・金港堂）2※中編20年10月 下編21年3月
「屑屋の籠」前編（天囚居士＝西村天囚・博文堂）5※後編21年5
女子参政蜃中楼（柳浪子＝広津柳浪・東京絵入新聞）6・1〜8・17
「新編浮雲第一篇」（坪内雄蔵＝坪内逍遙 実際は二葉亭四迷・金港堂）6※第二編21年2金港堂、第三編「都の花」22年7・7〜8・18共に二葉亭四迷署名
風琴調一節（美妙斎主人＝山田美妙・以良都女）7〜9
「政治小説妻の嘆」（ウヰルキ・コリンズ、井上勤訳・兎屋誠）8
「鉄世界」（ジュールヴェルーヌ、紅芍園主人訳述、思軒居士＝森田思軒冊潤・集成社書店）9
武蔵野（美妙斎主人・読売新聞）11・20〜12・6

詩歌・戯曲・評論

「新体勧学歌」（新体詩学研究会編・文学改良書院）5
「自由詩林」（植木枝盛・市原真影）10
「新撰新体詩集」（岩崎熊吉編・大塚熊吉）11
「幼稚園歌集」（文部省音楽取調掛編・文部省編輯局）12
「仇結奇之赤縄西洋娘節用」（シェクスピアー、春煙小史＝木下新三郎・誠之堂）1※「ロミオとジュリエット」の訳
「吉野拾遺名歌譽」全二冊（依田学海・鳳文館）1
日本小説改良論（関直彦・東京日日新聞）1・12〜1・13
「日本教育原論」（杉浦重剛・金港堂）2
「新日本之青年」（徳富猪一郎＝徳富蘇峰・集成社書店）4
近来流行の政治小説を評す（社説＝徳富蘇峰・国民之友）7・
「国学和歌改良論」（小中村義象・萩野由之・吉川半七）7
浮雲の褒貶（石橋忍月・女学雑誌）9・3〜9・17

社会動向・文学事象・その他

鹿鳴館で白熱燈を点燈（電燈営業開始）1
植村正久、一番町教会設立3
大日本美術協会設立4
日本赤十字社創立5
条約改正反対運動起こる7
鹿鳴館で舞踏会開催、欧化主義批判高まる7
明治学院開校9
井上圓了、哲学館（現、東洋大学）創立9
東京音楽学校創立10
保安条例（秘密結社集会の禁止など）公布、尾崎行雄、中江兆民ら東京から追放される12
徳富蘇峰、民友社を創立し、「国民之友」を創刊、平民主義を唱道2
二葉亭四迷、坪内逍遙の助けを得、言文一致体小説の試みである「浮雲」第一篇を刊行、近代心理主義小説の新境地を拓く6
大橋佐平、博文館を創立、「日本大家論集」を刊行し、ベストセラーとなる6
和歌改良論起こる7
高田早苗、「読売新聞」主筆となる8
幸田露伴、北海道での電信技手の職を捨て、帰京9
この年、石橋忍月、大西祝ら批評界に登場
山田美妙、「武蔵野」を発表し、「以良都女」を舞台に言文一致体を試行、反響を呼ぶ
政治小説衰退

＜創刊＞「国民之友」（徳富蘇峰主筆・民友社）2〜31年8 「同志社文学雑誌」4 「以良都女」（山田美妙ら）7〜24年6 「学海之指針」7 「日本之女学」（博文館）8 「反省会雑誌」（32年1月「中央公論」と改題）8 「出版月評」8 「欧米大家・文学之花」（井上勤主宰）12

＜生＞葛西善蔵 折口信夫 長田幹彦 江口渙 山本有三 荒畑寒村 中塚一碧樓 長谷川かな女

お菊さん（ロティ） 心理学（デューイ）
詩集（マラルメ） 憂愁夫人（ズーデルマン）

明治21年（1888）

松のうち（春のやおぼろ＝坪内逍遙・読売新聞）1・5～2・8
「諷世奇談王様の新衣裳」（アンデルセン、在一居士＝河野政喜訳・春祥堂）1
「谷間の姫百合」全四冊（クレー、末松謙澄、二宮熊次郎訳・金港堂）2～23年9
「無味気」（嵯峨のやおむろ・駸々堂）4
五月鯉（漣山人＝巌谷小波・我楽多文庫）5～11
風流京人形（紅葉山人＝尾崎紅葉・我楽多文庫）5～22年3
「藪の鶯」（花圃女史＝田辺花圃・金港堂）6
あひびき（ツルゲーネフ、二葉亭四迷訳・国民之友）7・6、8・2
「夏木立」（美妙斎・金港堂）8
めぐりあひ（ツルゲーネフ、二葉亭四迷訳・都の花）10・21～22年1・6
花ぐるま（美妙斎主人・都の花）10・21～22年2・17
蓮葉娘（饗庭篁村・小説萃錦）11
「もしや草紙」（福地桜痴・文海堂）11
薄命のすゞ子（嵯峨のやおむろ・大和錦）12～22年3
「裁判小説人耶鬼耶」（ガボリオ、涙香小史＝黒岩涙香訳・小説館）12

孝女白菊の歌（落合直文訳・東洋学会雑誌）2～22年5
「詠歌自在雑之部上・下」（佐々木弘綱編・環翠堂）3
「新撰小学唱歌集上巻」（原田砂平編・広瀬市蔵）4
「新撰讃美歌」（植村正久、奥野昌綱、松山高吉・警醒社）5
「明治唱歌」第一集～第四集（大和田建樹、奥好義選・中央堂）5～22年12
「御垣の下草上・下」（税所敦子編・松井総兵衛）12
三人吉三廓初買（河竹黙阿弥・読売新聞）3・28～5・17
「文覚上人勧進帳」（依田百川＝依田学海、河尻宝岑・金港堂）9
詠歌論（佐々木健＝佐佐木信綱・女学雑誌）2・25
言文一致論概略（山田美妙斎・学海之指針）2～3
浮雲第二篇の褒貶（忍月居士＝石橋忍月・女学雑誌）3・3～3・17
新編浮雲（無署名＝山田美妙・以良都女）5、6
批評論（西堂居士＝大西祝・国民之友）5・4
インスピレーション（社説＝徳富蘇峰・国民之友）5・18
長歌改良論（佐佐木弘綱・筆の花）9
長歌改良論を読んで（山田美妙・読売新聞）11・16

枢密院設置、初代議長に伊藤博文任命さる4
高島炭坑事件起こり、世論沸騰6
東京天文台、麻布飯倉に設置6
日本演芸矯風会発足7
東京美術学校創立12
三宅雪嶺ら政教社を結成し、「『日本人』」を創刊、国粋保存、四民平等を中心とする国家主義を主唱し、「国民之友」と対立4
「めざまし新聞」を買収し「東京朝日新聞」創刊、小宮山天香主筆となる7
森鷗外、四年間のドイツ留学より帰国9
「夏木立」により名声を得た山田美妙、硯友社を去って「都の花」主幹となり、紅葉に絶交さる10
初の児童総合雑誌「少年園」創刊、後続誌出現の気運を生む11
角藤定憲ら、大阪で壮士芝居の旗上げ12
前年よりの和歌改良論争進展、さらに長歌改良論争起こる
二葉亭四迷のツルゲーネフの名訳、文学青年を魅了
金港堂、春陽堂など相次いで文芸雑誌を発刊、文学界に活況を呈す

〈創刊〉「東雲新聞」（中江兆民主筆）1・15
「日本人」（第一次・志賀重昂編集）4～24年6
「我楽多文庫」（公売本・硯友社）5～22年2
「都の花」（半月刊、山田美妙ら・金港堂）10～26年6
「みやこ新聞」（「今日新聞」改題、のち「都新聞」）11～昭17年10
「少年園」（山縣悌三郎主幹）11
「小説萃錦」（饗庭篁村主幹・春陽堂）11
「やまと錦」（広津柳浪編集、のち「日本の文華」・博文館）12

〈歿〉馬場辰猪
〈生〉九鬼周造　辰野隆　小泉信三　神近市子　千家元麿　川路柳虹　賀川豊彦　里見弴　長与善郎　国枝史郎　前田河広一郎　水野仙子　菊池寛

愛の詩集（ヴェルレーヌ）　この人を見よ（ニーチェ）
シュトルム歿

明治22年（1889）

小説

細君（春の屋主人＝坪内逍遙・国民之友附録）1・2

蝴蝶（美妙斎主人＝山田美妙・国民之友附録）1・2

探偵ユーベル（ユーゴー、思軒居士＝森田思軒訳・国民之友附録）1・2～3・2

初恋（嵯峨のやおむろ・都の花）1・6

婦女の鑑（曙女史＝木村曙・読売新聞）1・3～2・28

露団々（露伴子＝幸田露伴・都の花）2・17～8・4

「二人比丘尼色懺悔」（紅葉山人＝尾崎紅葉・吉岡書籍店）4 ※新著百種第一号

「掘出し物」（饗庭篁村・吉岡書籍店）5

旅画師（水蔭亭主人＝江見水蔭・文庫）6～7

野末の菊（嵯峨のやおむろ・都の花）7・21～10・6

いちご姫（美妙斎主人・都の花）7・21～23年5・18

「むら竹」全二十巻（饗庭篁村・春陽堂）7～23年12

流転（北邙散士＝嵯峨の屋おむろ・国民之友）8・2

「妹背貝」（漣山人＝巖谷小波・吉岡書籍店）8

「風流仏」（蝸牛露伴＝幸田露伴・吉岡書籍店）9 ※新著百種第五号

「残きく」（柳浪子＝広津柳浪・吉岡書籍店）10 ※新著百種第六号

詩歌・戯曲・評論

「万葉集美夫君志」（木村正辞・大八洲学会）3

「楚囚之詩」（北村門太郎＝北村透谷・春祥堂）4

「於母影」（S.S.S.＝新声社・国民之友附録）8・2 ※森鷗外、小金井きみ子、落合直文ら訳

新体詩批評（池袋清風・国民之友）1・22～4・2

文学の本色及び平民と文学との関係（ドブロリウボフ、長谷川辰之助＝二葉亭四迷意訳・国民之友）4・12～5・2

「美辞学」前・後編（高田早苗・金港堂）5・6

「しがらみ草紙」の本領を論ず（S.S.S.・しがらみ草紙）10 ※実際は森鷗外

小説八宗（正直正太夫＝斎藤緑雨・東西新聞）11・5～11・12

小説家の責任（北邙散士＝嵯峨の屋おむろ・しがらみ草紙）11

現代諸家の小説論を読む（森林太郎＝森鷗外・しがらみ草紙）11

日本小説の三大家（不知庵主人＝内田魯庵・小文学）11・21～11・28

「哲学涓滴」（三宅雄二郎＝三宅雪嶺・吉川半七）11

和歌及新体詩を論ず（萩野由之・東洋学会雑誌）12

社会動向・文学事象・その他

大日本帝国憲法発布2

大同団結派分裂、大井憲太郎ら大同協和会を結成4

歌舞伎座開場11

この年、甲武鉄道一部開通、東海道線は全通

「国民之友」附録に小説を掲載し始める1

山田美妙「蝴蝶」の裸体画の口絵（渡辺省亭）の是非をめぐり議論沸騰1

書き下ろし小説シリーズの先駆、「新著百種」（吉岡書籍店）の刊行が始まり、以後流行2

森鷗外、落合直文ら新声社（S.S.S.）を結成、初の芸術的訳詩集「於母影」を刊行8

二葉亭四迷「浮雲」第三編未完の後、小説を放棄し、官報局翻訳課に勤務8

「文学評論　しがらみ草紙」が創刊され、森鷗外、戦闘的啓蒙活動を開始10

坪内逍遙「読売新聞」主筆となり、尾崎紅葉、幸田露伴同社に入社12

この年、森鷗外、医学評論誌上で医学界の現状を批判、反感を買う

この年秋頃より、西鶴調雅俗折衷体流行し、言文一致体やや衰微

〈創刊〉「新小説」第一期（須藤南翠、饗庭篁村ら・春陽堂）1～23年6　「秋田魁新報」2・15　「風俗画報」（東陽堂）2～大5年3　「日本之少年」（博文館）2　「衛生新誌」3　「文庫」（「我楽多文庫」改題・硯友社）3　「百花園」5　「小国民」（石井研堂ら）7　「少年文庫」（小年園）8　「百千鳥」9　「文学評論　しがらみ草紙」（新声社、のちしがらみ社・森鷗外ら）10～27年8　「小文学」（尾崎紅葉ら）11　「医事新論」（森鷗外編）12

〈歿〉森有礼　宮崎夢柳

〈生〉夢野久作　中村憲吉　木村荘太　和辻哲郎　岡本かの子　柳宗悦　前田普羅　内田百閒　河竹繁俊　三木露風　室生犀星　三富朽葉　白井喬二　村松梢風　福士幸次郎　久保田万太郎　江馬修

日本の秋（ロチ）　日の出前（ハウプトマン）　猫橋（ズーデルマン）

明治23年（1890）

舞姫（鷗外森林太郎・国民之友）1・3
拈華微笑（紅葉山人・国民之友）1・3
縁外縁（蝸牛露伴・日本之文華）1～2　※のち「対髑髏」
埋れ木（シュビン、鷗外漁史訳・しがらみ草紙）4
「報知異聞浮城物語」（矢野龍溪・報知社）4
「葉末集」（蝸牛露伴・春陽堂）6
「墨染桜」（眉山人＝川上眉山・吉岡書籍店）6 ※新著百種第九号
「帰省」（〈宮崎〉湖処子・民友社）6
ひげ男（露伴・読売新聞）7・5～7・19
伽羅枕（紅葉・読売新聞）7・5～9・23
一口剣（露伴・国民之友附録）8・13
うたかたの記（鷗外・しがらみ草紙）8
小公子（バーネット、若松賤子訳・女学雑誌）8・23～25年1・9
「犬蓼」（斎藤緑雨・春陽堂）8
「此ぬし」（紅葉山人・春陽堂）9 ※新作十二番之内
「嫁入り支度に教師三昧」（美妙斎主人・春陽堂）10
「露小袖」（渡部乙羽＝大橋乙羽・吉岡書籍店）10 ※新著百種第十号
闇中政治家前篇（抱一庵主人＝原抱一庵・郵便報知新聞）11・7～12・13
「かつら姫」（三昧道人＝宮崎三昧・春陽堂）11 ※新作十二番之内
「新桃花扇・巴波川」（紅葉山人・吉岡書籍店）12 ※新著百種号外

「亜細亜の光」全四巻（エドウィン・アーノルド、木村亮吉訳・松井忠兵衛）3～6
「日本歌学全書」全十二編（佐佐木弘綱、佐佐木信綱標註・博文館）10～24年12
明治廿二年文学界（重に小説界）の風潮（坪内逍遙・読売新聞）1・14、15
明治二十二年批評家の詩眼（S.S.S.・しがらみ草紙）1 ※実際は森鷗外
舞姫（気取半之丞＝石橋忍月・国民之友）2・3
「正直正太夫著初学小説心得」（緑雨醒客＝斎藤緑雨・読売新聞）2・20～3・14
時勢に感あり（透谷塵人＝北村透谷・女学雑誌）3・8
想実論（忍月居士＝石橋忍月・江湖新聞）3・20～30
気取半之丞に与ふる書（相沢謙吉＝森鷗外・しがらみ草紙）4・25
「日本絵画ノ未来」（外山正一・自家版）5
外山正一氏の画論を駁す（森林太郎・しがらみ草紙）5
「浮城物語」を読む（内田不知庵・国民新聞）5・8～23
日本韻文論（山田美妙・国民之友）10・3～24年1・23
うたかたの記（水泡子＝石橋忍月・国民之友）10・23
「日本文学史上巻・下巻」（三上参次、高津鍬三郎・金港堂）10
小説三派（坪内逍遙・読売新聞）12・7～15

慶応義塾大学部（文学、法学、理財の三科）成立1
坪内逍遙の主唱で東京専門学校文学科創設1
東京女子高等師範学校（現在のお茶の水女子大学）創立3
第一回衆議院議員総選挙7
庚寅倶楽部（自由党、愛国公党、大同倶楽部の三派合同）を中心に立憲自由党結成9
教育勅語発布10
社会問題研究会（酒井雄三郎ら）の誕生10
第一回帝国議会の召集11
内田魯庵、民友社入社2
ラフカディオ・ハーン来日4
「浮城物語」を中心に、文学極衰論争おこる5
仮名垣魯文、引退披露の書画頒布会を開催6
新聞「国会」が発刊され、幸田露伴、石橋忍月、のちに斎藤緑雨らが参加11
この年、森鷗外、ドイツ留学記念三部作（「舞姫」「うたかたの記」「文づかひ」）を発表し始め、石橋忍月との間に舞姫論争、「うたかたの記」をめぐる幽玄論争おこる
この年、「読売新聞」を舞台に尾崎紅葉、幸田露伴が活躍、紅露時代始まる
<創刊>「日本之文華」（博文館）1　「国民新聞」（徳富蘇峰社長兼主筆）2・1～昭17年10・1「福音週報」（のち「福音週報」、植村正久主筆）3　「日本評論」（植村正久ら）3　「江戸紫」（広津柳浪編集・硯友社）6　「衛生療病誌」（「衛生新誌」、「医事新論」合併誌・森鷗外ら）9　「国会」（「東京公論」、「大同新聞」合併紙・末広鉄腸主筆）11
<歿>新島襄　戸田欽堂　万亭応賀　木村曙
<生>岡田三郎　日夏耿之介　青野季吉　白鳥省吾　杉田久女　坪田譲治　土屋文明　岸田国士　富田砕花　中村白葉　豊島与志雄　佐藤惣之助　谷崎精二
クロイツェル・ソナタ（トルストイ）　ヘッダ・ガーブラー（イプセン）
ゴッホ歿

明治24年（1891）

小説

花守（江見水蔭・都の花）1・18〜9・20
伽羅物語（紅葉山人＝尾崎紅葉・読売新聞）1・1
むき玉子（紅葉山人・読売新聞）1・11〜3・21
「こがね丸」（漣山人＝巌谷小波・博文館）1
※少年文学第一編
「文づかひ」（鷗外漁史＝森鷗外・吉岡書籍店）1※新著百種第十二号
辻浄瑠璃（〈幸田〉露伴・国会）2・1〜2・26
風流艶魔伝（奈落三次＝幸田露伴・しがらみ草紙）2
三日月（ちぬの浦浪六＝村上浪六・報知新聞）4・5〜6・28※日曜付録「報知叢話」
いさなとり（露伴・国会）5・19〜11・6
油地獄（登仙坊＝斉藤緑雨・国会）5・30〜6・23
「かくれんぼ」（緑雨醒客＝斉藤緑雨・春陽堂）7
二人女房（紅葉山人・都の花）8・2〜25年12・18
胡沙吹く風（桃水痴史＝半井桃水・東京朝日新聞）10・2〜25年4・8
「新葉末集」（蝸牛露伴＝幸田露伴・春陽堂）10
五重塔（露伴・国会）11・7〜25年3・18

詩歌・戯曲・評論

「新体梅花詩集」全（中西梅花・博文館）3
「蓬莱曲」（透谷蟬羽＝北村透谷・養真堂）5
「新調韻文 青年唱歌集」第一集・第二集（山田美妙斎・博文館）8
「演劇脚本 春日局」（桜痴居士＝福地桜痴・金港堂）5
文界名所 底知らずの湖（坪内逍遙・読売新聞附録）1・1
悲哀の快感心理幷文学上の攷究（大西祝・国民之友）3・23
「真善美日本人」（三宅雄二郎＝三宅雪嶺・政教社）3
「偽悪醜日本人」（三宅雄二郎・政教社）5
文学及び人生（高山林次郎＝高山樗牛・文学会雑誌）6
山房論文其六 美妙斎主人が韻文論（無署名＝森鷗外・しがらみ草紙）10
シェークスピア脚本評註緒言（坪内逍遙・早稲田文学）10・10
現代文学（不知庵主人＝内田魯庵・国民之友）11・23〜25年1・3
「新撰歌典」（落合直文編・博文館）11
山房論文其七 早稲田文学の没理想（無署名＝森鷗外・しがらみ草紙）12

社会動向・文学事象・その他

立憲自由党分裂、自由党と改称3
ニコライ堂完成3
津田三蔵、ロシア皇太子を傷害（大津事件）5
上野—青森間鉄道開通9
濃尾大地震、死者九千七百人にのぼる10
内村鑑三、教育勅語拝礼拒否により不敬に問われ、一高講師解任さる2
川上音二郎、堺で書生芝居の旗上げ2
樋口一葉、半井桃水に入門4
「日本人」終刊、後続誌「亜細亜」により志賀重昂、田岡嶺雲ら評論活動を推進6
「早稲田文学」（第一次・坪内逍遙編）創刊10
坪内逍遙、森鷗外間に没理想論争起こる10
泉鏡花、尾崎紅葉に入門10
この年、「読売新聞」の「江戸紫」欄設置、「千紫万紅」や大阪「葦分船」の創刊など、硯友社同人の活躍の場を得る

<創刊>「婦女雑誌」（博文館）1 「幼年雑誌」（博文館）1 「なにはがた」4 「千紫万紅」（石橋思案主筆）6〜25年4 「亜細亜」（政教社）6 「葦分船」（山田芝之園編）7 「女鑑」8 「早稲田文学」第一次（坪内雄蔵編、半月刊）10〜31年10 「青年文学」（宮崎湖処子、国木田独歩ら）11〜26年3

<歿>中村正直 佐佐木弘綱 大沼枕山 菊池三渓

<生>赤木桁平 直木三十五 土田杏村 倉田百三 タカクラ・テル 細田源吉 岸田劉生 恩地孝四郎 宇野浩二 竹友藻風 松岡譲 久米正雄 広津和郎

ドリアン・グレイの肖像（ワイルド） 決闘（チェホフ） 寂しき人々（ハウプトマン）
メルヴィル ランボー歿

明治25年（1892）

「二人女」（尾崎紅葉・春陽堂）2
「当世少年気質」（大江小波＝巌谷小波・博文館）2
闇桜（一葉女史＝樋口一葉・武蔵野）3
三人妻（こうえふ＝紅葉・読売新聞）3・6〜11・14
二日ものがたり（露伴・国会）5・12〜27
我牢獄（脱蟬子＝北村透谷・女学雑誌）6・11
「奴の小万」（ちぬの浦浪六・春陽堂）6
「美奈和集」（鷗外漁史・春陽堂）6
「死美人」（ボアゴベイ、涙香小史＝黒岩涙香・扶桑堂）8
青嵐（眉山人＝川上眉山・読売新聞）8・20〜9・30
「山県大貳」（桜痴居士・春陽堂）9
「夏小袖」（森盈流＝尾崎紅葉・春陽堂）9
浴泉記（レルモントッフ、小金井きみ子訳・しがらみ草紙）10〜27年6
冠彌左衛門（泉鏡花・京都日出新聞）10・1〜11・18
「尾花集」（幸田露伴・青木嵩山堂）10
即興詩人（アンデルセン、鷗外漁史訳・しがらみ草紙）11〜27年8「めさまし草」30年2〜34年2
うもれ木（一葉女史・都の花）11・20〜12・18
新桜川（田山花袋・都の花）11・20〜12・18
「罪と罰」巻一（ドストエフスキイ、内田不知庵＝内田魯庵訳・老鶴圃）11　巻二26年2

「日本軍歌」（納所弁次郎編・博文館）4
神道は祭天の古俗（久米邦武・史海）1
山房論文其九　エミル・ゾラが没理想（無署名＝森鷗外・しがらみ草紙）1
厭世詩家と女性（透谷隠者・女学雑誌）2・6、20
時文評論烏有先生に答ふ（逍遙・早稲田文学）2・15、29
二十四年文学を懐ふ（不知庵主人・早稲田文学）2・15、29
山房論文其十一　早稲田文学の没却理想　其十二　逍遙子と烏有先生と（無署名＝森鷗外・しがらみ草紙）3
「文学一斑」（内田貢＝内田魯庵・博文館）3
没理想の由来（坪内逍遙・早稲田文学）4・15
「歌の栞」（佐佐木信綱・博文館）4
山房論文其十三　早稲田文学の後没理想（無署名＝森鷗外・しがらみ草紙）6
獺祭書屋俳話（獺祭書屋主人＝正岡子規・日本）6・26〜10・20
徳川氏時代の平民的理想（透谷子・女学雑誌）7・2、16、30
詩歌論（大西祝・青年文学）7〜9
「我観小景」（三宅雄二郎・政教社）10
田家文学とは何ぞ（鉄斧生＝国木田独歩・青年文学）11
「和文学史」（大和田建樹・博文館）11
「幕府衰亡論」（福地源一郎＝福地桜痴・民友社）12

第2回臨時総選挙、選挙干渉で各地で騒乱2
出口ナオ、大本教を開教2
大井憲太郎、東洋自由党を結成11

森鷗外、本郷千駄木町に居を定め、観潮楼と名づく1
正岡子規、下谷上根岸町に居を定める2
久米邦武、「神道は祭天の古俗」が問題となり、帝国大学教授を非職となる3
島崎藤村、はじめて北村透谷と会う3
沢村座などの小劇場、あいついで開場4
藤村、明治女学校の教師となる10
子規、日本新聞社に入る12
前年に続く逍鷗論争、幸田露伴「五重塔」、尾崎紅葉「三人妻」の連載など、紅露逍鷗時代の感深くなる
「厭世詩家と女性」など、透谷の批評活動活発となる
この年、探偵小説流行の気ざし見える

〈創刊〉「武蔵野」（半井桃水主宰）3
「城南評論」3「詞海」（山岸荷葉ら）3「平和」（北村透谷主筆）3〜26年5「〈歌学」（落合直文ら）3「万朝報」（黒岩涙香主宰）11〜昭15年10「小桜縅」（江見水蔭編集）11

〈歿〉植木枝盛　月岡芳年
〈生〉西条八十　細田民樹　子母沢寛　芥川龍之介　生田春月　佐藤春夫　藤森成吉　水原秋桜子　平林初之輔

織工（ハウプトマン）　シャーロック・ホームズの冒険（ドイル）
ホイットマン　ワーグナー歿

明治26年（1893）

小説

さゝ舟（〈幸田〉露伴・国会）1・28〜2・16
暁月夜（一葉女史＝樋口一葉・都の花）2・19
「反古袋」（斎藤緑雨、小杉天外・春陽堂）2
雪の日（一葉・文学界）3
賤機（眉山人＝川上眉山・読売新聞）5・10〜30
「鉄仮面」（ボアゴベイ、涙香小史＝黒岩涙香訳・扶桑堂）5
心の闇（紅葉山人＝尾崎紅葉・読売新聞）6・1〜7・11
小詩人（田山花袋・小桜緘）7
初陣（露伴・国会）7・16〜8・27
隣の女（紅葉山人・読売新聞）8・20〜10・7
「コサアク兵」（トルストイ、田山花袋訳・博文館）9
「鳥留好語」（内田不知庵＝内田魯庵訳・警醒社）9
小夜衙（桃水痴史＝半井桃水・東京朝日新聞）11・18〜27年1・28
琴の音（一葉・文学界）12

詩歌・戯曲・評論

「湖処子詩集」（宮崎湖処子・右文社）11
社会の敵（イプセン、高安三郎＝高安月郊・同志社文学）3〜6
教育と宗教の衝突（井上哲次郎・教育時論）1・15〜2・25
頼襄を論ず（山路彌吉＝山路愛山・国民之友）1・13
人生に相渉るとは何の謂ぞ（透谷庵＝北村透谷・文学界）2
明治文学史（愛山生・国民新聞）3・1〜7
明治文学管見（透谷庵・評論）4・8〜5・20
文学博士井上哲次郎君に呈する公開状（内村鑑三・教育時論）3・15
内部生命論第一（北村透谷・文学界）5
「静思余録」（徳富蘇峰・民友社）5
「小羊漫言」（坪内雄蔵＝坪内逍遙・有斐閣書房）6
今日の小説及び小説家（不知庵主人・国民之友）7・3
「求安録」（内村鑑三・警醒社）8
漫罵（電影窟主人＝北村透谷・文学界）10
我が国の史劇（坪内逍遙・早稲田文学）10・13〜27年4・10
「最暗黒の東京」（乾坤一布衣＝松原二十三階堂・民友社）11
「吉田松陰」（徳富猪一郎・民友社）12

社会動向・文学事象・その他

郡司成忠大尉ら、千島探険に出発3
日本基督教婦人矯風会結成される4
碓氷峠のアプト式鉄道完成、高崎・直江津間全通4
集会及政社法、出版法、版権法公布4
「君が代」など祝日、大祭日儀式に用いる歌詞楽譜制定される8
文官任用令公布される10
川上音二郎渡欧する1
島崎藤村、関西へ漂泊の旅に出る2
落合直文、短歌結社あさか社を結成2
正岡子規、新聞「日本」に俳句を掲載しはじめる2
森鷗外、「衛生療病志」に「傍観機関」欄を設け、医界の反動勢力と闘う5
黒田清輝、フランスより帰国7
ケーベル、東京大学講師として来日6
北村透谷、自殺未遂12
この年、教育と宗教の衝突論争、人生相渉論争など、宗教や文学の本質をめぐっての論争行われる
＜創刊＞「文学界」（星野天知、平田禿木、島崎藤村、北村透谷、戸川秋骨、馬場孤蝶ら）1〜31年1　「三籟」3〜27年1　「俳諧」3　「評論」（女学雑誌社）4〜27年10　「二六新報」（秋山定輔創刊）10・26
＜歿＞河竹黙阿彌　梅亭金鵞
＜生＞島本久恵　高野素十　浜田広介　獅子文六　木村荘八　結城哀草果
サロメ（ワイルド）　にんじん（ルナール）
故郷（ズーダーマン）
テーヌ　モーパッサン歿

明治27年（1894）

紫（紅葉・読売新聞）1・1～2・16
月の都（卯の花舎＝正岡子規・小日本）2・11～3・1
後の三日月（〈村上〉浪六・東京朝日新聞）2・11～4・10
片靨（紅葉、〈小栗〉風葉合作・読売新聞）2・22～4・14
「落椿」（柳浪子＝広津柳浪・精完堂）4
滝口入道（無署名＝高山樗牛・読売新聞）4・16～5・30
冷熱（ぽつかーを、こうえふ＝紅葉・読売新聞）5・27～7・6
「めをと」（トオストイ、不知庵主人訳・博文館）5
三人やもめ（北田うすらひ＝北田薄氷・東京文学）6
暗夜（一葉・文学界）7～11
「桃太郎」（巌谷小波・博文館）7
「見切物」（〈斎藤〉緑雨・春陽堂）8
みをつくし（〈馬場〉孤蝶・文学界）9～12
義血侠血（なにがし＝泉鏡花・読売新聞）11・1～30
大つごもり（一葉・文学界）12

「萩の下葉」（松浦辰男・宮崎八百吉刊）2
「今様長歌湖上の美人」（スコット、塩井正男＝塩井雨江訳・開新堂書店）3
「征清歌集」（佐佐木信綱選・博文館）10
桐一葉（沙石子稿、春のや＝坪内逍遙補・早稲田文学）11・10～28年9・25※のち、署名春のや主人
「魂迷月中刄」（阿波寺鳴門左衛門＝岩野泡鳴・女学雑誌社）12
「文学断片」（徳富蘇峰・民友社）3
「文学者となる法」（三文字屋金平＝内田魯庵・宮沢俊三刊）4
「エマルソン」（北村門太郎＝北村透谷・民友社）4
美妙・紅葉・露伴の三作家を評す（宙外生＝後藤宙外・早稲田文学）7・26～8・25
海軍従軍記（国木田哲夫＝国木田独歩・国民新聞）10・21～28年3・12※のち「愛弟通信」と改題
亡国の音―現代の非丈夫的和歌を罵る（〈与謝野〉鉄幹・二六新報）5・10～18
「透谷集」（島崎藤村編・文学界雑誌社）10
「明治文学史」（大和田建樹・博文館）10
「日本風景論」（志賀重昂・政教社）10
審美的意識の性質を論ず（抱月子＝島村抱月・早稲田文学）9・25～12・25
「大日本膨脹論」（徳富猪一郎＝徳富蘇峰・民友社）12

韓国で東学党の乱起こる5
高等学校令公布され、高等中学校を高等学校と改称6
日英新通商航海条約調印され、明治32年より治外法権撤廃7
清国に宣戦布告、日清戦争始まる8
高山樗牛の「滝口入道」、読売新聞の懸賞歴史小説二等に入選4
樋口一葉、浅草龍泉寺町から本郷福山丸山町に転居5
北村透谷、芝公園地の自宅で縊死5
尾崎紅葉校訂の「西鶴全集」上下（帝国文庫）発売禁止5・6
「日本昔噺」の刊行始まる7
島村抱月、後藤宙外、東京専門学校を卒業7
森鷗外従軍のため、「しがらみ草紙」廃刊8
国木田独歩、国民新聞社に入社、従軍記者となる10
山田美妙、万朝報紙上で私行を暴露される12
この年より、戦争文学さかんになる
〈創刊〉「東京文学」（山岸藪鶯）2　「国学院雑誌」11
〈歿〉北村透谷　仮名垣魯文　中野逍遙
〈生〉きだみのる　高群逸枝　西脇順三郎　小島政二郎　片岡鉄兵　葉山嘉樹　瀧井孝作　金子洋文　江戸川乱歩　佐佐木茂索
死の勝利（ダヌンツィオ）　エピキュールの園（フランス）　博物誌（ルナール）
ペイター　スティーブンソン歿

明治28年（1895）

小説

大さかづき（眉山人＝川上眉山・文藝倶楽部）1
たけくらべ（〈樋口〉一葉・文学界）1～29年1
不言不語（〈尾崎〉紅葉・読売新聞）1・1～3・12
書記官（眉山人・太陽）2
変目伝（〈広津〉柳浪・読売新聞）2・4～3・2
蝗うり（前田曙山・文藝倶楽部）4
夜行巡査（泉鏡花・文藝倶楽部）4
改良若殿（小杉天外・読売新聞）4・20～5・13
黒蜥蜴（柳浪子・文藝倶楽部）5
ありのすさび（宙外生＝後藤宙外・早稲田文学）5・25～10・25
外科室（泉鏡花・文藝倶楽部）6
門三味線（〈斎藤〉緑雨・読売新聞）7・26～8・25
うらおもて（眉山人・国民之友）8・23
にごりえ（一葉女史・文藝倶楽部）9
青葡萄（紅葉・読売新聞）9・16～11・1
女房殺し（江見水蔭・文藝倶楽部）10
しろばら（いなぶね女史＝田沢稲舟・文藝倶楽部）12増刊
十三夜（一葉女史・文藝倶楽部）12増刊
亀さん（柳浪・「五調子」春陽堂）12
「惟任日向守」（忍月居士＝石橋忍月・春陽堂）12

詩歌・戯曲・評論

深山の美人（塩井雨江・帝国文学）1
小夜砧（武島羽衣・帝国文学）6
「新体詩歌集」（外山正一、中村秋香、上田万年、坂正臣・大日本図書株式会社）9
「逍遙遺稿」正・外（中野逍遙。宮本正貫、小柳司貴太編・不破信一郎刊）11
希臘思潮を論ず（上田敏・帝国文学）3
悲劇の種類を論ず（抱月子＝島村抱月・早稲田文学）5・10
美術の翫賞（柳村＝上田敏・文学界）5
「HOW I BECAME A CHRISTIAN：OUT OF MY DIARY」（内村鑑三・警醒社）5
審美的感官を論す（大西祝・六合雑誌）6
何故に大文学は出ざる乎（内村鑑三・国民之友）7・13
小説界の新潮流―殊に泉鏡花子を評す（魯庵生＝内田魯庵・国民之友）9・13、23
時文―小説と社会の隠微、下流の細民と文士（無署名＝田岡嶺雲・青年文）9
俳諧大要（子規子＝正岡子規・日本）10・22～12・31
運命と悲劇（高山林次郎＝高山樗牛・太陽）11・
新体詩の形に就いて（抱月子・早稲田文学）11・10～12・20
一葉女史の「にごり江」（小湘庵主＝田岡嶺雲・明治評論）12

社会動向・文学事象・その他

日清講和条約調印される4
仏独露三国、清国への遼東半島返還を日本へ勧告（三国干渉）4
台湾に総督府を設置5
京城で日本人壮士、軍隊、大院君を擁してクーデター起こし、閔妃を殺害10
日清戦争による日本軍戦傷病死者一万三千四百名余
藤野古白、ピストル自殺する4
夏目漱石、愛媛県尋常中学教論として、松山に赴任する4
第四回内国勧業博覧会出品の黒田清輝の裸体画「朝牀」問題となる4
「文学界」、上田敏らの発言力強まり、その審美的傾向に対し、島崎藤村が「聊か思ひを述べて今日の批評家に望む」（「文学界」）を発表5
徳田秋声、尾崎紅葉に入門6
角田竹冷、尾崎紅葉ら俳句結社「秋声会」結成10
国木田独歩、佐々城信子と結婚11
「文藝倶楽部」臨時増刊号として「閨秀小説」を発行12
泉鏡花作、花房柳外脚色「瀧の白絲」初演12
樋口一葉、次々に問題作を発表、〈奇蹟の一年〉を現出する
この年、「太陽」「文藝倶楽部」「帝国文学」など新雑誌発行され、新しき文学の場となる
この年、川上眉山、広津柳浪、泉鏡花、樋口一葉ら、〈観念小説〉〈悲惨小説〉を発表、時代の暗部をえぐり出す
＜創刊＞「太陽」（博文館）1～昭3年2　「文藝倶楽部」（博文館）1～昭8年1　「帝国文学」1～大9年1　「少年世界」（博文館）1　「青年文」（田岡嶺雲主幹）2～30年1　「文庫」（山縣悌三郎主幹）8～43年8
＜歿＞南新二　藤野古白
＜生＞素木しづ　谷川徹三　金子光晴
レオナルド・ダ・ヴィンチ方法序説（ヴァレリー）

明治29年（1896）

琵琶伝（泉鏡花・国民之友）1・4
海上発電（泉鏡花・太陽）1・5
あま蛙（緑雨・太陽）1・20
この子（一葉女史・日本之家庭）1
世話女房（〈小栗〉風葉、紅葉補・読売新聞）1・25～2・28
多情多恨（紅葉・読売新聞）2・26～6・12、9・1～12・9
たけくらべ（樋口一葉女・文藝倶楽部）4※一括再掲
われから（樋口一葉女・文藝倶楽部）5
一之巻（泉鏡花・文藝倶楽部）5
村の名物（小杉天外・文藝倶楽部）6
今戸心中（広津柳浪・文藝倶楽部）7
日の出島（弦斎居士＝村井弦斎・報知新聞）7・8～34年4・21
死刑前の六時間（ユーゴー、思軒居士＝森田思軒訳・国民之友）8・15～30年2・13
わすれ水（田山花袋・国民之友）8・15
藪かうじ（徳田秋声・文藝倶楽部）8
河内屋（柳浪・新小説）9
寝白粉（小栗風葉・文藝倶楽部）9
闇のうつつ（後藤宙外・新小説）10
照葉狂言（鏡花・読売新聞）11・14～12・23
「片恋」（二葉亭四迷訳・春陽堂）11※ツルゲーネフ
亀甲鶴（小栗風葉・新小説）12
「十五少年」（ジュウールスヴエルヌ、思軒居士訳・博文館）12

「詞藻新体詩集」（「文庫」記者編・少年園）3
「東西南北」（鉄幹与謝野寛・明治書院）7
「美文韻文 花紅葉」（塩井雨江、武島羽衣、大町桂月・博文館）12
牧の方（春のや主人＝坪内逍遙・早稲田文学）1・5～30年3・15
近年の文海に於ける暗潮（早川漁郎＝戸川秋骨・文学界）1
時文―ヒューマニチー（無署名＝田岡嶺雲・青年文）1
三人冗語（脱天子＝幸田露伴、登仙坊＝斎藤緑雨、鐘礼舎＝森鷗外・めさまし草）3～7
朦朧体とは何ぞや（抱月子・早稲田文学）5
「二千五百年史」（竹越与三郎・民友社）5
俳句問答（獺祭書屋主人＝正岡子規・日本）5・2～9・13
時勢の観察（内村鑑三・国民之友）8・13
細心精緻の学風（上田敏・帝国文学）8
「文学その折々」（坪内逍遙・春陽堂）9
社会主義の必要（無署名＝大西祝・六合雑誌）11
「月草」（森鷗外、三木竹二・春陽堂）12

立憲改進党、立憲革新党など合同し、進歩党を結成3
日本郵船欧州定期航路開始3（北米航路8）
第1回近代オリンピック、アテネで開催4
韓国に関する日露議定書調印6
三陸地方に大津波、死者2万7千名余にのぼる6
神戸ではじめてキネトスコープ公開興行11
ラフカディオ・ハーン、日本に帰化、小泉八雲と名のる2
夏目漱石、熊本の第五高等学校に赴任4
樋口一葉の「たけくらべ」、「三人冗語」で激賞される4
黒田清輝、藤島武二、和田英作ら、白馬会を結成6
東京美術学校に西洋画科設置7
島崎藤村、東北学院の教師として仙台に赴任、以後「文学界」に詩を発表し始める9
小栗風葉「寝白粉」で差別された兄妹の近親相姦を描き、発禁9
「国民之友」誌上に社会小説出版予告載り、しだいに社会小説論議盛んになる10
尾崎紅葉「多情多恨」を連載、新たな文学昂揚期を迎える

〈創刊〉「めさまし草」（森鷗外主宰）1～35年2　「新声」（佐藤儀助、新声社）7～43年3　「新小説」（春陽堂、はじめ幸田露伴、のち石橋忍月、後藤宙外ら編集）7～大15年11　「世界之日本」（竹越与三郎主筆）7　「いささ川」（竹柏園）10　「俳諧 秋の声」（秋声会）11　「江湖文学」11
〈歿〉末広鉄腸　若松賤子　田沢稲舟　樋口一葉
〈生〉吉屋信子　佐々木味津三　宮沢賢治　村山槐多　牧野信一

テスト氏との一夜（ヴァレリー）　かもめ（チェホフ）　沈鐘（ハウプトマン）　物質と記憶（ベルグソン）
ヴェルレーヌ　E・ゴンクール　W・モリス歿

明治30年（1897）

小説

金色夜叉（〈尾崎〉紅葉・読売新聞）1・1～2・23
非国民（広津柳浪・文藝倶楽部）1
増刊 心の鬼（紫琴女史＝清水紫琴・文芸倶楽部）1
「一葉全集」（大橋乙羽編・博文館）1
花枕（正岡のぼる＝正岡子規・新小説）4
うき草（ツルゲーネフ、二葉亭四迷訳・太陽）5・5～12・20
嶋守（江見水蔭・新小説）5
紅筆（山岸荷葉・新著月刊）7
そめちかへ（おうぐわい＝森鷗外・新小説）8
十七八（小栗風葉・新著月刊）8
源叔父（独歩吟客＝国木田独歩・文藝倶楽部）8
後編 金色夜叉（紅葉山人・読売新聞）9・5～11・6
蓄生腹（柳浪・太陽）10・20～11・20
うたゝね（〈島崎〉藤村・新小説）11
思ひざめ（後藤宙外・新著月刊）12 増刊
髯題目（泉鏡花・文藝倶楽部）12
化鳥（泉鏡花・新著月刊）4

詩歌・戯曲・評論

「天地玄黄」（鉄幹与謝野寛・明治書院）1
「抒情詩」（国木田哲夫＝国木田独歩、松岡国男＝柳田国男、田山花袋、太田玉茗、嵯峨の山人＝嵯峨の屋おむろ、〈宮崎〉湖処子）4
「古白遺稿」（藤野古白・正岡常規編）5
「若菜集」（島崎藤村・春陽堂）8
元旦 最後 沓手鳥孤城落月（春のや主人＝坪内逍遙・新小説）9
社会小説に就て（風雨楼主人＝緒方流水・世界之日本）2
「トルストイ」（徳冨健次郎＝徳冨蘆花・民友社）4
俳人蕪村（獺祭書屋主人＝正岡子規・日本）4・13～11・29
「あま蛙」（斎藤緑雨・博文館）5
我邦現今の文藝界に於ける批評家の本務（高山林次郎＝高山樗牛・太陽）6・5
明治の小説（高山林次郎・太陽）6・15
日本主義を讃す（高山林次郎・太陽）6・20
所謂社会小説を論す（無署名＝高山樗牛・太陽）7・20、8・5
史劇に就きての疑ひ（坪内逍遙・早稲田文学）10
啓蒙時代の精神を論ず（大西祝・国民之友）10
「海舟先生 永川清話」（吉本襄編・鉄華書院）11

社会動向・文学事象・その他

八幡製鉄所の建設決定される2
足尾銅山鉱毒被害民八百名、上京して請願運動を開始する3
京都帝国大学設立される6
労働組合期成会の発起人会開催7
貨幣法による金本位制を実施10
この年、米価騰貴し、米騒動続発、また年末松方内閣総辞職するなど、世情不安
「早稲田文学」彙報欄で社会小説をとり上げ、その分類などを行なう2
福地桜痴、歌舞伎座の立作者となる4
中村春雨、高須梅渓ら浪華青年文学会を結成する4
高山樗牛、「太陽」の編集主幹となり、国家主義的傾向を示し、日本主義を提唱し始める6
徳富蘇峰、内務省勅任参事官に就任、以後〈変節〉の非難高まる8
外山正一、東京帝国大学総長に就任11
この年、「ほとゝぎす」創刊され、俳句革新運動の基盤できる。また「抒情詩」「若菜集」が刊行されるなど、小説がしだいに衰退し、韻文の時代を迎える気運生ず
〈創刊〉「ほとゝぎす」（松山版、柳原極堂編集）1～31年8　「学の燈」（のち「学鐙」、丸善）3　「新著月刊」（後藤宙外、島村抱月ら）4～31年5　「実業之日本」6　「よしあし草」（浪華青年文学会）7～33年6　「労働世界」（片山潜主筆）12
〈歿〉西周　栗本鋤雲　森田思軒
〈生〉中河与一　三木清　芹沢光治良　細井和喜蔵　石森延男　大仏次郎　宇野千代　嘉村磯多
シラノ・ド・ベルジュラック（ロスタン）　「芸術とは何か」（トルストイ）　ドーデ歿

明治31年（1898）

今の武蔵野（国木田独歩・国民之友）1、2
　※のち「武蔵野」と改題
続金色夜叉（こうえふ＝尾崎紅葉・読売新聞）1・14～4・1
辰巳巷談（泉鏡花・新小説）2
くれの廿八日（魚日庵魯生＝内田魯庵・新著月刊）3
磯馴松（田村松魚郎＝田村松魚・新小説）3
忘れえぬ人々（国木田独歩・国民之友）4
「ユーゴー小品」（ウヰクトル、ユーゴー、森田文蔵＝森田思軒訳・民友社）6
鹿狩（国木田独歩・家庭雑誌）8
河霧（国木田独歩・国民之友）8
埋れ井戸（三島霜川・新小説）8
恋慕ながし（小栗風葉、紅葉山人補・読売新聞）9・5～12・5
草いちご（〈広津〉柳浪・新小説）10
不如帰（蘆花・国民新聞）11・29～32年5・24
「新機軸」（後藤宙外・春陽堂）12

「新俳句」（上野三川・直野碧玲瓏編・民友社）3
「一葉舟」（藤村・春陽堂）6
「美文韻文黄菊白菊」（大町桂月・博文館）12
「夏草」（島崎藤村・春陽堂）12
歴史画とは何ぞや（無署名・早稲田文学）1
審美新説（無署名＝森鷗外・めさまし草）2～32年9 ※フォルケルトの訳
所謂社会小説（金子馬治＝金子筑水・早稲田文学）2
歌よみに与ふる書（竹の里人＝正岡子規・日本）2・12～3・4
『青山白雲』（徳冨蘆花・民友社）3
小説革新の時機―非国民的小説を難ず（無署名＝高山樗牛・太陽）4・5
「月曜講談」（内村鑑三・警醒社書店）4
「俳句入門」（高浜虚子・内外出版協会）4
福翁自伝（福沢諭吉・時事新報）7・1～32年2・16
政治小説の機運（無署名・帝国文学）8
政治小説を作れよ（内田魯庵・大日本）9
小説界の新生面（後藤宙外・新小説）10
「明治人物評論」（長谷部春汀・博文館）11
「あられ酒」（斎藤緑雨・博文館）12

米西戦争始まる4
進歩・自由両党合同し、憲政党結成6
大隈重信、初の政党内閣を組織6
尾崎行雄文相の〈共和演説〉事件に端を発し憲政党が分裂10
安部磯雄、片山潜、木下尚江、幸徳秋水ら、社会主義研究会を結成10
地租条例改正公布12
この年、政党問題や地租増徴問題などで、政界乱れる
子規庵にて歌会開かれ、やがて根岸短歌会となる3
藤沢浅二郎脚色の「金色夜叉」市村座で初演され、評判を呼ぶ3
岡倉天心、東京美術学校長をやめる3
黒田清輝、東京美術学校洋画科の教授となる4
尾上柴舟、服部躬治ら、短歌結社いかづき会を結成6
池辺三山、東京朝日新聞主筆となる6
永井荷風、広津柳浪の門に入る9
岡倉天心、橋本雅邦、横山大観ら、日本美術院を創立10
この年、政界などの波乱に対応して、政治小説、社会小説の論議さかんになる
国木田独歩の創作活動さかんになる
「文学界」（1月）「青年文」（1月）「国民之友」（8月）「早稲田文学」（10月）と雑誌の廃刊あいつぎ、ひとつの文学的季節の終りを象徴した
〈創刊〉「天地人」1 「こゝろの華」（のち、「心の花」）・佐佐木信綱主宰）2 「東京独立雑誌」（内村鑑三編集）6～33年7 「中学文壇」6 「中学世界」（博文館）9 「ほとゝぎす」（東京版）10
〈歿〉久保田彦作　神田孝平　中西梅花
〈生〉尾崎士郎　八木重吉　井伏鱒二　安西冬衛　横光利一　今東光　久板栄二郎　吉田一穂　壺井繁治　黒島伝治

「ねじの回転」（H・ジェイムス）

明治32年（1899）

小説

おぼろ夜（斎藤緑雨・文藝倶楽部）1
椀久物語（幸田露伴・文藝倶楽部）1 ※後編33年1
続々金色夜叉（〈尾崎〉紅葉・読売新聞）1・1～34年4・8
「蛇いちご」（小杉天外・春陽堂）
通夜物語（泉鏡花・大阪毎日新聞）4・7～5・8
腐肉団（後藤宙外・時事新報）6・9～8・3
血ざくら（魯庵生＝内田魯庵・新小説）8
移民学園（紫琴女史＝清水清琴・文藝倶楽部）8
己が罪（菊池幽芳・大阪毎日新聞）8・17～33年5・20
政騖（小栗風葉・新小説）9
「ふる郷」（田山花袋・新声社）9
「鬘下地」（小栗風葉・春陽堂）9
千枚張（前田曙山・東京朝日新聞）10・20～11・11
「湯島詣」（鏡花小史・春陽堂）11
惰けもの（徳田秋声・新小説）12

詩歌・戯曲・評論

「天地有情」（土井晩翠・博文館）4
「暮笛集」（薄田泣菫・金尾文淵堂）11
「夕月」（横瀬夜雨・旭堂書店）12
「俳諧大要」（獺祭書屋主人＝正岡子規編・ほとゝぎす発行所）1
「時代管見」（高山林次郎＝樗牛・博文館）1
「千山万水」（大橋乙羽・博文館）1
時代の精神と大文学（無署名＝高山樗牛・太陽）2・20
「文学管見」（緒方流水・民友社）2
「嶺雲揺曳」（田岡嶺雲・新声社）3
「扇頭小景」（小島烏水・新潮社）5
「俳句評釈」（河東碧梧桐・新声社）5
「日本之下層社会」（横山源之助・教文館）5
「審美綱領上下」（森林太郎＝森鷗外・大村西崖同編・春陽堂）6 ※ハルトマンの訳
「文藝小品」（不知庵＝内田魯庵・博文館）9
歴史画の本領及び題目（高山林次郎・太陽）10・20
「南船北馬」（田山花袋・博文館）10
月夜の美感（無署名＝高山樗牛・太陽）11・5
一国の首都（幸田露伴・新小説）11、12
美術上に所謂歴史的といふ語の真義如何（坪内雄蔵＝坪内逍遙・太陽）11・20、12・5
「俳人蕪村」（獺祭書屋主人・ほとゝぎす発行所）12
「国文学史十講」（芳賀矢一・富山房）12

社会動向・文学事象・その他

著作権法公布される3
中国山東省で義和団蜂起3
オランダ、ハーグで第1回万国平和会議開かれる5
改正条約実施され、外国人の内地雑居を承認、また治外法権撤廃される7
幸徳秋水、黒沢直道ら、普通選挙期成同盟結成10
島崎藤村、小諸義塾の教師として赴任4
川上音二郎、貞奴渡米4
堺利彦、万朝報に入社5
森鷗外、第12師団軍医部長として小倉に転任する6
田山花袋、博文館編輯員となる9
二葉亭四迷、東京外国語学校教授となる9
与謝野鉄幹、東京新詩社を創立11
この年前後、「己が罪」をはじめとして、いわゆる家庭小説さかんとなる
この年から翌年にかけて、坪内逍遙、綱島梁川、高山樗牛の間で歴史画論争起る
〈創刊〉「中央公論」（「反省雑誌」の改題）1
「伽羅文庫」（硯友社系雑誌）10～12
「車百合」（青木月斗編集）10
「活文壇」11～34年6
〈歿〉勝海舟　矢田部良吉　長沢別天
〈生〉山手樹一郎　宮本百合子　島田清次郎　石川淳　勝本清一郎　萩原恭次郎　徳永直　川端康成　丸山薫　蔵原伸二郎　川口松太郎　尾崎一雄
復活（トルストイ）　文学における象徴派の運動（A・シモンズ）

明治33年（1900）

「不如帰」（蘆花生＝徳冨蘆花・民友社）1
高野聖（鏡花小史・新小説）2
乱菊物語（広津柳浪・二六新報）2・11〜9・19
おもひ出の記（蘆花生・国民新聞）3・23〜34年3・21
「照葉狂言」（泉鏡花・春陽堂）4
鉄道国有（魯庵生＝内田魯庵・太陽）5
「ひだり縄」（小杉天外・春陽堂）5
太郎坊（〈幸田〉露伴・新小説）7
揚弓場の一時間（小杉天外・新小説）7（増刊）
「わすれ貝」（〈斎藤〉緑雨・博文館）8
「初すがた」（小杉天外・春陽堂）8
雲のゆくへ（徳田秋声・読売新聞）8・28〜11・30
鐘楼（ダンヌンチオ、みをつくし＝上田敏訳・帝国文学）9
「女夫星」（天外・春陽堂）10
葛飾砂子（泉鏡花・新小説）11
「海国冒険奇談海底軍艦」（押川春浪・博文館）11

「教育地理鉄道唱歌第一集〜第五集」（大和田建樹・三木書店）5〜10
「寒玉集第一編」（高浜清＝高浜虚子編・ほととぎす発行所）12
「国歌大観」（松下大三郎、渡辺文雄編・大日本図書会社）12
文士無妻論（島村抱月・大帝国）1
鷗外漁史とは誰ぞ（森林太郎・福岡日日新聞）1・1
「文学小観」（大町桂月・新声社）2
足尾鉱毒問題（木下尚江・毎日新聞）2・26〜3・17
「風雲集」（抱月、宙外、〈伊原〉青々園合著・春陽堂）4
「匏庵遺稿」（栗本秀二郎編・裳華書房）5
「自然と人生」（蘆花生・民友社）8
子規子来信・子規子に与ふ（与謝野鉄幹・明星）9
ゲルハルト、ハウプトマン（登張信一郎＝登張竹風・帝国文学）10、12
「廃娼之急務」（木下尚江・博文館）10
「破蓮集」（星野天知・矢嶋誠進堂）10
「近松之研究」（坪内逍遙、綱島梁川共編・春陽堂）11

社会主義研究会を改め、社会主義協会発足、安部磯雄会長となる1
田中正造、足尾鉱毒問題のため、憲政本党を脱党2
集会及政社法廃止され、治安警察法公布3
義和団峰起し、北清事変起こる5
立憲政友会結成され、伊藤博文総裁となり、第四次伊藤内閣成立10
伊藤左千夫、はじめて正岡子規を訪問1
後藤宙外、「新小説」の編集主任となる2
長塚節、はじめて子規を訪問3
与謝野鉄幹西下し、はじめて鳳晶子、山川登美子と会う8
子規、高浜虚子、河東碧梧桐ら、散文研究会「山会」を起こす8
夏目漱石、藤代素人、芳賀矢一ら欧州留学の途につく9
津田梅子、女子英学塾を創立9
「明星」8号、掲載した裸体画のため、発売禁止処分を受く12
この年、根岸短歌会に左千夫、節が入門、また新詩社に晶子、登美子らが入社し、「明星」が創刊されるなど、新派和歌運動さかんになる
この年、「新人」「新仏教」「聖書之研究」など、宗教雑誌輩出す

〈創刊〉「太平洋」（週刊、博文館）1　「歌舞伎」（三木竹二主宰）1〜大4年1　「明星」（与謝野鉄幹主宰）4〜41年11　「新仏教」7　「新人」（海老名弾正主宰）7　「関西文学」（関西青年文学会）8〜34年2　「聖書之研究」（内村鑑三主宰）9　「小天地」（大阪金尾文淵堂、薄田泣菫ら編集）10〜36年1　「警世」（松村介石主幹）10
〈歿〉外山正一　三遊亭円朝　大西祝　北田薄氷
〈生〉林不忘（牧逸馬）　綱野菊　和田伝　石坂洋次郎　中村汀女　西東三鬼　北川冬彦　壺井栄　川端茅舎　三好達治　大宅壮一　中山義秀　池谷信三郎　榊山潤　稲垣足穂
三人姉妹（チエホフ）　夢判断（フロイト）
ラスキン、ワイルド、ニーチェ歿

明治34年（1901）

小説

破垣（内田不知庵＝内田魯庵・文藝倶楽部）1
「陽炎集」（後藤宙外・春陽堂）1
史外史伝 巌窟王（デュマ、涙香小史＝黒岩涙香訳・万朝報）3・18〜6・14
無花果（中村春雨・大阪毎日新聞）3・28〜6・10
「武蔵野」（国木田独歩・民友社）3
註文帳（鏡花小史＝泉鏡花・新小説）4
新梅ごよみ（永井荷風・日出国新聞）4・19〜5・24
さめたる女（小栗風葉・新小説）5、6
女詩人（草村北星・明星）5
紺暖簾（山岸荷葉・読売新聞）6・1〜9・19
「社会小説 東洋社会党」（久松狷堂・文学同志会）6
「野の花」（田山花袋・新声社）6
「血ざくら」（内田魯庵・春陽堂）7
「夢の夢」（柳川春葉・春陽堂）9
牛肉と馬鈴薯（国木田独歩・小天地）11
錦木（柳川春葉・新小説）12
「薄氷遺稿」（梶田薄氷＝北田薄氷・春陽堂）12

詩歌・戯曲・評論

「無弦弓」（河井酔茗・内外出版協会）1
「片われ月」（金子薫園・新声社）1
「鉄幹子」（与謝野鉄幹・矢島誠進堂）3
「むらさき」（与謝野鉄幹・東京新詩社）4
「春夏秋冬 春之部」（獺祭書屋主人＝正岡子規編・俳書堂）5
「迦具土」（服部躬治・白鳩社）7
「露じも」（岩野泡鳴・無天詩窟）8
「みだれ髪」（鳳晶子＝与謝野晶子・東京新詩社）8
「落梅集」（島崎藤村・春陽堂）8
「社会の敵」（イブセン、森皚峯訳・東京堂）9
文明批評家としての文学者―本邦文壇の側面評（高山林次郎＝高山樗牛・太陽）1
墨汁一滴（規＝正岡子規・日本）1・16〜7・2
新歌論（伊藤左千夫・こゝろの花）3〜6
「廿世紀の怪物帝国主義」（幸徳秋水・警醒社）4
フリイドリヒ、ニイチエを論ず（登張信一郎＝登張竹風・帝国文学）6〜11
美的生活を論ず（樗牛生・太陽）8
「一年有半」（中江兆民・博文館）9
「ふところ日記」（川上眉山・新声社）9
「最近海外文学」（上田敏・文友館）12

社会動向・文学事象・その他

内田良平主幹の黒竜会創立される1
女子美術学校、日本女子大学校創立4
片山潜、幸徳秋水、安部磯雄ら社会民主党を結成するが、即日解散命令5
山陽線全通5
星亨、刺殺される6
東亜同文書院、上海に設立される8
田中正造、足尾鉱毒問題で天皇に直訴12
この年、第1回ノーベル賞

内田魯庵「破垣」で、文藝倶楽部発売禁止1
徳冨蘆花原作「不如帰」大阪朝日座で初演2
「文壇照魔鏡」刊行、与謝野鉄幹誹謗され、打撃を受ける3
田山花袋「野の花」の序で、当代文学の〈不自然〉さを批判、フローベルなどを推す6
鉄幹、晶子正式に結婚9
内田魯庵、丸善に入社9
白馬会第6回展で、黒田清輝らの裸体画、下半身を布で覆って出陳10
明治美術会解散し、太平洋画会結成11
この年、高山樗牛の極端な天才主義、主我主義、ニーチェ主義に対する非難高まり、特に読売新聞における坪内逍遙の「馬骨人言」は熾烈なものであった
この年、鉄幹、晶子をはじめ、数多くの詩歌句集刊行され、韻文の時代の印象を深める

＜創刊＞「女学世界」（博文館）1　「新文藝」（久保天随編集）1　「宝舟」（松瀬青々主宰）3　「半面」（岡野知十主宰）8　「秀才文壇」10〜大12年8
＜歿＞福沢諭吉　中島湘煙　大橋乙羽　中江兆民
＜生＞久保栄　村山知義　高橋新吉　梶井基次郎　富永太郎　岡本潤　日野草城　中村草田男　小熊秀雄　村野四郎　秋元不死男　山口誓子　海音寺潮五郎　川崎長太郎
さびしき人々（ハウプトマン）　悲劇の哲学（シェストフ）　ブッテンブローク家の人々（T・マン）

明治35年（1902）

黒潮（〈徳冨〉蘆花・国民新聞）1・26〜6・29
「はやり唄」（小杉天外・春陽堂）1
続々金色夜叉続篇（紅葉山人＝尾崎紅葉・読売新聞）4・1〜5・11
「野心」（永井荷風・美育社）4
「重右衛門の最後」（田山花袋・新声社）5
「山萱」（星野天知・文友館）5
「社会百面相」（内田魯庵・博文館）6
富岡先生（国木田独歩・教育界）7
噫無情（ユーゴー、涙香小史訳・万朝報）7・9〜36年8・
「新社会」（矢野龍溪・大日本図書）7
「地獄の花」（永井荷風・金港堂）7
梅屋の梅（田山花袋・小天地）8
少年の悲哀（国木田独歩・小天地）8
「即興詩人上下」（森林太郎＝森鷗外訳・春陽堂）9
雨（〈広津〉柳浪・新小説）10
旧主人（島崎藤村・新小説）11
藁草履（島崎藤村・明星）11
酒中日記（国木田独歩・文藝界）11
空知川の岸辺（国木田独歩・青年界）11、12
「浜子」（草村北星・金港堂）12

「草わかば」（蒲原有明・新声社）1
「野茨集」（吉野臥城・尚文館）2
「つゆ草」（みずほのや＝太田水穂・文友館）2
「半月集」（湯浅吉郎・金尾文淵堂）8
「玉匣両浦嶋」（森林太郎・歌舞伎発行所）12
「ニイチエと二詩人」（登張竹風・人文社）1
叙（小杉天外・「はやり唄」）1
「人道之戦士田中正造」（正岡藝陽・嗚皐社）1
病牀六尺（規＝正岡子規・日本）5・5〜9・17
序（田山花袋・「重右衛門の最後」）5
「兆民先生」（幸徳秋水・博文館）5
「新美辞学」（島村瀧太郎＝島村抱月・早稲田大学出版部）5
「文藝と教育」（坪内逍遙・春陽堂）6
「新派和歌大要」（与謝野鉄幹・大学館）6
「気焔録」（登張竹風・金港堂）7
「三十三年之夢」（宮崎滔天・国光書房）8
自然主義とは何ぞや（長谷川天溪・明星）9
文学美術に於ける不自然（佐々醒雪・文藝界）9
写実主義の根本的謬想（田岡嶺雲・文藝界）10

八甲田山中で弘前歩兵連隊兵士197名凍死1
日英同盟協約、ロンドンで調印1
東京専門学校、早稲田大学と名称を変更9
政友会、憲政本党、ともに海軍拡張のための地租増徴に反対12
小学校教科書採定をめぐっての疑獄事件起こる12
この頃より自転車普及しはじめ、またこの年女学生の間に庇髪流行する
森鷗外、第一師団軍医部長として、小倉より帰京3
尾崎紅葉、病気のため「金色夜叉」の連載できず、読売新聞社を退社、二六新報に入社9
河東碧梧桐、正岡子規の後を継いで、新聞「日本」の俳句欄を担当10
島崎藤村「旧主人」、風俗壊乱の理由で発売禁止11
石川啄木上京し、はじめて新詩社の会合に出席11
徳冨蘆花、兄蘇峰の干渉で「黒潮」連載中止となり、民友社を退社、兄と訣別12
石橋思案、博文館入社、「文藝倶楽部」の編集にあたる12
この年、「はやり唄」「重右衛門の最後」「地獄の花」など、新しい写実主義の作品見られのち前期自然主義と称されるようになる
〈創刊〉「饒舌」2　「美術新報」3　「文藝界」（金港堂、佐々醒雪編集）3〜39年12　「山比古」（窪田空穂、水野葉舟ら）5〜37年4　「藝文」（上田敏編集の「藝苑」と森鷗外編集の「めさまし草」の合併）6、8　「万年草」（「藝文」の改題）10〜37年3
〈歿〉條野採菊　西村茂樹　正岡子規　高山樗牛
〈生〉住井すゑ　河上徹太郎　中野重治　藏原惟人　真船豊　久生十蘭　小林秀雄　三好十郎　横溝正史　春山行夫　吉野秀雄　富沢赤黄男　上林暁　北園克衛　外村繁
背徳者（ジイド）　どん底（ゴーリキー）　モンナ・ヴァンナ（メーテルリンク）
ゾラ歿

明治36年（1903）

小説

泊客（柳川春葉・新小説）1
友だち（小山内八千代＝岡田八千代・婦人界）1
石巻庄右衛門（川上眉山・国民新聞）1・29〜10・22※「観音岩」前編
魔風恋風（小杉天外・読売新聞）2・25〜9・16
非凡なる凡人（国木田独歩・中学世界）3
運命論者（国木田独歩・山比古）3
馬上の友（国木田独歩・青年界）5
「澄子」（草村北星・知新館）5
「夢の女」（永井荷風・新声社）5
老嬢（島崎藤村・太陽）6
女教師（田山花袋・文藝倶楽部）6
仮寝姿（森田二十五絃＝森田草平・文藝倶楽部）7
「青春怨」（川上眉山・春陽堂）8
家庭小説 乳姉妹（菊池幽芳・大阪毎日新聞）8・24〜12・26
天うつ浪（幸田露伴・読売新聞）9・21〜37年2・10
「女優ナヽ」（ゾラ、永井荷風編・新声社）9
正直者（国木田独歩・新著文藝）10
風流線（泉鏡花・国民新聞）10・24〜37年3・12
「換菓篇」（尾崎徳太郎＝尾崎紅葉編・博文館）11
「春潮」（田山花袋・新潮社）12

詩歌・戯曲・評論

「日本国歌」（平木白星・内外出版協会）2
「独絃哀歌」（蒲原有明・白鳩社）5
「社会主義詩集」（児玉花外・社会主義図書部）8
「俳諧新潮」（尾崎紅葉編・冨山房）9
「思草」（佐佐木信綱・博文館）10
「江戸城明渡」（高安月郊）5
思想問題（〈島村〉抱月・新小説）2
「湘烟日記」（中島湘烟・育成会）3
非開戦論（幸徳秋水・万朝報）5・1
「みだれ箱」（斎藤緑雨・博文館）5
「天人論」（黒岩周六・朝報社）5
自転車日記（〈夏目〉漱石・ホトヽギス）6
国家と詩人（〈斎藤〉野の人・帝国文学）6
戦争廃止論（内村鑑三・万朝報）6・30
藤村操君の死を悼みて（魚住影雄＝魚住折蘆・新人）7
「社会主義神髄」（幸徳秋水・朝報社）
人生問題の研究と自殺（長谷川天溪・太陽）8
現代不健全なる二思想（大町桂月・太陽）11

社会動向・文学事象・その他

専門学校令公布3
国定教科書制度成立4
日比谷公園開園される6
東京帝大法科大学の7博士、対露強硬意見を発表6
頭山満ら対露同志会を結成8
日本法律学校、明治法律学校、和仏法律学校、それぞれ日本大学、明治大学、法政大学と改称8
東京電車鉄道、新橋・品川間営業開始（路面電車の始め）8
浅草電気館開場（常設映画館の始め）10
第1回早慶野球試合行われる11
はじめてポイント活字を用いる12
夏目漱石、英国より帰国1
徳冨蘆花、黒潮社を設立1
小泉八雲、文科大学を去る3
一高生藤村操、華厳の滝に投身自殺、当代の青年層に大きな衝撃を与える5
正宗白鳥、読売新聞社に入社6
有島武郎、渡米8
永井荷風、渡米9
内村鑑三、幸徳秋水、堺利彦ら、開戦論に転じた万朝報を去る10
尾崎紅葉死亡し、旧時代文学の終りを象徴する10
堺利彦、幸徳秋水ら平民社を創設11
＜創刊＞「独立評論」（山路愛山主筆）1 「卯杖」（秋声会発行）1 「比牟呂」（島木赤彦ら）1 「百花欄」（野口寧斎主筆）1 「家庭雑誌」（堺枯川編集）4 「馬酔木」（根岸短歌会）6〜41年1 「平民新聞」（週刊、平民社）11・15 「白百合」（前田林外、岩野泡鳴ら）11〜40年4
＜歿＞中島歌子 清沢満之 滝廉太郎 津田真道 尾崎紅葉 落合直文
＜生＞森茉莉 中島健蔵 窪川鶴次郎 草野心平 林房雄 小野十三郎 中野好夫 田畑修一郎 島木健作 山之口貘 小林多喜二 神西清 伊藤永之介 林芙美子
桜の園（チェーホフ） 人と超人（ショー）

明治37年（1904年）

水彩画家（藤村・新小説）1
火の柱（木下尚江・毎日新聞）1・1～3・20
相思怨（草村北星・東京朝日新聞）1・1～3・31
女夫波（田口掬汀・万朝報）1・12～5・12
春の鳥（国木田独歩・女学世界）3
紅雪録（鏡花小史・新小説）3、4
「労働問題」（ゾラ、堺枯川訳・春陽堂）4
続風流線（泉鏡花・国民新聞）5・29～10・5
和蘭皿（生田葵山人＝生田葵山・新小説）7
良人の自白（木下尚江・毎日新聞）8・15～11・10
にせ紫（小杉天外・二六新報）8・30～38年3・10
「売国奴」（ズーデルマン、登張竹風訳・金港堂）9
寂莫（正宗白鳥・新小説）11
天うつ浪（幸田露伴・読売新聞）11・26～38年5・31※続稿
津軽海峡（島崎藤村・新小説）12

「小扇」（与謝野晶子・金尾文淵堂）1
「花外詩集」（児玉花外・私家版）2
「萩之家遺稿」（落合直文・私家版）5
「毒草」（与謝野鉄幹、与謝野晶子・本郷書院）5
君死にたまふこと勿れ—旅順口包囲軍の中に在る弟を歎きて（与謝野晶子・明星）9
「藤村詩集」（島崎藤村・春陽堂）9
「銀鈴」（尾上紫舟・新潮社）11
「子規遺稿第一編竹の里歌」（高浜清編・俳書堂）11
「妻木冬の部」（松瀬青々・春俎堂）11
「夕潮」（岩野泡鳴・日高有隣堂）12
日蓮聖人辻説法（森鷗外・歌舞伎）3
「新曲浦島」（坪内逍遙・早稲田大学出版部）11
「復活の曙光」（姉崎嘲風・有朋館）1
東京の木賃宿（雲水道者談、秋水生＝幸徳秋水筆記・平民新聞）1・10～31
露骨なる描写（田山花袋・太陽）2
所謂戦争文学を排す（平出露花＝平出修・明星）6
トルストイ翁の非戦論を評す（秋水・平民新聞）8・14
「妾の半生涯」（福田英子・日高有倫堂）10
ひらきぶみ（みだれ髪＝与謝野晶子・明星）11
「理想郷」（ヰリアム・モリス、堺枯川訳・平民社）12

日本、ロシヤに宣戦布告、日露戦争始まる1
煙草専売法公布4
黄海海戦8
日韓協約調印、日本実権を握る8
遼陽大会戦9
二〇三高地占領12
岡田美千代、花袋の弟子となる2
二葉亭四迷、朝日新聞社に入社3
田山花袋、博文館記者として、日露戦争に従軍3
大町桂月、「太陽」誌上で与謝野晶子の「君死にたまふこと勿れ」を、〈危険思想〉として批判10
瀧田樗陰、中央公論社入社10
平民新聞、「共産党宣言」を訳載、発禁となる11
国木田独歩、田山花袋、柳田国男、蒲原有明ら、麻布竜土軒ではじめて会合（竜土会）11
この年、日露戦争開始により、戦争文学さかんとなる
この年、社会主義運動の取締り強化される
＜創刊＞「直言」1　「時代思潮」2　「日露戦争実記」（博文館）2　「手紙雑誌」3　「戦争文学」4　「新潮」（「新声」改題、佐藤義亮）5　「ハガキ文学」10　「七人」（小山内薫、川田順、武林無想庵ら）11～39年3
＜歿＞其角堂永機　天田愚庵　斎藤緑雨　原抱一庵　小泉八雲
＜生＞唐木順三　森山啓　木山捷平　武田麟太郎　桑原武夫　永井龍男　佐多稲子　幸田文　丹羽文雄　船橋聖一　堀辰雄
ジャン・クリストフ（ロマン・ロラン）～一九一二
チエホフ歿

明治38年（1905）

小説

倫敦塔（夏目金之助＝夏目漱石・帝国文学）1
吾輩は猫である（漱石・ホトヽギス）1～39年8
琵琶歌（大倉桃郎・大阪朝日新聞）1・1～2・23
深川女房（風葉散人＝小栗風葉・新小説）3
霰に霙（小川未明・新小説）3
青春春之巻（小栗風葉・読売新聞）3・5～7・15
零落（〈真山〉青果・新潮）4
復活（トルストイ、魯庵生＝内田魯庵・日本）4・5～9・30
伯爵夫人（田口掬汀・万朝報）4・19～11・23
団栗（〈寺田〉寅彦・ホトヽギス）4
幻影の盾（夏目漱石・ホトヽギス）4
名張少女（田山花袋・文藝倶楽部）6
「独歩集」（国木田独歩・近事画報社）7
一夜（夏目漱石・中央公論）9
「露子夫人」（草村北星・隆文館）10
付焼刃（幸田露伴・中央公論）11
薤露行（夏目漱石・中央公論）11
「花たば」（徳田秋声・日高有倫堂）12

詩歌・戯曲・評論

「恋衣」（山川登美子、増田雅子、与謝野晶子・本郷書院）1
「夏花少女」（前田林外・東京純文社）3
「山上湖上」（みずほのや＝太田水穂、山百合＝島木赤彦・金色社）3
「あこがれ」（石川啄木・小田島書房）5
「二十五絃」（薄田泣菫・春陽堂）5
「塔影」（〈河井〉酔茗・金尾文淵堂）6
「悲恋悲歌」（岩野泡鳴・日高有隣堂）6
「春鳥集」（蒲原有明・本郷書院）7
「夏姫」（三木露風・血汐会）7
「まひる野」（窪田通治＝窪田空穂・鹿鳴社）9
「海潮音」（上田敏訳・本郷書院）10
「花守」（横瀬夜雨・隆文館）11
「新曲赫映姫」（〈坪内〉逍遙・早稲田大学出版部）11
「第二軍従征日記」（田山花袋・博文館）1
「壺中観」（田岡嶺雲・嵩山房）4
予が見神の実験（綱島栄一郎＝綱島梁川・新人）7
「日本山水論」（小島烏水・隆文館）7
「荒村遺稿」（白柳秀湖ら編纂刊行）7
「文藝観」（長谷川天溪・文明堂）8
「病間録」（綱島栄一郎・金尾文淵堂）10
「国文学全史平安朝編」（藤岡作太郎・東京開成館）10

社会動向・文学事象・その他

旅順開城1
日本海海戦によって、バルチック艦隊潰滅5
日露講和条約調印される9
東京日比谷公園に講和反対国民大会開かれ、民衆暴動化し、戒厳令布告される10
平民社解散10
朝鮮統監府設置される12
この年、アインシュタイン、相対性理論発表
島崎藤村、小諸義塾を辞し、「破戒」の原稿を抱いて上京4
児玉花外、白柳秀湖、中里介山ら火鞭会創立5
島村抱月、欧州留学より帰国9
尾上柴舟、車前草社を結成9
窪田空穂、千家元麿、松村英一ら十月会結成10
幸徳秋水渡米11
この年夏目漱石「吾輩は猫である」をはじめとして、「倫敦塔」「幻影の盾」などを発表、作家的出発を遂げる
「海潮音」「春鳥集」など日本象徴詩の成果が刊行されるなど、韻文の時代とも目すべき明治30年代を印象づける数多くの詩歌集刊行される
綱島梁川の見神の宗教的体験など、人生問題に悩む青年たちに大きな影響を与える
〈創刊〉「婦人世界」1　「女子文壇」（河井酔茗編集）1　「天鼓」（田岡嶺雲主宰）2～39年3　「月刊スケッチ」4　「新古文林」（国木田独歩編集）5～40年3　「火鞭」（児玉花外、白柳秀湖ら）9～39年5　「平旦」（石井柏亭、小杉未醒ら）9～39年4　「新紀元」（安部磯雄、木下尚江ら）11　「光」（西川光二郎ら）11
〈殁〉田口卯吉　野口寧斎　岸田吟香
〈生〉椋鳩十　伊藤整　生方たつゑ　渋川驍　秋山清　加藤楸邨　臼井吉見　石川達三　平畑静塔　与田準一　円地文子　平林たい子　田中千禾夫　神保光太郎
獄中記（ワイルド）

明治39年（1906）

野菊之墓（〈伊藤〉左千夫・ホトヽギス）1
新曙光（木下尚江・毎日新聞）1・1～6・9※「良人の自白」続編
青春 秋之巻（小栗風葉・読売新聞）1・10～11・12
「晴小袖」（大塚楠緒子・隆文館）1
芸者小竹（岩野泡鳴・新古文林）3
写実小説 コブシ（小杉天外・読売新聞）3・17～41年1・20
「運命」（国木田独歩・左久良書房）3
「破戒」（〈島崎〉藤村・上田屋）3※緑蔭叢書第一篇
二人画工（シヱンキーウヰツ、〈内田〉魯庵生訳・中央公論）4～7
六号室（チエホフ、夏葉女史＝瀬沼夏葉訳・文藝界）4
坊っちやん（夏目漱石・ホトヽギス）4
「観音岩 前篇」（川上眉山・日高有倫堂）4※後篇40年7
「肉弾」（桜井忠温・丁未出版社）4
千鳥（〈鈴木〉三重吉・ホトヽギス）5
「漾虚集」（夏目漱石・大倉書店）5
二階の窓（正宗白鳥・早稲田文学）8
号外（国木田独歩・新古文林）8
草枕（夏目漱石・新小説）9
二百十日（夏目漱石・中央公論）10
其面影（二葉亭主人＝四迷・東京朝日新聞）10・10～12・31
春昼（泉鏡花・新小説）11※「春昼後刻」12
「乱雲集」（島村抱月・彩雲閣）11

「舞姫」（与謝野晶子・如山堂書店）1
写生文集 帆立貝」（坂本四方太、高浜虚子・俳書堂）3
「伶人」（金子薫園・短歌研究会）4
「孔雀船」（伊良子清白・左久良書房）5
「白羊宮」（薄田淳介＝薄田泣菫・金尾文淵堂）5
「あやめ草」（野口米次郎編・如山堂書店）6
「東海遊子吟」（土井晩翠・大日本図書株式会社）6
「明暗」（水野葉舟、窪田通治＝窪田空穂・金曜社）7
「続春夏秋冬 秋之部」（河東碧梧桐選・籾山書店）8
囚はれたる文芸（島村抱月・早稲田文学）1
与謝野晶子の歌を評す（左千夫・馬酔木）3
「壺中我観」（田岡嶺雲・嵩山堂）3
「破戒」を評す（柳田国男、抱月、白鳥他・早稲田文学）5
「神秘的半獣主義」（岩野泡鳴・左久良書房）6
「舌筆録」（登張竹風・春陽堂）8
「唾玉集」（伊原青々園、後藤宙外編・春陽堂）9
幻滅時代の芸術（長谷川天渓・太陽）10
「ゲルハルト、ハウプトマン」（森林太郎＝森鷗外・春陽堂）10
新旧演劇の前途（島村抱月・趣味）11
「明治文学史」（岩城準太郎・育英社）12

堺利彦ら日本社会党を結成1
東京市電値上げ反対市民大会開催される3
鉄道国有法公布3
日露講和条約により南樺太を領有6
文部大臣牧野伸顕文部訓令を出し、青年子女の風紀頽廃、過激な言論などについて教育関係者の注意を促す6
京都帝国大学に文科大学を開設9

斎藤茂吉、伊藤左千夫の門に入る1
坪内逍遙、島村抱月らによって文芸協会設立され、新しい演劇運動の母胎となる2
島崎藤村「破戒」を自費出版、この年のうちに五版を重ね、自然主義文学の確乎たる礎石として、高く評価される3
岩野泡鳴、処女作小説「芸者小竹」を発表、以後自然主義的思潮へ独自の活動を始める3
高浜虚子、河東碧梧桐の「俳三昧」に対抗して、句会「俳諧散心」を始める3
山県有朋、森鷗外らの歌会常磐会創立6
碧梧桐、全国俳句行脚の旅に出発8
国木田独歩「号外」を発表、日露戦後の時代の虚脱感、喪失感を形象化する8
夏目漱石と門下生らの会木曜会始まる10
文芸協会第1回大会として「ヴェニスの商人」などを上演11
三宅雪嶺ら新聞「日本」を連袂辞職12
この年「早稲田文学」「文章世界」「趣味」などが復刊、創刊され、新文学の気運醸成される

〈創刊〉「早稲田文学」（第二次）1～昭2年12　「芸苑」（第二次・上田敏ら）1　「文章世界」（田山花袋編集、博文館）3～大9年12　「東亜之光」（井上哲次郎主幹）5　「趣味」6～43年7　「簡易生活」（上司小剣編集）11～40年5
〈生〉本庄陸男　和田芳恵　坂口安吾　伊東静雄
〈歿〉福地桜痴
車輪の下（ヘッセ）
イプセン　セザンヌ歿

明治40年（1907）

小説

野分（夏目漱石・ホトヽギス）1
婦系図（鏡花小史＝泉鏡花・やまと新聞）1・1〜4・6
「緑葉集」（島崎藤村・春陽堂）1
「鶉籠」（夏目漱石・春陽堂）1
塵埃（正宗白鳥・趣味）2
縁（八重子＝野上彌生子・ホトヽギス）2
解剖室（三島霜川・中央公論）3
風流懺法（高浜虚子・ホトヽギス）4
「千代紙」（鈴木三重吉・俳書堂）4
南小泉村（真山青果・新潮）5
少女病（田山花袋・太陽）5
斑鳩物語（虚子・ホトヽギス）5
少年行（中村星湖・早稲田文学）5増刊
並木（島崎藤村・文藝倶楽部）6増刊
窮死（国木田独歩・文藝倶楽部）6増刊
虞美人草（漱石・東京朝日、大阪朝日新聞）6・23〜10・29※「大阪朝日」は6・23〜10・28
「愁人」（小川未明・隆文館）6
蒲団（田山花袋・新小説）9
「紅塵」（正宗白鳥・彩雲閣）9
平凡（二葉亭四迷・東京朝日新聞）10・30〜12・31
犠牲（徳田秋声・中央公論）10
恋ざめ（小栗風葉・日本）11・18〜41年1・4
茗荷畑（真山青果・中央公論）11
駅夫日記（白柳秀湖・新小説）12
「カルコ集」（二葉亭主人訳・春陽堂）12

詩歌・戯曲・評論

「二十八宿」（横瀬夜雨・金尾文淵堂）2
「若き日」（平野万里・左久良書房）3
「静夜」（尾上柴舟・隆文館）5
塵溜（川路柳紅・詩人）9
「うた日記」（森林太郎＝森鷗外・春陽堂）9
「文藝講話」（上田敏・金尾文淵堂）3
自然主義的表象詩論（岩野泡鳴・帝国文学）4
「青春」合評（島村抱月・相馬御風他・早稲田文学）4
文藝の哲学的基礎（漱石・東京朝日新聞）5・4〜6・4
「文学論」（夏目漱石・大倉書店）5
今の文壇と新自然主義（抱月・早稲田文学）6
自然主義論に因みて（御風・早稲田文学）7
無解決の文学（片上天弦・早稲田文学）9
泉鏡花とロマンチク（斎藤信策・太陽）9、10
「蒲団」合評（正宗白鳥他・早稲田文学）10
文藝上主客両体の融会（御風・早稲田文学）10
論理的遊戯を排す―所謂自然主義の立脚地を論ず（長谷川天溪・太陽）10
「霹靂鞭」（田岡嶺雲・日高有倫堂）10
自然主義論（金子筑水・新小説）11
自然主義（上田敏・新小説）11
人生観上の自然主義（天弦・早稲田文学）12
虚子著『鶏頭』序（夏目漱石・東京朝日新聞）12・23

社会動向・文学事象・その他

乃木希典、学習院長に就任1
足尾銅山鉱夫、待遇改善問題で暴動、以後各地でスト多発する2
尋常小学校義務年限、4年より6年となる3
新刑法公布4
東北帝国大学を仙台に新設6
柳田国男、田山花袋、島崎藤村らイプセン会を組織2
森鷗外、佐佐木信綱、与謝野鉄幹、伊藤左千夫ら、観潮楼歌会を始める3
相馬御風、人見東明ら、早稲田詩社創立3
夏目漱石、朝日新聞社に入社4
西園寺公望、森鷗外ら文士20人を招待、雨声会と名づける。漱石、四迷は辞退6
藤村「並木」で、モデル問題やかましくなる6
永井荷風、アメリカよりフランスに渡る7
与謝野鉄幹、吉井勇、木下杢太郎ら西九州を探訪、南蛮趣味高まる9
川路柳虹、口語詩「塵溜」を発表、口語自由詩の論議さかんとなる9
第1回文部省美術展覧会開かれる10
文芸協会、第2回大会として「ハムレット」を上演11
この年、早稲田出身の批評家を中心にして、「早稲田文学」「太陽」「文章世界」などで、しだいに自然主義論がさかんになる

＜創刊＞「平民新聞」（日刊）1・15〜4・14　「日本及日本人」（「日本人」改題）1　「演藝画報」1　「方寸」（石井柏亭、山本鼎、森田恒友ら）5〜44年7　「詩人」（河井酔茗主宰）6〜41年5　「新思潮」（第一次。小山内薫編集）10〜41年3

＜歿＞陸羯南

＜生＞岩上順一　綱島梁川　浅井忠　山岡荘八　火野葦平　亀井勝一郎　高見順　北原武夫　山本健吉　中原中也　井上靖　平野謙

母（ゴリキー）　サーニン（アルツィバーシェフ）　創造的進化（ベルグソン）　プラグマティズム（W・ジェームズ）　ユイスマン歿

明治41年（1908）

竹の木戸（国木田独歩・中央公論）1
玉突屋（正宗白鳥・太陽）1
一兵卒（田山花袋・早稲田文学）1
隣の嫁（〈伊藤〉左千夫・ホトヽギス）1
何処へ（正宗白鳥・早稲田文学）1〜4
坑夫（夏目漱石・東京朝日、大阪朝日新聞）1・1〜4・6
「鶏頭」（高浜虚子・春陽堂）1
都会（生田葵山・文藝倶楽部）2
俳諧師（高浜虚子・国民新聞）2・18〜7・28
芋掘り（〈長塚〉節・ホトヽギス）3
「花袋集」（田山花袋・易風社）3
春（島崎藤村・東京朝日新聞）4・7〜8・19
生（田山花袋・読売新聞）4・13〜7・19
「荒野」（武者小路実篤・警醒社）4
「灰燼」（上司小剣・春陽堂）6
夢十夜（漱石・東京朝日、大阪朝日新聞）7・25〜8・5※「大阪朝日」は7・26〜8・5
「あめりか物語」（永井荷風・博文館）8
旅役者（小山内薫・新潮）9
二家族（正宗白鳥・早稲田文学）9〜42年5
三四郎（漱石・東京朝日、大阪朝日新聞）9・1〜12・29
長者星（小杉天外・読売新聞）9・10〜42年8・8
世間師（小栗風葉・中央公論）10
妻（田山花袋・日本）10・14〜42年2・14
新世帯（徳田秋声・国民新聞）10・16〜12・6
おみよ（水野葉舟・趣味）11

「有明集」（蒲原有明・易風社）1
「闇の盃盤」（岩野泡鳴・日高有倫堂）4
「新春夏秋冬・春」（松根東洋城選・俳書堂）6
「海の声」（若山牧水・生命社）7
生れざりしならば（真山青果・中央公論）4
現実暴露の悲哀（長谷川誠也＝長谷川天渓・太陽）1
文藝上の自然主義（島村抱月・早稲田文学）1
私は懐疑派だ（二葉亭四迷・文章世界）2
未解決の人生と自然主義（天弦・早稲田文学）2
俳句界の新傾向（大須賀乙字・アカネ）2
自然主義比較論（〈後藤〉宙外・新小説）4
創作家の態度（夏目漱石・ホトヽギス）4
自然主義論（樋口龍峡・明星）4、5
短歌の現在と将来（尾上柴舟・趣味）5
自然主義の価値（島村抱月・早稲田文学）5
無解決と解決（長谷川天渓・太陽）5
「生」に於ける試み（田山花袋・早稲田文学）9
口語詩の出発点（服部嘉香・文庫）9
藝術と実生活の界に横たはる一線（島村抱月・早稲田文学）9
「非自然主義」（後藤宙外・春陽堂）9
「欺かざるの記前編」（国木田独歩・隆文館、左久良書）10※後編42年1
「新自然主義」（岩野泡鳴・日高有倫堂）10
口語詩問題（島村抱月・読売新聞）11・20、21

麻布、横須賀の連隊で兵士の集団脱営起る3
第1回ブラジル移民4
赤旗事件起り、堺利彦や大杉栄ら逮捕される6
戊申詔書発布10
「早稲田文学」自然主義特集を組む1
北原白秋、木下杢太郎、吉井勇ら新詩社脱退する1
「早稲田文学」、「推讃の辞」欄を設け、第1回として田山花袋の「蒲団」を推す2
生田葵山「都会」、風俗壊乱として告訴される2
平塚明子、森田草平の塩原情死行、未遂におわる（いわゆる「煤煙」事件）3
臨時仮名遣調査委員会設置、森鷗外委員となる5
川上眉山自殺する6
二葉亭四迷、朝日新聞ロシヤ特派員として、訪露に出発6
永井荷風、フランスより帰国7
前田林外、河井酔茗ら都会詩社創立8
幸田露伴、京都帝国大学講師となる9
川上貞奴、帝国女優養成所開く9
高浜虚子、国民新聞社に入社、「国民文学」欄設置10
徳田秋声、「新世帯」を発表、自然主義的色彩を強める10
「明星」一〇〇号をもって廃刊11
木下杢太郎、北原白秋、吉井勇、山本鼎、石井柏亭らのパンの会、第1回会合開かれる12
この年、自然主義ますます盛んになり、島崎藤村、田山花袋、正宗白鳥ら活躍する
＜創刊＞「アカネ」（「馬酔木」後継誌）2〜42年7「火柱」（児玉花外ら）3「阿羅々木」（のち「アララギ」）10
＜歿＞三木竹二　小出粲　川上眉山　国木田独歩　服部撫松
＜生＞寒川光太郎　藤枝静男　菊田一夫　田中澄江　本多秋五　井上良雄　宮本顕治
地獄（バルビュス）　科学と方法（ポアンカレ）
フェノロサ歿

明治42年（1909）

小説

狐（永井荷風・中学世界）1
耽溺（小栗風葉・中央公論）1
荒布橋（木下杢太郎・スバル）1
煤烟（森田草平・東京朝日新聞）1・1〜5・17
耽溺（岩野泡鳴・新小説）2
半日（森林太郎＝森鷗外・スバル）3
「ふらんす物語」（永井荷風・博文館）3
「出産」（徳田秋声・左久良書房）5
「白鳥集」（正宗白鳥・左久良書房）5
それから（〈夏目〉漱石・東京朝日、大阪朝日新聞）6・27〜10・14
ヰタ・セクスアリス（森林太郎・スバル）7
「額の男」（長谷川如是閑・政教社）8
落日（正宗白鳥・読売新聞）9・1〜11・6
赤門前（野上臼川・国民新聞）9・8〜12・29
「歓楽」（永井荷風・易風社）9
白鷺（泉鏡花・東京朝日新聞）10・15〜12・12
「南小泉村」（〈真山〉青果・今古堂）10
「田舎教師」（田山花袋・左久良書房）10
「微温」（水野葉舟・易風社）11
冷笑（永井荷風・東京朝日新聞）12・13〜43年2・28
すみだ川（永井荷風・新小説）12
波瀾（森しげ女・スバル）12
「寄生木」（徳冨健次郎＝徳冨蘆花・警醒社）12

詩歌・戯曲・評論

「邪宗門」（北原白秋・易風社）3
「日本俳句鈔第一集」（河東碧梧桐選・政教社）5
「佐保姫」（与謝野晶子・日吉丸書房）6
「廃園」（三木露風・光華書房）9
南蛮寺門前（木下杢太郎・スバル）2
ジョン・ガブリエル・ボルクマン（イブセン、森林太郎訳・国民新聞）7・6〜9・7
午後三時（吉井勇・スバル）3
実生活と文藝（金子筑水・中央公論）2
椋鳥通信（無名氏＝森鷗外・スバル）3〜大2年12
「文学評論」（夏目漱石・春陽堂）3
「時代と文藝」（樋口龍峡・博文館）3
「近代文藝之研究」（島村瀧太郎＝島村抱月・早稲田大学出版部）6
自然主義論最後の試練（相馬御風・新潮）7
「二葉亭四迷」（坪内逍遙、内田魯庵共編・易風社）8
懐疑と告白（島村抱月・早稲田文学）9
「新片町より」（島崎藤村・左久良書房）9
弓町より—食ふべき詩（石川啄木・東京毎日新聞）11・30〜12・7
「インキ壺」（田山花袋・左久良書房）11
「文藝百科全書」（早稲田文学社・隆文館）12

社会動向・文学事象・その他

電車値上げ反対の東京市民大会開かれる1
大日本精糖の贈収賄事件発覚4
新聞紙条令廃止、新聞紙法公布され、内相に発売禁止権を与える5
東京高商の学生、同盟総退校を決議5
伊藤博文、ハルピン駅頭にて暗殺される10
小松原文相、官邸に文学者を招待、幸田露伴、森鷗外、夏目漱石、島村抱月ら出席1
「早稲田文学」、「推讃の辞」欄で島崎藤村の「春」と正宗白鳥の「何処へ」を推す2
人見東明、三富朽葉ら自由詩社を結成4
樋口龍峡、後藤宙外らの反自然主義的文学団体文芸革新会発足4
二葉亭四迷、露国より帰国途上ベンガル湾上にて死す5
坪内逍遙、島村抱月らの文芸協会、演劇研究所を開設5
漱石主宰の「朝日文芸欄」開設される11
自由劇場第1回試演「ボルクマン」を有楽座で開く11
この年、鷗外あらたな創作活動に入る
この年、新劇運動しだいに盛んになる
永井荷風「ふらんす物語」、「歓楽」、鷗外「ヰタ・セクスアリス」など、発禁相継ぐ
〈創刊〉「スバル」（森鷗外、木下杢太郎、吉井勇、石川啄木ら）1〜大2年・12「黒白」（田岡嶺雲主宰）2「木太刀」「卯杖」改題）4「自然と印象」（人見東明、三富朽葉ら）5「屋上庭園」（北原白秋、木下杢太郎）10
〈歿〉山川登美子　二葉亭四迷　斎藤野の人　依田学海
〈生〉花田清輝　津村信夫　大岡昇平　井上友一郎　中島敦　長谷川四郎　太宰治　飯沢匡　菱山修三　松本清張　中里恒子
狭き門（ジイド）　青い鳥（メーテルリンク）　唯物論と経験批判論（レーニン）
シング、メレディス歿

明治43年（1910）

歌行燈（鏡花・新小説）1
見果てぬ夢（永井荷風・中央公論）1
渦巻（上田敏・国民新聞）1・1～3・2
家（島崎藤村・読売新聞）1・1～5・4※
　前編の部分
門（漱石・東京朝日、大阪朝日新聞）3・1～6・12
青年（〈森〉鷗外・スバル）3～44年8
小鳥の巣（鈴木三重吉・国民新聞）3・3～10・14
縁（田山花袋・毎日電報）3・29～8・8
網走まで（志賀直哉・白樺）4
虻（青木健作・ホトヽギス）4
別れたる妻に送る手紙（徳田秋江＝近松秋江・早稲田文学）4～7
木像（上司小剣・読売新聞）5・6～7・26
お民さん（里見弴・白樺）6
剃刀（志賀直哉・白樺）6
普請中（鷗外・三田文学）6
土（長塚節・東京朝日新聞）6・13～11・17
「漱石近作四篇」（夏目漱石・春陽堂）6
足跡（徳田秋声・読売新聞）7・30～11・18
「放浪」（岩野泡鳴・東雲堂）7
あそび（鷗外・三田文学）8
かん〳〵虫（有島武郎・白樺）10
微光（正宗白鳥・中央公論）10
刺青（谷崎潤一郎・新思潮）11
沈黙の塔（鷗外・三田文学）11
食堂（鷗外・三田文学）12
娘（水野仙子・中央公論）12

「独り歌へる」（若山牧水・八少女会）1
「収穫」（前田夕暮・易風社）3
「相聞」（与謝野寛＝与謝野鉄幹・明治書院）3
「別離」（若山牧水・東雲堂）4
「NAKIWARAI」（TOKI AIKWA＝土岐哀果・ローマ字ひろめ会）4
「霧」（河井酔茗・東雲堂）5
「酒ほがひ」（吉井勇・昴発行所）9
「路傍の花」（川路柳虹・東雲堂）9
「一握の砂」（石川啄木・東雲堂）12
悲痛の哲理―併せて田中喜一氏の泡鳴論を反駁す（岩野泡鳴・文章世界）1
自己の問題として見たる自然主義的思想（安倍能成・ホトヽギス）1
自ら知らざる自然主義者（〈阿部〉次郎・東京朝日新聞）2・6
「文壇無駄話」（徳田秋江・光華書房）3
「それから」に就て（武者小路実篤・白樺）4
自然主義の主観的要素（片上天弦・早稲田文学）4
自然主義に於ける主観の位置（安倍能成・ホトヽギス）4
自然主義脱却論（片山孤村・帝国文学）4
緑色の太陽（高村光太郎・スバル）4
時代閉塞の現状（石川啄木稿・未発表）8
自己主張の思想としての自然主義（魚住折蘆・東京朝日新聞）8・22、23
短歌滅亡私論（尾上柴舟・創作）10
「三千里」（河東碧梧桐・金尾文淵堂）12

逗子開成中学のボート部員13名、七里ヶ浜で遭難溺死1
東京フヒルハルモニー会発会式、東京音楽学校楽堂で挙行4
ハレー彗星出現、地球と衝突するなどの噂流れ、人心動揺する5
幸徳秋水、大石誠之助ら逮捕され、大逆事件の検挙行われる6
韓国併合に関する日韓条約結ばれ、朝鮮総督府を置く8
帝国在郷軍人会の発会式行われる11
白瀬中尉らの南極探険隊出発12
「早稲田文学」、「推讃の辞」欄で永井荷風、小山内薫を推す2
藤島武二、欧州より帰国2
永井荷風、慶応義塾文学科刷新のため、教授となる3
中村春雨の新社会劇団「牧師の家」を公演する4
正宗白鳥、読売新聞社を退社6
堺利彦、大杉栄ら売文社を設立9
井上正夫の新時代劇協会、ショー「馬泥棒」を上演11
この年、「白樺」「三田文学」「新思潮」など新雑誌の創刊相次ぎ、耽美的あるいは理想主義的な文学思潮が台頭して来た
漱石門下生の評論活動活発になる
この年、「中央公論」「ホトヽギス」「屋上庭園」「自然と印象」「新思潮」など発禁相次ぎ、官憲の言論に対する弾圧ますます激しくなる
〈創刊〉「創作」（若山牧水主宰）3～44年10　「藝文」（京大文学会編集）4　「白樺」（有島武郎、武者小路実篤、志賀直哉、里見弴ら）4～大12年9　「三田文学」（永井荷風主宰）5～大14年3　「新思潮」（第二次、谷崎潤一郎、和辻哲郎、後藤末雄ら）9～44年3
〈歿〉藤岡作太郎　荻原守衛　大和田建樹　山田美妙　大塚楠緒子　魚住折蘆
〈生〉埴谷雄高　村上元三　石上玄一郎　保田与重郎　竹内好
マルテの手記（リルケ）　マーク・トウェイン、トルストイ歿

明治44年（1911）

小説

或る女のグリンプス（有島武郎・白樺）1～大2年3※「或女」前編初稿
断橋（岩野泡鳴・毎日電報）1・1～3・16
あきらめ（田村とし子・大阪朝日新聞）1・1～12・21
「お目出たき人」（武者小路実篤・洛陽堂）2
妄想（森鷗外・三田文学）3、4
厄年（加能作次郎・ホトヽギス）4
濁った頭（志賀直哉・白樺）4
自叙伝（森田草平・東京朝日新聞）4・27～7・31
少年（谷崎潤一郎・スバル）6
朝顔（久保田万太郎・三田文学）6
朝鮮（高浜虚子・東京日日新聞）6・19～11・25
山の手の子（阿部省三＝水上瀧太郎・三田文学）7
泥人形（正宗白鳥・早稲田文学）7
黴（徳田秋声・東京朝日新聞）8・1～11・3
大川端（小山内薫・読売新聞）8・8～9・13
雁（鷗外・スバル）9～大2年5
灰燼（鷗外・三田文学）10～大1年12
秘密（谷崎潤一郎・中央公論）11
澪（長田幹彦・スバル）11～45年3
蝙蝠の如く（有島壬生馬・白樺）11～大1年12
発展（岩野泡鳴・大阪新報）12・16～45年3・25
「刺青」（谷崎潤一郎・籾山書店）12

詩歌・戯曲・評論

「春泥集」（与謝野晶子・金尾文淵堂）1
「夜の舞踏」（人見東明・扶桑社書店）5
「思ひ出」（北原白秋・東雲堂）6
「路上」（若山牧水・博信堂書房）9
修善寺物語（岡本綺堂・文藝倶楽部）1
桃色の室（武者小路実篤・白樺）2
寂しき人々（ハウプトマン、鷗外訳・読売新聞）2・16～4・25
和泉屋染物店（木下杢太郎・スバル）3
「午後三時」（吉井勇・東雲堂）7
「善の研究」（西田幾多郎・弘道館）1
「ツァラトゥストラ」（ニイチェ、生田長江訳・新潮社）1
「基督抹殺論」（幸徳秋水・丙午出版社）3
「影と声」（阿部次郎、小宮豊隆、安倍能成、森田草平・春陽堂）3
「書斎より街頭に」（田中王堂・広文堂書店）5
「楽天囚人」（堺利彦・丙午出版社）6
「一隅より」（与謝野晶子・金尾文淵堂）7
元始女性は太陽であった―青鞜発刊に際して（らいてう＝平塚雷鳥・青鞜）9
谷崎潤一郎氏の作品（永井荷風・三田文学）11
「紅茶の後」（永井荷風・籾山書店）11
「花袋文話」（田山花袋・博文館）12

社会動向・文学事象・その他

大審院、幸徳秋水ら大逆事件被告24人に死刑判決（内12人無期に減刑）1
南北朝正閏問題起る2
工場法公布3
吉原、大火でほとんど焼失4
東京市内電車、市営となる8
片山潜ら社会党を結成するが、禁止となる10
中国で辛亥革命起る10
清国革命軍、南京に臨時政府を樹立、孫文臨時大総統になる12
この年、カフェ・プランタン、ライオン、パウリスタ、銀座、京橋で開店
この頃、イルミネイション装飾、広告急速に普及
レコード、蓄音機普及し始める
徳冨蘆花、「謀叛論」を一高で講演、幸徳秋水らの処刑を批判2
夏目漱石、博士号を辞退2
帝国劇場開場3
文部省に文芸委員会設置、森鷗外、上田敏、幸田露伴、島村抱月ら委員となる5
文芸協会第1回公演として「ハムレット」を上演5
「青鞜」創刊され、新しい女性運動起る9
文芸協会研究所試演「人形の家」で松井須磨子好演9
立川文庫発刊され始める10
白樺主催の洋画展覧会開かれる11
この年、山脇信徳や木下杢太郎などの間に、いわゆる絵画の約束論争起る
＜創刊＞「詩歌」（前田夕暮編集）4　「層雲」（荻原井泉水編）4　「試作」（中塚一碧楼編集）6　「青鞜」（平塚らいてうら）9～大5年2　「車前草」（尾上柴舟ら）9　「朱欒」（北原白秋編集）11～大2年5　「講談倶楽部」11
＜歿＞幸徳秋水　森槐南　青木繁　大塚甲山　菱田春草　大下藤次郎　川上音二郎
＜生＞中村光夫　野口冨士男　田宮虎彦　椎名麟三　八木義徳　田村泰次郎　森有正
ヘボン、デイルタイ歿

明治45年（大正元年）（1912）

かのやうに（鷗外・中央公論）1
彼岸過迄（漱石・東京朝日、大阪朝日新聞）1・2〜4・29
お絹（青木健作・読売新聞）1・3〜2・5
悪魔（谷崎潤一郎・中央公論）2
母の死と新しい母（志賀直哉・朱欒）2
「浅草」（久保田万太郎・籾山書店）2
零落（長田幹彦・中央公論）4
魯鈍な猫（小川未明・読売新聞）4・24〜6・5
「食後」（島崎藤村・博文館）4
「毒の園」（ソログープ、ザイチェフら、昇曙夢訳・新潮社）6
「朝」（田山花袋・春陽堂）7
羹（谷崎潤一郎・東京日日新聞）7・20〜11・19
生さぬ仲（柳川春葉・大阪毎日新聞）8・17〜2年4・24
我等の一団と彼（石川啄木遺稿・読売新聞）8・29〜9・27
哀しき父（葛西歌棄＝葛西善蔵・奇蹟）9
クローディアスの日記（志賀直哉・白樺）9
大津順吉（志賀直哉・中央公論）9
「新橋夜話」（永井荷風・籾山書店）9
興津弥五右衛門の遺書（鷗外・中央公論）10
「世間知らず」（武者小路実篤・洛陽堂）11
「処女作」（水上滝太郎・籾山書店）11
悪魔（葛西善蔵・奇蹟）12
行人（漱石・東京朝日、大阪朝日新聞）12・6〜2年11・15

「春乃ゆめ」（福田夕咲・文星堂）1
「青海波」（与謝野晶子・有朋堂）1
「黄昏に」（土岐哀果＝土岐善麿・東雲堂書店）2
「悲しき玩具」（石川啄木・東雲堂書店）6
「死か藝術か」（若山牧水・東雲堂書店）9
道成寺（萱野二十一＝郡虎彦・三田文学）4
「故郷」（ズーダーマン、島村抱月訳及補・金尾文淵堂）6
革命の画家（柳宗悦・白樺）1
ノラ・社員の批評及感想（青鞜）1
童馬漫筆（水上守暁＝斎藤茂吉・アララギ）1〜8
生を味ふ心（相馬御風・早稲田文学）2
「自己の為」及び其他について—「公衆と予と」を見て李太郎君に—（無車＝武者小路実篤・白樺）2
内生活直写の文学（再び）（阿部次郎・読売新聞）2・4
「売文集」（ショウら、堺枯川＝堺利彦編・丙午出版社）5
「数奇伝」（田岡嶺雲・玄黄社）6
叫びと話（伊藤左千夫・アララギ）9、2年2
「黎明期の文学」（相馬御風・新潮社）9
本能と創造（大杉栄・近代思想）10
個性に就ての雑感（武者小路実篤・白樺）10
「千曲川のスケッチ」（島崎藤村・左久良書房）12

清朝が滅亡、袁世凱が臨時大総統に就任2
ジャパン・ツーリスト・ビューロー創立3
新橋・下関間に展望車付特急列車が走る6
第五回オリンピックに金栗四三ら初参加7
明治天皇が崩御、大正と改元7
米価急騰、下層民の生活が困窮7
鈴木文治ら、総同盟の前身友愛会を創立8
乃木大将夫妻殉死の是非につき世論沸騰9
第一次バルカン戦争勃発10
桂太郎の憲政無視に対し、東京で第一回憲政擁護大会開催、三千名が集まる12
この年で団子坂の菊人形が廃止
政治の民衆化の傾向が顕著になる

「白樺」主催第四回美術展でロダン、ルノワールらの作品が展示2
文芸協会第三回公演でズーダーマン「故郷」が上演禁止5
美濃部達吉と上杉慎吉の間に憲法学説論争7
高浜虚子「ホトトギス」雑詠欄を復活させる7
洋画の革新をめざす斎藤与里、岸田劉生、高村光太郎らのヒュウザン会の第一回展10
田山花袋が博文館を退社12
この年、森鷗外が歴史小説を書きはじめる
この年、メーテルリンク、オイケン、ベルグソンらの紹介盛んとなり、また「モザイク」「聖杯」などが世紀末芸術の紹介につとめる
土曜劇場、とりで社、近代劇協会など新劇団が次々と結成される
「アララギ」で伊藤左千夫と新進の斎藤茂吉、島木赤彦らの作風に違いが生じ、評価に関する論争が起きる

＜創刊＞「奇蹟」（広津和郎、葛西善蔵、相馬泰三ら）9〜2年5　「近代思想」（大杉栄編集・荒畑寒村、貝塚渋六＝堺利彦、土岐哀果ら）10〜3年9　「ヒュウザン」（斎藤与里、高村光太郎、岸田劉生、木村荘八ら）11〜2年6　「第一作」（中塚一碧楼編集）11　「聖杯」（後「仮面」、日夏耿之介、西条八十ら）12〜4年6

＜歿＞高崎正風　池辺三山　石川啄木　田岡嶺雲

＜生＞檀一雄　武田泰淳　杉森久英　吉田健一　戸川幸夫　宮柊二　大原富枝

ストリンドベルイ歿

大正２年（1913）

小説

遊女（田村とし子・新潮）1※のち「女作者」と改題
阿部一族（〈森〉鷗外・中央公論）1
杏の落ちる音（高浜虚子・ホトトギス）1
清兵衛と瓢簞（志賀直哉・読売新聞）1・1
「留女」（志賀直哉・洛陽堂）1
「死の勝利」（ダンヌンツィオ、生田長江訳・新潮社）1
「大川端」（小山内薫・籾山書店）1
「青鞜小説集第一」（青鞜社編・東雲堂）2
たゞれ（徳田秋声・国民新聞）3・21～6・5
「畜生道」（平出修・籾山書店）3
木乃伊の口紅（田村俊子・中央公論）4
銀の匙（那迦＝中勘助・東京朝日新聞）4・8～6・4※前編
明るみへ（与謝野晶子・東京朝日新聞）6・5～9・17※未完
「意地」（森林太郎＝森鷗外・籾山書店）6
「ぼんち」（岩野泡鳴・植竹書院）6
桑の実（鈴木三重吉・国民新聞）7・25～11・15
逆徒（平出修・太陽）9
大菩薩峠（中里生＝中里介山・都新聞）9・12～3年2・9※第一巻、のち「大阪毎日新聞」「隣人の友」ら
范の犯罪（志賀直哉・白樺）10
疑惑（近松秋江・新小説）10
護持院原の敵討（鷗外・ホトトギス）10
実川延童の死（里見弴・白樺）12※のち「河豚」と改題
松葉杖をつく女（素木しづ・新小説）12
「旅役者」（長田幹彦・浜口書店）12

詩歌・戯曲・評論

「桐の花抒情歌集」（北原白秋・東雲堂書店）1
「珊瑚集」（永井荷風訳・籾山書店）4
「啄木遺稿」（石川啄木、土岐哀果編・東雲堂書店）5
「東京景物詩及その他」（北原白秋・東雲堂書店）7
「馬鈴薯の花」（久保田柿人＝島木赤彦、中村憲吉・東雲堂書店）7
「白き手の猟人」（三木露風・東雲堂書店）9
「赤光」（斎藤茂吉・東雲堂書店）10
「どんたく」（竹久夢二・実業之日本社）11
夜叉ヶ池（泉鏡花・演藝倶楽部）3
「新一幕物」（森林太郎訳・籾山書店）3
「埋れた春」（秋田雨雀・春陽堂）4
「歓楽の鬼」（長田秀雄・たちばなや書店）11
「社会と自分」（夏目漱石・実業之日本社）2
「みゝずのたはこと」（徳富健次郎＝徳冨蘆花・新橋堂書店、服部書店、警醒社書店）3
「円窓より」（〈平塚〉らいてう・東雲堂書店）5※のち改題「扃ある窓にて」
「生の要求と文学」（片上伸・南北社）5
「嶺雲文集」（田岡嶺雲、笹川臨風、白河鯉洋編・玄黄社）6
生の拡充（大杉栄・近代思想）7
「哲人何処にありや」（斎藤信策＝斎藤野の人遺稿、姉崎正治・小山鼎浦編・博文館）10
「生長」（武者小路実篤・洛陽堂）12

社会動向・文学事象・その他

護憲運動がたかまる1
護憲派の民衆が政府系新聞社や交番を襲撃、第三次桂内閣が総辞職する2
広東の独立に失敗し、孫文、台湾へ亡命8
袁世凱が中華民国大総統に正式に就任10
この年、化粧品の広告がさかんとなる

近代劇協会、森鷗外訳の「ファウスト」を帝劇で上演3
島崎藤村が渡仏する4
文藝協会が解散し、島村抱月、松井須磨子ら藝術座を創立する7
「アララギ叢書」の刊行が始まる。（第一編「馬鈴薯の花」第二編「赤光」）7
岩波書店創業8
北原白秋、巡礼詩社をおこす11
雑誌「スバル」が廃刊12
平塚らいてう「私は新らしい女である」（中央公論・1）に端を発し、〈新らしい女〉論議たかまる。「青鞜」は1月号で「新らしい女、其他婦人問題に就て」を特集、他にも「中央公論」「太陽」らが婦人問題の特集をした。

<創刊>「生活（LA VIE）」（千家元麿編集、岸田劉生、高村光太郎、木村荘八ら。「ヒューザン」の改題）7「創作」（若山牧水）8～3年12「仮面」（日夏耿之介、西条八十ら。「聖盃」の改題）8～4年6「生活と藝術」（発行人西村陽吉、土岐哀果編集）9～5年6「エゴ」（千家元麿、佐藤惣之助ら）10「第三帝国」（茅原華山）10

<歿>塩井雨江　伊藤左千夫　岡倉天心

<生>荒正人　高橋義孝　石田波郷　近藤芳美　杉浦明平　織田作之助

スワンの家の方へ＝失われた時を求めて第一部（プルースト）　息子と恋人（D・H・ロレンス）

大正３年（1914）

大鹽平八郎（鷗外・中央公論）1
鱧の皮（上司小剣・ホトトギス）1
湖水と彼等（豊島与志雄・新思潮）2
堺事件（鷗外・新小説）2
「素顔」（後藤末雄・浜口書店）2
トコヨゴヨミ（田山花袋・早稲田文学）3
青草（近松秋江・ホトトギス）4
児を盗む話（志賀直哉・白樺）4
炮烙の刑（田村俊子・中央公論）4
盲目の川（長与善郎・白樺）4～9
安井夫人（森林太郎＝森鷗外・太陽）4
心（〈夏目〉漱石・東京朝日、大阪朝日新聞）4・20～8・11※「大阪朝日」は8・19まで
彼と彼の叔父（豊島与志雄・帝国文学）5 ※のち「恩人」と改題
老年（柳川隆之介＝芥川龍之介・新思潮）5
三十三の死（素木しづ・新小説）5
桜の実の熟する時（島崎藤村・文章世界）5～7年6
毒薬を飲む女（岩野泡鳴・中央公論）6
「波」（藤森成吉・中興館）6 ※のち「若き日の悩み」と改題
田舎医師の子（相馬泰三・早稲田文学）7
紫のダリヤ（小川未明・中央公論）8
栗山大膳（森林太郎・太陽）9
饒太郎（谷崎潤一郎・中央公論）9
「日本橋」（泉鏡花・千章館）9
彼が三十の時（武者小路実篤・白樺）10、11
「黒い眼と茶色の目」（徳冨健次郎・新橋堂）12

「太陽の子」（福士幸次郎・洛陽堂）4
鍼の如く（長塚節・アララギ）6～9、4年1
「銀」（木下利玄・洛陽堂）5
「自然の扉層雲第一句集」（荻原井泉水編・東雲堂書店）8
「道程」（高村光太郎・抒情詩社）10
「白金之独楽」（北原白秋・金尾文淵堂）12
わしも知らない（武者小路実篤・中央公論）1
牛乳屋の兄弟（久米正雄・新思潮）3 ※のち「牧場の兄弟」と改題
俳諧亭句楽の死（吉井勇・中央公論）4
剃刀（中村吉蔵・中央公論）7増刊
生の藝術の主張に対する反感（石井柏亭・太陽）1
民衆の勢力によって時局問題を解決せんとする風潮を論ず（吉野作造、浮田和民ら・中央公論）4
「三太郎の日記」（阿部次郎・東雲堂）4
知識的手淫（大杉栄・近代思想）5
短歌に於ける主観の位置（太田水穂・創作）5
「自我生活と文学」（相馬御風・新潮社）6
「飼山遺稿」（山本一蔵＝山本飼山、深沢白人編・泰平館書店）6
「近代文藝の解剖」（馬場孤蝶・広文堂書店）9
「演劇評論」（小宮豊隆・日月社）10
「破壊と建設」（中沢臨川・新潮社）11
「キリアム・ブレーク」（柳宗悦・洛陽堂）12
「折蘆遺稿」（魚住影雄＝魚住折蘆、安倍能成編・岩波書店）12

島田三郎、シーメンス会社の日本海軍高官への贈賄問題を追及、民衆が内閣弾劾の暴動をおこす1～2
オーストリア、セルビアに宣戦布告、第一次世界大戦が始まる7
日本、ドイツに宣戦布告し、第一次世界大戦に参加7

京大総長沢柳政太郎の教授会無視の人事に京大教授反撥、結局文部大臣により教授会の人事権が承認される1
トルストイ作、島村抱月脚色の「復活」が藝術座で松井須磨子ら出演で上演、以後「カチューシャの唄」流行3
室生犀星、萩原朔太郎、山村暮鳥らが人魚詩社を創立6
文展のアカデミズムに反対する在野の洋画団体、二科会が第1回展を開く10
この年、木下杢太郎「和泉屋染物店」（新時代劇協会、9）「南蛮寺門前」（狂言座、9）吉井勇「句楽の死」（狂言座、11）長田秀雄「屍骸の哄笑」（新時代劇協会、9）など創作劇の上演が活発
この年、実行による社会革命なくして個人革命は不可能とする大杉栄と、相馬御風との間に革命についての論争がおきる
「アカギ叢書」（7）「新潮文庫」（9）など廉価文庫の刊行が始まる

〈創刊〉「へちまの花」（貝塚渋六＝堺利彦編集）1「我等」（万造寺斉、佐藤春夫ら）1「新思潮」（第三次、山宮充、久米正雄、山本有三、豊島与志雄、芥川龍之介ら）2～9「未来」（三木露風、山宮允、西条八十ら）2「番紅花」（尾竹一枝、神近市子ら）3「水甕」（尾上柴舟ら）3「反響」（生田長江、森田草平ら）4「国民文学」（窪田空穂、松村英一ら）6「地上巡礼」（北原白秋、萩原朔太郎、室生犀星、吉川惣一郎＝大手拓次ら）9「少年倶楽部」11～昭37年12
〈歿〉平出修　押川春浪
〈生〉深沢七郎　十返肇　会田綱雄　芝木好子　立原道造　木下順二　北条民雄　佐々木基一
ダブリン市民（ジョイス）

大正４年（1915）

小説

山椒大夫（森林太郎＝森鷗外・中央公論）1
舞鶴心中（近松秋江・中央公論）1
柹二つ（〈高浜〉虚子・東京朝日新聞）1・1～4・16
あらくれ（徳田秋声・読売新聞）1・12～7・24
「諸国物語」（森鷗外訳・国民文庫刊行会）1
「夏すがた」（〈永井〉荷風・籾山書店）1
彼等の運命（長与善郎・白樺）2～5年1
「唐草表紙」（木下杢太郎・正確堂）2
「父の婚礼」（上司小剣・新潮社）3
入江のほとり（正宗白鳥・太陽）4
八の馬鹿（鈴木三重吉・中央公論）4
晩い初恋（里見弴・中央公論）4
「小さん金五郎」（田村俊子・新潮社）4
「平和の日まで」（大倉桃郎・佐藤出版部）5
「炭焼の娘」（長塚節・春陽堂）5
道草（〈夏目〉漱石・東京朝日、大阪朝日新聞）6・3～9・14
魚玄機（森林太郎・中央公論）7増刊
宣言（有島武郎・白樺）7～12
ぢいさんばあさん（森林太郎・新小説）9
奔流（徳田秋声・東京朝日新聞）9・16～5年1・14
最後の一句（森林太郎・中央公論）10
「鴨川情話」（長田幹彦・新潮社）10
羅生門（柳川隆之介＝芥川龍之介・帝国文学）11

詩歌・戯曲・評論

「切火」（島木赤彦・アララギ発行所）3
「雲母集」（北原白秋・阿蘭陀書房）8
「沙羅の木」（デェメル他、森林太郎訳・阿蘭陀書房）9
「祇園歌集」（吉井勇・新潮社）11
「聖三稜玻璃」（山村暮鳥・にんぎょ詩社）12
その妹（武者小路実篤・白樺）3
法成寺物語（谷崎潤一郎・中央公論）6
歴史其儘と歴史離れ（森林太郎・心の花）1
硝子戸の中（夏目漱石・東京朝日新聞）1・13～2・23
「露国現代の思潮及文学」（昇曙夢・新潮社）2
「悪魔主義の思想と文藝」（岩野泡鳴・天弦堂書房）2
「未来派及立体派の藝術」（木村荘八・天弦堂書房）3
「思索と体験」（西田幾多郎・千章館）3
「最近の文藝及び思潮」（生田長江・日月社）5
「敏郎集」（生方敏郎・植竹書院）7
「印象主義の思想と藝術」（高村光太郎・天弦堂書房）7
問題文藝論（生田長江、小川未明ら・新潮）9
近代個人主義の諸相（大杉栄・早稲田文学）11
「愛の争闘」（岩野清子・米倉書店出版部）11
「日和下駄」（永井荷風・籾山書店）11
「社会的近代文藝」（馬場孤蝶・東雲堂書店）12

社会動向・文学事象・その他

株価高騰、大戦による好況期に入る1
中国政府に対華二十一か条要求を出す1
中国で日貨排斥運動さかんとなる3
英仏露伊の間でロンドン条約が調印4
武蔵野鉄道（のち西武鉄道）、池袋・飯能間が開通4
第一回全国中等学校優勝野球大会が開催8
この年、ギンブラという言葉が使われ始める
第十二回総選挙に文壇関係者が立候補、樋口龍峡、柴四朗ら当選、茅原華山、馬場孤蝶、与謝野寛ら落選2～3
「白樺」と関わりの深い岸田劉生、中川一政、木村荘八らの第一回草土社展が開催10
大阪朝日、大阪毎日新聞、夕刊を発刊10
片上伸、ロシアに留学10
広津和郎、鈴木悦、「第三帝国」文芸欄を担当する11
この年、吉井勇、近松秋江、久保田万太郎、長田幹彦らの情話文学が流行する
中村星湖「問題文藝の提起」（「読売新聞」1・1）に端を発し〈問題文藝〉について論議たかまり「中央公論」が七月臨増で「問題小説と問題劇」を特集する
岩野泡鳴の離婚を契機に「貞操及び愛の問題」を論じる機運が生じ、岩野泡鳴「男女と貞操問題、僕の別居事実と自由恋愛論」岩野清子「愛の争闘」なども刊行される
〈創刊〉「澁柹」（松根東洋城主宰）2「卓上噴水」（萩原朔太郎、室生犀星、山村暮鳥）3「海紅」（河東碧梧桐主宰、中塚一碧楼、滝井折柴＝滝井孝作編集）3「ＡＲＳ」（北原白秋編集、森鷗外、上田敏顧問）3「潮音」（太田水穂主宰）7「科学と文藝」9（第二次）「近代思想」（発行人宮嶋信泰＝宮嶋資夫、編集人大杉栄）10～5年1「中央美術」（田中鏡次郎＝田口掬汀編集）10「LA TERRE」（福士幸次郎、江馬修ら）11
〈歿〉長塚節　瀬沼夏葉　五姓田義松　田辺蓮舟　小林清親　長田秋濤
〈生〉梅崎春生　野間宏　小島信夫　寺田透　串田孫一

大正５年（1916）

神童（谷崎潤一郎・中央公論）１
落葉降る下にて（高浜虚子・中央公論）１
高瀬舟（森林太郎・中央公論）１
澀江抽斎（森林太郎・東京日日、大阪毎日新聞）１・13～５・20※「大阪毎日」は１・13～５・17
「坑夫」（宮嶋資夫・近代思想社）１
鼻（芥川龍之介・新思潮）２
或る青年の夢（武者小路実篤・白樺）３～11
朝餐（後藤末雄・読売新聞）３・21～７・５
手品師（久米正雄・新思潮）４
牛部屋の臭ひ（正宗白鳥・中央公論）５
明暗（〈夏目〉漱石・東京朝日、大阪朝日新聞）５・26～12・14
伊沢蘭軒（森林太郎・東京日日、大阪毎日新聞）６・25～６年９・５※「大阪毎日」は６・25～６年９・４
善心悪心（里見弴・中央公論）７
腕くらべ（荷風小史＝永井荷風・文明）８～６年10
死者生者（正宗白鳥・中央公論）９
貧しき人々の群（中条百合子＝宮本百合子・中央公論）９
芋粥（芥川龍之介・新小説）９
「時は過ぎゆく」（田山花袋・新潮社）９
「受難者」（江馬修・新潮社）９
離合（谷崎精二・読売新聞）11・28～６年３・27
「新しき命」（野上彌生子・岩波書店）11
「世界童話集 湖水の女」（鈴木三重吉編・春陽堂）12
「悲しみの日より」（素木しづ子・須原啓興社）12

「正義の兜」（佐藤惣之助・天弦堂書房）１
「農民の言葉」（福田正夫・南郊堂書店）１
「碧梧桐句集」（大須賀乙字選・俳書堂）２
「一人と全体」（百田宗治・表現発行所）９
「林泉集」（中村憲吉・アララギ発行所）11
屋上の狂人（菊池寛・新思潮）５
項羽と劉邦（長与善郎・白樺）９～６年５
出家とその弟子（倉田百三・生命の川）11～６年３
憲政の本義を説いて其有終の美を済すの途を論ず（吉野作造・中央公論）１
「愛の争闘」に現はれたる両性問題（平塚らいてう・中央公論）１
「還元録」（相馬御風・春陽堂）２
「きのうけふ 明治文学之半面観」（内田魯庵・博文館）３
チエーホフの強み（広津和郎・「接吻他八篇」・金尾文淵堂）５※序文
民衆藝術の意義及び価値（本間久雄・早稲田文学）８
「遊蕩文学」の撲滅（赤木桁平・読売新聞）８・６、８・８
「藝術上の理想主義」（赤木桁平・洛陽堂）10
当来文藝の基調たらんとする人道主義に対する批判（森田草平、江馬修ら・新潮）11
自然主義前派の跳梁（生田長江・新小説）11
トルストイと日本の思想界（生田長江・新小説）12

ユトランド沖で英独艦隊が激突５
労働条件を規定する工場法が施行される９
憲政会が結成され、政友会との二大政党時代はじまる10
この年、街頭に婦人の洋装が見られる
三宅克己「写真のうつし方」が刊行されるなどアマチュアカメラマンがあらわれる
「青鞜」が終刊２
永井荷風、慶応義塾大学の教授を辞す３
日本著作家協会が発会する４
タゴールが来日、タゴールブーム起きる５
島崎藤村、フランスより帰国７
大杉栄、葉山日蔭茶屋で神近市子に刺される11
第一回詩話会が開かれ、山宮允、川路柳虹、日夏耿之介、福士幸次郎らが出席11
森鷗外、軍医総監を辞し予備役となり（４月）、夏目漱石（12月）も歿し、明治期の一つの終焉を迎える。
この年白樺派が全盛、雑誌「トルストイ研究」「トルストイ叢書」が刊行されるなどトルストイブームとなる。
武者小路実篤の現実認識を批判する生田長江「自然主義前派の跳梁」など白樺派批判も見られ、以後〈自然主義前派論争〉が起きる
正宗白鳥、田山花袋ら自然主義者が成熟した安定した作品を見せる。
長田幹彦、久保田万太郎、後藤末雄、近松秋江、吉井勇の享楽的作風を批判した赤木桁平「遊蕩文学の撲滅」により、以後耽美的な文学傾向が衰退する。
〈創刊〉「洪水以後」（茅原華山）１　「婦人公論」１～（第四次）「新思潮」（芥川龍之介、久米正雄、菊池寛、松岡譲ら）２　「文明」（永井荷風）４　「文章倶楽部」（加藤武雄編集）５～昭４年４　「感情」（室生犀星、萩原朔太郎、山村暮鳥ら）６～８年11　「トルストイ研究」９～８年１　「生命の川」（「白樺」の衛星誌）10
〈歿〉加藤弘之　上田敏　夏目漱石
〈生〉五味川純平　小田切秀雄
砲火（バルビュス）　若き芸術家の肖像（ジョイス）　変身（カフカ）　小説の理論（ルカーチ）　H・ジェイムズ歿

大正６年（1917）

小説

西班牙犬の家（夢見心地になることの好きな人々の為めの短篇）（佐藤春夫・星座）1
「一兵卒の銃殺」（田山花袋・春陽堂）1
銀二郎の片腕（里見弴・新小説）2
美しき牢獄（素木しづ・読売新聞）3・28～8・2
恐ろしき結婚（里見弴・太陽）4
生あらば（豊島与志雄・文章倶楽部）4
城の崎にて（志賀直哉・白樺）5
「羅生門」（芥川龍之介・阿蘭陀書房）5
病める薔薇（佐藤春夫・黒潮）6
小作人の死（小川未明・新小説）6
カインの末裔（有島武郎・新小説）7
異端者の悲しみ（谷崎潤一郎・中央公論）7
禰宜様宮田（中条百合子＝宮本百合子・中央公論）7増刊
「半七捕物帳」（岡本綺堂・平和出版社）7
末枯（久保田万太郎・新小説）8
クラゝの出家（有島武郎・太陽）9
ある僧の奇蹟（田山花袋・太陽）9
和解（志賀直哉・黒潮）10
神経病時代（広津和郎・中央公論）10
島の秋（吉田絃二郎・早稲田文学）10
戯作三昧（芥川龍之介・大阪毎日新聞）10・20～11・4
北条霞亭（森林太郎＝森鷗外・東京日日、大阪毎日新聞）10・30～12・27 ※「大阪毎日」は10・29より
迷路（有島武郎・中央公論）11 ※長篇「迷路」の一部

詩歌・戯曲・評論

「月に吠える」（萩原朔太郎・感情詩社、白日社）2
「長塚節歌集」（古泉千樫編・春陽堂）6
「転身の頌」（日夏耿之介・光風館）12
父帰る（菊池寛・新思潮）1
死と其前後（有島武郎・新公論）5
「役の行者」（逍遙人＝坪内逍遙・玄文社）5
天守物語（泉鏡花・新小説）9
「平出修遺稿」（与謝野寛編・平出禾刊）1
怒れるトルストイ（広津和郎・トルストイ研究）2、3
既に一転機、到れり（和辻哲郎・時事新報）3・10～3・15
「貧乏物語」（河上肇・弘文堂書房）3
理想主義的自然主義（森田草平・文章世界）4
生活の藝術化・藝術の生活化（本間久雄・新小説）5
「夏目漱石」（赤木桁平・新潮社）5
惜しみなく愛は奪ふ（有島武郎・新潮）6
「東京の三十年」（田山花袋・博文館）6
「民衆藝術論」（ロメン・ロラン、大杉栄訳・阿蘭陀書房）6
自由と責任とに就いての考察（広津和郎・新潮）7
新技巧派の意義及びその人々（田中純・新潮）10

社会動向・文学事象・その他

中華民国に文学革命運動が始まる1
ロシアに二月革命が起きる3
早大で天野為之派と高田早苗派が対立し、早稲田騒動が起きる8
孫文、広東に軍政府を組織9
十月革命が起き、ソヴィエト政権が樹立11
この年、大戦による好景気でインフレが進行
「新潮」が「人の印象」を連載する2
沢田正二郎ら新国劇を創立4
鈴木三重吉編「世界童話集」（春陽堂）が刊行される4
芥川龍之介「羅生門」の出版記念会が「星座」「新思潮」同人らの発起で開催6
加能作次郎が西村渚山のあと「文章世界」の編集を担当する7
第四回二科展で万鉄五郎、東郷青児、神原泰らの作品が注目される9
詩話会が結成、川路柳虹、山宮允、日夏耿之介、福士幸次郎ら出席11
森鷗外、帝室博物館長兼図書頭となる12
「新思潮」（2月）「新小説」（4月）などが夏目漱石追悼号を出す
この年志賀直哉、里見弴、有島武郎らの活躍が著しく、文壇の地位を確立、また佐藤春夫、広津和郎も文壇に進出。所謂〈十人十色〉の傾向が顕著となる
芥川龍之介、里見弴らの作風が〈新技巧派〉とよばれ、その作風の是非が論議される
この年、伝統主義論争、民衆芸術に関する論争が活発。

＜創刊＞「星座」（佐藤春夫、江口渙ら）1「主婦の友」3～「中央文学」（細田源吉編集）4～10年12「思潮」（阿部次郎編集主幹、和辻哲郎、小宮豊隆、安部能成ら）5～8年1「短歌雑誌」（西村陽吉ら編集）10「異象」（舟木重信、関口次郎ら）11
＜歿＞山路愛山 坂本四方太 塚原渋柿園 岩村透 菊池大麓 三富朽葉 今井白楊 佐々醒雪
＜生＞柴田錬三郎 島尾敏雄
国家と革命（レーニン） 海戦（ゲーリング）

大正７年（1918）

小さき者へ（有島武郎・新潮）１
師崎行き（広津和郎・新潮）１
おかめ笹（永井荷風・中央公論）１※以後「花月」５～11に掲載
「夜の光」（志賀直哉・新潮社）１
北条霞亭（森林太郎・帝国文学）２～９年１
※「その五十八」～「その百六十四」
子をつれて（葛西善蔵・早稲田文学）３
受験生の手記（久米正雄・黒潮）３
生れ出づる悩み（有島武郎・大阪毎日、東京日日新聞）３・16～４・30※「東京日日」は３・18～５・１、中絶
「白樺の森」（白樺同人・新潮社）３
労働者誘拐（江口渙・雄弁）４
憑き物（岩野泡鳴・新潮）５
新生（島崎藤村・東京朝日新聞）５・１～10・５※第一巻、第二巻は８年８・５～10・24
地獄変（芥川龍之介・大阪毎日夕刊、東京日日新聞）５・１～５・22※「東京日日」は５・２から
「荊棘の路」（相馬泰三・新潮社）５
陸奥直次郎（長与善郎・白樺）７
蜘蛛の絲（芥川龍之介・赤い鳥）７
無名作家の日記（菊池寛・中央公論）７
奉教人の死（芥川龍之介・三田文学）９
忠直卿行状記（菊池寛・中央公論）９
田園の憂鬱（佐藤春夫・中外）９
宿命（沖野岩三郎・大阪朝日新聞）９・６～11・22
世の中へ（加能作次郎・読売新聞）10・３～12・４
「病める薔薇」（佐藤春夫・天佑社）11
「愛の詩集」（室生犀星・感情詩社）１
「伎芸天」（川田順・竹柏会出版部）３
「自分は見た」（千家元麿・玄文社）５
「抒情小曲集」（室生犀星・感情詩社）９
「風は草木にさゝやいた」（山村暮鳥・白日社）11

義時の最期（坪内逍遙・中央公論）５
民本主義の意義を説いて再び憲政有終の美を済すの途を論ず（吉野作造・中央公論）１
民衆は何処にありや（加藤一夫・新潮）１
民衆及び民衆藝術の意義（川路柳虹・雄弁）３
民衆意識の根本としての個人主義（蠟山政道・雄弁）５
白樺派の人々（佐藤春夫、本間久雄、田中純ら・中央公論）７
史劇及び史劇論の変遷（坪内逍遙・大観）７～10
偶感（フォン・ケーベル・思想）７～８年１
文壇の大勢と各作家の位置（江口渙・中外）８
古寺巡礼（和辻哲郎・思潮）８～８年１
「新しき村の生活」（武者小路実篤・新潮社）８
現実主義の徹底（宮島新三郎・文章世界）９
現代将来の小説的発想を一新すべき僕の描写論（岩野泡鳴・新潮）10
「文学に現はれたる我が国民思想の研究」（津田左右吉・洛陽堂）10※平民文学の時代上
或批評家達に与ふ（広津和郎・雄弁）12
「偶像再興」（和辻哲郎・岩波書店）12

米価、高騰を続ける２
ロシア、ドイツ・オーストリアとブレスト・リトウスク講和条約を調印する３
米騒動、全国に広がる８
日本、シベリア出兵を宣言する８
原敬内閣が成立する９
第一次世界大戦が終る11
新大学令が公布12
東京帝国大学の学生によって新人会が結成12
北原白秋、若山牧水、古泉千樫、太田水穂、前田夕暮らにより歌話会が創立３
山本鼎、織田一磨、戸張孤雁らにより日本創作版画協会が結成される４
「早稲田文学」の編集主任が中村星湖より本間久雄にかわる７
武者小路実篤らの新しき村建設をめぐって有島武郎、堺利彦、山川均らにより活発な発言がなされる６～８
童話と童謡の創作雑誌「赤い鳥」が鈴木三重吉によって創刊される７
新しき村が宮崎県木城村に建設される11
「早稲田文学」が島村抱月の追悼特集を行なう12
岩野泡鳴の一元的描写論に対して前田晁、長谷川天渓、中村星湖らが反論する
この年、菊池寛、葛西善蔵が文壇に登場する
この年、詩壇に民衆詩派が登場する

＜創刊＞「民衆」（福田正夫ら）１「文明批評」（大杉栄、伊藤野枝ら）１「現代詩歌」（川路柳虹編集）２「花月」（永井荷風主筆）５「赤い鳥」（鈴木三重吉主宰）７～11年10「新しき村」７～12年12
＜歿＞柳川春葉　素木しづ　島村抱月　大内青巒
＜生＞有馬頼義　中村真一郎　福永武彦　堀田善衛　小沼丹　加藤道夫

狂人日記（魯迅）カリグラム（アポリネール）
アポリネール歿

大正8年（1919）

小説

恩讐の彼方に（菊池寛・中央公論）1
自分の師（武者小路実篤・白樺）1～6 ※のち「幸福者」と改題
母を恋ふる記（谷崎潤一郎・東京日日、大阪毎日新聞）1・19～2・22
河そひの春（田山花袋・やまと新聞）1・1～9・30
「再び草の野に」（〈田山〉花袋・春陽堂）1
「傀儡師」（芥川龍之介・新潮社）1
「子をつれて」（葛西善蔵・新潮社）3
「幽情記」（露伴学人＝幸田露伴・大倉書店）3
「或る女（前編）」（有島武郎・叢文閣）3 ※後編は6月
運命（幸田露伴・改造）4
死を恃んで行く女（細田源吉・新小説）4
死児を抱いて（広津和郎・中央公論）4
蔵の中（宇野浩二・文章世界）4
藤十郎の恋（菊池寛・大阪毎日新聞）4・3～4・13
彼の生涯の第二期（宮地嘉六・雄弁）5
「猫八」（岩野泡鳴・玄文社）5
「地上第一巻 地に潜むもの」（嶋田清次郎・新潮社）6
幼年時代（室生犀星・中央公論）8
ある職工の手記（宮地嘉六・改造）9
「イボタの蟲」（中戸川吉二・新潮社）9
性に眼覚める頃（室生犀星・中央公論）10
友情（武者小路実篤・大阪毎日新聞）10・16～12・11

詩歌・戯曲・評論

「月光とピエロ」（堀口大学・自家版）1
「第二愛の詩集」（室生犀星・文武堂書店）5
「砂金」（西條八十・尚文堂書店）6
「紅玉」（木下利玄・玄文社）7
「食後の唄」（木下杢太郎・アララギ発行所）12
一人と千三百人（平沢紫魂＝平沢計七・労働世界）5
三浦製絲場主（久米正雄・中央公論）7 増刊
「白樺脚本集」（白樺同人・新潮社）8
批評といふもの（有島武郎・早稲田文学）2
「新しき村」に対する疑義（加藤一夫・時事新報）3・25～3・30
志賀直哉論（広津和郎・新潮）4
朝鮮人を憶ふ（柳宗悦・読売新聞）5・20～5・24
「思想の勝利」（片上伸・天佑社）5
「民衆藝術論」（加藤一夫・洛陽堂）6
印象批評の弊（菊池寛・新潮）7
「ケーベル博士小品集」（深田康算、久保勉訳・岩波書店）6
「民主的文藝の先駆」（白鳥省吾・新潮社）7
「自己を生かす為に」（武者小路実篤・新潮社）7
「古事記及び日本書紀の新研究」（津田左右吉・洛陽堂）8
新現実主義文学の要求（三上於菟吉・新潮）12
花火（永井荷風・改造）12

社会動向・文学事象・その他

普選運動が各地に広がる2
万歳事件が起こり、朝鮮独立運動が広まる3
モスクワでコミンテルン創立大会開催3
中国で五・四運動が起こる5
ベルサイユ講和条約が調印される6
大日本労働総同盟友愛会が創立する8
この年労働組合数、同盟罷業件数が急増
松井須磨子が自殺、藝術座が解散する1
山本鼎、織田一磨らの日本創作版画協会第一回展が開かれる1
大阪毎日新聞が社説に口語体を使用する2
宝塚新歌劇場が落成3
菊池寛「藤十郎の恋」が大阪で初演10
浅沼稲次郎、平野力三ら建設者同盟を結成10
この年、宇野浩二、小説家としての室生犀星が文壇に認められる
芥川龍之介「傀儡師」菊池寛「心の王国」葛西善蔵「子をつれて」宇野浩二「蔵の中」など新進作家の代表的短篇集が刊行される
「社会問題研究」「我等」「労働文学」ら労働関係の雑誌が次々と刊行され「中央公論」の「労働問題号」（7月）、「改造」の「階級闘争号」（12月）など労働問題が表面化する
ホイットマン生誕百年につき富田砕花や白鳥省吾による翻訳・紹介が盛んとなる

〈創刊〉「我等」（大山郁夫、長谷川如是閑編集）2～昭5年2　「労働文学」（宇佐美文蔵編集・加藤一夫、福田正夫ら）2　「黒煙」（藤井真澄編集、監修・坪田譲治）3　「改造」（横関愛造編集）4～昭30年2　「解放」6　「キネマ旬報」7～　「十三人」（下村千秋編集・牧野信一ら）11　「人間」（吉井勇、久米正雄、里見弴ら）11～11年6　「金の船」（後「金の星」有島生馬、島崎藤村監修の児童雑誌）11

〈歿〉松井須磨子　織田純一郎　村山槐多　宮崎三昧　水野仙子　井上円了　関根正二

〈生〉黒田三郎　水上勉　吉岡実　安東次男　大西巨人　加藤周一　金子兜太　中桐雅夫　石原八束　金達寿

大正9年（1920）

小僧の神様（志賀直哉・白樺）1
放浪者富蔵（宮地嘉六・解放）1
舞踏会（芥川龍之介・新潮）1
死線を越えて（賀川豊彦・改造）1〜5
或る男と其姉の死（志賀直哉・大阪毎日新聞夕刊）1・6〜3・28 ※のち「或る男其姉の死」と改題
「反射する心」（中戸川吉二・新潮社）1
おせい（岩野泡鳴・改造）2
蒼白き巣窟（室生犀星・雄弁）3 ※削除
ピルロニストのやうに（武林無想庵・改造）3
山の生活にて（志賀直哉・改造）4 ※のち「焚火」と改題
秋（芥川龍之介・中央公論）4
或兵卒の記録（細田民樹・雄弁）4
二つの途（豊島与志雄・新小説）5
売色鴨南蛮（泉鏡花・人間）5
「性格破産者」（江口渙・新潮社）5
「水野仙子集」（川浪道三編・叢文閣）5
「苦の世界」（宇野浩二・聚英閣）5 ※「その一」「その二」
父親（里見弴・人間）6
真珠夫人（菊池寛・東京日日、大阪毎日新聞）6・9〜12・22
杜子春（芥川龍之介・赤い鳥）7
桐畑（里見弴・国民新聞）7・5〜8・4
※後篇は「国民新聞」10・7〜12・9
空中の藝当（小川未明・太陽）9
毒婦のやうな女（正宗白鳥・中央公論）9
真鶴（志賀直哉・中央公論）9
「或売笑婦の話」（徳田秋声・日本評論社）11
「厄年」（加能作次郎・博文館）12

「白孔雀」（西条八十訳・尚文堂書店）1
「氷魚」（島木赤彦・岩波書店）6
「槐多の歌へる」（村山槐多、山崎省三編・アルス）6
「松倉米吉歌集」（松倉米吉・行路詩社）6
「牧羊神 上田敏遺稿」（上田敏・金尾文淵堂）10
大仏開眼（長田秀雄・人間）4
井伊大老の死（中村吉蔵・早稲田文学）4
嬰児殺し（山本有三・第一義）6
国境の夜（秋田雨雀・新小説）10
中間階級の文学（片上伸・大観）1
大正八年度の文藝界（芥川龍之介・「毎日年鑑 大正九年版」）1
所謂文壇に就て（藤森成吉・新潮）2
藝術と天分 作家凡庸主義（菊池寛・文章世界）3
象牙の塔を出て（厨川白村・東京朝日新聞）3・5〜3・23
「江戸藝術論」（永井荷風・春陽堂）3
「作者の感想」（広津和郎・聚英閣）3
藝術一家言（谷崎潤一郎・改造）4〜10
短歌に於ける写生の説（斎藤茂吉・アララギ）4〜11
「新藝術と新人」（江口渙・聚英閣）4
「悲痛の哲理」（岩野泡鳴・隆文館図書）6
第四階級の文学（中野秀人・文章世界）9
エトランゼエ（島崎藤村・東京朝日新聞）9・25〜10年1・12
「貝殻追放」（水上滝太郎・国文堂書店）9 ※第一

国際連盟が発足する1
八幡製鉄所の大争議おこる2
日本最初のメーデー、上野公園に一万余人が参加5
尾崎行雄ら、政界革新普選同盟会を結成11
大杉栄、堺利彦、山川均ら日本社会主義同盟を創立12
ターミナルデパートの先駆、白木屋阪神梅田駅出張所が開店12
学生の間でクロポトキン、マルクス熱が高まる
「帝国文学」が終刊する1
東京帝大が女子の聴講を許可2
片上伸らがトルストイ会を設立2
平塚らいてう、市川房枝ら、新婦人協会を結成3
早稲田大学にロシア文学科が新設3
久米正雄、中村吉蔵、山本有三、菊池寛らの発起で劇作家協会が結成される4
神戸川崎造船所工員ら、日本労働劇団を結成、第一回公演を行なう5
マルクス著、高畠素之訳「資本論」（大鐙閣）の刊行始まる6
「改造」が堺利彦、白柳秀湖らの「社会講談」を特集7
東京帝大、学年開始を四月に変更する7
豊島与志雄訳のロマンローラン「ジャン・クリストフ」（新潮社）の刊行が始まる9
菊池寛「父帰る」が春秋座により上演され、大成功を収める10
田山花袋・徳田秋声誕辰五十年の祝賀会が行われる11
この年嶋田清次郎「地上」賀川豊彦「死線を越えて」が大ベストセラー、菊池寛「真珠夫人」の人気高まる
中野秀人「第四階級の文学」に端を発し、芸術の階級性の論議が高まる
＜創刊＞「新青年」（編集森下雨村）1 「童話」（千葉省三編集）4 「現代」10
＜歿＞大須賀乙字 須藤南翠 岩野泡鳴 中沢臨川 狩野芳崖 黒岩涙香 末松謙澄
＜生＞関根弘 近藤啓太郎 安岡章太郎 飯田龍太 鮎川信夫 三好豊一郎 阿川弘之
恋する女たち（D・Hローレンス）苦悩の中を行く（アレクセイ・トルストイ）芸術論集（アラン）

大正10年（1921）

小説

冥途（内田百閒・新小説）1
山鴫（芥川龍之介・中央公論）1
蘭学事始（菊池寛・中央公論）1
暗夜行路（前篇）（志賀直哉・改造）1～8
出鱈目（武者小路実篤・白樺）1～11年10
※のち「第三の隠者の運命」と改題
「嘘の果（常子の手紙）」（有島生馬・新潮社）1
入れ札（菊池寛・中央公論）2
東京（上司小剣・東京朝日新聞）2・20～7・9※第一部愛慾篇
「荒絹」（志賀直哉・春陽堂）2
雨瀟瀟（永井荷風・新小説）3
「香爐を盗む」（室生犀星・隆文館）3
招魂祭一景（川端康成・新思潮）4
ダビデと子たち（吉田絃二郎・改造）5
露芝（久保田万太郎・東京日日新聞）5・10～7・3※「後篇」は「三田文学」9
「赤い蠟燭と人魚」（小川未明・天佑社）5
ある女の生涯（島崎藤村・新潮）7
或る男（武者小路実篤・改造）7～12年11
竹内信一（結婚に関して）（滝井孝作・新小説）8
※「無限抱擁」第二章
三等船客（前田河広一郎・中外）8
怒れる高村軍曹（新井紀一・早稲田文学）8
反抗（豊島与志雄・国民新聞）8・5～11・25
「椋鳥の夢」（浜田広介・新生社）8
「逃避行―低迷期の人々壹部―」（尾崎士郎・改造社）11

詩歌・戯曲・評論

「あらたま」（斎藤茂吉・春陽堂）1
「黒衣聖母」（日夏耿之介・アルス）6
「殉情詩集」（佐藤春夫・新潮社）7
「雀の卵」（北原白秋・アルス）8 ※三部歌集合本
「ホヰットマン詩集第一輯」（有島武郎訳・叢文閣）11※「第二輯」12年2
「二重国籍者の死」（野口米次郎・玄文社）12
坂崎出羽守（山本有三・新小説）9
愛すればこそ（谷崎潤一郎・改造）12
第一の世界（小山内薫・新演藝）12
人生批評の原理としての人格主義的見地（阿部次郎・中央公論）1
「愛と認識との出発」（倉田百三・岩波書店）3
文学と社会主義的傾向宣伝文学は人間の心を乾燥にする（武者小路実篤・読売新聞）5・20、5・21
文学の劫久性と現実（前田河広一郎・読売新聞）5・24、5・26
「懺悔の生活―燈園叢書」（西田天香・春秋社）7
「小鳥の来る日」（吉田絃二郎・新潮社）7
民衆藝術の理論と実際（平林初之輔・新潮）8
プロレタリアート藝術（宮地嘉六・読売新聞）9・23、9・24
労働運動と知識階級（村松正俊・種蒔く人）10
唯物史観と文学（平林初之輔・新潮）12
「自我経 唯一者と其所有」（スティルネル、辻潤訳・改造社）12

社会動向・文学事象・その他

奈良県橿原に水平社の前身、青年同志会が結成される3
日本社会主義同盟に解散命令5
神戸三菱、川崎造船所の大争議（最高指導者賀川豊彦）に工場管理宣言が発令6
原敬が刺殺される11
ワシントン軍縮会議が開催11
この年休業、倒産あいつぎ、労働争議が全国的に頻繁となる　東京に自殺者増加
島崎藤村の生誕五十年祝賀会が開催2
平沢計七らの労働劇団が第一回公演2
伊藤野枝、山川菊栄ら社会主義婦人団体「赤瀾会」を結成4
羽仁もと子「自由学園」、西村伊作「文化学院」を設立4
ドイツ映画「カリガリ博士」が上映5
ロシアの盲目の詩人で大杉栄、竹久夢二らと交友があったエロシェンコに退去命令5
菊池寛、徳田秋声を中心に小説家協会創立7
ポール・クローデルが駐日大使に着任11
この年、倉田百三「愛と認識との出発」賀川豊彦「死線を越えて」の他　西田幾多郎、西田天香、江原小弥太らの宗教文学流行
「種蒔く人」によってマルクス・レーニン主義がわが国に定着、アナーキストとボルシェヴィキの論争が活発となる
この年から翌年にかけて阿部次郎「人生批評の原理としての人格主義的見地」での人格主義による社会改造の提唱に対し、村松正俊、平村初之輔、竹内仁らマルキスト反論
＜創刊＞「新思潮」（第六次、川端康成、今東光、石浜金作ら）2「種蒔く人」（土崎版、小牧近江、金子洋文、今野賢三ら）2～4「生長する星の群」（木村荘八ら）4「思想」（岩波書店）10～「種蒔く人」（東京版、小牧近江、村松正俊、佐々木孝丸、柳瀬正夢、金子洋文ら）10～12年8「日本詩人」（詩話会機関誌）10
＜歿＞橋口五葉　福本日南　野村隈畔
＜生＞庄野潤三　五味康祐　藤原審爾
阿Q正伝（魯迅）　作者を捜す六人の登場人物（ピランデルロ）

大正11年（1922）

黒髪（近松秋江・改造）1
藪の中（芥川龍之介・新潮）1
都会の憂鬱（佐藤春夫・婦人公論）1〜12
破船（久米正雄・主婦之友）1〜12
暗夜行路（後篇）（志賀直哉・改造）1〜昭12・4
「冥途」（内田百間＝内田百閒・稲門堂書店）2
「緒土に芽ぐむもの」（中西伊之助・改造社）2
獄室の暗影（ある死刑囚よりその若き友へ）（尾崎士郎・改造）3
子を打つ（安成二郎・我等）3
光を掲ぐる者（荒畑寒村・前衛）4
性慾の触手（武林無想庵・改造）4
「根津権現裏」（藤沢清造・日本図書出版）4
痩せて蒼白い顔をした夫（金子洋文・種蒔く人）5※のち「痩せて蒼い顔をした夫」と改題
「星座第一巻」（有島武郎・叢文閣）5
不良児（葛西善蔵・改造）6、8
「二房の葡萄」（有島武郎・叢文閣）6
友を売る（新井紀一・中央公論）7
大阪（水上滝太郎・大阪毎日新聞）7・15〜12・2
山恋ひ（宇野浩二・中央公論）8、9
海神丸（野上彌生子・中央公論）9
「生れ出る悩み」（有島武郎・叢文閣）9
星を造る人（稲垣足穂・婦人公論）10
「夢を喰ふ人」（松永延造・京文社）11
静物（十一谷義三郎・東京朝日新聞）12・12〜12・22
多情仏心（里見淳・時事新報）12・26〜12年12・31

「日本社会詩人詩集」（福田正夫編・日本評論社出版部）1
「青杉」（土田耕平・古今書院）3
「空と樹木」（尾崎喜八・玄文社詩歌部）5
「靉日」（石原純・アルス）5
「琉球諸島風物詩集」（佐藤惣之助・京文社）11
息子（小山内薫・三田文学）7
人間万歳（狂言）（武者小路実篤・中央公論）9
ドモ又の死（〈無記名〉・泉）10※有島武郎
宣言一つ（有島武郎・改造）1
第四階級の文学（平林初之輔・解放）1
労働文学の主張（宮島資夫・解放）1
藝術に於ける国際主義と世界主義（〈社論〉・種蒔く人）1
ブルジョア文学論―有島武郎氏の窮屈な考へ方（広津和郎・時事新報）1・1〜1・3
「哲学以前」（出隆・大村書店）1
阿部次郎氏の人格主義を難ず（竹内仁・新潮）2
「情調哲学 新しき欲情」（萩原朔太郎・アルス）4
階級と文学との関係を論ず（江口渙・新潮）5
藝術本態に階級なし（菊池寛・新潮）5
無産階級と藝術（平林初之輔・東京朝日新聞）6・8〜6・10
「人格主義」（阿部次郎・岩波書店）5
無産階級運動の方向転換（山川均・前衛）8
「朝鮮とその藝術」（柳宗悦・叢文閣）9
「近代の恋愛観」（厨川白村・改造社）11

全国水平社創立大会が京都で開催される3
日本農民組合が神戸で創立する4
日本共産党が非合法に結成される7
ライト設計の帝国ホテルが開館する9
イタリアでファシスト政権が成立する10
ソヴィエト社会主義共和国連邦が成立12

小杉未醒、梅原竜三郎らの春陽会が結成1
有島武郎が有島農場を小作人に無償で解放7
「新小説」「三田文学」「明星」らが、森鷗外追悼の特集を行なう8
大杉栄らアナーキストと堺利彦、山川均、荒畑寒村らのマルクス主義者との対立が、日本労働組合総連合の創立大会で頂点となる9
浅原孟府、神原泰、古賀春江ら、前衛美術団体アクションを結成10
竹内仁が恋人の両親を殺害し、自殺する11
この年、自己の階級についての悩みを告白、労働運動での知識人の問題を論じた有島武郎「宣言一つ」が広津和郎、河上肇、片上伸らの非難を浴び、有島農場の解放も大きな反響をうむ
菊池寛の「文藝作品の内容的価値」をめぐって里見弴との間に論争が生じる
この年、文学の階級性、文学と革命の問題の理論化をめぐって論争が活発となる

〈創刊〉「コドモノクニ」1〜昭19年3「破魔弓」（のち「馬酔木」）4「処女地」（島崎藤村）4「シムーン」（佐野袈裟美ら）4「週刊朝日」4・2〜「サンデー毎日」4・2〜「女性」5〜昭3年5「童話研究」7「詩と音楽」（北原白秋、山田耕作）9「女性改造」10「泉」（有島武郎個人誌）10「新興文学」（山田清三郎ら）11
〈歿〉大隈重信 山縣有明 饗庭篁村 森鷗外 平戸廉吉 宮崎湖処子 東海散士
〈生〉橋川文三 佐伯彰一 瀬戸内晴美 鶴見俊輔 清岡卓行 塚本邦雄 北村太郎
西欧の没落（シュペングラー）魅せられたる魂（ロマン・ローラン）〜一九三三 夜ひらく（モーラン）ユリシーズ（ジョイス）荒地（エリオット）チボー家の人々（マルタン・デュ・ガール）〜一九四〇 プルースト歿

大正12年（1923）

小説

青銅の基督―一名南蛮鋳物師の死（長与善郎・改造）1
野ざらし（豊島与志雄・中央公論）1
神と人との間（谷崎潤一郎・婦人公論）1～13年12
黄漠奇聞― A Fantazia（稲垣足穂・中央公論）2
祭の夜の出来事（加藤武雄・新潮）3
地獄（金子洋文・解放）3
雛（芥川龍之介・中央公論）3
火事の夜まで（今野賢三・種蒔く人）3
子を貸し屋（宇野浩二・太陽）3、4
生まざりしならば（正宗白鳥・中央公論）4
佗しすぎる（佐藤春夫・中央公論）4
二銭銅貨（江戸川乱歩・新青年）4
日輪（横光利一・新小説）5
蠅（横光利一・文藝春秋）5
会葬の名人（川端康成・文藝春秋）5 ※のち「葬式の名人」と改題
無限抱擁（滝井孝作・改造）6 ※第三の章
「法城を護る人々上巻」（松岡譲・第一書房）6
※「中巻」14年6、「下巻」15年5
「一つの時代」（犬養健・改造社）6
幽閉（井伏鱒二・世紀）8 ※「山椒魚」の初稿
『泥棒亀』とその仲間（山川亮・解放）9
鉄の呻き（吉田金重・太陽）9
輪廻（森田草平・女性）10～14年12
「ファイヤガン」（徳田秋声・中央公論）11
椿（里見弴・改造）11

詩歌・戯曲・評論

「青猫」（萩原朔太郎・新潮社）1
「ダダイスト新吉の詩」（高橋新吉、辻潤編・中央美術社）2
「詩文集 我が一九二二年」（佐藤春夫・新潮社）2
「水墨集」（北原白秋・アルス）6
「こがね蟲」（金子光晴・新潮社）7
同志の人々（山本有三・改造）4
文藝運動と労働階級（青野季吉・新興文学）1
時代は放蕩する（階級文学者諸卿）（横光利一・文藝春秋）1
侏儒の言葉（芥川龍之介・文藝春秋）1～15年7
「無産階級の文化」（平林初之輔・泰文社）1
階級文藝に対する私の態度（久米正雄、菊池寛、加藤一夫ら・改造）2
階級闘争と藝術運動（季吉＝青野季吉・種蒔く人）2
「近代の小説」（田山花袋・近代文明社）2
「藪柑子集」（吉村冬彦＝寺田寅彦・岩波書店）2
藝術の革命と革命の藝術（青野季吉・解放）3
「日本改造法案大綱」（北一輝・改造社）5
新傾向藝術批判（金子洋文、石渡山達、神原泰ら・新興文学）7
「日本脱出記」（大杉栄・アルス）10
「自叙伝」（大杉栄・改造社）11
「わが文藝陣」（菊池寛・新潮社）12 ※感想小品叢書1

社会動向・文学事象・その他

堺利彦ら共産党員、検挙される（第一次共産党事件）6
関東大震災起きる、関東に非常徴発令、戒厳令が適用される9
震災による世情不安の中で朝鮮人、労働運動指導者が多数逮捕、殺害される。朴烈事件、亀戸事件が起きる9
難波大助、摂政を狙撃（虎の門事件）。山本内閣が辞表を提出12
震災以後、失業者急増、また婦人の洋装も増加する
この年、クライスラー、ハイフェッツら外人音楽家来日
「文藝年鑑」（二松堂書店）の刊行始まる1
雑誌「文藝春秋」が創刊1
青野季吉が「種蒔く人」に参加1
秋田雨雀ら、先駆座を創立4
北一輝が後のファシズムに大きな影響を与えた「日本改造法案大綱」を刊行5
村山知義、柳瀬正夢らが「マヴォ」結成、第一回展を開く7
新聞、雑誌の多くが波多野秋子と情死した有島武郎の追悼記事を特集7、8
「白樺」が廃刊8
平沢計七（亀戸事件）、大杉栄、伊藤野枝（甘粕事件）ら虐殺される9
震災により印刷機関のほとんどが壊滅、新聞や雑誌の休刊、廃刊あいつぐ9
谷崎潤一郎や小山内薫らが関西に移住9
「種蒔く人」が「帝都震災号外」を出し、他に「中央公論」「改造」らが震災特集を出す10
この年「文芸春秋」「随筆」の創刊、「感想小品叢書」（新潮社）の刊行など随筆、小品流行
＜創刊＞「赤と黒」（萩原恭次郎、壺井繁治、岡本潤、川崎長太郎ら）1　「文藝春秋」（編集菊池寛）1～　「葡萄園」（久野豊彦、吉行栄助ら）9　「我観」（三宅雪嶺主筆）10　「随筆」（牧野信一、中戸川吉二）12
＜殁＞有島武郎　ケーベル　厨川白村　平沢計七　大杉栄　伊藤野枝　島田三郎
＜生＞田村隆一　遠藤周作　上田三四二　司馬遼太郎　谷川雁
肉体の悪魔（ラディゲ）　青い麦（コレット）

大正13年（1924）

一塊の土（芥川龍之介・新潮）1
雨蛙（志賀直哉・中央公論）1
痴人の愛（谷崎潤一郎・大阪朝日新聞）3・20〜6・14※前半部、後半は「女性」13年11〜14年7
「生まざりしならば」（正宗白鳥・玄文社）3
竹沢先生の顔（長与善郎・不二）4〜14年9 ※のち「竹沢先生と云ふ人」と改題
葡萄畑の葡萄作り（ルナアル、岸田国士訳・春陽堂）4
父を売る子（牧野信一・新潮）5
眉かくしの霊（泉鏡花・苦楽）5
「御身」（横光利一・金星堂）5
一つの脳髄（小林秀雄・青銅時代）6
「鷗」（金子洋文・金星堂）6
富士に立つ影（白井喬二・報知新聞）7・20〜昭2年7・2
白鬼（三上於菟吉・時事新報）7・28〜12・31
「夜ひらく」（ポオル・モオラン、堀口大学訳・新潮社）7
聴き分けられぬ跫音（中条百合子＝宮本百合子・改造）9※「伸子」の第一章、以後15・9まで断続連載、昭3・3「伸子」の題で刊行
職工と微笑詳くは微笑を恐怖するセルロイド職工（松永延造・中央公論）9
寂しければ（久保田万太郎・中央公論）9〜14年8
頭ならびに腹（横光利一・文藝時代）10
「大暴風雨時代」（前田河広一郎・新詩壇社）10
湖畔手記（葛西善蔵・改造）11
「注文の多い料理店」（宮沢賢治・東京光原社）12

「心象スケッチ春と修羅」（宮沢賢治・関根書店）4
「しがらみ」（中村憲吉・岩波書店）7
「太虚集」（島木赤彦・古今書院）11
「南京新唱」（秋草道人＝会津八一・春陽堂）12
「一路」（木下利玄・竹柏会）12
古い玩具（岸田国士・演劇新潮）3
「一つの先駆」（平沢計七・玄文社）3
人生の幸福（正宗白鳥・改造）4
玄朴と長英（真山青果・中央公論）9
チロルの秋（岸田国士・演劇新潮）9
大正十二年を送りて大正十三年を迎ふるの辞（長田秀雄・近松秋江ら・中央公論）1
文学者と社会意識、本格小説と心境小説と（中村武羅夫・新小説）1
「種蒔き雑記亀戸の殉難者を哀悼するために」（種蒔く人）1増刊
「微苦笑随筆」（久米正雄・新潮社）2
「風流」論（佐藤春夫・中央公論）4
「歌道小見」（島木赤彦・岩波書店）5
「ですぺら」（辻潤・新作社）7
散文藝術の位置（広津和郎・新潮）9
「麻布襍記」（永井荷風・春陽堂）9
秋風一夕話（佐藤春夫・随筆）10〜12
新感覚派の誕生—文藝時評（千葉亀雄・世紀）11
「現代の藝術と未来の藝術」（村山知義・長隆舎書店）11
若き読者に訴ふ（片岡鉄兵・文藝時代）12

政友会、憲政会、革新倶楽部の有志による第二次護憲運動おこる1
第一次日本共産党が解党を決議3
安部磯雄ら日本フェビアン協会を設立4
京城帝国大学設置される5
メートル法が実施される7
この年、丸ビル女のおしゃれ、話題となる
小山内薫、土方与志ら築地小劇場を創立6
アクション、未来派、マヴォら合同の三科造型美術協会が結成される10
吉野作造ら明治文化研究会を創立11
築地小劇場第十七回公演、カイゼル作「朝から夜中まで」が村山知義の構成主義の舞台装置により話題となる12
この年、中村武羅夫、生田長江などの心境小説批判に対し、久米正雄、宇野浩二ら反論、私小説論議が活発となる
広津和郎、生田長江らの新感覚派批判に端を発し、新感覚派の評価が問題となる
白井喬二「富士に立つ影」国枝史郎「蔦葛木曾棧」大仏次郎「幕末秘史鞍馬天狗」ら大衆小説が隆盛を示す

＜創刊＞「苦楽」1 「演劇新潮」（新潮社）1 「青銅時代」（小林秀雄ら）1 「日光」（北原白秋、土岐善麿、石原純、釈迢空、木下利玄ら）4 「不二」4 「国語と国文学」（藤村作編集）5 「文藝戦線」（金子洋文、中西伊之助、小牧近江、青野季吉、平林初之輔ら）6〜昭7年7 「ゲエ・ギムギガム・プルル・ギムゲム」（稲垣足穂、北園克衛ら）6 「MAVO」（村山知義、柳瀬正夢ら）7 「文藝時代」（川端康成、横光利一、片岡鉄兵ら）10〜昭2年5 「ダムダム」（萩原恭次郎、壺井繁治、小野十三郎ら）11 「山繭」（石丸重治、永井竜男、小林秀雄、富永太郎、河上徹太郎ら）12
＜歿＞杉浦重剛 黒田清輝 郡虎彦 戸川残花 山村暮鳥 中村彝 富岡鉄斎
＜生＞黒岩重吾 安部公房 吉行淳之介 山崎豊子 吉本隆明
魔の山（トーマス・マン）ドルジュル伯の舞踏会（ラディゲ）シュールレアリズム第一宣言（ブルトン）レーニン カフカ歿

大正14年（1925）

小説

大導寺信輔の半生―或精神的風景画（芥川龍之介・中央公論）1
痩せた花嫁（今東光・婦人公論）1
檸檬（梶井基次郎・青空）1
濠端の住ひ（志賀直哉・不二）1
望郷（池谷信三郎・時事新報）1・1～6・10
氷る舞踏場（中河与一・新潮）4
未解決のまゝに（徳田秋声・中央公論）4
神州天馬侠（吉川英治・少年倶楽部）5～昭3年12
「この三つのもの」（佐藤春夫・改造）6～15年10※未完
旅順入城式（内田百間＝内田百閒・女性）7
静かなる羅列（横光利一・文藝春秋）7
第二の接吻（菊池寛・東京朝日、大阪朝日新聞）7・30～11・4
屋根裏の散歩者（江戸川乱歩・新青年）8
十七歳の日記（川端康成・文藝春秋）8、9
※のち「十六歳の日記」と改題
地平に現れるもの（小島勗・早稲田文学）9
蒲生氏郷（露伴学人＝幸田露伴・改造）9
白樺になる男（十一谷義三郎・女性）10
大阪の宿（水上滝太郎・女性）10～15年6
「人を殺したが」（正宗白鳥・聚芳閣）10
淫売婦（葉山嘉樹・文藝戦線）11
正太の馬（坪田譲治・新小説）11※再掲載
「ジャングル」（アプトン・シンクレア、前田河広一郎訳・叢文閣）12

詩歌・戯曲・評論

「雲」（山村暮鳥・イデア書院）1
「三半規管喪失」（北川冬彦・至上藝術社）1
「ふゆくさ」（土屋文明・古今書院）2
「川のほとり」（古泉千樫・改造社）5
「海やまのあひだ」（釋迢空・改造社）5
「純情小曲集」（萩原朔太郎・新潮社）8
「月下の一群」（堀口大学訳・第一書房）9
「死刑宣告」（萩原恭次郎・長隆舎書店）10
平将門（真山青果・中央公論）1
紙風船（岸田国士・文藝春秋）5
新進作家の新傾向解説（川端康成・文藝時代）1
「私」小説と「心境」小説（久米正雄・文藝講座）1、5
「小説研究十六講」（木村毅・新潮社）1
感覚活動―感覚活動と感覚的作物に対する非難への逆説―（横光利一・文藝時代）2
再び散文藝術の位置に就いて（広津和郎・新潮）2
新感覚論（千葉亀雄・文藝日本）4
『調べた』藝術（青野季吉・文藝戦線）7
新感覚派は斯く主張す（片岡鉄兵・文藝時代）7
「女工哀史」（細井和喜蔵・改造社）7
文藝批評の一発展型（青野季吉・文藝戦線）10
「私小説」私見（宇野浩二・新潮）10
「支那游記」（芥川龍之介・改造社）11
「超近代派宣言」（生田長江・至上社）12

社会動向・文学事象・その他

治安維持法が公布、発禁あいつぐ4
普通選挙法が公布される5
日本労働組合評議会が結成される5
東京放送局本放送を開始、ラジオ普及する7
東京六大学野球リーグ開始9
この年、お茶の水に文化アパート完成、都市にダンスホール流行
「キング」が創刊され、売行き百万部突破1
安部磯雄、山川均、堺利彦共編「社会問題叢書」全十巻（同人社）が刊行される1
志賀直哉、奈良へ移住する4
林房雄、中野重治、久板栄二郎らの「社会文藝研究会」が東大内に創立10
日本プロレタリア文藝連盟が成立する12
この頃より文壇は新感覚派、新人生派、プロレタリア文学派の三派鼎立現象を示す
久米正雄の「私小説と心境小説」をめぐって心境小説、私小説の是非論が再燃する
農民文学、コント文学らが隆盛を見せる
この年「青空」「辻馬車」「朱門」「主潮」など同人雑誌のブームとなる
この年、「新旧時代」（「明治文化」）が創刊、「早稲田文学」も明治文学の特集をはじめ、明治文学研究の素地がつくられる

＜創刊＞「キング」1～昭32年12　「青空」（梶井基次郎・外村繁ら）1　「新旧時代」（のち「明治文化」、明治文化研究会機関誌）2　「辻馬車」（神崎清、藤沢桓夫ら）3　「文藝日本」4　「主潮」4　「銅鑼」（草野心平ら）4　「不同調」（中村武羅夫主宰）7～昭4年2　「文党」（金子洋文、今東光、村山知義ら）7　「朱門」（阿部知二、舟橋聖一ら）10　「若草」10～昭25年2　「文藝市場」（金子洋文、村山知義ら）11

＜歿＞植村正久　木下利玄　大町桂月　細井和喜蔵　滝田樗陰　富永太郎

＜生＞三島由紀夫　菊村到　杉本苑子　丸谷才一　辻邦生　山本太郎　針生一郎

にせ金つくり（ジッド）偉大なギャッビー（フィッツジェラルド）わが闘争（ヒトラー）～一九二七

大正15年〔昭和元年〕（1926）

山科の記憶（志賀直哉・改造）1
銅貨二銭（黒島伝治・文藝戦線）1　※のち「二銭銅貨」と改題
セメント樽の中の手紙（葉山嘉樹・文藝戦線）1
ナポレオンと田虫（横光利一・文藝時代）1
オツベルと象（宮沢賢治・月曜）1
伊豆の踊子（川端康成・文藝時代）1、2
大道無門（里見弴・婦人公論）1～12
綱の上の少女（片岡鉄兵・改造）2
林檎（林房雄・文藝戦線）2
光子（網野菊・中央公論）2
さまよへる琉球人（広津和郎・中央公論）3
高天ケ原（宇野浩二・改造）4
苦力頭の表情（里村欣三・文藝戦線）6
「感情装飾」（川端康成・金星堂）6
絵のない絵本（林房雄・新小説）7
「天の魚」（佐佐木茂索・文藝春秋社）7
鳴門秘帖（吉川英治・大阪毎日新聞）8・11～昭2年6・10
照る日くもる日（大仏次郎・大阪朝日新聞）8・14～昭2年6・10
大石良雄（野上彌生子・中央公論）9
元の枝へ（徳田秋声・改造）9
嵐（島崎藤村・改造）9
生きとし生けるもの（山本有三・東京朝日、大阪朝日新聞）9・25～12・7
点鬼簿（芥川龍之介・改造）10
「海に生くる人々」（葉山嘉樹・改造社）10
豚群（黒島伝治・文藝戦線）11
「恋の殿堂」（田山花袋・春陽堂）12

「柹蔭集」（島木赤彦・岩波書店）7
「検温器と花」（北川冬彦・ミスマル社）10
「海の聖母」（吉田一穂・金星堂）11
「雪明りの路」（伊藤整・椎の木社）12
愛慾（武者小路実篤・改造）1
安土の春（正宗白鳥・中央公論）2
礫茂左衛門（藤森成吉・新潮）5
内在批評以上のもの（片上伸・新潮）1
文藝雑感―文藝時評（正宗白鳥・中央公論）1
「下谷叢話」（永井荷風・春陽堂）3
「解放の芸術」（青野季吉・解放社）4
文藝時評―批評について(他)（正宗白鳥・中央公論）6
「言葉言葉言葉」（岸田国士・改造社）6
「死の懺悔」（古田大次郎・春秋社）6
「パスカルに於ける人間の研究」（三木清・岩波書店）6
短歌は滅亡せざるか（斎藤茂吉、佐藤春夫、釈迢空ら・改造）7
自然成長と目的意識（青野季吉・文藝戦線）9
郷土望景詩に現れた憤怒について（中野重治・驢馬）10
啄木に関する一断片（中野重治・驢馬）11
藝術家の生活に就いて―藝術と金銭、藝術家と社会他（岸田国士、伊藤貴麿・文藝時代）11
「文学評論」（片上伸・新潮社）11
「退屈読本」（佐藤春夫・新潮社）11
文壇ギルドの解体期（大宅壮一・新潮）12

共同印刷のストライキ1～3
労働農民党が結成される3
文相が学生の社会科学研究の禁止を通達5
日本共産党が再組織される12
社会民衆党、日本労働党が結成される12
大正天皇が崩御12
小説家協会、劇作家協会を合併した文藝家協会が創立される1
中野重治、林房雄、亀井勝一郎ら、マルクス主義藝術研究会（マル藝）を結成2
青野季吉の「自然生長と目的意識」に端を発して目的意識論争が激烈となる9～
衣笠貞之助監督「狂った一頁」上映される9
「新潮」が「特輯新人號」、木村庄三郎、林房雄、浅見淵らの創作を掲載10
プロレタリア文藝連盟第二回大会でアナーキスト、反マルクス主義者が除名され、プロレタリア藝術連盟（プロ藝）と改称11
改造社が「現代日本文学全集」63巻の刊行を開始、円本時代が始まる11
この年、葉山嘉樹、壺井繁治、黒島伝治、林房雄らのすぐれた作品が「文藝戦線」などに掲載、プロ文が多くの収穫をうむ
一月に長谷川伸、江戸川乱歩、直木三十五らの「大衆文芸」が創刊され、七月に「サンデー毎日大衆文学賞」ができるなど、大衆文学が活気を見せる
この年、プロレタリア短歌、国語短歌を主張する土田杏村の「短歌革新論」（読売新聞6・30、7・1）に対し、北原白秋が反論するなど、短歌のあり方が問題となる
＜創刊＞「槻の木」（窪田空穂主宰）2　「テアトル」（編集高田保）3　「三田文学」（復刊）4～昭19・11　「街」（玉井雅夫＝火野葦平、田畑修一郎、寺崎浩ら）4　「驢馬」（中野重治、堀辰雄、窪川鶴次郎ら）4～昭3年5　「詩歌時代」（編集発行人若山牧水）5　「椎の木」（百田宗治編集、丸山薫、三好達治、伊藤整ら）10　「近代風景」（北原白秋編集）11～昭3年8
＜歿＞小栗風葉、石橋忍月　内藤鳴雪　島木赤彦　尾崎放哉　渡辺霞亭　半井桃水
＜生＞立原正秋　三浦朱門　黒田喜夫　河野多恵子　井上光晴　奥野健男　星新一　山口瞳
城（カフカ）日はまた昇る（ヘミングウェイ）

昭和２年（1927）

小説

酔狂者の独白（葛西善蔵・新潮）１
玄鶴山房（芥川龍之介・中央公論）１、２
「春は馬車に乗って」（横光利一・改造社）１
花園の思想（横光利一・改造）２
海をみに行く（石坂洋次郎・三田文学）２
ルウベンスの偽画（堀辰雄・山繭）２※初稿
冬の日（梶井基次郎・青空）２・４
百夜（田山花袋・福岡日日新聞）２・21～７・16
河童（芥川龍之介・改造）３
「伊豆の踊子」（川端康成・金星堂）３
ああ玉杯に花うけて（佐藤紅緑・少年倶楽部）５～３年４
赤穂浪士（大佛次郎・東京日日新聞）５・14～３年11・９
分配（島崎藤村・中央公論）８
一兵卒の震災手記（越中谷利一・解放）９
施療室にて（平林たい子・文藝戦線）９
橇（黒島伝治・文藝戦線）９
「無限抱擁」（瀧井孝作・改造社）９
或阿呆の一生（芥川龍之介・改造）10
歯車（芥川龍之介・文藝春秋）10
邦子（志賀直哉・文藝春秋）10、11
憂鬱な愛人（松岡譲・婦人公論）10～３年12
神々の戯れ（佐藤春夫・報知新聞）12・18～３年５・４

詩歌・戯曲・評論

「リルケ詩抄」（茅野蕭々訳・第一書房）３
「鱶沈む」（金子光晴、森三千代・有明社出版部）５
「道芝」（久保田万太郎・友善堂）５
「草城句集　花氷」（日野草城・京鹿子発行所）６
「富永太郎詩集」（富永次郎編刊）８
何が彼女をさうさせたか（藤森成吉・改造）１～４
大寺学校（久保田万太郎・女性）１～４
落葉日記（岸田国士・中央公論）４
スカートをはいたネロ（村山知義・演劇新潮）５
饒舌録（谷崎潤一郎・改造）２～12
「転換期の文学」（青野季吉・春秋社）２
「芸術と社会生活」（プレハーノフ、蔵原惟人訳・同人社書店）２
文芸的な、余りに文芸的な（芥川龍之介・改造）４～８
「私の見た明治文壇」（野崎左文・春陽堂）５
西方の人（芥川龍之介・改造）８・９
不幸なる芸術（柳田国男・文藝春秋）９
沓掛にて（志賀直哉・中央公論）９
「自己中心明治文壇史」（江見水蔭・博文館）10
「侏儒の言葉」（芥川龍之介・文藝春秋社）12

社会動向・文学事象・その他

金融恐慌おこり、銀行で取付け騒ぎ相次ぐ３
第一次山東出兵５
リンドバーグ大西洋横断飛行に成功５
ジュネーブ軍縮会議開催６
コミンテルン日本問題委員会が二十七年テーゼを決定、山川・福本イズムを批判７
浅草・上野間に最初の地下鉄開業12
日本ポリドール、日本ビクターなどレコード会社が設立される
新潮社「世界文学全集」第一期三八巻の予約募集を開始、円本合戦に熱が入る１
芥川龍之介と谷崎潤一郎の間で「小説の筋」論争起こる２
小川未明や江口渙ら日本無産派文芸聯盟を結成５
日本プロレタリア文芸聯盟分裂、労農芸術家聯盟創立６
古典の普及をめざした岩波文庫創刊７
芥川龍之介自殺、多くの人々に時代の転換を印象づける７
「明治文化全集」（日本評論社）の刊行が始まり、明治の遺産の検討高まる10
労農芸術家聯盟分裂し、前衛芸術家同盟が結成される11
この年「世界大思想全集」（春秋社）「近代劇全集」（第一書房）など各種の円本が刊行されて、一つのブームとなる

＜創刊＞「文藝解放」（壺井繁治、岡本潤ら）１「文藝公論」（橋爪健編輯）１「まるめら」（大熊信行ら）２「手帖」３「大調和」（武者小路実篤編輯）４「風車」（上林暁ら）５「プロレタリア芸術」７

＜歿＞石橋思案　芳賀矢一　太田玉茗　志賀重昂　万鉄五郎　芥川龍之介　村井弦斎　古泉千樫　徳冨蘆花　八木重吉

＜生＞中村稔　篠田一士　矢代静一　北杜夫　城山三郎　小川国夫

燈台へ（V・ウルフ）テレーズ・デケールー（モーリアック）

昭和3年（1928）

業苦（嘉村礒多・不同調）1
春泥（久保田万太郎・大阪朝日新聞）1・5〜4・4
渦巻ける烏の群（黒島伝治・改造）2
キャラメル工場から（窪川いね子＝佐多稲子・プロレタリア藝術）2
鯉（井伏鱒二・三田文学）3※初稿大15年9
卍（谷崎潤一郎・改造）3〜5年4※断続連載
右門捕物帖（佐々木味津三・富士）3〜5年11
放浪時代（龍胆寺雄・改造）4
冬の蠅（梶井基次郎・創作月刊）5
村のストア派（牧野信一・新潮）6
崖の下（嘉村礒多・不同調）7
波（山本有三・東京朝日、大阪朝日新聞）7・20〜11・22
春さきの風（中野重治・戦旗）8
真知子（野上弥生子・改造）8※5年12まで続編を断続連載
「新選組始末記」（子母沢寛・万里閣書房）8
「施療室にて」（平林たい子・文藝戦線社出版部）9
秋が来たんだ—放浪記（林芙美子・女人藝術）10※5年10まで連作を断続連載
一九二八年三月十五日（小林多喜二・戦旗）11、12
唐人お吉—らしゃめん創生記（十一谷義三郎・中央公論）11※続編副題「種蒔く人と彼女」12
蓼喰ふ虫（谷崎潤一郎・東京日日、大阪毎日新聞）12・4〜4年6・18

「貧しき信徒」（八木重吉・野菊社）2
「萩原朔太郎詩集」（萩原朔太郎・第一書房）3
「屋上の土」（古泉千樫・改造社）5
「虚子句集」（高浜虚子・春秋社）7
「高橋新吉詩集」（高橋新吉・南宋書院）9
「第百階級」（草野心平・銅鑼社）11
疵だらけのお秋（三好十郎・戦旗）8〜11
「沓掛時次郎外五篇」（長谷川伸・柳蛙書房）11
無産階級芸術運動の新段階—芸術の大衆化と全左翼芸術家の統一戦線へ！（蔵原惟人・前衛）1
文学及び芸術の技術的革命（平村初之輔・新潮）1
「雪国の春」（柳田国男・岡書院）2
プロレタリア・レアリズムへの道（蔵原惟人・戦旗）5
「演出者の手記」（小山内薫・原始社）5
誰だ？花園を荒す者は！（中村武羅夫・新潮）6
いはゆる芸術の大衆化論の誤りについて（中野重治・戦旗）6
「明治文学展望」（木村毅・改造社）6
「文芸一夕話」（佐藤春夫・改造社）7
日本近代象徴主義詩の終焉—萩原朔太郎・佐藤一英両氏の象徴主義詩を検討す（春山行夫・詩と詩論）9
「竹内仁遺稿」（留岡清男編・竹内仁遺稿刊行会）10
「詩の原理」（萩原朔太郎・第一書房）12

第一回普通選挙実施2
共産党員らの大検挙（三・一五事件）3
張作霖爆死事件起こる6
特別高等警察（特高）設置7
アムステルダム・オリンピックで織田幹雄・人見絹枝ら活躍7
ラジオ体操放送開始11
日本労働組合全国評議会結成12
蔵原惟人の呼びかけで日本左翼文芸家聯合結成、「文藝戦線」派の人々は不参加3
全日本無産者芸術聯盟（ナップ）結成、蔵原惟人・林房雄・山田清三郎・村山知義・中野重治らが参加3
大衆向けの面白さを求める方向を批判した中野重治に対し、蔵原惟人・鹿地亘・林房雄らが応じ、「芸術大衆化論争」起こる6〜11
「詩と詩論」創刊され、ヨーロッパ二〇世紀文学の紹介に役割を果たす9
無産者歌人聯盟結成11
横光利一「文芸時評」（文藝春秋）に端を発し「形式主義文学論争」起こる。新感覚派の側から、プロレタリア文学陣営にいどんだもので、蔵原惟人・勝本清一郎・中河与一・林房雄らが発言11（5年まで論議）
ナップ再編成され、日本無産者芸術団体協議会結成12
独立プロの設立が盛んとなり、衣笠貞之助・伊丹万作監督らの作品が注目される
＜創刊＞「前衛」（前衛芸術家同盟機関誌）1〜4　「赤旗」（日本共産党機関紙）2・1〜10年2・20、戦後復刊　「創作月刊」2　「文藝都市」（舟橋聖一ら）2　「パンテオン」（堀口大学ら）4　「戦旗」（ナップ機関誌）5〜6年12　「女人藝術」（第二次、長谷川時雨ら）7〜7年6　「童話文学」7　「詩と詩論」9〜8年6（7年3より「文学」と改題）　「新興科学の旗のもとに」10　「短歌戦線」12
＜歿＞九条武子　大槻文彦　片上伸　葛西善蔵　若山牧水　広津柳浪　小山内薫
＜生＞原田康子　田久保英夫　川村二郎　田辺聖子　澁澤龍彦　羽仁進
チャタレイ夫人の恋人（ロレンス）　静かなドン（ショーロホフ）　西部戦線異常なし（レマルク）　三文オペラ（ブレヒト）

昭和４年（1929）

小説

綾里村快挙録（片岡鉄兵・改造）２
不器用な天使（堀辰雄・文藝春秋）２
鉄の話（中野重治・戦旗）３
鉄（岩藤雪夫・文藝戦線）３
朽助のゐる谷間（井伏鱒二・創作月刊）３
旗本退屈男（佐々木味津三・文藝倶楽部）４～６年３
夜明け前（島崎藤村・中央公論）４～10年10
※１、４、７、10月に掲載
蟹工船（小林多喜二・戦旗）５・６
太陽のない街（徳永直・戦旗）６～11※のち加筆して12月戦旗社刊
山高帽子（内田百閒・中央公論）６
「トテ馬車」（千葉省三・古今書院）６
私の「白い牙」（室生犀星・文藝春秋）９、10
賃金奴隷宣言（岩藤雪夫・文藝戦線）９～12
由利旗江（岸田国士・東京朝日、大阪朝日新聞）９・７～５年１・26
「西部戦線異状なし」（ルマルク、秦豊吉訳・中央公論社）10
不在地主（小林多喜二・中央公論）11
屋根の上のサワン（井伏鱒二・文学）11
敷設列車（平林たい子・改造）12
浅草紅団（川端康成・東京朝日新聞）12・12～５年２・16

詩歌・戯曲・評論

「豊旗雲」（佐佐木信綱・実業之日本社）１
「軍艦茉莉」（安西冬衛・厚生閣書店）４
「白のアルバム」（北園克衛・厚生閣書店）６
「車塵集」（佐藤春夫訳・武蔵野書院）９
「戦争」（北川冬彦・厚生閣書店）10
「青い夜道」（田中冬二・第一書房）12
牛山ホテル（岸田国士・中央公論）１
暴力団記（村山知義・戦旗）７
「明治大正詩史」上・下巻（日夏耿之介・新潮社）１、11
政治的価値と芸術的価値―マルクス主義文学理論の再吟味―（平林初之輔・新潮）４
「短歌写生の説」（斎藤茂吉・鉄塔書院）４
わが心を語る（広津和郎・改造）６
「敗北」の文学―芥川龍之介氏の文学について―（宮本顕治・改造）８
再びプロレタリア・レアリズムについて（蔵原惟人・東京朝日新聞）８・11～８・14
様々なる意匠（小林秀雄・改造）９
「藝術に関する走り書的覚え書」（中野重治・改造社）９
「文学理論の諸問題」（平林初之輔、千倉書房）９
「虚妄の正義」（萩原朔太郎・第一書房）10
「超現実主義詩論」（西脇順三郎・厚生閣書店）11

社会動向・文学事象・その他

説教強盗妻木松吉逮捕される２
山本宣治右翼に刺殺される３
日本共産党員の一斉検挙（四・一六事件）４
飛行船ツェッペリン号、霞ケ浦に着陸８
ニューヨーク株式大暴落、世界恐慌始まる10
東大新人会解体、非合法活動に入る11
朝鮮光州の学生、抗日デモを展開11
この年、就職難強まり、失業者増大
改造文庫発刊、社会科学にも特色を見せる２
日本プロレタリア劇場同盟（プロット）結成２
日本プロレタリア作家同盟（作同、のちナルプ）結成２
築地小劇場分裂、土方与志・山本安英ら新築地劇団を結成４
榎本健一らのカジノフォリー発足７
プロレタリア歌人同盟結成７
「現代詩人全集」（新潮社）刊行開始７
二科展で古賀春江・福沢一郎らシュールレアリズム風の画風を見せる９
中央公論社単行本出版を開始、「西部戦線異常なし」がベストセラーとなる10
この年、個人全集の刊行相次ぐ
「改造」創刊十周年記念懸賞評論で宮本顕治が第一席、小林秀雄が第二席となり、時代の動向を示す
探偵小説ブームで、各社が全集を刊行
中村武羅夫ら十三人倶楽部を結成する

＜創刊＞「文藝レビュー」（伊藤整ら）３　「白痴群」「近代生活」（龍胆寺雄ら）４　（中原中也・富永太郎・大岡昇平ら）４
「新思潮」（第十次、雅川滉・福田清人ら）５　「民俗学」７　「新興映画」９　「文学」（堀辰雄・川端康成・横光利一ら、第一書房）10～５年３　「プロレタリア科学」11　「新文藝都市」（舟橋聖一ら）11
＜歿＞　沢田正二郎　内田魯庵　津田梅子　岸田劉生
＜生＞　梶山季之　竹西寛子　加賀乙彦　なだ・いなだ
武器よさらば（ヘミングウエイ）　恐るべき子供たち（コクトー）　響きと憤り（フォークナー）

昭和5年（1930）

日独対抗競技（阿部知二・新潮）1
真理の春（細田民樹・東京朝日新聞）1・27〜6・21
恢復期（神西清・文学）2
瞼の母（長谷川伸・騒人）2、3
ブルジョア（芹沢光治良・改造）4
昭和初年のインテリ作家（広津和郎・改造）4
敵中横断三百里（山中峯太郎・少年倶楽部）4〜9
ドレフュス事件（大佛次郎・改造）4〜10
「夜ふけと梅の花」（井伏鱒二・新潮社）4
「僕の標本室」（川端康成・新潮社）4
感情細胞の断面（伊藤整・文藝レビュー）5
シベリヤ（大江賢次・改造）5
南国太平記（直木三十五・東京日日、大阪毎日新聞）6・12〜6年10・16
天国の記録―彼等はかうして、その血と肉を搾り尽された（下村千秋・中央公論）7
機械（横光利一・改造）9
困つた人達（佐佐木茂索・東京、大阪朝日新聞）9・9〜11・7
オロッコの娘（深田久彌・文藝春秋）10
風（山本有三・東京朝日、大阪朝日新聞）10・26〜6年3・25
聖家族（堀辰雄・改造）11
秋立つまで（嘉村礒多・新潮）11
寝園（横光利一・東京日日、大阪毎日新聞）11・8〜12・31
「武装せる市街」（黒島伝治・日本評論社）11
東倶知安行（小林多喜二・改造）12

「春のことぶれ」（釈迢空・梓書房）1
「葛飾」（水原秋桜子・馬酔木発行所）4
「象徴の烏賊」（生田春月・第一書房）6
「植物祭」（前川佐美雄・素人社書屋）7
「地獄の季節」（ランボウ、小林秀雄訳・白水社）10
「普羅句集」（前田普羅・辛夷社）9
「夜明け前のさよなら」（中野重治・改造社）11
「測量船」（三好達治・第一書房）12
「往還集」（土屋文明・岩波書店）12
女人哀詞（山本有三・婦女界）1〜3
「形式主義芸術論」（中河与一・新潮社）1
「日本プロレタリア文芸運動史」（山田清三郎・叢文閣）2
「前衛の文学」（勝本清一郎・新潮社）2
「文学的戦術論」（大宅壮一・中央公論社）2
芸術派宣言―新芸術派は如何にして起り、何を為すかの問題（雅川滉・新潮）4
自然人と純粋人（河上徹太郎・作品）6
芸術大衆化の問題（蔵原惟人・中央公論）6
「古代研究国文学篇」（折口信夫・大岡山書店）6
「享受と批評」（谷川徹三・鉄塔書院）9
「文学革命の前哨」（小宮山明敏・世界社）9
「『いき』の構造」（九鬼周造・岩波書店）11
「主知的文学論」（阿部知二・厚生閣書店）12

金輸出解禁実施1
ロンドン海軍軍縮会議開催1
大阪のカフェ東京に進出、濃厚サービスを見せ、「エロ・グロ・ナンセンス」流行6
東京・神戸間に特急燕号を運転10
浜口首相東京駅駅頭で愛国社社員に狙撃される11
台湾で原住民高砂族蜂起10
新興芸術派倶楽部、第一回総会を開催、龍胆寺雄・嘉村礒多・中村正常・井伏鱒二ら出席、マルクス主義に対抗する勢力となる4
「新興芸術派叢書」（新潮社）24冊の刊行始まる4
ナップ拡大中央委員会を開催4
共産党シンパ事件で三木清を始め、中野重治ら検挙される5
「新鋭文学叢書」（改造社）の刊行開始、林芙美子「放浪記」など計27冊を刊行7
谷崎潤一郎・千代・佐藤春夫の三名、連名で声明書を発表、潤一郎と別れた千代は春夫と結婚8
プロレタリア詩人会結成9
藤森成吉・勝本清一郎、変名で第二回国際革命作家大会（ハリコフ会議）に出席11
〈創刊〉「黒戦」（石川三四郎ら）2　「弾道」（小野十三郎ら）2　「時間」（北川冬彦・三好達治ら）4　「作品」（堀辰雄・小林秀雄・梶井基次郎・河上徹太郎ら）5〜15年4　「詩・現実」6　「ナップ」（ナップ機関誌）9　「美・批評」（中井正一ら）9　「プロレタリア短歌」11
〈歿〉内村鑑三　島田清次郎　田山花袋　生田春月
〈生〉饗庭孝男　山川方夫　飯島耕一　秋山駿　高橋英夫　野坂昭如　大庭みな子　開高健
U・S・A（ドス・パソス）〜一九三六　特性のない男（ムシル）〜一九四三　大衆の反逆（オルテガ・イ・ガセー）　王道（マルロー）
D・H・ロレンス歿

昭和6年（1931）

小説

水晶幻想（川端康成・改造）1
吉野葛（谷崎潤一郎・中央公論）1・2
「ドルヂェル伯の舞踏会」（ラディゲ・堀口大学訳・白水社）1
丹下氏邸（井伏鱒二・改造）2
右門捕物帖（佐々木味津三・朝日）2〜7年6
「安城家の兄弟」（里見弴・中央公論社）3
風琴と魚の町（林芙美子・改造）4
時間（横光利一・中央公論）4
銭形平次捕物控（野村胡堂・文藝春秋オール読物号）4〜32年8
「檸檬」（梶井基次郎・武蔵野書院）5
風博士（坂口安吾・青い鳥）6
綿（須井一＝加賀耿二・ナップ）8、9
盲目物語（谷崎潤一郎・中央公論）9
魔子（龍胆寺雄・改造）9
つゆのあとさき（永井荷風・中央公論）10
ゼーロン（牧野信一・改造）10
転形期の人々（小林多喜二・ナップ）10、11
武州公秘話（谷崎潤一郎・新青年）10〜7年11
清貧の書（林芙美子・改造）11
オフェリヤ遺文（小林秀雄・改造）11
「ユリシイズ」上（ジョイス、伊藤整、永松定、辻野久憲訳・第一書房）※下は昭9・5刊

詩歌・戯曲・評論

「懸崖」（菱山修三・第一書房）1
「メクラとチンバ」（木山捷平・天平書院）6
「折柴句集」（瀧井孝作・やぽんな書房）8
「鵲」（川田順・改造社）9
「魔女」（佐藤春夫・以士帖印社）10
「平戸廉吉詩集」（平戸廉吉・平戸廉吉詩集刊行会）12
「中野重治詩集」（中野重治・ナップ出版部）10※製本中に押収
「炭塵」（三好十郎・中央公論社）5
「カジノフォーリーレヴュー脚本集」（内外社）9
「赤色戦線を行く」（勝本清一郎・新潮社）1
同伴者作家（宮本顕治・思想）4
明治文壇総評（正宗白鳥・中央公論）4
「恋愛名歌集」（萩原朔太郎・第一書房）5
「現代文芸思潮概説」（宮島新三郎・三省堂）5
「文芸評論」（小林秀雄・白水社）7
芸術的方法についての感想（谷本清＝蔵原惟人・ナップ）9
自然の真と文芸上の真（水原秋桜子・馬酔木）10
「書方草紙」（横光利一・白水社）11
話の屑籠（菊池寛・文藝春秋）8〜19年3

社会動向・文学事象・その他

桜会の将校ら軍部クーデターを企図したが未遂（三月事件）3
日本共産党「三十一年テーゼ」を発表4〜6
著作権法の一部改正が公布5
関東軍奉天で軍事行動開始、満州事変勃発9
浅草オペラ館、新宿ムーラン・ルージュ開場12
市川猿之助ら春秋座を再建、活動開始1
春陽堂文庫創刊2
細田民樹・細田源吉・間宮茂輔ら労芸を脱退5
河原崎長十郎ら前進座結成5
平林初之輔らパリの第一回国際文芸家協会大会に出席5
「岩波講座日本文学」刊行開始6
作家同盟臨時大会、文学サークル強化などを決定7
水原秋桜子「ホトトギス」を離脱10
ナップ加盟の十一団体が集まり、蔵原惟人の提唱で日本プロレタリア文化連盟（コップ）を結成、「プロレタリア文化」を機関誌とする11
この年、「モロッコ」「巴里の屋根の下」など封切

＜創刊＞「大衆文藝」1　「文学党員」（保高徳蔵ら）1　「新作家」（伊藤整・上林暁ら）4　「セルパン」（福田清人編集、春山行夫ら、第一書房）5〜16年3　「藝術殿」5　「書物展望」（斎藤昌三・柳田泉・庄司浅水ら）7　「磁場」（神保光太郎・北川冬彦ら）9　「文藝汎論」（城左門ら）9　「文科」（牧野信一・井伏鱒二・坂口安吾ら、春陽堂）10〜7年3　「プロレタリア文化」11

＜歿＞　小出楢重　平林初之輔　矢野龍溪　小宮山明敏

＜生＞　磯田光一　有吉佐和子　小松左京　大岡信　三浦哲郎　高橋和巳　曾野綾子　入沢康夫　谷川俊太郎

大地（パール・バック）　夜間飛行（サン・テクジュペリ）

昭和７年（1932）

のんきな患者（梶井基次郎・中央公論）１
燃ゆる頬（堀辰雄・文藝春秋）１
ごん狐（新美南吉・赤い鳥）１
馬鹿（高田保・中央公論）１、４
春（立野信之・プロレタリア文学）１～５
「ナップ十人集」（江口渙編・改造社）１
途上（嘉村礒多・中央公論）２
抒情歌（川端康成・中央公論）２
酒盗人（牧野信一・文藝春秋）２
鮎（丹羽文雄・文藝春秋）４
沼尻村（小林多喜二・改造）４、５
日本三文オペラ（武田麟太郎・中央公論）６
津軽の野づら（深田久彌・文学クオタリイ）６
「上海」（横光利一・改造社）７
薔薇盗人（上林暁・新潮）８
青年（林房雄・中央公論）８～12
Ｘへの手紙（小林秀雄・中央公論）９
イカルス失墜（伊藤整・文学）９～12
「生物祭」（伊藤整・金星堂）10
女の一生（山本有三・東京、大阪朝日新聞）10・20～８年６・６
あすならう（深田久彌・改造）11
蘆刈（谷崎潤一郎・改造）11、12
国定忠治（子母沢寛・東京日日新聞）11・15～８年６・６
若い息子（野上彌生子・中央公論）12
「清水焼風景」（須井一＝加賀耿二・改造社）12

「青芝」（日野草城・京鹿子発行所）３
「凍港」（山口誓子・素人社書屋）５
「南窗集」（三好達治・椎の木社）８
「水源地帯」（前田夕暮・白日社）９
「芝生」（中塚一碧楼・海紅社）９
「象牙海岸」（竹中郁・第一書房）12
「帆・ランプ・鷗」（丸山薫・第一書房）12
「山廬集」（飯田蛇笏・雲母社）12

志村夏江（村山知義・プロレタリア文学）４

「平林初之輔遺稿集」（平林駒子編・平凡社）２
芥川龍之介と志賀直哉（井上良雄・磁場）４
「新心理主義文学」（伊藤整・厚生閣書店）４
「史的唯物論より観たる近代日本文学史」（篠田太郎・春陽堂）４
「プロレタリアートと文化の問題」（蔵原惟人・鉄塔書院）６
「しづかな流」（中勘助・岩波書店）６
「文壇人物評論」（正宗白鳥・中央公論社）７
「新社会派文学」（久野豊彦、浅原六朗・厚生閣書店）７
作家として（林房雄・新潮）９
「自然と純粋」（河上徹太郎・芝書店）９
政治と芸術・政治の優位性に関する問題（野沢徹＝宮本顕治・プロレタリア文化）10～８年１
「現代日本文学序説」（唐木順三・春陽堂）10
「続文芸評論」（小林秀雄・白水社）11
「芸術論」（蔵原惟人・中央公論社）12

上海事変起こる１
リットン調査団派遣２
満州国建国、国際連盟は非承認を決定３
第一回ダービー開催４
五・一五事件起こる５
コミンテルン「三十二年テーゼ」発表、天皇制打倒などを指示５
ロスアンゼルスでオリンピック大会開く７
文部省、国民精神文化研究所を設立８
東京市、二十区を新設する10
国防婦人会結成10

コップに対する大弾圧始まり、山田清三郎・窪川鶴次郎ら検挙３
「コギト」創刊され浪漫的心情を見せる３
中野重治・蔵原惟人・村山知義・中條百合子（２月に宮本顕治と結婚）らナルプ関係者多数検挙される４
労働芸術家連盟解散５
「日本資本主義発達史講座」（全七巻、岩波書店）刊行開始５
金子洋文・青野季吉ら労農文化連盟を結成６
「日本文学大辞典」（新潮社）刊行開始６
長谷川如是閑・戸坂潤・三枝博音ら唯物論研究会を創立10
新心理主義の新しい動き起こる
右傾の偏向をめぐり、プロレタリア文学内部の対立が強まる

〈創刊〉「プロット」（日本プロレタリア劇場同盟機関誌）１　「プロレタリア文学」（江口渙編集）１　「文学クオタリイ」２　「コギト」（保田与重郎・伊東静雄ら）３～19年９　「文学」（「詩と詩論」改題）３　「ドルメン」４　「解放文化」（秋山清ら）６　「アナーキズム文学」６　「日の出」（新潮社）８　「レフト」（労農文学同盟機関誌）９　「短歌研究」（改造社）10　「新詩論」（吉田一穂ら）10　「麵麭」（北川冬彦ら）11　「批評」（本多秋五・瀬沼茂樹ら）11　「唯物論研究」（木星社）11
〈歿〉三宅やす子　梶井基次郎　田中王堂
〈生〉桶谷秀昭　高橋たか子　真継伸彦　後藤明生　高井有一　黒井千次　吉原幸子　小田実　五木寛之　石原慎太郎

八月の光（フォークナー）蝮のからみあい（モーリアック）鋼鉄はいかに鍛えられたか（オストロフスキー）

昭和8年（1933）

小説

枯木のある風景（宇野浩二・改造）1
一九三二年の春（中條百合子＝宮本百合子・プロレタリア文学）1・2
昇天（内田百閒・中央公論）2
町の踊り場（徳田秋声・経済往来）3
釜ケ崎（武田麟太郎・中央公論）3
人生劇場青春篇（尾崎士郎・都新聞）3・18〜8・30
転換時代（小林多喜二・中央公論）4・5
※のち「党生活者」と改題
思ひ出（太宰治・海豹）4〜7
詩人（大佛次郎・改造）5
若い人（石坂洋次郎・三田文学）5〜12年12
春琴抄（谷崎潤一郎・中央公論）6
禽獣（川端康成・改造）7
「にんじん」（ルナール、岸田国士訳・白水社）7
「薔薇盗人」（上林暁・金星堂）7
風雨強かるべし（広津和郎・報知新聞）8・12〜9年3・17
万暦赤絵（志賀直哉・中央公論）9
色ざんげ（宇野千代・中央公論）9、9年2、9、10年3
死に親しむ（徳田秋声・改造）10
美しい村—或は小遁走曲（堀辰雄・改造）10
U新聞年代記（上司小剣・中央公論）11
囚はれた大地（平田小六・文化集団）11〜9年5
暢気眼鏡（尾崎一雄・人物評論）12

詩歌・戯曲・評論

「青牛集」（古泉千樫・改造社）2
「故郷」（伊藤信吉・中外書房）4
「詩集咒文」（日夏耿之介・戯苑発售処）6
「Ambarvalia」（西脇順三郎・椎の木社）9
「草の花」（富安風生・龍星閣）11
「新樹」（水原秋桜子・交蘭社）12
おふくろ（田中千禾夫・劇作）3
「五稜郭血書」（東建吉＝久保栄・日本プロレタリア演劇同盟）6
プティ・ブルジョア・インテリゲンツィアの道—唐木順三氏の「現代日本文学序説」を読んで（平野謙・クオタリイ日本文学）1
「現代文学」（瀬沼茂樹・木星社書院）1
「硯友社の文学運動」（福田清人・山海堂出版部）2
「レーニン主義文学闘争への道」（宮本顕治・木呈社）2
「芸」について（谷崎潤一郎・改造）3・4
故郷を失った文学（小林秀雄・文藝春秋）5
不安の思想と其の超克（三木清・改造）6
「柹の蔕」（坪内逍遙・中央公論社）7
「文藝復興」（林達夫・小山書店）11
「大衆文藝評判記」（三田村鳶魚・汎文社）11
末期の眼（川端康成・文藝）12
陰翳礼讃（谷崎潤一郎・経済往来）12、9年1
「明治大正詩史概観」（北原白秋・改造社）12

社会動向・文学事象・その他

ヒトラー、ドイツ首相に就任1
三原山で女学生投身自殺、自殺の名所となる1
日本対日勧告を拒否し、国際連盟を脱退3
京大で滝川事件起こる5
佐野学・鍋山貞親、獄中で転向を声明6
「東京音頭」（西条八十詩・中山晋平曲）流行8
日本共産党スパイリンチ殺人事件12
小林多喜二検挙され築地署で虐殺される2
徳田秋声・久米正雄らが中心となり、学芸自由同盟結成される7
転向論議隆盛の中で文学の方向が動揺、徳永直「創作方法上の新転換」（中央公論）をかわきりに「社会主義リアリズム論争」起こる9
豊島与志雄・小林秀雄・武田麟太郎・林房雄・亀井勝一郎ら各方面の有力者を結集した「文学界」創刊、呉越同舟などと評される10
プロレタリア文学の衰退が強まり新雑誌の創刊もあり、文壇が再び活気を呈し、「文芸復興」が叫ばれる11
この年、宇野浩二や徳田秋声らの既成作家の活躍が再開され注目される
〈創刊〉「労農文学」（葉山嘉樹ら）1 「文芸首都」（保高徳蔵編集）1 「クオタリイ日本文学」1 「人物評論」（大宅壮一編集）3 「文学」（岩波書店）4 「四季」（第一次・堀辰雄編集）5 「文化集団」6 「日暦」（高見順ら）9 「文学界」10〜19年4、戦後復刊 「行動」（舟橋聖一ら）10 「文藝」（改造社）11〜19年7
〈歿〉 堺利彦 小林多喜二 吉野作造 巌谷小波 宮沢賢治 嘉村礒多 池谷信三郎
〈生〉大島渚 柏原兵三 江藤淳
人間の条件（マルロー） 家（巴金）

昭和9年（1934）

紋章（横光利一・改造）1〜9
丹下左膳（林不忘・読売新聞）1・30〜9・20
「路草」（川崎長太郎・文座書林）2
「神風連」（十一谷義三郎・中央公論社）2
「青年」（林房雄・中央公論社）3
癩（島木健作・文学評論）4
竜源寺（渋川驍・日暦）4〜6
春の絵巻（中谷孝雄・行動）4
「旋風時代」（田中貢太郎・中央公論社）4
白夜（村山知義・中央公論）5
白い壁（本庄陸男・改造）5
今年の春（正宗白鳥・早稲田文学）6
盲目（島木健作・中央公論）7増刊
贅肉（丹羽文雄・中央公論）7増刊
あにいもうと（室生犀星・文藝春秋）7
ひかげの花（永井荷風・中央公論）8
友情（立野信之・中央公論）8
梅の花（仲町貞子・文学界）8
沓掛時次郎（長谷川伸・オール読物）8
銀座八丁（武田麟太郎・東京朝日新聞）8・22〜10・20
半七捕物帳（岡本綺堂・講談倶楽部）8〜10年12
鶴八鶴次郎（川口松太郎・オール読物）10
ダイヴィング（舟橋聖一・行動）10
「獄」（島木健作・ナウカ社）10
風雲（窪川鶴次郎・中央公論）11
雪之丞変化（三上於莵吉・東京朝日、大阪朝日新聞）11・7〜10年8・22
鬼涙村（牧野信一・文藝春秋）12

「芝不器男句集」（芝不器男、横山白虹編・天の川遠賀支社）2
「三ヶ島葭子全歌集」（三ヶ島葭子・立命館出版部）3
「氷島」（萩原朔太郎・第一書房）6
「川端茅舎句集」（川端茅舎・玉藻社）10
「山羊の歌」（中原中也・野々上慶一発行）12
瀬戸内海の子供ら（小山祐士・劇作）4
「天狗外伝 斬られの仙太」（三好十郎・ナウカ社）4
「悲劇の哲学」（シェストフ、河上徹太郎、阿部六郎訳・芝書店）1
「日本プロレタリア文学運動方向転換のために―ナルプ拡大中央委員会への報告」（鹿地亘・日本プロレタリア作家同盟出版部）2
「現代作家論叢」（片岡良一・三笠書房）3
「プロレタリア文学の新段階」（山田清三郎・ナウカ社）5
「文学以前」（雅川滉・東学社）7
シェストフ的不安について（三木清・改造）9
「白痴」について―ドストエフスキイに関するノオト（小林秀雄・文藝）9〜10年7
「転形期の文学」（亀井勝一郎・ナウカ社）9
「懐疑と象徴」（中島健蔵・作品社）9
「文章読本」（谷崎潤一郎・中央公論社）11
「新文学の環境」（矢崎弾・紀伊国屋出版部）11
冬を越す蕾（中條百合子＝宮本百合子・文藝）12

満州国、帝政実施3
帝国人絹の株買受けで疑獄事件（帝人事件）4
フランス、スペインで人民戦線運動起こる10
陸軍省いわゆる「陸軍パンフレット」を頒布し、広義国防を主張10
丹那トンネル開通12
最初のプロ野球チームできる12

直木三十五ら警保局長松本学と会合、文芸懇話会を結成、戦時統制につながる動きのはしりとなる1
日本プロレタリア作家同盟、解散声明発表、さまざまな論争起こる3
竹内好ら中国文学研究会を結成4
川端康成「水晶幻想」などを含む改造社「文芸復興叢書」の刊行開始4
藤原歌劇団第一回公演6
日本プロレタリア演劇同盟解散7
土方与志、ソビエト作家同盟第一回大会に出席8
村山知義の主唱で新協劇団結成9（第一回公演、島崎藤村原作「夜明け前」第一部11）
この年、シェストフの影響で不安の文学の論議起こる
行動主義文学の主張高まる
村山知義、窪川鶴次郎をはじめとし、転向文学が盛んとなる

＜創刊＞「新文戦」1 「明治文学研究」（明治文学談話会）1 「日本古書通信」1 「明治文化研究」（明治文化研究会）2 「文学評論」（渡辺順三編輯、徳永直・森山啓ら）3〜11年8 「詩精神」3 「浪漫古典」4 「鵲」（檀一雄ら）4 「テアトロ」4 「現実」（亀井勝一郎・本庄陸男ら）4 「テアトロ」（第一次、秋田雨雀編集）5〜15年8 「早稲田文学」（第三次）6 「四季」（第二次、堀辰雄・三好達治・丸山薫ら）10〜19年6

＜歿＞横瀬夜雨 直木三十五 大手拓次 土田杏村 中村憲吉 内藤湖南 竹久夢二 江見水蔭 高村光雲 三島霜川

＜生＞山崎正和 宇能鴻一郎 阿部昭 筒井康隆

歴史の研究（トインビー）〜一九六一 チップス先生さようなら（ヒルトン）

昭和10年（1935）

小説

須崎屋（大谷藤子・改造）1
第一章（中野重治・中央公論）1
夕景色の鏡（川端康成・文藝春秋）1※「雪国」冒頭の一章
真実一路（山本有三・主婦之友）1～11年9
怪傑黒頭巾（高垣眸・少年倶楽部）1～12
野蛮人（大鹿卓・中央公論）2
眼中の人（小島政二郎・改造）2
黎明（島木健作・改造）2
草筏第一部（外村繁・世紀）3・4
お化けの世界（坪田譲治・改造）3
流れ（立野信之・文学評論）3～8
乳房（中條百合子＝宮本百合子・中央公論）4
蒼氓第一部（石川達三・星座）4
道化の華（太宰治・日本浪曼派）5
村の家（中野重治・経済往来）5
集金旅行（井伏鱒二・文藝春秋）5、7、8
仮装人物（徳田秋声・経済往来）7～13年8
中央高地（宮内寒彌・早稲田文学）8
家族会議（横光利一・東京日日、大阪毎日新聞）8・9～12・31
宮本武蔵（吉川英治・東京朝日、大阪朝日新聞）8・23～14年7・11
明治一代女（川口松太郎・オール読物）9～12
「無限抱擁」（瀧井孝作・創元社）9
勲章（徳田秋声・中央公論）10
一の酉（武田麟太郎・改造）12
「渡辺崋山」（藤森成吉・改造社）12

詩歌・戯曲・評論

「小熊秀雄詩集」（小熊秀雄・耕進社）5
「山谷集」（土屋文明・岩波書店）5
「わがひとに与ふる哀歌」（伊東静雄・コギト発行所）10
「愛する神の歌」（津村信夫・四季社）11
「中野重治詩集」（中野重治・ナウカ）12
「山花集」（生方たつゑ・むらさき出版部）12
「石田波郷句集」（石田波郷・沙羅書店）12
「松本たかし句集」（松本たかし・欅発行所）12
華々しき一族（森本薫・劇作）7
「鼬」（真船豊・双雅房）12
行動主義理論（小松清・行動）1
ドストエフスキイの生活（小林秀雄・文学界）1～12年3
転向作家論（中村光夫・文学界）2
「文学者に就て」について—貴司山治へ（中野重治・行動）2
「能動精神パンフレット」（田辺茂一編・紀伊国屋出版部）2
純粋小説論（横光利一・改造）4
私小説論（小林秀雄・経済往来）5～8
偶然文学論（中河与一・新潮）7
「日本イデオロギー論」（戸坂潤・白揚社）7
「明治文学史」上巻（本間久雄・東京堂）7
「風土」（和辻哲郎・岩波書店）9
「絶望の逃走」（萩原朔太郎・第一書房）10

社会動向・文学事象・その他

美濃部達吉の天皇機関説問題となる2
衆議院で国体明徴決議案可決3
袴田里見検挙され共産党中央委員会が壊滅3
フランス人民戦線結成6
モスクワで第七回コミンテルン大会開催、人民戦線テーゼを採択7
永田少将、皇道派の相沢中佐に刺殺される8
イタリア、エチオピア侵入を開始10
大本教問題になり出口王仁三郎ら逮捕12
「日本浪漫派」創刊され、ドイツ・ロマン主義や日本の古典への傾倒の中から日本精神への動きが高まる3
文学の行きづまり打開をはかった横光利一の「純粋小説論」をめぐって論争起こる4
北原白秋を中心として多磨短歌会結成6
文藝春秋社、芥川龍之介賞と直木三十五賞を設定、第一回芥川賞を石川達三、直木賞を川口松太郎が受賞9
中野重治・村山知義らサンチョクラブ結成11
日本ペンクラブ設立（会長島崎藤村）11
林房雄・青野季吉・江口渙・秋田雨雀ら独立作家クラブを結成12
この年、行動主義が紹介され文学界に新しい動きが生まれる
＜創刊＞「世界文化」（中井正一・武谷三男ら）2「日本浪漫派」（亀井勝一郎・保田与重郎・檀一雄ら）3～13年8「詩行動」3「歴程」（草野心平・逸見猶吉ら）5「多磨」（北原白秋主宰）6「VOU」（北園克衛ら）7「文学案内」（貴司山治・江口換ら）7「木靴」（外村繁・尾崎一雄ら）10「エクリバン」（中野秀人・大木惇夫ら）10
＜歿＞坪内逍遙　与謝野寛　牧逸馬　千葉亀雄　寺田寅彦
＜生＞柴田翔　大江健三郎　富岡多恵子　入江隆則　倉橋由美子　秦恒平
トロイ戦争は起らぬだろう（ジロドゥー）山椒魚戦争（チャペック）

昭和11年（1936）

小説の書けぬ小説家（中野重治・改造）1
崖（新田潤・文藝）1
くれなゐ（佐多稲子・婦人公論）1～5
猫と庄造と二人のをんな（谷崎潤一郎・改造）1・7
冬の宿（阿部知二・文学界）1～10
「掬水譚」（佐藤春夫・大東出版社）1
「鬼涙村」（牧野信一・芝書店）2
いのちの初夜（北条民雄・文学界）2
第一義の道（島木健作・中央公論）2
神楽坂（矢田津世子・人民文庫）3
井原西鶴（武田麟太郎・人民文庫）3～12年9
鶴は病みき（岡本かの子・文学界）6
城外（小田嶽夫・文学生活）6
普賢（石川淳・作品）6～9
落葉日記（岸田国士・婦人公論）6～12年5
「晩年」（太宰治・砂子屋書房）6
虚構の春（太宰治・文学界）7
大学（田村泰次郎・人民文庫）7～12年1
地中海（富沢有為男・東陽）8
麥死なず（石坂洋次郎・文藝）8
「脱出」（福田清人・協和書院）9
「祝典」（寺崎浩・双雅房）10
「故旧忘れ得べき」（高見順・人民社）10
黒い行列（野上弥生子・中央公論）11　※「迷路」序章の初稿
「富ノ沢麟太郎集」（富ノ沢麟太郎・横光利一編集・沙羅書店）11

「いやらしい神」（北川冬彦・蒲田書房）4
「暖流」（五島美代子・三省堂）7
「白日」（渡辺水巴・交蘭社）7
「苔徑集」（吉野秀雄・河発行所）10
「長子」（中村草田男・沙羅書店）11
「藍色の蟇」（大手拓次・アルス）12
裸の町（真船豊・改造）4
トルストイについて（正宗白鳥・読売新聞）1・11、1・12
「思想としての文学」（戸坂潤・三笠書房）2
「郷愁の詩人与謝蕪村」（萩原朔太郎・第一書房）3
思想と実生活（小林秀雄・文藝春秋）4
二葉亭四迷論（中村光夫・文学界）4～10
「文芸と社会」（青野季吉・中央公論社）4
描写のうしろに寝てゐられない（高見順・新潮）5
「明治文壇回顧録」（後藤宙外・岡倉書房）5
「子子以前」（辻潤・昭森社）5
「藝林閒歩」（木下杢太郎・岩波書店）6
「近代日本文学評論史」（土方定一・西東書林）6
「随筆明治文学」（柳田泉・春秋社）8
「現代作家研究」（浅見淵・砂子屋書房）9
「純粋の声」（川端康成・沙羅書店）9
散文精神について（広津和郎・東京日日新聞）10・27～10・29
「現代演劇論」（岸田国士・白水社）11

二・二六事件起こる2
国名を大日本帝国とする4
メーデー禁止5
イタリア、エチオピアを併合5
阿部定、情夫を殺害し逃亡5
不穏文書臨時取締法公布6
国民歌謡の放送開始6
スペイン内乱始まる7
ベルリンオリンピックで前畑秀子ら活躍8
大陸・南方への進出を定めた「国策の基準」が首相ら五相会議で決まる8
日独防共協定、秘密裡に調印11

独立作家クラブ創立総会で、自由主義作家の参加について紛糾1
横光利一フランスへ渡航2
詩人クラブ第一回総会、高橋新吉ら出席4
新制作派協会結成（小磯良平、脇田和ら）7
島崎藤村、有島生馬、ブエノスアイレスの国際ペンクラブ大会に出席9
日本民芸館開館（館長柳宗悦）10
講談社で「岩見重太郎」「乃木大将」など絵本の刊行を始める12
この年、小林秀雄と正宗白鳥ら、思想と実生活をめぐって論争
この年「鷗外全集」「大トルストイ全集」など全集の刊行相次ぐ
この年、前年の文学界賞、文芸懇話会賞に引き続き、池谷賞、千葉亀雄賞など多くの文学賞が制定される

〈創刊〉「文藝懇話会」1　「詩人」1　「現実」（第二次）1　「人民文庫」（武田麟太郎ら）3～13年1　「作家精神」（高木卓・野口冨士男ら）5　「明日香」（今井邦子主宰）5　「文学生活」（外村繁ら）6　「行動文学」（舟橋聖一・小松清ら）6　「国文学解釈と鑑賞」6　「東大陸」（「我観」改題）6　「批評」（山室静・平野謙・本多秋五ら）7
〈歿〉生田長江　夢野久作　牧野信一　南部修太郎　鈴木三重吉　下田歌子　土田麦遷
〈生〉寺山修司　坂上弘　天沢退二郎
風と共に去りぬ（ミッチェル）　ソヴィエト紀行（ジイド）　駱駝祥子（老舎）　わが思索のあと（アラン）　ゴーリキー、魯迅歿

昭和12年（1937）

小説

愛染かつら（川口松太郎・婦人倶楽部）1～13年5
路傍の石（山本有三・東京朝日、大阪朝日新聞）1・1～6・18※中絶
薄紅梅（泉鏡花・東京日日、大阪毎日新聞）1・5～3・25
母子叙情（岡本かの子・文学界）3
暗夜行路（志賀直哉・改造）4※終章
HUMAN LOST（太宰治・新潮）4
旅愁（横光利一・東京日日、大阪毎日新聞）4・13～7・11※のち諸誌に続稿掲載、未完
濹東綺譚（永井荷風・東京朝日、大阪朝日新聞）4・16～6・15
「暢気眼鏡」（尾崎一雄・砂子屋書房）4
あらがね（間宮茂輔・人民文庫）5～13年1
汽車の罐焚き（中野重治・中央公論）6
八年制（徳永直・日本評論）6
「雪国」（川端康成・創元社）6
梟（伊藤永之介・文学界）7
「花筐」（檀一雄・赤塚書房）7
幽鬼の街（伊藤整・文藝）8
「綴方教室」（豊田正子・中央公論社）8
糞尿譚（火野葦平・文学会議）10
「生活の探究」（島木健作・河出書房）10
「ジョン萬次郎漂流記」（井伏鱒二・河出書房）11
「沃土」（和田伝・砂子屋書房）11
「かげろふの日記」（堀辰雄・改造）12

詩歌・戯曲・評論

「厄除け詩集」（井伏鱒二・野田書房）5
「萱草に寄す」（立原道造・風信子叢書刊行所）5
「五百句」（高浜虚子・改造社）6
「花影」（原石鼎・改造社）6
「鮫」（金子光晴・人民社）8
「ランボオ詩集」（中原中也訳・野田書房）9
「立子句集」（星野立子・玉藻社）11
北東の風（久板栄二郎・文藝）4
火山灰地（久保栄・新潮）12、13年7
ソヴェト旅行記（ジイド・中央公論）1
明治の精神（保田与重郎・文藝）2～4
「日本文学原論」（藤村作・同文書院）2※実際の執筆は近藤忠義
「文芸評論」（宮本顕治・六藝社）2
文学に於ける新官僚主義（中野重治・新潮）3
ヒューマニズムへの道（中條百合子＝宮本百合子・文藝春秋）4
「柿本人麿評釋篇巻之上」（斎藤茂吉・岩波書店）5※巻之下―14年2
高見順論（平野謙・批評）6
「悪霊」について（小林秀雄・文藝）6～11
国民文学論の根本問題（浅野晃・新潮）8
「人間教育」（亀井勝一郎・野田書房）12
「古典の親衛隊」（芳賀檀・冨山房）12

社会動向・文学事象・その他

「死なう団」集団で切腹未遂2
文部省「国体の本義」を刊行3
第一次近衛文麿内閣成立6
盧溝橋で日中両軍衝突（日中戦争の発端）7
中国で第二次国共合作成立9
国民精神総動員中央連盟結成10
日独伊防共協定成立11
日本軍南京を占領、大虐殺事件を起こす12
内務省が人民戦線事件関係者の雑誌執筆禁止を通告12
山川均ら労農派を多数検挙（人民戦線事件）12
第一回文化勲章を佐佐木信綱・幸田露伴らが受章4
帝国芸術院を創設、島崎藤村・正宗白鳥・永井荷風は辞退6
松本学・林房雄・中河与一・佐藤春夫ら新日本文化の会を結成7
吉川英治・吉屋信子ら特派員として戦地を視察8
官民合同の日本文化中央連盟発足8
久保田万太郎・岸田国士ら文学座を結成9
ローマ字、訓令式になる9
出版業者と検閲当局の出版懇談会発足10
「新万葉集」（改造社）刊行開始11
この年「日本的なもの」についての議論高まり、人民文庫派と日本浪漫派の討論会が開かれたりする
「再建」発禁処分を受けた島木健作が「生活の探究」で新しい転向の姿を示す
内閣情報部が「愛国行進曲」を募集するなど文化の面でも軍国色強まる
文芸学の風潮高まる

＜創刊＞「自由」1　「新女苑」1　「日本読書新聞」3　「インテリゲンチャ」3　「長篇小説」3　「新領土」5　「文芸復興」6　「文化評論」7　「鶴」（石田波郷ら）9
＜歿＞河東碧梧桐　十一谷義三郎　中原中也　上田万年　木下尚江　北条民雄　海老名弾正　金子筑水
＜生＞庄司薫　古井由吉　亀井秀雄　U・S・A（ドス・パソス）　希望（マルロー）　城砦（クローニン）

昭和13年（1938）

マルスの歌（石川淳・文学界）1
天の夕顔（中河与一・日本評論臨時号）1
子供の四季（坪田譲治・都新聞）1・1〜6・16
南部鉄瓶工（中本たか子・新潮）2
生きてゐる兵隊（石川達三・中央公論）3
厚物咲（中山義秀・文学界）4
暖流（岸田国士・東京朝日、大阪朝日新聞）4・19〜9・19
「風立ちぬ」（堀辰雄・野田書房）4
「さざなみ軍記」（井伏鱒二・河出書房）4
器用貧乏（宇野浩二・文藝春秋）6
鶯（伊藤永之介・文藝春秋）6
風俗十日（南川潤・三田文学）6、7
井原西鶴（武田麟太郎・文藝）7
「白い朝」（豊島与志雄・河出書房）7
麦と兵隊（火野葦平・改造）8
幻談（幸田露伴・日本評論）9
乗合馬車（中里恒子・文学界）9
大根の葉（壺井栄・文藝）9
風雪（阿部知二・日本評論）9〜14年8
黄塵（上田広・大陸）10
木石（舟橋聖一・文学界）10
老妓抄（岡本かの子・中央公論）11
「小島の春」（小川正子・長崎書店）11
「結婚の生態」（石川達三・新潮社）11
「土と兵隊」（火野葦平・改造社）11
還らぬ中隊（丹羽文雄・中央公論）12〜14年1

「在りし日の歌」（中原中也・創元社）4
「聖歌隊」（中野秀人・帝国教育会出版部）7
「思弁の苑」（山之口貘・むらさき出版部）8
「西康省」（田中克巳・コギト発行所）10
「蛙」（草野心平・三和書房）12
「支那事変歌集戦地篇」（大日本歌人協会編・改造社）12
「千万人と雖も我行かん」（久板栄二郎・テアトロ社）12
嘉村礒多（福田恆存・作家精神）1
志賀直哉論（小林秀雄・改造）2
「日本への回帰」（萩原朔太郎・白水社）3
「夏目漱石」（小宮豊隆・岩波書店）6
「冬の華」（中谷宇吉郎・岩波書店）9
「戴冠詩人の御一人者」（保田与重郎・東京堂）9
「近代芸術」（瀧口修造・三笠書房）9
「黙歩七十年」（星野天知・聖文閣）10
歴史について（小林秀雄・文学界）10
「破戒」を繞る問題（平野謙・学藝）11
島木健作論（窪川鶴次郎・文藝）10、11
「万葉秀歌」（斎藤茂吉・岩波書店）11
「歴史文学論」（ルカッチ、山村房次訳・三笠書房）11
「日本的性格」（長谷川如是閑・岩波書店）12

政府、メーデーを禁止3
ドイツ、オーストリアを併合3
国家総動員法公布4
オリンピック東京大会の中止決定7
英仏独伊のミュンヘン協定調印9
勤労動員始まる9
日本軍、広東・武漢三鎮を占領10
フランス人民戦線崩壊11
岡田嘉子・杉本良吉樺太国境を越えソ連に亡命1
独立作家倶楽部解散1
第二次人民戦線事件で、大内兵衛ら教授グループ検挙2
唯物論研究会解散2
石川達三「生きてゐる兵隊」所載の「中央公論」発禁3
新協劇団、久保栄「火山灰地」を築地小劇場で上演6〜7
国際ペンクラブ、東京大会取消を決定、日本ペンクラブは脱退7
商工省、雑誌用紙制限を通告、雑誌の再編成始まる9
従軍作家部隊として、久米正雄・丹羽文雄・菊池寛・吉川英治ら出発9
「文学界」同人拡大、一大勢力となる9
東大教授河合栄治郎の四著発禁となる10
旧唯物論研究会のメンバー検挙11
岩波新書〈赤版〉刊行開始11
この年、「日本浪漫派」「人民文庫」終刊する
＜創刊＞「新日本」（新日本文化の会機関誌・小山書店）1　「学芸」（「唯物論研究」の改題）4　「知性」（河出書房）5〜19年8　「槐」（小熊秀雄・本庄陸男ら）6　「文藝文化」（蓮田善明・清水文雄ら）7〜19年8　「九州文学」（火野葦平ら）9　「文体」（三好達治ら・スタイル社）11
＜歿＞後藤宙外　村上鬼城　伊藤痴遊　野間清治　萩原恭次郎　高田早苗　小川芋銭
＜生＞金鶴泳　佐佐木幸綱
嘔吐（サルトル）　日記（J・グリーン）

昭和14年（1939）

小説

死者の書（釋迢空・日本評論）1〜3
如何なる星の下に（高見順・文藝）1〜12
「源氏物語」（谷崎潤一郎訳・中央公論社）1〜16年7※全二十六巻
呉淞クリーク（日比野士朗・中央公論）2
富嶽百景（太宰治・文体）2・3
「歴史」第一部（榊山潤・砂子屋書房）2
白描（石川淳・長篇文庫）3〜9
「波の上」（井上友一郎・砂子屋書房）3
河明り（岡本かの子・中央公論）4
あさくさの子供（長谷健・虚実）4
歌のわかれ（中野重治・革新）4〜8
生々流転（岡本かの子・文学界）4〜12
旅愁続編（横光利一・文藝春秋）5〜20年1※第一編の途中から第五編までを断続連載、一部「文学界」に連載
「街と村」（伊藤整・第一書房）5
「石狩川」（本庄陸男・大観堂）5
碑（中山義秀・文藝春秋）6
密猟者（寒川光太郎・創作）6
「かげろふの日記」（堀辰雄・創元社）6
愛と死（武者小路実篤・日本評論）7
「多甚古村」（井伏鱒二・河出書房）7
風宴（梅崎春生・早稲田文学）8
空想家とシナリオ（中野重治・文藝）8〜11
「裸木」（川崎長太郎・砂子屋書房）8
桜ホテル（北原武夫・新潮）9〜15年4
光の中に（金史良・文藝首都）10
西郷隆盛（林房雄・都新聞）11・25〜15年4・29

詩歌・戯曲・評論

「白描」（明石海人・改造社）2
「東洋の満月」（蔵原伸二郎・生活社）3
「寒雷」（加藤楸邨・交蘭社）3
「大阪」（小野十三郎・赤塚書房）4
「砲車」（長谷川素逝・三省堂）4
「華厳」（川端茅舎・龍星閣）5
「艸千里」（三好達治・四季社）7
「鶴の眼」（石田波郷・沙羅書店）8
「宿命」（萩原朔太郎・創元社）9
「海門」（大野林火・交蘭社）9
「田舎の食卓」（木下夕爾・詩文学研究会）10
「体操詩集」（村野四郎・アオイ書房）12
「鳥」（神保光太郎・四季社）12
「火の菫」（北園克衛・昭森社）12
「歳月」（岸田国士・創元社）9
「ドストエフスキイの生活」（小林秀雄・創元社）5
「思想の運命」（林達夫・岩波書店）7
「構想力の論理」（三木清・岩波書店）7
「現在の文学の立場」（山室静・赤塚書房）9
Credo, quia absurdum（埴谷雄高・構想）10〜16年12
「後鳥羽院」（保田与重郎・思潮社）10
「現代文学論」（窪川鶴次郎・中央公論社）11
「近代日本の作家と作品」（片岡良一・岩波書店）11

社会動向・文学事象・その他

双葉山、安芸海に敗れ六十九連勝に終わる1
政府、鉄製不急品の回収を始める2
スペイン内乱、フランコ軍の勝利に終わる3
日本軍と外蒙軍、ノモンハンで衝突5
パーマネント禁止6
国民徴用令公布7
独ソ不可侵条約調印8
ドイツ、ポーランドに進攻、第二次世界大戦に突入する9
汪兆銘政権結成9
上林暁の文芸時評「外的世界と内部風景」（文藝）に端を発し〈素材派・芸術派論争〉おこる
大陸開拓文芸懇話会結成2
日伊文化協定調印3
脚本事前検閲などを内容とした映画法公布4
大陸開拓国策ペン部隊出発4
女流芸術家による「輝ク部隊」発足7
徳川夢声による朗読「宮本武蔵」（吉川英治作）放送開始9
佐藤春夫・倉田百三ら経国文芸の会結成11
この年、戦争を扱った作品が一段と増え、大陸開拓文学・海洋文学などさまざまな国策文学が書かれる。
この年も新しい文学賞が制定される
〈創刊〉「文学者」1「荒地」（第一次、鮎川信夫・田村隆一ら）3「文藝日本」6「批評」（山本健吉・中村光夫・河上徹太郎・西村孝次ら）8〜19年4「文藝世紀」（中河与一ら）8「構想」（埴谷雄高・山室静・平野謙ら）10〜16年12「文藝学資料月報」8「こをろ」（島尾敏雄ら）10「現代文学」（「魂」の発展、大井広介・杉山英樹・小熊秀雄ら）12〜19年1
〈歿〉岡本かの子　岡本綺堂　立原道造　三上参次　明石海人　戸川秋骨　本庄陸男　泉鏡花　岡田三郎助　村上華岳　松村介石
〈生〉宮内豊　長田弘
怒りの葡萄（スタインベック）　野性の棕梠（フォークナー）　壁（サルトル）　北京好日（林語堂）　オンディーヌ（ジロドゥー）　イエーツ歿

昭和15年（1940）

巷の歴史（広津和郎・改造）1
壁（サルトル、堀口大学訳・中央公論）1
河骨（木山捷平・文学者）2
暦（壺井栄・新潮）2
絵姿（石上玄一郎・中央公論）2
駈込み訴へ（太宰治・中央公論）2
「転落の詩集」（石川達三・新潮社）2
オイル・シェール（小山いと子・日本評論）3
夫婦善哉（織田作之助・海風）4
三月の第四日曜（宮本百合子・日本評論）4
風の系譜（野口冨士男・文学者）4～6
走れメロス（太宰治・新潮）5
連環記（幸田露伴・日本評論）6
富島松五郎伝（岩下俊作・オール読物）6
伸六行状記（岡田三郎・新潮）6
美しき囮前篇（中山義秀・文学界）6～11
姨捨（堀辰雄・文藝春秋）7
乳の匂ひ（加能作次郎・中央公論）8
得能五郎の生活と意見（伊藤整・知性）8～16年3
オリンポスの果実（田中英光・文学界）9
平賀源内（桜田常久・作家精神）10
村長日記（岩倉政治・中央公論）11
彌勒（稲垣足穂・新潮）11
彩絵硝子（平岡公威＝三島由紀夫、学習院輔仁会雑誌）11
「典子の生き方」（伊藤整・河出書房）12
「或る作家の手記」（島木健作・創元社）12

「昭和詩鈔」（萩原朔太郎編・冨山房）3
「夏花」（伊東静雄・子文書房）3
「寒雲」（斎藤茂吉・古今書院）3
「旗」（西東三鬼・三省堂）3
「草木塔」（種田山頭火・八雲書林）4
「鹿鳴集」（会津八一・創元社）5
「黒檜」（北原白秋・八雲書林）8
「歩道」（佐藤佐太郎・八雲書林）9
「魚歌」（斎藤史・ぐろりあ・そさえて）9
「山之口貘詩集」（山之口貘・山雅房）12
大仏開眼（長田秀雄・新潮）3
浮標（三好十郎・文学界）6～8
文学の三十年（宇野浩二・中央公論）1～15年12
錯乱の論理（花田清輝・文化組織）3
心霊の復活（青野季吉・文藝）3
「在りし日の東洋の詩人たち」（赤木健介・白楊社）5
「文学求真」（寺岡峰夫・砂子屋書房）7
斎藤茂吉ノオト（中野重治・日本短歌）7～16年1
「戸隠の絵本」（津村信夫・ぐろりあ・そさえて）10
「国民文学論」に触れて（赤木俊＝荒正人・現代文学）12

津田左右吉の「古事記及日本書紀の研究」などの著書発禁、出版法違反で起訴3
フランス、ドイツに降伏6
六大都市で砂糖・マッチの切符制開始6
日独伊三国同盟調印9
大政翼賛会発会式10
ダンスホール閉鎖10
紀元二六〇〇年記念式典挙行11
文化統制強化をねらい内閣情報局発足12
皇紀二六〇〇年奉祝芸能祭参加の長田秀雄「大仏開眼」、築地小劇場で初演2
京大俳句事件おこり反戦傾向の「京大俳句」への弾圧強まる4
文芸家協会主催の文芸銃後運動の講演会始まる5
新聞雑誌用紙統制委員会設置5
戸川貞雄・木々高太郎ら国防文芸連盟結成7
新協劇団・新築地劇団への弾圧で、久保栄・村山知義ら検挙8
佐藤春夫・中島健蔵ら日本文芸中央会結成10
阿部知二・岸田国士ら日本文学者会結成10
長谷川時雨・野上弥生子ら女流文学者会を結成11
岸田国士、大政翼賛会文化部長に就任11
この年、文芸銃後運動起こり、文学者が日本各地・大陸で講演会を連続して開く
＜創刊＞「文化組織」（文化再出発の会、中野秀人・花田清輝・岡本潤ら）1～18年10
「詩源」（壺井繁治・小野十三郎・金子光晴ら）3
「中国文学」（「中国文学月報」改題）4
「新風」（丹羽文雄ら・新風社）7
「冬夏」（串田孫一ら）7
＜歿＞正木直彦　水上瀧太郎　吉江喬松　馬場孤蝶　吉行エイスケ　長谷川天溪　島中雄三　種田山頭火　小熊秀雄　西園寺公望
＜生＞松原新一　森村桂　清水昶
誰がために鐘は鳴る（ヘミングウェイ）　想像力の問題（サルトル）
トロツキー歿

昭和16年（1941）

小説

東京八景（太宰治・文学界）1
早春の旅（志賀直哉・文藝春秋）1～4
長江デルタ（多田裕計・大陸往来）3
菜穂子（堀辰雄・中央公論）3
悉皆屋康吉（舟橋聖一・公論）4
遠方の人（森山啓・文学界）5
南の風（獅子文六・朝日新聞）5・22～11・23
千代女（太宰治・改造）6
縮図（徳田秋声・都新聞）6・28～9・15※中絶
「長耳国漂流記」（中村地平・河出書房）6
「青春の逆説」（織田作之助・万里閣）7
「新ハムレット」（太宰治・文藝春秋社）7
北国物語（船山馨・新創作）7～12
「南風譜」（牧野信一・甲鳥書林）8
「三国干渉」（近松秋江・桜井書店）8
「幻談」（幸田露伴・岩波書店）8
花ざかりの森（三島由紀夫・文藝文化）9
「台湾小説集」（中村地平・墨水書房）9
「王朝」（室生犀星・実業之日本社）9
青果の市（芝木好子・文芸首都）10
鴻ノ巣女房（矢田津世子・文藝）10
「鳩の話」（中勘助・岩波書店）10
新雪（藤沢桓夫・朝日新聞）11・24～17年4・28
曠野（堀辰雄・改造）12
「愛する人達」（川端康成・新潮社）12

詩歌・戯曲・評論

「赤土」（山口茂吉・墨水書房）1
「開墾」（吉植庄亮・甲鳥書林）1
「無車詩集」（武者小路実篤・甲鳥書林）4
「萬緑」（中村草田男・甲鳥書林）6
「天の狼」（富沢赤黄男・旗艦発行所）8
「智恵子抄」（高村光太郎・龍星閣）8
「春山」（柴生田稔・墨水書房）9
「液体」（吉岡実・私家版）12
「夜の機関車」（岡本潤・文化再出発の会）12
春の霜（宇野信夫・国民演劇）8
「予言と回想」（蓮田善明・子文書房）1
「文学の進路」（宮本百合子・高山書院）1
転向に就いて（林房雄・文学界）3
歴史と文学（小林秀雄・改造）3、4
「明治大正文学史」（吉田精一・修文館）3
「時代の作家」（十返肇・明石書房）3
「文学の真実」（青柳優・赤塚書房）4
「作家の肖像」（稲垣達郎・大観堂書店）5
文学非力説（高見順・新潮）7
「自明の理」（花田清輝・文化再出発の会）7
「人生論ノート」（三木清・創元社）8
「文芸論」（九鬼周造・岩波書店）9
「森鷗外」（石川淳・三笠書房）12
「国語学原論」（時枝誠記・岩波書店）12
「万葉の伝統」（小田切秀雄・光書房）12
「近代の終焉」（保田与重郎・小学館）12

社会動向・文学事象・その他

内閣情報局、総合雑誌編集部に執筆禁止者リストを示す2
国民学校令公布3
治安維持法改正公布、予防拘禁制始まる3
日ソ中立条約調印4
ドイツ、ソ連を攻撃、独ソ戦始まる6
文部省教学局「臣民の道」を各学校に配布7
尾崎秀実らをスパイ容疑で検挙（ゾルゲ事件）10
東条英機内閣成立10
ハワイ真珠湾を攻撃、太平洋戦争勃発12
言論・出版・集会・結社等臨時取締法公布12
日本文芸家協会、文芸銃後運動開始5
日本出版配給株式会社創立5
大日本詩人協会・大日本歌人会発足6
徳田秋声「縮図」連載、情報局の意向により中絶9
日本青年文学会総会、同人誌五三誌を八誌に整理統合を決める11
文学者愛国大会開かれ、統一的団体結成へ動く12
この年、雑誌の統合など出版物規制が一段と強まる
太平洋戦争勃発により、文学者が報道班員として数多く外地に渡る

〈創刊〉「新思潮」（第十四次、平田次三郎ら）1　「文庫」（三笠書房）3　「青年芸術派」（田宮虎彦・十返一ら）4　「赤門文学」（赤門書房）12

〈歿〉九鬼周造　川端茅舎　伊原青々園　加能作次郎　長谷川時雨　桐生悠々　中村吉蔵　南方熊楠

〈生〉唐十郎　柄谷行人
新年の手紙（オーデン）　美しき惑いの年（カロッサ）
ベルグソン　ジョイス　V・ヴルフ　タゴール歿

昭和17年（1942）

流寓記（上林暁・知性）1
根無し草第一篇（正宗白鳥・日本評論）1～8
巴里に死す（芹沢光治良・婦人公論）1～12
春の鼓笛（伊藤佐喜雄・コギト）1～12
松風（石塚友二・文学界）2
古譚（中島敦・文学界）2※「山月記」「文学禍」収録
光と風と夢（中島敦・文学界）5
真珠（坂口安吾・文藝）6
海軍（岩田豊雄＝獅子文六・朝日新聞）7・1～12・24
名人（川端康成・八雲）8
花を持てる女（堀辰雄・文学界）8
「幼年時代」（堀辰雄・青磁社）8
「姿三四郎」第一部（富田常雄・錦城出版社）9
精神病学教室（石上玄一郎・中央公論）10
「おぢいさんのランプ」（新美南吉・有光堂）10
報道班員の手記（丹羽文雄・改造）11
海戦（丹羽文雄・中央公論）11
「得能物語」（伊藤整・河出書房）12
「りつ女年譜」（舟橋聖一・中央公論社）12

「壺井繁治詩集」（壺井繁治・青磁社）3
「大いなる日に」（高村光太郎・道徳社）4
「捷報いたる」（三好達治・スタイル社）7
「高志」（木俣修・黒水書房）7
「父のゐる庭」（津村信夫・臼井書房）11
「海原にありて歌へる」（大木惇夫・アジャヤ出版部）11
「田園」（真船豊・小山書店）3
「バルザックの世界」（杉山英樹・中央公論社）1
日本文化私観（坂口安吾・現代文学）3
「歴史文学論」（岩上順一・中央公論社）3
「戦争と平和」について（本多秋五・現代文学）4～12
祈禱と祝詞と散文（石川淳・現代文学）5
「心の遍歴」（片山敏彦・中央公論社）5
無常といふ事（小林秀雄・文学界）6
「西鶴新論」（織田作之助・修文閣）7
「芥川龍之介研究」（大正文学研究会編・河出書房）7
「構想する精神」（高橋義孝・育英書院）8
「文学大概」（石川淳・小学館）8
「夏目漱石」（森田草平・甲鳥書林）9
近代の超克―文化綜合会議（西谷啓治・小林秀雄・林房雄・亀井勝一郎ら・文学界）10
西行（小林秀雄・文学界）11、12
「日本文学史の構想」（風巻景次郎・昭森社）11

シンガポールの英軍降伏2
衣料の切符制を実施2
第二一回総選挙（翼賛選挙）4
ミッドウェー海戦で敗北6
ソロモン海戦8
関門海底鉄道トンネル開通11
ガダルカナル島撤退を決定12
日本少国民文化協会発足2
日本出版文化協会、用紙統制により出版企画の承認制を決める3
文芸家協会解散し、文学者の統一組織として日本文学報国会（会長徳富蘇峰、事務局長久米正雄）を結成5
情報局、一県一紙の新聞社統合を公表7
第一回大東亜文学者会議、東京で開催11
情報局、日本文学報国会選定による愛国百人一首を発表11
ひき続き出版物の整理統合すすむ
多くの同人誌が相次いで終刊する
＜創刊＞「新作家」2 「青年作家」2 「新文学」2 「詩想」2 「文芸主潮」2 「八雲」（小山書店）8
＜歿＞池田大伍 猪俣津南雄 萩原朔太郎 佐藤惣之助 与謝野晶子 遅塚麗水 北原白秋 中戸川吉二 中島敦 狩野亨吉 尾形亀之助
異邦人（カミュ） 屈原（郭沫若） 文芸講話（毛沢東） 海の沈黙（ヴェルコール）
ツヴァイク ムジール歿

昭和18年（1943）

小説

細雪（谷崎潤一郎・中央公論）1〜3 ※以後掲載禁止
東方の門（島崎藤村・中央公論）1〜10 ※中絶
日本婦道記（山本周五郎・婦人倶楽部）1〜8
「敦煌物語」（松岡譲・日下部書店）1
弟子（中島敦・中央公論）2
敵将軍（火野葦平・改造）2
手袋のかたつぽ（永井龍男・文学界）4
清流（直井潔・改造）4
陸軍（火野葦平・朝日新聞）5・11〜19年4・25
故園（川端康成・文藝）5〜20年1 ※断続連載
李陵（中島敦・文学界）7
行軍（豊田三郎・新潮）7〜11
「辻小説集」（日本文学報国会編・八紘社杉山書店）7
「鶴の恩がへし」（坪田譲治・新潮社）7
青年将校（里村欣三・中央公論）8
淡墨（若杉慧・文学界）9
「右大臣実朝」（太宰治・錦城出版社）9
東橋新誌（高見順・東京新聞）10・30〜19年4・6
「光をかゝぐる人々」（徳永直・河出書房）11
「聞書抄」（谷崎潤一郎・創元社）12

詩歌・戯曲・評論

「大東亜戦争歌集」将兵篇・愛国篇（柳田新太郎編・天理時報社）2
「返り花」（久米正雄・甲鳥書林）6
「富士山」（草野心平・昭森社）7
「春のいそぎ」（伊東静雄・弘文堂書房）9
「辻詩集」（日本文学報国会編・八紘社杉山書店）10
米百俵（山本有三・主婦之友）1、2
北京の幽霊（飯沢匡・演劇）2
「三日間」（三好十郎・桜井書店）3
かへらじと（岸田国士・中央公論）6
実朝（小林秀雄・文学界）2〜6
言霊の幸はひ（蓮田善明・文藝春秋）3
「世界史的立場と日本」（鈴木成高、高山岩男ら・中央公論社）3
「司馬遷」（武田泰淳・日本評論社）4
「大和古寺風物誌」（亀井勝一郎・天理時報社）4
「事実と創作」（桑原武夫・創元社）4
「静臥雑記」（伊丹万作・国際情報社出版部）4
「文体論の建設」（小林英夫・育英書院）5
「近代自我の日本的形成」（矢崎弾・鎌倉書房）7
「私小説作家論」（山本健吉・実業之日本社）8
「鷗外の精神」（唐木順三・筑摩書房）9
魯迅の矛盾（竹内好・文学界）10
「日本芸術思潮第一巻—漱石と則天去私」（岡崎義恵・岩波書店）11

社会動向・文学事象・その他

ジャズレコード演奏禁止1
ガダルカナル島撤退開始2
スターリングラードの独軍降伏2
日本出版会設立3
コミンテルン解散決議5
学徒戦時動員体制確立要綱決定6
大東亜文学者決戦会議開かれる8
イタリア降伏9
上野動物園、猛獣を毒殺9
学徒出陣壮行会、明治神宮外苑で挙行10
中野正剛、倒閣容疑で憲兵隊に拘引、割腹自殺する10
大東亜会議、共同宣言を発表11
徴兵適令を一年引下げ12
米英の楽曲約千曲の演奏禁止12
国家総動員法による出版事業令公布2
大日本言論報国会発足3
谷崎潤一郎「細雪」（中央公論）連載禁止3
中村武羅夫・横光利一ら、禊錬成会に参加7
日本出版会、企業整備をし一九五社に整理統合12
青年文学者会、第二次同人誌自主統制を行い「日本文学者」を創刊12
＜創刊＞「文学報国」（日本文学報国会機関誌）8 「日本文学者」12
＜歿＞ 寺岡峰夫 湯浅半月 倉田百三 平田禿木 藤島武二 中村不折 水谷不倒 三宅花圃 田畑修一郎 田口掬汀 島崎藤村 児玉花外 巌本善治 黒島伝治 中野正剛 岡鬼太郎 徳田秋声
＜生＞ 青野聰 丸山健二
アンチゴーヌ（アヌイ） 存在と無（サルトル） ガラス玉演戯（ヘッセ） 招かれた人（ボーヴォワール）

昭和19年（1944）

裸川―新釋諸国噺（太宰治・新潮）1
「現代史」（丹羽文雄・改造社）1
「端艇漕手」（田中英光・今日の問題社）2
劉広福（八木義徳・日本文学者）4
「人間同志」（宇野浩二・小山書店）5
樹蔭（久保田万太郎・東京新聞）6・28～9・6
「我が西遊記」上・下（田中英光・桜井書店）6
「細雪」上巻（谷崎潤一郎・私家版）7
「ゐなかうた」（龍野咲人・葦書房）7
雁立（清水基吉・日本文学者）10
「乞食大将」（大佛次郎・朝日新聞）10・25～20年3・6
「花ざかりの森」（三島由紀夫・七丈書院）10
秦の憂愁（豊島与志雄・文藝）11
「礎」（島木健作・新潮社）11
「津軽」（太宰治・小山書店）11

「汀女句集」（中村汀女・甲鳥書林）1
「南方詩集」（神保光太郎・明治美術研究所）3
「大白道」（草野心平・甲鳥書林）4
「花筐」（三好達治・青磁社）6
「山光集」（会津八一・養徳社創立事務所）9
「大東亞」（日本文学報国会編・河出書房）10
「しろたへ」（佐藤佐太郎・青磁社）10
おりき（三好十郎・日本演劇）3
銀座復興（久保田万太郎・三田文学）4、6、9、10
「鷗外文学」（日夏耿之介・実業之日本社）1
「再説現代文学論」（窪川鶴次郎・昭森社）4
洛中書問（吉川幸次郎、大山定一・学海）6～11
「暗夜行路」雑談（中野重治・大正文学研究会編「志賀直哉研究」・河出書房）6
徳田秋声論（広津和郎・八雲）7
鷗外と遺言状（中野重治・八雲）7
「日本の小説」（生島遼一・新潮社）8
「明治文学の潮流」（水野葉舟・紀元社）9
「童馬山房夜話」第一～第四（斎藤茂吉・八雲書店）7～21年10
「魯迅」（竹内好・日本評論社）12

防空法による疎開命令発令1
歌舞伎座など大劇場閉鎖となる3
新聞夕刊を廃止3
中学生の勤労動員大綱決定3
英米軍、ノルマンディーに上陸6
サイパン日本軍全滅、ガム島にも米軍上陸7
東条内閣総辞職、小磯内閣成立7
学童集団疎開始まる8
パリの独軍降伏、パリ解放8
神風特別攻撃隊編成、フィリピン沖海戦10
B29東京初空襲11

「中央公論」「改造」などの編集者を検挙（横浜事件）1
雑誌の整備により、「中央公論」「現代」「公論」「文藝春秋」「改造」「日本評論」の六誌となる1
千田是也・青山杉作ら俳優座を結成2
大日本言論報国会、言論人総決起大会6
「改造」「中央公論」に廃刊命令7
第三回大東亜文学者大会、南京で開く11
この年「コギト」「文学界」「文藝文化」など終刊

〈創刊〉「構想」（河出書房）9　「文藝」（野田宇太郎編集・河出書房）11

〈歿〉松瀬青々　三上於菟吉　河合栄治郎　高安月郊　矢田津世子　市島春城　大倉桃郎　近松秋江　中里介山　島田青峰　津村信夫　辻潤　村上浪六　井上哲次郎　片岡鉄兵

四つの四重奏（エリオット）　ガラスの動物園（T・ウイリアムズ）　ジロドゥー　サン・テクジュペリ　ロマン・ロラン歿

昭和20年（1945）

小説

彌生さん（武田麟太郎・文藝）1
「新釋諸国噺」（太宰治・生活社）1
中世（三島由紀夫・文藝世紀）2、21年1
※全編発表は「人間」21年12
「悉皆屋康吉」（舟橋聖一・創元社）5
「惜別」（太宰治・朝日新聞社）9
パンドラの匣（太宰治・河北新報）10・22～21年1・7
「お伽草紙」（太宰治・筑摩書房）10
黒猫（島木健作・新潮）11
自在人（北畠八穂・新潮）12
「生きてゐる兵隊」（石川達三・河出書房）12

詩歌・戯曲・評論

「金剛」（前川佐美雄・八雲書房）1
「ガダルカナル戦詩集」（吉田嘉七、大木惇夫編・毎日新聞社）2
「明闇」（窪田空穂・青磁社）2
「干戈永言」（三好達治・青磁社）6
「韮菁集」（土屋文明・青磁社）7
しげ女の文体（中野重治・文藝）2
万葉集研究（土屋文明ら・アララギ）9～24年3
文学に於ける構想力（豊島与志雄・文藝）9・10合併
配給された「自由」（河上徹太郎・東京新聞）10・26、10・27
文学人の態度（正宗白鳥・新生）11
歌声よおこれ（宮本百合子・新日本文学創刊準備号）12
亞米利加の思出（永井荷風・新生）12
近代日本文学の発想（福田恆存・文学）12

社会動向・文学事象・その他

米空軍機動部隊、日本本土空襲を始める2
米英ソ首脳、ヤルタ会談2
米軍、硫黄島に上陸2
東京地方の大空襲、下町など大きな被害3
ムッソリーニ銃殺され、ヒットラーがベルリンの地下壕で自殺4
ドイツ、連合国に無条件降伏5
沖縄陥落6
広島・長崎に原子爆弾投下8
日本、ポツダム宣言を受諾、太平洋戦争終わる8
マッカーサー、厚木に到着8
GHQによる統治開始され、プレスコードなど交付される9
徳田球一・志賀義雄ら政治犯釈放10
国際連合成立10
「りんごの歌」大流行10
農地改革が実施される12
文学報国会解散8
三木清獄死9
安部磯雄ら自由懇話会を結成10
山本有三・志賀直哉・安部能成ら同心会を結成10
藏原惟人・中野重治らの新日本文学全創立大会12
この年、戦時下の文学の衰退、敗戦を機に再生への途をたどる
「新生」「新潮」など雑誌の創刊・復刊目立つ

＜創刊＞「新生」（新生社）11　「人民評論」11

＜歿＞野口雨情　里村欣三　山岸荷葉　田村俊子　西田幾多郎　戸坂潤　島木健作　三木清　薄田泣菫　木下杢太郎　葉山嘉樹　三宅雪嶺　生田葵山

動物農場（オーウェル）　フランスの起床ラッパ（アラゴン）　自由への道（サルトル）～一九五〇　他人の血（ボーヴォワール）　ヴェルギリウスの死（ブロッホ）　四世同堂（老舎）～一九五一　李家荘の変遷（趙樹理）　ヴァレリー歿

昭和21年（1946）

灰色の月（志賀直哉・世界）1
踊子（永井荷風・展望）1
戦災者の悲み（正宗白鳥・新生）1
赤蛙（島木健作・人間）1
死霊（埴谷雄高）近代文学、群像）1〜平7・11※未完
再会（川端康成・世界）2
黄金伝説（石川淳・中央公論）3
播州平野（宮本百合子・新日本文学他）3〜22年1
私の東京地図（佐多稲子・人間他）3〜23年5
妻よねむれ（徳永直・新日本文学）3〜23年9
わが胸の底のここには（高見順・新潮他）3〜25年9
世相（織田作之助・人間）4
暗い絵（野間宏・黄蜂）4〜10
本陣殺人事件（横溝正史・宝石）4〜12
聖ヨハネ病院にて（上林暁・人間）5
白痴（坂口安吾・新潮）6
煙草（三島由紀夫・人間）6
「細雪上巻」（谷崎潤一郎・中央公論社）6
※中巻22年2、下巻23年12
才子佳人（武田泰淳・人間）7
死の影の下に（中村真一郎・高原）8〜22年9
年年歳歳（阿川弘之・世界）9
桜島（梅崎春生・素直）9
焼跡のイエス（石川淳・新潮）10
かういふ女（平林たい子・展望）10
灰色の眼の女（神西清・思索）10
思ひ草（宇野浩二・人間）11、12

「旅人」（河上肇・興風館）11
中橋公館（真船豊・人間）5
なよたけ（加藤道夫・三田文学）5〜11
冬の花火（太宰治・展望）6
芸術　歴史　人間（本多秋五・近代文学）1
島崎藤村—「新生」覚え書（平野謙・近代文学）1、2
終戦の思想（河上徹太郎・人間）2
第二の青春（荒正人・近代文学）2
自叙伝（河上肇・世界評論）2〜23年3
失はれた青春（竹山道雄・新潮）3
堕落論（坂口安吾・新潮）4
座談会・文学者の責務（近代文学同人・人間）4
ひとつの反措定（平野謙・新生活）5
漱石山脈（本多顕彰・新潮）5
超国家主義の論理と心理（丸山真男・世界）5
反語的精神（林達夫・新潮）6
文学における戦争責任の追求（小田切秀雄・新日本文学）6
芥川龍之介論（福田恆存・近代文学）6〜12
批評の人間性（中野重治・新日本文学他）8〜22年9
「歴史の暮方」（林達夫・筑摩書房）9
「復興期の精神」（花田清輝・我観社）10
第二芸術—現代俳句について（桑原武夫・世界）11
可能性の文学（織田作之助・改造）12
モオツァルト（小林秀雄・創元）12

天皇、神格化否定の宣言1
GHQ、軍国主義者の公職追放および超国家主義団体の解散を指令1
第一次農地改革始まる2
新選挙法による総選挙、初の婦人参政4
メーデー復活5
極東国際軍事裁判所開廷5
中国の全面的内戦始まる7
日本国憲法公布11
現代かなづかい、当用漢字決定11
この年、「宝くじ」「三角くじ」など大流行
日本民主主義文化連盟結成2
石川淳「黄金伝説」、GHQの検閲で作品集より削除3
「近代文学」同人および小田切秀雄を中心に文学者の戦争責任論始まる4
日本文学協会結成6
荒正人・平野謙と中野重治との間に政治と文学論争起こる8
桑原武夫の「第二芸術」に端を発し、俳句・短歌をめぐり（第二芸術論争）始まる11
この年、文学・芸術・ジャーナリズムの諸団体の結成、新聞・雑誌の創刊、復刊、出版社の創業がめだつ
この年、老大家復活す

＜創刊＞「中央公論」復刊1　「改造」復刊1〜30年2　「世界」1　「人間」（久米正雄、川端康成、高見順ら鎌倉文庫）1〜26年8　「展望」1〜26年9　「近代文学」（荒正人、本多秋五、山室静、平野謙、埴谷雄高、佐々木基一）1〜39年8　「真善美」（中野達彦）1〜12　「三田文学」（能楽書林）復刊1〜25年6　「人民短歌」（新日本歌人協会）2　「新日本文学」3　「コスモス」（金子光晴、秋山清ら）4　「思想の科学」（鶴見俊輔ら）5　「高原」（片山敏彦、堀辰雄ら）8　「群像」10　「八雲」（木俣修ら）12

＜歿＞伊良子清白　河上肇　武田麟太郎　岩波茂雄　茅野雅子　伊丹万作　森本薫　福士幸次郎　原口統三　加藤介春　中塚一碧楼

＜生＞松本健一　中上健次　三浦雅士

わがファウスト（ヴァレリー）

昭和22年（1947）

小説

五勺の酒（中野重治・展望）1
蝕まれた友情（志賀直哉・世界）1～4
二つの庭（宮本百合子・中央公論）1～10
「二流の人」（坂口安吾・九州書房）1
深夜の酒宴（椎名麟三・展望）2
厭がらせの年齢（丹羽文雄・改造）2
「ノンちゃん雲に乗る」（石井桃子・大地書房）2
肉体の門（田村泰次郎・群像）3
ヴィヨンの妻（太宰治・展望）3
ビルマの竪琴（竹山道雄・赤とんぼ）3～23年3
重き流れのなかに（椎名麟三・展望）6
夏の花（原民喜・三田文学）6
華やかな色どり（野間宏・近代文学）6～9
※「青年の環」第一部の一部分
青い山脈（石坂洋次郎・朝日新聞）6・9～10・4
斜陽（太宰治・新潮）7～10
蝮のすゑ（武田泰淳・進路）8～10
日の果て（梅崎春生・思索）9
処女懐胎（石川淳・人間）9～12
単独旅行者（島尾敏雄・VIKING）10
道標（宮本百合子・展望）10～25年12
「暗い絵」（野間宏・真善美社）10
霧の中（田宮虎彦・世界文化）11
秋津温泉（藤原審爾・別冊人間）12
おはん（宇野千代・文体）12～24年7、（中央公論）25年6～32年5※断続掲載

詩歌・戯曲・評論

「優しき歌」（立原道造・角川書店）3
「古代感愛集」（釈迢空・青磁社）3
暗愚小伝（高村光太郎・展望）7
「旅人かへらず」（西脇順三郎・東京出版）8
「反響」（伊東静雄・創元社）11
「林檎園日記」（久保栄・中央公論社）2
風浪（木下順二・人間）3
雲の涯（田中千禾夫・劇作）8
天使捕獲（正宗白鳥・中央公論）12
一匹と九十九匹と（福田恆存・思索）3
女房的文学論（平野謙・文藝）4
「現代日本文化の反省」（桑原武夫・白日書院）5
「1946・文学的考察」（加藤周一、福永武彦、中村真一郎・真善美社）5
文化革命と知識層の任務（蔵原惟人・世界）6
「三木清」（唐木順三・筑摩書房）6
「堕落論」（坂口安吾・銀座出版社）6
「負け犬」（荒正人・真善美社）7
「作家の態度」（福田恆存・中央公論社）9
『戦争と平和』論（本多秋五・鎌倉文庫）9
「婦人と文学」（宮本百合子・実業之日本社）10
「日本文学の発生序説」（折口信夫・斎藤書店）10
宮本百合子論（本多秋五・近代文学）11～24年2
「第二の青春」（荒正人・八雲書店）11
「近代の宿命」（福田恆存・東西文庫）11

社会動向・文学事象・その他

GHQ、＜2・1ゼネスト＞の中止命令1
社会党、総選挙で第一党4
日本国憲法施行5
天皇、日本人記者と初会見5
片山内閣成立6
パキスタン、インド両国独立8
コミンフォルム設置さる10
この年、天皇各地を巡幸、＜斜陽族＞＜アプレゲール＞流行語となる
日本ペンクラブ再建大会2
「群像」、鼎談形式の創作合評を開始4
中野重治、山本有三ら参議院議員に当選4
「西田幾多郎全集」（岩波書店）、購入希望者の徹夜の行列ができる7
「近代文学」同人が拡大され、加藤周一、中村真一郎、花田清輝、野間宏らが新参加7
滝沢修、宇野重吉ら民芸結成7
戦後派作家、太宰治、坂口安吾、石川淳らの活躍が目立つ
政治と文学論争が拡大し、知識人論盛ん
天皇制論議とともに天皇制を問題にした作品が書かれる
「日本小説」「小説新潮」など中間小説雑誌が創刊、中間小説・風俗小説が迎えられる
＜創刊＞「日本小説」（和田芳恵編集）5～24年4 「文学界」復刊6～23年12 「日本未来派」（池田克己ら）6 「歴程」復刊7 「綜合文化」（中野達彦編集）7～24年1 「詩学」8 「小説新潮」9 「荒地」第二次（鮎川信夫、田村隆一ら）9～23年6 「文体」復刊（宇野文雄編集）12～24年7
＜歿＞織田作之助 水野葉舟 平野万里 中山省三郎 野口米次郎 菊池幽芳 幸田露伴 上司小剣 横光利一 嵯峨の屋おむろ
＜生＞宮本輝 津島佑子 佐々木幹郎 金井美恵子 太田治子 沢木耕太郎 立松和平
ファウスト博士（マン） 実存主義かマルクス主義か（ルカーチュ）

昭和23年（1948）

虫のいろいろ（尾崎一雄・新潮）1
微笑（横光利一・人間）1
深尾正治の手記（椎名麟三・個性）1
島の果て（島尾敏雄・VIKING）1
崩解感覚（野間宏・世界評論）1～3
石中先生行状記（石坂洋次郎・小説新潮）1～24年5
俘虜記（大岡昇平・文学界）2
終りし道の標べに（安部公房・個性）2
桜桃（太宰治・世界）5
地下室から（田中英光・藝術）5
夢の中での日常（島尾敏雄・綜合文化）5
精神の氷点（大西巨人・世界評論）5～7
帰郷（大佛次郎・毎日新聞）5・17～11・21
人間失格（太宰治・展望）6～8
「永遠なる序章」（椎名麟三・河出書房）6
脱出（駒田信二・人間）7
風土（福永武彦・方舟、文学51）7～26年8
「触手」（小田仁二郎・真善美社）7
「刺青殺人事件」（高木彬光・岩谷書店）7
テニヤンの末日（中山義秀・新潮）9
「迷路第一部」（野上彌生子・岩波書店）10
「死霊Ⅰ」（埴谷雄高・真善美社）10
晩菊（林芙美子・別冊文藝春秋）11
てんやわんや（獅子文六・毎日新聞）11・22～24年4・14
「屍の街」（大田洋子・中央公論社）11
野火（大岡昇平・文体）12、24年7
「シオンの娘等」（中村真一郎・河出書房）12
『愛』のかたち（武田泰淳・八雲書店）12

「早春歌」（近藤芳美・四季書房）2
「埃吹く街」（近藤芳美・草木社）2
「マチネ・ポエティク詩集」（福永武彦、中村真一郎他・真善美社）7
「蛾」（金子光晴・北斗書院）8
「小紺珠」（宮柊二・古径社）10
挿話（エピソオド）（加藤道夫・悲劇喜劇）11

座談会・戦後文学の方法を索めて（佐々木基一、花田清輝他・綜合文化）2
重症者の兇器（三島由紀夫・人間）3
如是我聞（太宰治・新潮）3～7
自然主義盛衰史（正宗白鳥・風雪）3～12
プロレタリア文学再検討の一視点─転向をめぐって（小田切秀雄・人間）5
「荒地」の立場（鮎川信夫・近代文学）5
「個性復興」（佐々木基一・真善美社）5
道化の文学─太宰治について（福田恆存・群像）6～7
笑ひの喪失（中村光夫・文藝）7
「戦後文芸評論」（平野謙・真善美社）7
志賀直哉論（大西巨人・綜合文化）8
逃亡奴隷と仮面紳士（伊藤整・新文学）8
「近代文学ノート」（勝本清一郎・能楽書林）9
「知識人の文学」（平野謙・近代文庫社）10
「罪と罰」について（小林秀雄・創元）11
「民主主義文学論」（小田切秀雄・銀杏書房）11
世界観芸術の屈折（勝本清一郎・文藝評論）12
「小説の方法」（伊藤整・河出書房）12

片山内閣総辞職し、芦田内閣成立す3
ベルリン封鎖始まる4
李承晩、大韓民国樹立7
朝鮮民主主義人民共和国樹立9
全学連結成大会9
極東軍事裁判、判決くだる11

「個性」創刊、「近代文学」「綜合文化」とともに戦後文学の拠点となる1
戦争協力の文筆家二七〇名追放さる3
森田草平、日本共産党に入党5
太宰治、玉川上水で山崎富栄と入水自殺、話題となる6
大田洋子「屍の街」、GHQの検閲で一部削除を命ぜらる11
野間宏、三島由紀夫、武田泰淳ら「序曲」を創刊、戦後派作家の結集を図るが、実らず、一号のみに終わる12
第二次戦後派が台頭、大岡昇平、武田泰淳、島尾敏雄、三島由紀夫、安部公房らの仕事が注目さる
既成作家の秀作、相次ぐ
「個性」で知識人戦線が提唱されるなど、この年も知識人論盛ん
戦場文学の秀作、多く生まれる
アメリカに「ビート世代」の文学登場

＜創刊＞「個性」（片山修三）1「同時代」（矢内原伊作ら）5「心」（武者小路実篤、安倍能成ら）7「方舟」（中村真一郎ら）7
＜歿＞高須梅渓　菊池寛　千家元麿　真山青果　美濃部達吉　太宰治　今井邦子　岡本一平　小島烏水
＜生＞高橋三千綱　つかこうへい　三田誠広　増田みず子

事件の核心（グリーン）　裸者と死者（メイラー）　遠い声、遠い部屋（カポーティ）　ヨーロッパ文学とラテン中世（クルティウス）　エイゼンシュタイン歿

昭和24年（1949）

小説

細川ガラシヤ夫人（森田草平・日本評論）1〜10
お伽噺日本脱出（正宗白鳥・群像）1、4
※後編（心）25年3〜12
真理先生（武者小路実篤・心）1〜25年12
迷路第三部〜第六部（野上彌生子・世界）1〜31年10
確証（小谷剛・作家）2
本の話（由起しげ子・作品）3
落城（田宮虎彦・文学会議）4
風にそよぐ葦前篇（石川達三・毎日新聞）4・15〜11・5、後篇25年7・10〜26年3・10
絶壁（井上友一郎・改造）5
野孤（田中英光・知識人）5
宗方姉妹（大佛次郎・朝日新聞）6・25〜12・31
「仮面の告白」（三島由紀夫・河出書房）7
朝霧（永井龍男・文学界）8
鎮魂歌（原民喜・群像）8
ルネタの市民兵（梅崎春生・文藝春秋）8
本日休診（井伏鱒二・別冊文藝春秋）8〜25年5
猟銃（井上靖・文学界）10
あ号作戦前後―春の城（阿川弘之・新潮）11
少将滋幹の母（谷崎潤一郎・毎日新聞）11・16〜25年2・9
浮雲（林芙美子・風雪、文学界）11〜26年4
女坂（円地文子・小説新潮他）11〜32年1
「裸者と死者上下」（メイラー、山西英一訳・改造社）12、25年7

詩歌・戯曲・評論

「星座の痛み」（野間宏・河出書房）3
「囚人」（三好豊一郎・岩谷書店）5
「女たちへのエレジー」（金子光晴・創元社）5
「白き山」（斎藤茂吉・岩波書店）8
「座せる闘牛士」（安西冬衛・不二書房）11
夕鶴（木下順二・婦人公論）1
山脈（木下順二・別冊藝術）3
礼服（秋元松代・劇作）6
「小林秀雄論」（本多秋五・河出書房）1
「現代作家」（福田恆存・新潮社）2
現代文学論（青野季吉・風雪）2〜4
ヘド的に（三好十郎・群像）2〜9
「現代史への試み」（唐木順三・筑摩書房）3
芸術と実生活（平野謙・人間）5、6
現代人の研究（亀井勝一郎・風雪）5〜9
「作家私論」（寺田透・改造社）6
リアリズムの芸術性（佐々木基一・人間）7
芸による認識（伊藤整・人間）7
「芸術の秘密」（高橋義孝・東京大学協同組合出版部）7
「同時代史全六巻」（三宅雪嶺・岩波書店）7〜29年8
二葉亭と女郎屋（中村光夫・改造文藝）10
「きけわだつみの声―日本戦歿学生の手記」（東京大学協同組合出版部）10
共産主義的人間（小田切秀雄・人間）12

社会動向・文学事象・その他

衆議院議員選挙で民主自由党大勝1
共産党三五名当選1
第三次吉田内閣成立2
ドイツ連邦共和国成立5
下山事件・三鷹事件起こる7
松川事件起こる8
毛沢東、中華人民共和国の成立を宣言10
ドイツ民主共和国成立10
湯川秀樹、ノーベル賞受賞11
芥川賞・直木賞復活6
丹羽文雄と中村光夫の間に風俗小説論争起こる8
田中英光、太宰治の墓前で自殺11
石川達三、大佛次郎、谷崎潤一郎らの既成作家の活躍が目立ち、新聞小説に充実作発表
戦後派作家の転機、新しい文学の創造を模索
無頼派ブーム、退潮のきざし
戦争文学・戦記文学の傑作多く生まれる
この年、戦後雑誌の終刊相次ぎ、大出版社中心のジャーナリズムが復活
田宮虎彦の仕事目立つ
＜創刊＞「明治大正文学研究」6〜33年11
「日本文学」（日本文学協会）7
＜歿＞嶋中雄作　安部磯雄　笹川臨風　長田秀雄　中村武羅夫　佐藤紅緑　姉崎嘲風
田中英光　赤木桁平　森田草平
＜生＞村上春樹　荒川洋治　絓秀実
レ・コミュニスト（アラゴン）〜一九五一
泥棒日記（ジュネ）　第二の性（ボーヴォワール）　一九八四年（オーウェル）　セクサス（H・ミラー）　二十五時（ゲオルギュウ）
セールスマンの死（A・ミラー）
メーテルリンク歿

昭和25年（1950）

薔薇販売人（吉行淳之介・真実）1
青年の環第二部（野間宏・文藝）1〜6
武蔵野夫人（大岡昇平・群像）1〜9
爬蟲類（丹羽文雄・文藝春秋）1〜6（文学界）8〜26年2
三木清における人間の研究（今日出海・新潮）2
遙拝隊長（井伏鱒二・展望）2
異邦人（辻亮一・新小説）2
「鳴海仙吉」（伊藤整・細川書店）3
異形の者（武田泰淳・展望）4
抹香町（川崎長太郎・別冊文藝春秋）4
新・平家物語（吉川英治・週刊朝日）4・2〜32年3・17
「リツ子・その愛　リツ子・その死」（檀一雄・作品社）4
「チャタレイ夫人の恋人上下」（ロレンス、伊藤整訳・小山書店）4、5
虚空（埴谷雄高・群像）5
ちっぽけなアヴァンチュール（島尾敏雄・新日本文学）5
「愛の渇き」（三島由紀夫・新潮社）6
書かれざる一章（井上光晴・新日本文学）7
青の時代（三島由紀夫・新潮）7〜12
「二十五時」（ゲオルギュウ、河盛好蔵訳・筑摩書房）7
蛆（石上玄一郎・文学界）10〜26年8 ※のち「自殺案内者」と改題
「自由への道」（サルトル、佐藤朔、白井浩司訳・人文書院）10
赤い繭（安部公房・人間）12

「惜命」（石田波郷・作品社）6
「無言歌」（中村稔・書肆ユリイカ）9
「典型」（高村光太郎・中央公論社）10
「樹木派」（高見順・日本未来派発行所）11
キティ颱風（福田恆存・人間）1
崑崙山の人々（飯沢匡・悲劇喜劇）7
現代文学の可能性（伊藤整・改造）1
あの時代（広津和郎・群像）1、2
安吾巷談（坂口安吾・文藝春秋）1〜12
風俗小説論（中村光夫・文藝）2〜5
「恐怖の季節」（三好十郎・作品社）3
日本共産党に与ふ（竹内好・展望）4
近松秋江（正宗白鳥・文藝）4〜6
「鎖国」（和辻哲郎・筑摩書房）4
「文学入門」（桑原武夫・岩波書店）5
「十二年の手紙その一」（宮本顕治、宮本百合子・筑摩書房）6
「芸術とはなにか」（福田恆存・要書房）6
「短歌論」（窪川鶴次郎・新日本文学会）6
現実と表現—本質移転論（伊藤整・人間）7
「近代日本文学の展望」（佐藤春夫・講談社）7
極光のかげに（高杉一郎・人間）8〜12
「青野季吉選集」（河出書房）8
夷斎筆談（石川淳・新潮）10〜26年6
「わが文学生活」（伊藤整・細川書店）10
「細雪」の褒貶（山本健吉・群像）11
姦通小説論（亀井勝一郎・群像）12
昭和文学論（平野謙・人間）12

インド共和国成立1
コミンフォルム、日本共産党を批判1
中ソ友好同盟相互援助条約調印2
マッカーサー、徳田球一ら日共中央委員の追放を指令6
朝鮮戦争始まる6
警察予備隊創設7
金閣寺、放火により炎上7
総評結成大会7
レッドパージ始まる7
この年、特需景気起こる
丸木位里、赤松俊子の連作「原爆の図」、全国巡回展始まる2
「チャタレイ夫人の恋人」発禁処分、伊藤整、小山久二郎、わいせつ文書頒布容疑で起訴される6
コミンフォルムの日共批判をめぐり共産党内の対立激化、新日本文学会中央グループ、声明書を発表7
阿部知二、北村喜八、世界ペンクラブ大会に戦後初の公式代表として出席8
黒沢明監督「羅生門」、ベニス映画祭でグランプリを受賞8
新日本文学会の内部対立激化、「ちっぽけなアヴァンチュール」「書かれざる一章」の掲載をめぐり紛糾の末、藤森成吉、江馬修ら「人民文学」を創刊11
岸田国士、雲の会を結成、文学立体化運動を提唱11
この年、外国文学の翻訳盛ん
<創刊>「芸術新潮」1　「文学者」7〜49年4　「人民文学」11〜28年12
<歿>竹越三叉　野上豊一郎　木村荘太　相馬御風　星野天知　白柳秀湖
禿の女歌手（イヨネスコ）　月とかがり火（パヴェーゼ）
バーナード・ショー　パヴェーゼ　オーウェル歿

昭和26年（1951）

小説

特別阿房列車（内田百閒・小説新潮）1
野火（大岡昇平・展望）1～8
禁色（三島由紀夫・群像）1～10
女人焚死（佐藤春夫・改造）2
壁―S・カルマ氏の犯罪（安部公房・近代文学）2
「ハコネ用水」（高倉輝・理論社）3
画鬼（三浦朱門・新思潮）4※のち「冥府山水図」と改題
めし（林芙美子・朝日新聞）4・1～7・6
シベリヤ物語（長谷川四郎・近代文学）4～27年4
心願の国（原民喜・群像）5
あるリベラリスト（高見順・文藝春秋）5
歯車（堀田善衛・文学51）5
春の草（石川利光・文学界）6
ガラスの靴（安岡章太郎・三田文学）6
異邦人（カミュ、窪田啓作訳・新潮）6
のぼり窯第一部（久保栄・新潮）6～11
「人間檻褄」（大田洋子・河出書房）8
三等重役（源氏鶏太・サンデー毎日）8・12～27年4・13
広場の孤独（堀田善衛・中央公論文藝特集）9
ある偽作家の生涯（井上靖・新潮）10
贋きりすと（丸岡明・群像）11
闖入者（安部公房・新潮）11
原色の街（吉行淳之介・世代）12
イエスの裔（柴田錬三郎・三田文学）12
田舎振り（島尾敏雄・近代文学）12

詩歌・戯曲・評論

「原民喜詩集」（原民喜・細川書店）7
「水葬物語」（塚本邦雄・メトード社）8
「荒地詩集」（荒地同人・早川書房）8※33年12まで全八集を刊行
「ポジション」（安藤一郎・外国文化社）9
「原爆詩集」（峠三吉・われらの詩の会）9
蛙昇天（木下順二・世界）6、7
炎の人―ゴオホ伝（三好十郎・群像）9
文学とは何か（サルトル、加藤周一訳・人間）1
ゴッホの手紙（小林秀雄・藝術新潮）1～27年2
「白樺」派の文学（本多秋五・群像）2～5
「抵抗の文学」（加藤周一・岩波書店）3
「近代日本文学のなりたち」（瀬沼茂樹・河出書房）3
「山びこ学校」（無着成恭編・青銅社）3
共産主義的人間（林達夫・文藝春秋）4
伊藤整氏の生活と意見（伊藤整・新潮）5～27年12
カミュの異邦人（広津和郎・東京新聞）6・12～6・14
近代主義と民族の問題（竹内好・文学）9
現代日本小説（平野謙・「文学読本・理論篇」塙書房）10※のち「私小説の二律背反」と改題

社会動向・文学事象・その他

三原山大噴火3
連合国最高司令官マッカーサー罷免、後任にリッジウェイ中将就任4
中央メーデー中止5
第一次公職追放解除6
朝鮮休戦会談開始7
サンフランシスコ講和条約調印9
日米安全保障条約調印9
この年、国産初のLPレコード、カラー映画できる
「新日本文学」と「人民文学」の対立激化2
原民喜自殺3
日本文芸家協会、検閲制度の再開のきざしに抗し「言論表現の自由について」を発表4
チャタレイ裁判始まる5
カミュ「異邦人」の評価をめぐり、広津和郎・中村光夫の間で論争起こる7
安部公房、前衛小説「壁」で、堀田善衛、新しい政治小説「広場の孤独」でともに芥川賞を受賞、文壇的地位をかためる
新人作家長谷川四郎、安岡章太郎、三浦朱門ら台頭
この年、国民文学論が提唱される
この年、「展望」「人間」「日本評論」など終刊
海外レジスタンス文学の紹介盛ん
この年、H氏賞制定される

＜創刊＞「文学51」（嵯峨信之、堀田善衛ら）5、9「農民文学」（山田多賀市）9～27年8「日曆」復刊9「言語生活」（筑摩書房）10

＜歿＞宮本百合子　宮嶋資夫　原民喜　金子薫園　前田夕暮　林芙美子　岡麓　臼田亜浪　新居格　原石鼎

＜生＞小林景子

ライ麦畑でつかまえて（サリンジャー）
実践論（毛沢東）
ジッド　アラン　ブロッホ歿

昭和27年（1952）

裁判（伊藤整・中央公論文藝特集）1
風媒花（武田泰淳・群像）1～11
酸素（大岡昇平・文学界）1～28年7※未完
玄海灘（金達寿・新日本文学）1～28年11
嗚呼朝鮮（張赫宙・新潮）2
美貌の信徒（武田泰淳・中央公論）2
二十四の瞳（壺井栄・ニュー・エイジ）2～11
「千羽鶴」（川端康成・筑摩書房）2
「真空地帯」（野間宏・河出書房）2
老残（宮地嘉六・中央公論）3
落穂拾ひ（小山清・新潮）4
邂逅（椎名麟三・群像）4～10
夜長姫と耳男（坂口安吾・新潮）6
変身（カフカ、高橋義孝訳・新潮）6
花と龍（火野葦平・読売新聞）6・20～28年5・11
ノリソダ騒動（杉浦明平・近代文学）7～28年4
秘楽（三島由紀夫・文学界）8～28年8※「禁色」第二部
或る「小倉日記」伝（松本清張・三田文学）9
鶴（長谷川四郎・近代文学）9、10
鳳仙花（川崎長太郎・文学界）10
真夏の死（三島由紀夫・新潮）10
夜の河（沢野久雄・文学界）11
遮断機（丹羽文雄・新潮）11
「長い旅の終り」（中村真一郎・河出書房）11
「叛乱」（立野信之・六興出版社）11
小銃（小島信夫・新潮）12
喪神（五味康祐・新潮）12
「警察日記」（伊藤永之介・小説朝日社）12

「伯爵領」（高柳重信・黒弥撒発行所）2
「帰潮」（佐藤佐太郎・第二書房）2
「駱駝の瘤にまたがって」（三好達治・創元社）3
「近代悲傷集」（釈迢空・角川書店）5
「二十億光年の孤独」（谷川俊太郎・創元社）6
「固有時との対話」（吉本隆明・私家版）8
「人間の悲劇」（金子光晴・創元社）12
龍を撫でた男（福田恆存・演劇）1
巌頭の女（久板栄二郎・群像）4
日本文壇史（伊藤整・群像）1～44年6
「歴史と民族の発見」（石母田正・東京大学出版会）3
谷崎潤一郎論（中村光夫・群像）4～5
新しき国民文学への道（竹内好、伊藤整・日本読書新聞）5・14
占領下の文学（中村光夫・文学）6
「鷗外その側面」（中野重治・筑摩書房）6
わが文学半生記（江口渙・新日本文学）7～28年4※続は28年9～31年2
「詩と小説の間」（大岡昇平・創元社）7
国民文学の問題点（竹内好・改造）8
国民文学の方向（伊藤整・竹内好他・群像）8
昭和文学盛衰史（高見順・文学界）8～32年12
「日本イデオロギイ」（竹内好・筑摩書房）8
日本国民文学の展望（小田切秀雄・文学）9
「真空地帯」について（佐々木基一・文学）9
夷斎清言（石川淳・文学界）9～28年8

東大ポポロ事件起こる2
火炎ビン事件続発3
公職追放令廃止4
対日平和条約、日米安全保障条約発効4
血のメーデー事件起こる5
臼井義男、世界フライ級チャンピオンとなる5
破壊活動防止法成立7
エジプトにナセル指導のクーデタ起こる7
北京でアジア太平洋平和会議10
チャタレイ裁判第一審判決、訳者無罪、出版社有罪1
日本学術会議、日本文芸家協会、日本ペンクラブなど、破防法案に反対声明4～5
竹内好、伊藤整の往復書簡「新しき国民文学への道」に端を発し、国民文学論議盛ん、山本健吉、臼井吉見、野間宏、小田切秀雄、福田恆存らが発言5～9
「真空地帯」の評価をめぐり、佐々木基一、大西巨人、窪川鶴次郎ら発言、論争が起こる9～12
永井荷風、文化勲章を受章11
伊藤整、高見順、それぞれ地道な文壇史・文学史に打ちこむ
この年、記録文学、職場文学が流行
カミュ・サルトル論争起こる

<創刊>「列島」（関根弘、木島始ら）3～30年3　「アカハタ」再刊5　「俳句」（角川書店）6　「現在」（伊達得夫、柾木恭介）6　「ポエトロア」（三井ふたばこ）10　「文学評論」（祖父江昭二ら）12

<歿>蒲原有明　高田保　久米正雄　草野天平　相馬泰三　福田正夫　小杉天外　矢代東村　土井晩翠　中山晋平

<生>村上龍

老人と海（ヘミングウェイ）　エデンの東（スタインベック）　理性の破壊（ルカーチュ）
デューイ　エリュアール歿

昭和28年（1953）

小説

この神のへど（高見順・群像）1～11
娘と私（獅子文六・主婦之友）1～31年5
山吹の花（豊島与志雄・群像）2
猿（杉森久英・中央公論）2
流人島にて（武田泰淳・新潮）3
鷹（石川淳・群像）3
R62号の発明（安部公房・文学界）3
自由の彼方で（椎名麟三・新潮）5～29年2
花ひらく（伊藤整・朝日新聞）5・1～7・31
悪い仲間（安岡章太郎・群像）6
黄金分割（石上玄一郎・群像）7～9
魔の遺産（阿川弘之・新潮）7～12
姉妹（畔柳二美・近代文学）7～29年2※断続
赤毛のポチ（山中恒・小さい仲間）7～31年6
人工庭園（阿部知二・群像）8
吃音学院（小島信夫・文学界）8
砕かれた顔（堀田善衛・改造）8
泉への道（広津和郎・朝日新聞）8・15～29年3・26
絵島生島（舟橋聖一・東京新聞）9・1～29年11・17
基地六〇五号（杉浦明平・群像）10～12
風林火山（井上靖・小説新潮）10～29年12
オンリー達（広池秋子・文学者）11
戦争犯罪人（火野葦平・文藝）11～29年8
時間（堀田善衛・世界）11～30年1
「火の鳥」（伊藤整・光文社）11
流木（庄野潤三・群像）12

詩歌・戯曲・評論

「銀河依然」（中村草田男・みすず書房）2
「人生の午後」（日野草城・青玄俳句会）7
「絵の宿題」（関根弘・建民社）7
「転位のための十篇」（吉本隆明・私家版）9
「他人の空」（飯島耕一・書肆ユリイカ）12
日本の気象（久保栄・新潮）6
第三の新人（山本健吉・文学界）1
座談会・戦後文学の総決算（近代文学同人・近代文学）1
「招婿婚の研究」（高群逸枝・講談社）1
志賀直哉論（中村光夫・文学界）1～12
近代日本人の発想の諸形式（伊藤整・思想）2、3
贋の季節（十返肇・文学者）2～12
「国民文学論」（民科芸術部会編・厚文社）5
「不幸なる芸術」（柳田国男・筑摩書房）6
二十世紀文学と民主主義文学（野間宏・文学）6、8、10
「リアリズムの探求」（佐々木基一・未来社）7
頽廃の根源について（小田切秀雄・思想）9
「抵抗詩論」（安東次男・青木書店）9
真実は訴へる（広津和郎・中央公論）10
文学的回想（林房雄・新潮）10～29年12
組織と人間（伊藤整・改造）12
漱石の暗い部分（荒正人・近代文学）12
「島崎藤村論」（亀井勝一郎・新潮社）12

社会動向・文学事象・その他

アイゼンハワー、米大統領に就任1
NHKテレビ放送を開始2
スターリン死去3
吉田内閣不信任、衆議院解散3
石川県内灘村米軍基地反対闘争激化6
朝鮮休戦協定調印7
スト規制法成立8
日本テレビ、民放初のテレビ放送開始8
徳田球一、北京で客死10
この年、街頭・店頭テレビに人気集中、蛍光燈普及

広津和郎、宇野浩二、松川事件について積極的に発言、志賀直哉、川端康成らとともに仙台地裁に公正判決要求書を提出10
岩波講座「文学」発刊、国民文学論を推進11
安岡、小島、庄野ら、いわゆる〈第三の新人〉として文壇に頭角をあらわす
戦後文学の検討が行なわれる
「女性に関する十二章」（婦人公論）「花ひらく」などにより、伊藤整ブーム始まる
この年、「現代日本文学全集」（筑摩書房）刊行開始、前年の「昭和文学全集」（角川書店）などとともに全集企画の盛況
映画の独立プロの制作盛ん、五所平之助「煙突の見える場所」、新藤兼人「縮図」、今井正「にごりえ」など

＜創刊＞「櫂」（茨木のり子、川崎洋、谷川俊太郎ら）5～30年1「氾」（堀川正美ら）5「多喜二と百合子」12～36年3

＜歿＞池田克己　斎藤茂吉　峠三吉　伊東静雄　堀辰雄　柳沢健　阪東妻三郎　内田巌　釈迢空（折口信夫）　藤村作　加藤道夫

＜生＞中島梓（栗本薫）　中平まみ

ゴドーを待ちながら（ベケット）　オーギー・マーチの冒険（ベロー）　失われた足跡（カルペンティエール）

昭和29年（1954）

村のエトランジェ（小沼丹・文藝）1
むらぎも（中野重治・群像）1〜7
みづうみ（川端康成・新潮）1〜12
驟雨（吉行淳之介・文学界）2
「飢餓同盟」（安部公房・講談社）2
ひかりごけ（武田泰淳・新潮）3
半人間（大田洋子・世界）3
海の見える町（伊藤整・新潮）3
晶子曼陀羅（佐藤春夫・毎日新聞）3・11〜6・29
秩父困民党（西野辰吉・新日本文学）3〜31年2
遠来の客たち（曾野綾子・三田文学）4
帰巣者の憂鬱（島尾敏雄・文学界）4
いたづら（志賀直哉・世界）4、6
漂民宇三郎（井伏鱒二・群像）4〜30年12
「草の花」（福永武彦・新潮社）4
「山の音」（川端康成・筑摩書房）4
虹（石川淳・文学界）5〜12
「潮騒」（三島由紀夫・新潮社）6
広重（中野重治・新潮）7
黒い裾（幸田文・新潮）7
樅の木は残った（山本周五郎・日本経済新聞）7・13〜30年4・21、31年3・10〜9・30
ボロ家の春秋（梅崎春生・新潮）8
アメリカン・スクール（小島信夫・文学界）9
ダム・サイト（小山いと子・中央公論）10
洲崎パラダイス（芝木好子・中央公論）10
筏（外村繁・文芸日本）11〜31年3
プールサイド小景（庄野潤三・群像）12

「ひとりの女に」（黒田三郎・昭森社）6
「乳房喪失」（中城ふみ子・作品社）7
「歩行者の祈りの歌」（山本太郎・書肆ユリイカ）10
「死の灰詩集」（現代詩人会編・宝文館）11
「大地の商人」（谷川雁・母音社）11
制服（安部公房・群像）12
近代文学論争（臼井吉見・文学界）1〜32年12
座談会・プロレタリア文学運動の再検討（蔵原惟人、本多秋五他・近代文学）2
狼が来た—現代詩の方向についての感想（関根弘・新日本文学）3
「小説作法」（丹羽文雄・文藝春秋新社）3
近代絵画（小林秀雄・新潮）3〜30年12
戦後の文学はどう歩んだか（中島健蔵、中村光夫他・世界）4、5
「人間・文学・歴史」（武田泰淳・厚文社）5
芥川龍之介（中村真一郎・文藝）6〜10
マチウ書試論（吉本隆明・現代評論）6〜12
『『白樺』派の文学」（本多秋五・講談社）7
「森鷗外」（高橋義孝・新潮社）9
生活演技説・修正（平野謙・文学界）10
「アヴァンギャルド芸術」（花田清輝・未来社）10
人間の信頼について（小田切秀雄・世界）11
平和論の進め方についての疑問（福田恆存・中央公論）12

二重橋事件起こる1
造船疑獄拡大2
第五福竜丸、ビキニで水爆放射能に被災3
米国とMSA（相互防衛援助）協定締結3
世界平和者日本会議、東京で開催4
仏印ディエンビエンフー陥落5
自衛隊法成立6
ジュネーブ協定調印、インドシナ休戦7
ヒロポン取締始まる7
吉田内閣総辞職、第一次鳩山内閣成立12
日本ペンクラブ、憲法改正反対を決議3
関根弘、現代詩における事実と発想の問題について発言、野間宏、安部公房との間でいわゆる〈狼論争〉をひき起こす3
福田恆存の論文を契機に〈平和論争〉起こる12
〈第三の新人〉活躍目立つ
ビキニ〈死の灰〉事件、文学者の間にも波紋をよぶ
伊藤整「文学入門」（光文社・カッパブックス第一冊）ベストセラー、この頃より軽装の新書判ブーム出現
ベニス映画祭で「七人の侍」（黒沢明）、「山椒大夫」（溝口健二）、ともに銀獅子賞を受賞
ソヴィエトで第二回作家大会、いわゆる〈雪どけ〉始まる
＜創刊＞「短歌」（角川書店）1　「新劇」（白水社）4　「現代評論」（奥野健男、日野啓三ら）6〜12　「今日」（中島可一郎、入沢康夫ら）6　「現代詩」（新日本文学会詩委員会、現代詩の会）7〜39年10　「知性」8
＜歿＞岸田国士　岡田三郎　前田普羅　寒川鼠骨　竹友藻風
悲しみよこんにちは（サガン）　ラッキー・ジム（エイミス）　雪どけ（エレンブルグ）〜一九五五

昭和30年（1955）

小説

狂人遺書（坂口安吾・中央公論）1
雲の墓標（阿川弘之・新潮）1～12
流れる（幸田文・新潮）1～12
荷車の歌（山代巴・平和婦人新聞）1・1～31年4・27
すみっこ（尾崎一雄・群像）2、3
「雪どけ」（エレンブルグ、泉三太郎訳・新潮社）3
焰の中（吉行淳之介・群像）4
幼少時代（谷崎潤一郎・文藝春秋）4～31年3
軍旗（村上兵衛・近代文学）5
白い人（遠藤周作・近代文学）5、6
記念碑（堀田善衛・中央公論）5～8
美しい女（椎名麟三・中央公論）5～9
太陽の季節（石原慎太郎・文学界）7
母子像（久生十蘭・新潮）8
裲襠（壺井栄・群像）8～12
島（小島信夫・群像）8～12
朱を奪ふもの（円地文子・文藝）8～31年5
森と湖のまつり（武田泰淳・世界）8～33年5
落花（石川淳・新潮）9
「強力伝」（新田次郎・朋文堂）9
若い詩人の肖像（伊藤整・中央公論）9～12
われ深きふちより（島尾敏雄・文学界）10
柳生連也斎（五味康祐・オール読物）10
運河（椎名麟三・新潮）10～31年3
四十八歳の抵抗（石川達三・読売新聞）11・16～31年4・1

詩歌・戯曲・評論

「月下の俘虜」（平畑静塔・酩酊社）1
「静物」（吉岡実・私家版）8
「少年」（金子兜太・風発行所）10
「鮎川信夫詩集」（荒地出版社）11
どれい狩り（安部公房・新日本文学）7
古典と現代文学（山本健吉・群像）1～10
太宰治論（奥野健男・近代文学）3～7
メタフィジック批評の旗の下に（三角帽子＝服部達、村松剛、遠藤周作・文学界）4～9
「死の灰詩集」の本質（鮎川信夫・東京新聞）5・15
「討論日本プロレタリア文学運動史」（荒正人、平野謙、本多秋五他・三一書房）5
日本文化の雑種性（加藤周一・思想）6
われらにとって美は存在するか（服部達・群像）6～9
「小説の認識」（伊藤整・河出書房）7
人間・この劇的なるもの（福田恆存・新潮）7～31年5
「中世の文学」（唐木順三・筑摩書房）10
前世代の詩人たち（吉本隆明・詩学）11
「自然主義の研究」上下（吉田精一・東京堂）11、33年1
夏目漱石論（江藤淳・三田文学）11、12
マルクス主義文学理論批判（高橋義孝・中央公論）12

社会動向・文学事象・その他

世界平和評議会、核戦争準備に反対、〈ウィーン・アピール〉を発表1
バンドンでアジア・アフリカ会議4
立川基地拡張反対の砂川闘争始まる、各地の基地反対闘争激化5
米英仏ソ四国巨頭会談、ジュネーブで開催7
第一回原水禁世界大会広島大会開かる8
日本社会党統一成る10
保守合同成り、自由民主党結成11
この年、神武景気、家庭電化時代始まる
高見順、竹山道雄ら、アジア知識人会議、アジアペン大会に出席2
「改造」休刊2
〈平和共存〉をめぐり、小田切秀雄、都留重人、林健太郎ら発言3～10
服部達ら〈メタフィジック批評〉を提唱4
火野葦平、木下順二ら、アジア諸国会議に出席4
鮎川信夫、「死の灰詩集」を批判、論争のきっかけをつくる5
石原慎太郎「太陽の季節」（芥川賞受賞）でデビュー、評価をめぐり賛否両論、話題となる7
「群像」「文学界」「文学」「新日本文学」、戦後十周年記念特集を組む8
吉本隆明、詩人の戦争責任を追及11
剣豪小説ブーム始まる
W・フォークナー来日
<歿>太田水穂　登張竹風　坂口安吾　下村湖人　恩地孝四郎　豊島与志雄　真杉静枝　宮武外骨　南川潤　大山郁夫　百田宗治
<生>見延典子
辻公園（デュラス）　鹿の園（メイラー）
クローデル　トーマス・マン　アインシュタイン歿

昭和31年（1956）

地唄（有吉佐和子・文学界）1
運命（加藤周一・群像）1～4
金閣寺（三島由紀夫・新潮）1～10
鍵（谷崎潤一郎・中央公論）1、5～12
おとうと（幸田文・婦人公論）1～32年9
柳生武芸帳（五味康祐・週刊新潮）2・19～33年12・22
処刑の部屋（石原慎太郎・新潮）3
フォード・一九二七年（小林勝・新日本文学）5
眠狂四郎無頼控（柴田錬三郎・週刊新潮）5・8～33年3・31
逆光線（岩橋邦枝・新女苑）6
沖縄島（霜多正次・新日本文学）6～32年6
紫苑物語（石川淳・中央公論）7
草いきれ（徳永直・新潮）8、9
「人間の条件」（五味川純平・三一書房）8～33年1※全六部
ストマイつんぼ（大原富枝・文藝）9
妖（円地文子・中央公論）9
駅前旅館（井伏鱒二・新潮）9～32年9
萩のもんかきや（中野重治・群像）10
耳学問（木山捷平・文藝春秋）10
楢山節考（深沢七郎・中央公論）11
杏っ子（室生犀星・東京新聞）11・19～32年8・18
氷壁（井上靖・朝日新聞）11・24～32年8・22
亀裂（石原慎太郎・文学界）11～32年9
汎濫（伊藤整・新潮）11～33年7
女子大生・曲愛玲（瀬戸内晴美・新潮）12
「挽歌」（原田康子・東都書房）12

「四千の日と夜」（田村隆一・東京創元社）3
「記憶と現在」（大岡信・書肆ユリイカ）7
「第三の神話」（西脇順三郎・東京創元社）11
二人だけの舞踏会（小山祐士・新劇）2
鹿鳴館（三島由紀夫・文学界）12
知識人の戦争責任（鶴見俊輔・中央公論）1
暗い漱石（平野謙・群像）1、2
もはや「戦後」ではない（中野好夫・文藝春秋）2
現代歴史家への疑問（亀井勝一郎・文藝春秋）3
戦後の戦争責任と民主主義文学（武井昭夫・現代詩）3
「民主主義文学」批判—二段階転向論（吉本隆明・「荒地詩集1956」）4
戦中派はこう考える（村上兵衛・中央公論）4
永久革命者の悲哀（埴谷雄高・群像）5
「昭和の精神史」（竹山道雄・新潮社）5
実行と芸術（平野謙・群像）6
文学は上部構造か（本多秋五・文学界）8
「雑種文化」（加藤周一・講談社）9
「われらにとって美は存在するか」（服部達・近代生活社）9
「文学者の戦争責任」（吉本隆明、武井昭夫・淡路書房）9
「夏目漱石」（江藤淳・東京ライフ社）11
「現代政治の思想と行動上巻」（丸山真男・未来社）12※下巻、32年3

ソ連共産党大会でスターリン批判2
日本住宅公団、初の入居者募集開始3
日本登山隊、マナスル初登頂4
米、ビキニで初の水爆実験5
ナセル、スエズ運河の国有化を宣言7
ハンガリー事件起こり、ソ連が軍事介入11
日本、国連に加入12
水俣病多発、問題化する

万国著作権条約に日本正式に加盟1
服部達自殺1
中野好夫「もはや『戦後』ではない」など、戦後終焉論議盛ん2
「太陽の季節」「処刑の部屋」評価をめぐって、佐藤春夫と舟橋聖一、小田切秀雄と中野重治が対立2～3
亀井勝一郎、〈昭和史論争〉の口火を切り、進歩主義的歴史観を批判3
石川達三発言「世界は変った」（「朝日新聞」）、自由の在り方を論じ〈自由論争〉を招く7
「楢山節考」、第一回中央公論新人賞を受賞、大反響をよぶ11
戦争責任論、左翼文学批判盛ん、吉本隆明、武井昭夫ら、戦中派世代積極的に発言
この年、論争頻出、時代の転換を示す
「太陽の季節」「処刑の部屋」「狂った果実」「逆光線」など映画化、〈太陽族〉ブーム
「週刊新潮」など創刊、週刊誌ブーム

<創刊>「週刊新潮」2　「国文学」（学燈社）5　「日本児童文学」5　「ユリイカ」（伊達得夫編集）10～36年2

<歿>服部達　小金井喜美子　日野草城　沖野岩三郎　高村光太郎　松本たかし　吉田絃二郎　秦豊吉　邦枝完二　加藤武雄　会津八一　石川三四郎　池田亀鑑

<生>田中康夫

怒りを込めてふり返れ（オズボーン）　吠える（キンズバーグ）　アウトサイダー（C・ウィルソン）　時間割（ビュトール）　ドクトル・ジバゴ（パステルナーク）
ブレヒト歿

昭和32年（1957）

小説

士魂商才（武田泰淳・文学界）1
東北の神武たち（深沢七郎・中央公論）1
女方（三島由紀夫・世界）1
けものたちは故郷をめざす（安部公房・群像）1～4
日々の死（山川方夫・三田文学）1～6
梨の花（中野重治・新潮）1～33年12
点と線（松本清張・旅）2～33年1
「女坂」（円地文子・角川書店）3
「ながいながいペンギンの話」（いぬいとみこ・宝文館）3
天平の甍（井上靖・中央公論）3～8
美徳のよろめき（三島由紀夫・群像）4～6
白頭吟（石川淳・中央公論）4～10
発作（石上玄一郎・中央公論）5臨増〈文芸特集〉
硫黄島（菊村到・文学界）6
アポロンの島（小川国夫・青銅時代）6
海と毒薬（遠藤周作・文学界）6～10
死者の奢り（大江健三郎・文学界）8
「風土完全版」（福永武彦・東京創元社）6
パニック（開高健・新日本文学）8
人間の壁（石川達三・朝日新聞）8・23～34年4・12
誰を方舟に残すか（武田泰淳・新潮）9
深淵（埴谷雄高・群像）10
完全な遊戯（石原慎太郎・新潮）10
裸の王様（開高健・文学界）12
「コタンの口笛」（石森延男・東都書房）12

詩歌・戯曲・評論

「われに五月を」（寺山修司・西東社）1
「鹹湖」（会田綱雄・緑書房）2
「独楽」（高野喜久雄・中村書店）3
「パウロウの鶴」（長谷川龍生・書肆ユリイカ）6
明智光秀（福田恆存・文藝）3
おんにょろ盛衰記（木下順二・群像）5
大衆のエネルギー（花田清輝・群像）1～12
二葉亭四迷伝（中村光夫・群像）1～33年6
文明の生態史観序説（梅棹忠夫・中央公論）2
座談会・現代革命の展望（竹内好他・世界）4、5
「人間と文学」（臼井吉見・筑摩書房）5
現代小説は古典たりうるか（三島由紀夫・新潮）6～8
「高村光太郎」（吉本隆明・飯塚書店）7
戦後文学は何処へ行ったか（吉本隆明・群像）8
「転向文学論」（本多秋五・未来社）8
「近代日本文学の風貌」（稲垣達郎・未来社）9
「陥没の世代」（後藤宏行・中央公論社）10
奴隷の思想を排す（江藤淳・文学界）11
「組織のなかの人間」（平野謙・未来社）11
「自然主義研究」（片岡良一・筑摩書房）12
「文学五十年」（青野季吉・筑摩書房）12

社会動向・文学事象・その他

南極に昭和基地を建設1
石橋内閣総辞職、岸内閣成立2
東海村に原子の火はじめてともる8
ソ連、世界初の人工衛星、スプートニク一号打ち上げ成功10
日教組、勤評反対闘争を開始11
石川達三「自由の敵」（「東京新聞」）で言論表現の自由について問題提起、波紋をよぶ1
最高裁、「チャタレイ裁判」の上告棄却3
学術会議、文芸家協会、全世界の科学者に原水爆実験の禁止を訴える4
河出書房倒産4
東京で第二九回国際ペン大会、スタインベックら三六〇余名が参加、国際交流深める9
平野謙、田宮虎彦「愛のかたみ」を批判10
文学者の海外旅行盛ん、堀田善衛「インドで考えたこと」、竹山道雄「ヨーロッパの旅」などを生む
大型新人作家として開高健、大江健三郎が登場
児童文学、長篇創作の時代に入る
「挽歌」大ベストセラーとなる
＜歿＞　吉田甲子太郎　尾上柴舟　神西清　片岡良一　羽仁もと子　兼常清佐　犬田卯　久生十蘭　徳富蘇峰　前田河広一郎　長谷健
アレクサンドリア四重奏（ダレル）　勝負の終り（ベケット）　エロチシズム（バタイユ）　心変り（ビュトール）　嫉妬（ロブ＝グリエ）

昭和33年（1958）

飼育（大江健三郎・文学界）1
通り過ぎる者（長谷川四郎・群像）1～3
花のれん（山崎豊子・中央公論）1～6
青い果実（大谷藤子・婦人民主新聞）1・1～34年3・8
さいころの空（野間宏・文学界）2～34年11
爆弾三勇士（江崎誠致・文学界）3～5※「死児の齢」第一部
女面（円地文子・群像）4～6
「笛吹川」（深沢七郎・中央公論社）4
ガダルカナル戦詩集（井上光晴・新日本文学）5
芽むしり 仔撃ち（大江健三郎・群像）6
渇いた花（石原慎太郎・新潮）6
修羅（石川淳・中央公論）7
楼蘭（井上靖・文藝春秋）7
野獣死すべし（大藪春彦・宝石）7
神幸祭（加藤周一・群像）7～10
第四間氷期（安部公房・世界）7～34年3
かげろふの日記遺文（室生犀星・婦人之友）7～34年6
花影（大岡昇平・中央公論）8～34年9
カルフォルニア（阿川弘之・新潮）8～34年10
娼婦の部屋（吉行淳之介・中央公論）10
総会屋錦城（城山三郎・別冊文藝春秋）10
歯車（佐多稲子・アカハタ）10・1～34年4・11
朴達の裁判（金達寿・新日本文学）11
喪失（福田章二＝庄司薫・中央公論）11

「吉本隆明詩集」（書肆ユリイカ）1
「北国」（井上靖・創元社）3
「空には本」（寺山修司・的場書房）6
「日本人霊歌」（塚本邦雄・四季書房）10
「僧侶」（吉岡実・書肆ユリイカ）11
幽霊はここにいる（安部公房・新劇）8
長い墓標の列（福田善之・新劇）12
現代芸術はどうなるか（佐々木基一・群像）1～12
「芸術と実生活」（平野謙・講談社）1
「昭和文学盛衰史二巻」（高見順・文藝春秋新社）3、11
日本ロマン派の諸問題（橋川文三・文学）4
「近代絵画」（小林秀雄・新潮）4
感想（小林秀雄・新潮）5～38年6
神話の克服（江藤淳・文学界）6
「城下の人」（石光真清・龍星閣）6
日本のアウトサイダー（河上徹太郎・中央公論）8～34年7
「文学研究の諸問題」（高橋義孝・新潮社）9
物語戦後文学史（本多秋五・週刊読書人）10・13～38年11・25
「松川裁判」（広津和郎・中央公論社）11
転向論（吉本隆明・現代批評）12
「朝の歌―中原中也伝」（大岡昇平・角川書店）12
「二葉亭四迷伝」（中村光夫・講談社）12
「原点が存在する」（谷川雁・弘文堂）12

アメリカ、人工衛星打ち上げに成功1
フルシチョフ、ソ連首相に就任3
売春防止法施行4
警職法改正反対闘争、激化す10
東京タワー完工式12
一万円札発行12
この年、ミッチーブーム、フラフープ、ロカビリー流行

久保栄自殺3
「笛吹川」評価をめぐり、花田清輝と平野謙が対立、論議をよぶ4
「文学」で日本浪曼派の特集を組む4
石川達三ら、教職員の勤評反対の声明書を発表する5
日本文芸家協会、日本ペンクラブ、警職法改正案に反対を声明10
江藤淳、石原慎太郎、大江健三郎ら、若い日本の会を結成、警職法改正反対を声明11
五味川純平「人間の条件」、伊藤整「氾濫」、武田泰淳「森と湖のまつり」ベストセラー
松本清張の「点と線」刊行され、社会派推理小説ブーム始まる
中間小説盛んとなる
中ソとの文化交流、盛ん
パステルナーク、ノーベル賞の受賞を辞退

＜創刊＞「週刊読書人」5 「声」（大岡昇平・中村光夫・三島由紀夫ら）10～36年1 「現代芸術」（記録芸術の会）10 「批評」（佐伯彰一、篠田一士ら）11 「現代批評」（奥野健男、吉本隆明ら）12

＜歿＞成瀬無極 徳永直 横山大観 久保栄 山川均 宮地嘉六 山口茂吉 岩上順一 中西伊之助 昇曙夢 木村荘八 吉植庄亮 水守亀之助 三好十郎 石井柏亭

＜生＞松浦理英子

鐘（マードック） 土地の精霊（ビュトール）

昭和34年（1959）

小説

今年の秋（正宗白鳥・中央公論）1
御目の雫（上林暁・群像）1
河（堀田善衛・中央公論文藝特集）1
蜜のあはれ（室生犀星・新潮）1～4
敦煌（井上靖・群像）1～5
貴族の階段（武田泰淳・中央公論）1～5
紀ノ川（有吉佐和子・婦人公論）1～5
日本三文オペラ（開高健・文学界）1～7
珍品堂主人（井伏鱒二・中央公論）1～9
武将列伝（海音寺潮五郎・オール讀物）1～35年12
激流第一部（高見順・世界）1～38年2
鳥獣虫魚（吉行淳之介・群像）3
マリア（北原武夫・群像）4～9
死者の時（井上光晴・新日本文学）4～35年9
山塔（斯波四郎・早稲田文学）5
革命前後（火野葦平・中央公論）5～12
墓碑銘（小島信夫・世界）5～12
「われらの時代」（大江健三郎・中央公論社）7
「だれも知らない小さな国」（佐藤さとる・講談社）7
一個（永井龍男・新潮）8
「鏡子の家」（三島由紀夫・新潮社）9 ※全二部
灰色の午後（佐多稲子・群像）10～35年2
蒼き狼（井上靖・文藝春秋）10～35年7
ある秋の出来事（坂上弘・中央公論）11
海辺の光景（安岡章太郎・群像）11、12
団十郎切腹事件（戸板康二・宝石）12

詩歌・戯曲・評論

「氷った焔」（清岡卓行・書肆ユリイカ）2
「亡羊記」（村野四郎・無限社）11
「不安と遊撃」（黒田喜夫・飯塚書店）12
マリアの首（田中千禾夫・新劇）4
怒りを込めてふり返れ（オズボーン、木村光一訳・新劇）9
戦後文学大批判（花田清輝・群像）1
「作家は行動する」（江藤淳・講談社）1
「転向上巻」（思想の科学研究会編・平凡社）1
※中巻35年2、下巻37年4
日本人の精神史研究第一部（亀井勝一郎・文学界）1～12 ※のち書き継ぎ全三部
「芸術的抵抗と挫折」（吉本隆明・未来社）2
傍役の詩人中原中也（篠田一士・文学界）4
「現代日本文学史」（中村光夫、臼井吉見、平野謙・筑摩書房）4
ふたたび政治小説を（中村光夫・中央公論）5
「抒情の論理」（吉本降明・未来社）6
「わが心の遍歴」（長与善郎・筑摩書房）7
「変革期の文学」（岩上順一・三一書房）7
転向ファシストの詭弁（吉本隆明・近代文学）9
怒れる若者たち（石原慎太郎他・文学界）10
「工作者宣言」（谷川雁・中央公論社）10
有効性の上にあるもの（本多秋五・思想）11

社会動向・文学事象・その他

キューバに革命、カストロ新政権樹立1
皇太子結婚式挙行さる4
最高裁、松川事件判決を破棄、仙台高裁へ差戻し8
伊勢湾台風襲来9
いわゆる〈岩戸景気〉、テレビ大幅に普及
週刊誌の創刊相次ぎ、週刊誌ブーム
青野季吉、阿部知二、清水幾太郎ら二十八名、日米新安保条約に対する反対声明を発表3
花田清輝・吉本隆明論争起こる4
永井荷風の死、ジャーナリズムで反響を呼ぶ4
中村光夫と佐伯彰一との間に〈政治小説〉論争起こる6
竹内好、「新日本文学会」の解散を提唱6
「転向」「戦後日本の思想」など、過去の思想の批判的な対象化を推進する
転向問題や戦争責任など、〈政治と文学〉の問題をめぐり世代的な思想上の対立が目立ち、吉本隆明や江藤淳らが積極的に発言
正宗白鳥、上林暁、永井龍男などの短篇、新鮮な私小説として話題をよぶ
吉行淳之介、安岡章太郎らの作品に、新しい形の私小説の復活が認められ注目さる
出版界は競い合って歴史ものを企画、歴史への関心が高まる
週刊「少年マガジン」「少年サンデー」創刊される
＜創刊＞「早稲田文学」（第六次）1～8「朝日ジャーナル」3「週刊文春」4「週刊現代」4「無限」（村野四郎、慶光院芙沙子ら）5「現代詩手帖」（思潮社）6「鰐」（大岡信、岩田宏、飯島耕一、吉岡実、清岡卓行）8～37年9
＜歿＞和田英作　大鹿卓　浜本浩　西村陽吉　高浜虚子　川路柳虹　永井荷風　土方与志　伊藤永之介　阿部次郎　豊田三郎
＜生＞山田詠美
裸のランチ（バローズ）　ブリキの太鼓（グラス）　来たるべき書物（ブランショ）

昭和35年（1960）

宴のあと（三島由紀夫・中央公論）1〜10
日本の黒い霧（松本清張・文藝春秋）1〜12
眠れる美女（川端康成・新潮）1〜36年11
日本零年（石原慎太郎・文学界）1〜37年2
審判（堀田善衛・世界）1〜38年3
いやな感じ（高見順・文学界）1〜38年5
パルタイ（倉橋由美子・明治大学新聞）1・14
「虚構のクレーン」（井上光晴・未来社）1
婉という女（大原富枝・群像）2
「どくとるマンボウ航海記」（北杜夫・中央公論社）3
夜と霧の隅で（北杜夫・新潮）5
ロビンソンの末裔（開高健・中央公論）5〜11
静物（庄野潤三・群像）6
澪標（外村繁・群像）7
落日の光景（外村繁・新潮）8
「龍の子太郎」（松谷みよ子・講談社）8
死の棘（島尾敏雄・群像）9
湯葉（芝木好子・群像）9
遅れてきた青年（大江健三郎・新潮）9〜37年2
海鳴りの底から（堀田善衛・朝日ジャーナル）9・18〜36年9・24
忍ぶ川（三浦哲郎・新潮）10
神聖喜劇（大西巨人・新日本文学）10〜43年7 ※のち書き継ぎ全八部 53・7〜55・4刊行
わが塔はそこに立つ（野間宏・群像）11〜36年11
風流夢譚（深沢七郎・中央公論）12

「谷川雁詩集」（国文社）3
「CALENDRIER」（安東次男・書肆ユリイカ）4
「与奪鈔」（永田耕衣・琴座俳句会）4
「虎」（長谷川龍生・飯塚書店）7
「未青年」（春日井建・作品社）9
「喚声」（近藤芳美・白玉書房）10
ほらんばか（秋浜悟史・新劇）4
狼生きろ豚は死ね（石原慎太郎・中央公論）5
パリ繁昌記（中村光夫・声）7〜10
戦後世代の政治思想（吉本隆明・中央公論）1
小林秀雄論（江藤淳・声）1〜36年1
「幻視のなかの政治」（埴谷雄高・中央公論社）1
「無用者の系譜」（唐木順三・筑摩書房）2
「日本浪曼派批判序説」（橋川文三・未来社）2
文学・昭和十年前後（平野謙・文学界）3〜38年3
「幻視者の文学」（安東次男・弘文堂）3
想像力の「場」を求めて（佐伯彰一、篠田一士、村松剛・中央公論）5
「想像力について」（中村光夫・新潮社）6
「詩の発生」（西郷信綱・未来社）6
求道者と認識者（伊藤整・新潮）9
常識に還れ（福田恆存・新潮）9
「民主主義の神話」（谷川雁他・現代思潮社）10
リアリズムへの疑問（奥野健男・中央公論）12
「私の国語教室」（福田恆存・新潮社）12

三池炭鉱争議起こる1
ソ連、アメリカのU2機をロケットで撃墜5
新安保条約批准書交換、発効、日米関係新しい時代に入る6
池田内閣、所得倍増政策を発表9
カラーテレビ本放送開始9
浅沼社会党委員長、右翼少年に刺殺される10

「パルタイ」評価論争起こる1
「小説永井荷風伝」をめぐり、佐藤春夫と中村光夫が論争する1〜2
サド「悪徳の栄え・続」（現代思潮社）の翻訳、猥褻文書の疑いで押収、渋沢龍彦ら訴えられる4
野間宏、大江健三郎ら中国を訪問5
新安保条約批准および強行採決反対の国民運動が盛り上り、一部の文学者や文化団体の発言・行動が積極化する6
「風流夢譚」の発表、文壇の内外に波紋12
井上光晴・安部公房・大江健三郎・倉橋由美子らの文学に、反リアリズムの傾向が目立つ
第三の新人の活躍が盛ん、私小説的な「家庭小説」の傑作が生まれる
上半期の芥川賞受賞の「夜と霧の隅で」や「死の棘」など、〈狂気〉が文学のテーマとして熟す
室生犀星・佐藤春夫・外村繁など年長の文学者の活躍が目立つ
女流作家の仕事が充実
大原富枝「婉という女」、安岡章太郎の「海辺の光景」とともに野間文芸賞を受賞
〈想像力〉論議盛ん

＜創刊＞「風景」10〜51年4

＜歿＞風巻景次郎　火野葦平　杉浦翠子　賀川豊彦　吉井勇　和辻哲郎　北村喜八　岸上大作

ネクサス（ミラー）　倦怠（モラヴィア）　弁証法的理性批判第一部（サルトル）　フランドルへの道（シモン）　シーニュ（ポンティ）
カミュ　パステルナーク歿

昭和36年（1961）

小説

極楽とんぼ（里見弴・中央公論）1
憂国（三島由紀夫・小説中央公論）1
セヴンティーン（大江健三郎・文学界）1、2
凶徒津田三蔵（藤枝静男・群像）2
雁の寺（水上勉・別冊文藝春秋）3
「キューポラのある街」（早船ちよ・彌生書房）4
海岸公園（山川方夫・新潮）5
ある女の遠景（舟橋聖一・群像）5～38年9
辛酸（城山三郎・中央公論）6
白い塔（阿部知二・世界）6～37年12
「充たされた生活」（石川達三・新潮社）6
鯨神（宇能鴻一郎・文学界）7
まぼろしの記（尾崎一雄・群像）8
恋人たちの森（森茉莉・新潮）8
家族団欒図（安岡章太郎・新潮）8
解禁（田久保英夫・新潮）8
武州鉢形城（井伏鱒二・新潮）8～37年7
隅田川（芝木好子・群像）9
「橋のない川第一部」（住井すゑ・新潮社）9
リー兄さん（正宗白鳥・群像）10
江分利満氏の優雅な生活（山口瞳・婦人画報）10～37年8
パリ燃ゆ（大佛次郎・朝日ジャーナル）10・1～38年9・29
「暗い旅」（倉橋由美子・東都書房）10
瘋癲老人日記（谷崎潤一郎・中央公論）11～37年5

詩歌・戯曲・評論

「水銀伝説」（塚本邦雄・白玉書房）2
「土地よ、痛みを負え」（岡井隆・白玉書房）2
「朝の河」（天沢退二郎・国文社）3
「単独者の愛の唄」（山本太郎・東京創元社）3
「意志表示」（岸上大作・白玉書房）6
おまへの敵はおまへだ（石川淳・群像）9
有馬皇子（福田恆存・文学界）10
十日の菊（三島由紀夫・文学界）12
常識的文学論（大岡昇平・群像）1～12
年月のあしおと（広津和郎・群像）1～38年4
※続は39年5～42年3
佐藤春夫論（中村光夫・文学界）2～4、9
わがデカダンス（河上徹太郎・新潮）2～12
「抒情の批判」（大岡信・晶文社）4
「座談会明治文学史」（柳田泉、勝本清一郎、猪野謙二・岩波書店）6
「不服従の遺産」（竹内好・筑摩書房）7
文学の擁護（中村真一郎・文学界）9～37年10
「もう一つの修羅」（花田清輝・筑摩書房）10
夷斎遊戯（石川淳・文学界）10～37年9
言語にとって美とは何か（吉本隆明・試行）10～40年6
「純」文学は存在し得るか（伊藤整・群像）11
「日本の思想」（丸山真男・岩波書店）11
「小林秀雄」（江藤淳・講談社）12

社会動向・文学事象・その他

ケネディ、アメリカ大統領に就任1
ソ連、人間宇宙船の打ち上げに成功4
政防法反対デモ6
仙台高裁、松川事件差戻審で全員に無罪を判決8
国立国会図書館開館11
三島由紀夫「宴のあと」、プライバシーの侵害で告訴2
大江健三郎「セヴンティーン」掲載につき、「文学界」謝罪文を発表3
新潮社「純文学書下ろし特別作品」第一回として石川達三「充たされた生活」を刊行6
新日本文学会所属の共産党員、安部公房、大西巨人、花田清輝ら、党に意見書を提出7
中央公論社、「思想の科学」天皇制特集号の発売を中止、「思想の科学」評議員会、同社との関係を断つと決定12
この年、「風流夢譚」事件（嶋中事件）、「思想の科学」事件などにより、マス・コミの変質が叫ばれる
「常識的文学論」第一回「『蒼き狼』は歴史小説か」により、大岡昇平・井上靖の間に「蒼き狼」論争起こる
平野謙の「文芸雑誌の役割」（「朝日新聞」）に端を発し、十一月頃より〈純文学〉論争が起こり、伊藤整・大岡昇平・佐伯彰一・本多秋五・村松剛らが参加
船橋聖一ら表意派五委員、国語審議会を脱会、国語国字問題に関心があつまる
小田実「何でも見てやろう」ベストセラー
〈創刊〉「大衆文学研究」（尾崎秀樹ら）7～43年6　「試行」（吉本隆明、谷川雁、村上一郎）10　「文化評論」12
〈歿〉伊達得夫　村松梢風　柳宗悦　小川未明　栗林一石路　青野季吉　外村繁　犬養健　前田晁　宇野浩二　片山敏彦　長与善郎　津田左右吉　矢田挿雲　矢内原忠雄
時計じかけのオレンジ（バージェス）　階段（ビュトール）　エロスの涙（バタイユ）　古典主義時代における狂気の歴史（フーコー）
ヘミングウェー歿

昭和37年（1962）

島へ（島尾敏雄・文学界）1
告別（福永武彦・群像）1
美しい星（三島由紀夫・新潮）1〜11
楡家の人びと第一部（北杜夫・新潮）1〜12
秀吉と利休（野上彌生子・中央公論）1〜38年9
われはうたへどやぶれかぶれ（室生犀星・新潮）2
「鳥獣戯話」（花田清輝・講談社）2
媒酌人（椎名麟三・文学界）3
アメリカ（小田実・文藝）3〜11
青年の環第三部（野間宏・文藝）3〜39年4
「恋の泉」（中村真一郎・新潮社）3
美談の出発（川村晃・文学界）6
庶民列伝（深沢七郎・新潮）6
「砂の女」（安部公房・新潮社）6
「古都」（川端康成・新潮社）6
かの子撩乱（瀬戸内晴美・婦人画報）7〜39年6
「大陸の細道」（木山捷平・新潮社）7
「人間の運命」（芹沢光治良・新潮社）7〜43年11※全三部一四巻
出発は遂に訪れず（島尾敏雄・群像）9
女の宿（佐多稲子・群像）10
一路（丹羽文雄・群像）10〜41年6
「花祭」（安岡章太郎・新潮社）10
叫び声（大江健三郎・群像）11
子供部屋（阿部昭・文学界）11
「悲の器」（高橋和巳・河出書房新社）11
ヤゴの分際（藤枝静男・群像）12

「頭脳の戦争」（岩田宏・思潮社）7
「馬の首」（玉城徹・日本文藝社）8
「紡錘形」（吉岡実・草蟬舎＝吉岡陽子）9
「言葉のない世界」（田村隆一・昭森社）12
オットーと呼ばれる日本人（木下順二・世界）7、8
爆烈弾記（花田清輝・群像）12
純文学攻撃への抗議（高見順・群像）1
十二の肖像画（山本健吉・群像）1〜12
実感的文学論（十返肇・文学界）1〜12
丸山真男論（吉本隆明・一橋新聞）1・15〜38年2・15
再説・純文学変質（平野謙・群像）3
文壇の私闘を排す（江藤淳・新潮）3
戦後文学の転換（吉本隆明・文藝）4
白鳥百話（正宗白鳥・文藝）4〜10
詩の擁護（篠田一士・文藝）5
「非超現実主義的な超現実主義の覚え書」（島尾敏雄・未来社）6
「擬制の終焉」（吉本隆明・現代思潮社）6
「戦後文学」は幻影だった（佐々木基一・群像）8
「瀕河歌の周辺」（安東次男・未来社）8
戦後文学は幻影か（本多秋五・群像）9
「求道者と認識者」（伊藤整・新潮社）11
「文学空間」（ブランショ、粟津則雄、出口裕弘訳・現代思潮社）11
「現代俳句」（山本健吉・角川書店）12

東京都の常住人口、一千万人を突破2
テレビ受信契約者数、一千万を突破3
東京三河島で電車二重衝突事故5
キューバ危機10
この年、ツイスト流行
日本共産党、安部公房、花田清輝らを除名2
アート・シアター発足する4
日本近代文学館、設立準備会が発足、運動を開始5
前年に引き続き、平野謙の提起した（純文学変質）説をめぐる論議が展開され、高見順、中村光夫、山本健吉、江藤淳、福田恆存らが参加
佐々木基一の（戦後文学幻影）説を発端に戦後文学論争が始まり、吉本隆明、本多秋五が発言
「砂の女」「悲の器」らが文壇内外の話題となり、創作界は活況を呈す
谷崎潤一郎、三島由紀夫、井上靖らの作品、海外で出版盛ん
ペーパーバックスの出版盛ん
＜創刊＞「あんかるわ」（北川透ら）1　「文藝」復刊3
＜歿＞岡田八千代　富沢赤黄男　室生犀星　武林無想庵　西東三鬼　秋田雨雀　小松清　柳田国男　吉川英治　飯田蛇笏　正宗白鳥
もう一つの国（ボールドウィン）　ヴァージニア・ウルフなんてこわくない（ウェスカー）　イワン・デニソヴィッチの一日（ソルジェニツィン）　黄金のノート（ドリス・レッシング）
フォークナー　ヘッセ歿

昭和38年（1963）

小説

狂ひ凧（梅崎春生・群像）1〜5
砂の上の植物群（吉行淳之介・文学界）1〜12
空中庭園（中村真一郎・文藝）1〜12
咲庵（中山義秀・群像）1〜39年2
荒魂（石川淳・新潮）1〜39年5
火宅（檀一雄・新潮）2
少年の橋（後藤紀一・文学界）2
日常生活の冒険（大江健三郎・文学界）2〜39年2
鮫（真継伸彦・文藝）3
忘却の河（福永武彦・文藝）3
非色（有吉佐和子・中央公論）4〜39年6
性的人間（大江健三郎・新潮）5
ジャンケンポン協定（佐木隆三・新日本文学）5
蟹（河野多恵子・文学界）6
ニセ札つかいの手記（武田泰淳・群像）6
ソクラテスの妻（佐藤愛子・文学界）6
地の群れ（井上光晴・文藝）7
溪流（佐多稲子・群像）7〜12
白い屋形船（上林暁・新潮）8
散華（高橋和巳・文藝）8
片腕（川端康成・新潮）8〜39年1
「午後の曳航」（三島由紀夫・講談社）9
剣（三島由紀夫・新潮）10
エロ事師たち（野坂昭如・小説中央公論）11、12
闇のなかの黒い馬（埴谷雄高・文藝）12

詩歌・戯曲・評論

「われらのちから19」（岡田隆彦・思潮社）3
「橋上の人」（鮎川信夫・思潮社）3
「何処へ」（飯島耕一・思潮社）3
「サンチョ・パンサの帰郷」（石原吉郎・思潮社）12
明治の柩（宮本研・新劇）1
世阿彌（山崎正和・文藝）10
戦後文学は復活した（大岡昇平・群像）1
硬文学の復活（中村光夫・文藝）1
林房雄論（三島由紀夫・新潮）2
座談会・現代詩の問題点（鮎川信夫、大岡信、篠田一士、高見順・文藝）2
現代畸人伝（保田与重郎・新潮）2〜39年4
戦後文学の精神像（磯田光一・文藝）3
大衆文化論をただす（大岡昇平・中央公論）3
一つの感想（伊藤整・文藝）4
「家庭」の崩壊と文学的意味（奥野健男・文学界）4
「政治と文学」理論の破産（奥野健男・文藝）5
「文学の責任」（高橋和巳・河出書房新社）5
「戦後文学の回想」（中村真一郎・筑摩書房）5
「有効性の上にあるもの」（本多秋五・未来社）7
「文芸時評」（平野謙・河出書房新社）8
戦後文学批判の視点（武井昭夫・文藝）9
大東亜戦争肯定論（林房雄・中央公論）9〜12

社会動向・文学事象・その他

北陸地方に豪雪1
中ソ、公開論争激化2
第九回原水禁世界大会分裂8
松川事件、最高裁で無罪の判決9
鶴見で電車二重衝突、三池三山鉱ガス爆発など相次ぐ事故で多数の死者を出す11
ケネディ暗殺11
芥川比呂志ら文学座を脱退、福田恆存を中心に劇団「雲」を結成1
小松左京、星新一ら日本SF作家クラブを結成3
小山いと子の「美智子さま」（「平凡」連載）宮内庁の申入れで掲載中止5
奥野健男の『政治と文学』理論の破産」が発端となり武井昭夫との間に〈政治と文学〉論争起こる5
日本近代文学館、創立記念の近代文学史展を開催10
三島由紀夫、戯曲「喜びの琴」上演中止問題で、文学座を脱退11
〈政治と文学〉論争がきっかけとなり、戦後文学再検討の機運が生ずる
林房雄、保田与重郎が論壇に復活、とくに林の「大東亜戦争肯定論」、論議を呼ぶ
＜創刊＞「詩人会議」1　「小説現代」（講談社）2　「太陽」（平凡社）6
＜歿＞野村胡堂　久保田万太郎　長谷川伸　山之口貘　十返肇　佐々木信綱　大田洋子　小津安二郎
賜物（ナボコフ）　黄金の果実（サロート）
調書（ル・クレジオ）　野性の思考（レヴィ＝ストロース）
コクトー歿

昭和39年（1964）

他人の顔（安部公房・群像）1
技巧的生活（吉行淳之介・文藝）1〜9
絹と明察（三島由紀夫・群像）1〜10
榎本武揚（安部公房・中央公論）1〜40年3
日のちぢまり（島尾敏雄・文学界）2
行為と死（石原慎太郎・文藝）2
感傷旅行（田辺聖子・文藝春秋）3
他国の死（井上光晴・朝日ジャーナル）3・1〜12・27
されどわれらが日々—（柴田翔・文学界）4
「楡家の人びと」（北杜夫・新潮社）4
薪能（立原正秋・新潮）5
安曇野（臼井吉見・中央公論）7〜40年4 ※第一部、第二部は（展望）45年1〜48年12
眺め（中野重治・群像）8
妊婦たちの明日（井上光晴・世界）8
「ゆれる葦」（網野菊・講談社）8
「個人的な体験」（大江健三郎・新潮社）8
弥勒（曾野綾子・文藝）9
幼年（福永武彦・群像）9
夕べの雲（庄野潤三・日本経済新聞）9・6〜40年1・19
笛（野上彌生子・新潮）10
夜の鶴（芝木好子・文藝）10
山本五十六（阿川弘之・文芸朝日）10〜40年9
静かな影絵（丸岡明・群像）11
詩仙堂志（加藤周一・展望）11
甲州子守唄（深沢七郎・群像）12
氷点（三浦綾子・朝日新聞）12・9〜40年11・14

「太平洋」（堀川正美・思潮社）7
「河童」（宗左近・文林書院）9
「子午線の繭」（前登志夫・白玉書房）10
「死の淵より」（高見順・講談社）10
ものみな歌でおわる（花田清輝・新日本文学）1
袴垂れはどこだ（福田善之・新劇）7
冬の時代（木下順二・展望）10
「常陸坊海尊」（秋元松代・私家版）11
「無常」（唐木順三・筑摩書房）2
今日における文学運動の課題と方向（武井昭夫・新日本文学）3
「鮎川信夫詩論集」（思潮社）5
「文学は可能か」（奥野健男・角川書店）5
『「白痴」について』（小林秀雄・角川書店）5
続年月のあしおと（広津和郎・群像）5〜42年3
「近代文学」終刊に際して（荒正人・文藝）6
「伝統と文学」（篠田一士・筑摩書房）6
戦後批評の転換—「近代文学」への批判的試論（磯田光一・近代文学）8
「往還の記」（竹西寛子・筑摩書房）9
性の文学を批評する（手塚富雄・展望）10
ヒロシマ・ノート（大江健三郎・世界）10〜40年3
戦後文学史論（本多秋五・展望）11
「殉教の美学」（磯田光一・冬樹社）12
「模写と鏡」（吉本隆明・春秋社）12

一三七の革新団体、ベトナム戦争反対集会を開く8
東海道新幹線、営業開始9
東京で第一八回オリンピック大会開催10
フルシチョフ失脚10
佐藤内閣成立11
勅使河原宏監督作品「砂の女」上映2
新日本文学会第一一回大会、部分核停条約その他で紛糾、本多秋五ら脱退3
「近代文学」一八五号にて終刊、戦後文学のリーダーとして戦後の文壇に大きな影響を及ぼしたその終焉は、ひとつの時代の区切りとして波紋をよぶ8
新日本文学会、日共党員文学者江口渙、霜多正次、西野辰吉、津田孝らを除名9
サルトル、ノーベル賞を拒絶10
日本共産党、中野重治、神山茂夫、佐多稲子、野間宏らを除名10〜11
開高健、ベトナム戦争の取材に赴く11
三浦綾子の「氷点」、朝日新聞の一千万円懸賞小説に当選、話題となる12
「されどわれらが日々—」、若い世代の共感をえてベストセラー
石原慎太郎「行為と死」、大胆な性描写で話題となり、〈性〉の文学表現をめぐる論議さかんとなる
「他人の顔」「ある人の生のなかに」（川端康成）「甲州子守唄」など、文芸雑誌に書き下ろし長篇の一挙掲載が目立つ
＜創刊＞「凶区」（天沢退二郎、鈴木志郎康、菅谷規矩雄、藤田治ら）1〜46年3　「展望」復刊10
＜歿＞尾崎士郎　辰野隆　三好達治　小杉放庵　佐藤春夫　長田幹彦　高群逸枝　中根駒十郎　中沢弘光　佐々木邦　松根東洋城　三木露風
＜生＞吉本ばなな
芝居（ベケット）　政治と犯罪（エンツェンスベルガー）　眼と精神（ポンティ）　新しい小説のために（ロブ・グリエ）　神話研究第一部（レヴィ＝ストロース）

昭和40年（1965）

小説

小町変相（円地文子・群像）1
砂糖菓子の壊れるとき（曾野綾子・潮）1～12
邪宗門（高橋和巳・朝日ジャーナル）1・3～41年5・29
姪の結婚（井伏鱒二・新潮）1～41年9※途中より「黒い雨」と改題
至福千年（石川淳・世界）1～41年10
甲乙丙丁（中野重治・群像）1～44年9
しん女語りぐさ（唐木順三・展望）2
留学（遠藤周作・群像）3
分遣隊（長谷川四郎・展望）3
壜の中の水（藤枝静男・展望）4
不意の出来事（吉行淳之介・文学界）4
剣ヶ崎（立原正秋・新潮）4
刺す（宇野千代・新潮）5
玩具（津村節子・文学界）5
幻化（梅崎春生・新潮）6
抱擁家族（小島信夫・群像）7
宴（糸魚川浩‖利根川浩・展望）7～10
北の河（高井有一・犀）8
青梅雨（永井龍男・新潮）9
春の雪（三島由紀夫・新潮）9～42年1※「豊饒の海」第一巻
親鸞（丹羽文雄・産経新聞）9・14～44年3・31
芭蕉庵桃青（中山義秀・中央公論）11～44年7
「憂鬱なる党派」（高橋和巳・河出書房新社）11

詩歌・戯曲・評論

「IL」（金子光晴・勁草書房）5
「音楽」（那珂太郎・思潮社）7
「田園に死す」（寺山修司・白玉書房）8
「季節についての試論」（入沢康夫・錬金社）10
「血は立ったまま眠っている」（寺山修司・思潮社）6
サド侯爵夫人（三島由紀夫・文藝）11
詩のありか（寺田透・現代詩手帖）1～11
「抒情の変革―戦後の詩と行為」（長田弘・晶文社）1
「徳田秋声伝」（野口冨士男・筑摩書房）1
日本文学と「私」（江藤淳・新潮）3
「厳粛な綱渡り」（大江健三郎・文藝春秋新社）3
「危険な思想家」（山田宗睦・光文社）3
「ベトナム戦記」（開高健・朝日新聞社）3
「戦後を拓く思想」（小田実・講談社）5
「言語にとって美とはなにか」二巻（吉本隆明・勁草書房）5、10
本居宣長（小林秀雄・新潮）6～51年12
「大衆文学論」（尾崎秀樹・勁草書房）6
「日本知識人の思想」（松田道雄・筑摩書房）7
「砂漠の思想」（安部公房・講談社）10
「芭蕉」（安東次男・筑摩書房）10
心的現象論（吉本隆明・試行）10～
「戦中手記」（鮎川信夫・思潮社）11

社会動向・文学事象・その他

中教審から「期待される人間像」発表さる1
米、北ベトナム爆撃開始2
ベ平連、初のデモ行進実施4
家永三郎、教科書検定を告訴6
朝永振一郎、ノーベル物理学賞受賞10
筑摩書房、明治文学全集全一〇〇巻の配本を開始2
三島由紀夫、自作自演映画「憂国」を製作4
吉田健一訳「ファニー・ヒル」（J・クレランド）、猥褻文書として押収さる7
民主主義文学同盟の創立大会開かる8
「戦後二十年」の特集が各誌で組まれ論議をよぶ8
開高健ら「ニューヨーク・タイムズ」にベトナム反戦広告を掲載11
文学者のベトナム反戦活動活発化
「幻化」「抱擁家族」「憂鬱なる党派」（河出書房新社・書き下ろし長篇叢書第一回）など文壇の収穫作として話題となる
作家のエッセイ集の出版盛ん
リトル・マガジンの創刊盛ん
唐十郎、状況劇場を主宰、アングラ劇のさきがけとなる
＜創刊＞「批評」（第二次）4　「文学的立場」小田切秀雄、西田勝ら）7　「審美」（森川達也ら）12　「民主文学」12
＜殁＞河井酔茗　山川方夫　小山清　藏原伸二郎　中勘助　木下夕爾　梅崎春生　江戸川乱歩　桜井忠温　谷崎潤一郎　高見順　杉浦非水　安西冬衛　米川正夫　山田耕筰
アメリカの夢（メイラー）　農場（アップダイク）　ドラマ（ソルレス）　資本論を読む（アルチュセール）
T・S・エリオット　モーム殁

昭和41年（1966）

贋の偶像（中村光夫・展望）1～12
黒い森林（井上光晴・展望）1～12
若き日の詩人たちの肖像（堀田善衛・文藝）1～43年5
日本の悪霊（高橋和巳・文藝）1～43年10
死の島（福永武彦・文藝）1～46年8
「光る声」（真継伸彦・河出書房新社）1
「青年の環第一巻華やかな色彩」（野間宏・河出書房新社）1※「第二巻舞台の顔」3「第三巻表と裏と表」6「第四巻影の領域」43年10「第五巻炎の場所」46年1
天上の花（萩原葉子・新潮）3
「沈黙」（遠藤周作・新潮社）3
解体の日暮れ―一斎先生像画稿（杉浦明平・群像）6
英霊の声（三島由紀夫・文藝）6
「笹まくら」（丸谷才一・河出書房新社）7
星への旅（吉村昭・展望）8
一家団欒（藤枝静男・群像）9
「星と月は天の穴」（吉行淳之介・講談社）9
「夏の砦」（辻邦生・河出書房新社）10
華岡青洲の妻（有吉佐和子・新潮）11
一期一会（網野菊・群像）11
夏の流れ（丸山健二・文学界）11
凍える口（金鶴泳・文藝）11
おろしや国酔夢譚（井上靖・文藝春秋）11～42年12
背誓（河野多恵子・中央公論）12
蒼ざめた馬を見よ（五木寛之・別冊文藝春秋）12

「生野幸吉詩集」（思潮社）1
「形而情学」（加藤郁乎・昭森社）9
「鵜原抄」（中村稔・思潮社）11
黄金の国（遠藤周作・文藝）5
在りし日の歌（大岡昇平・新潮）1
昭和文壇側面史（浅見淵・週刊読書人）1・10～42年3・6
わが戦後文学史（平野謙・群像）1～43年8
現代日本の反動思想（武井昭夫・新日本文学）4
「遙かなノートルダム」（森有正・筑摩書房）4
「孤立無援の思想」（高橋和巳・河出書房新社）5
馬場辰猪（萩原延寿・中央公論）6～12
「沈黙の思想」（松原新一・講談社）6
「手の変幻」（清岡卓行・美術出版社）6
家庭の危機と幸福―庄野潤三論（上田三四二・群像）7
「劇的なる精神」（山崎正和・河出書房新社）7
「日本を考える」（佐伯彰一・新潮社）7
成熟と喪失―〝母〟の崩壊について（江藤淳・文藝）8～42年3
保田与重郎論（川村二郎・展望）9
戦後詩への愛着（清岡卓行・文学）9～42年4
「戯作論」（中村幸彦・角川書店）9
源氏物語論（竹西寛子・中央公論）10
「自立の思想的拠点」（吉本隆明・徳間書店）10
共同幻想論（吉本隆明・文藝）11～42年4

早大、授業料値上げ反対全学スト1～6
全日空、BOACなど旅客機の墜落事故が相次ぐ2～3
建国記念の日、敬老の日、体育の日など、新たな祝日が決まる6
ザ・ビートルズ日本初公演6
新東京国際空港の建設地、千葉県成田市と閣議で決定7
日本の人口、一億人を突破7
この年、中国で文化大革命激しくなり、紅衛兵旋風おこる
野間宏、「青年の環」の全面改訂に着手1
平野謙、「毎日新聞」の文芸時評で、三浦綾子のベストセラー小説「氷点」を批判、反響を呼ぶ5
サルトル、ボーヴォワール来日9
この年、「沈黙」「笹まくら」「夏の砦」など、書き下ろし長篇の秀作目立つ
＜創刊＞「詩と批評」（森谷均編集）5　「南北」（南北社）7　「三田文学」（江藤淳・遠藤周作ら編集）復刊8～45年6　「日本浪曼派研究」（大久保典夫編集）11
＜歿＞川田順　上田宏　山中峯太郎　小宮豊隆　小泉信三　中野秀人　安倍能成　鈴木大拙　深瀬基寛　亀井勝一郎　赤岩栄　佐佐木茂索
絶望（ナボコフ）　獣道（レリス）　言葉と物（フーコー）　大洪水（ル・クレジオ）　エクリ（ラカン）　緑の家（リョサ）

昭和42年（1967）

小説

万延元年のフットボール（大江健三郎・群像）1～7
変容（伊藤整・世界）1～43年5
レイテ戦記（大岡昇平・中央公論）1～44年7
一人の男（武者小路実篤・新潮）1～45年12
甘い蜜の歓び（森茉莉・新潮）2
カクテル・パーティー（大城立裕・新沖縄文学）2
箱庭（三浦朱門・文学界）2、3
奔馬（三島由紀夫・新潮）2～43年8※「豊饒の海」第二巻
幕が下りてから（安岡章太郎・群像）3
レトルト（なだいなだ・文学界）4
秋瑾女子伝（武田泰淳・展望）4～9
「冷血」（カポーティ、龍口直太郎訳・新潮社）4
犬の生活（山田智彦・文学界）5
「小説平家」（花田清輝・講談社）5
徳山道助の帰郷（柏原兵三・新潮）7
空気頭（藤枝静男・群像）8
青幻記（一色次郎・展望）8
「フランドルの冬」（加賀乙彦・筑摩書房）8
アメリカひじき（野坂昭如・別冊文藝春秋）9
「燃えつきた地図」（安部公房・新潮社）9
火垂るの墓（野坂昭如・オール読物）10
草いきれ（河野多恵子・文学界）10～44年4
好きな女の胸飾り（舟橋聖一・群像）11

詩歌・戯曲・評論

「缶製同棲又は陥穽への逃亡」（鈴木志郎康・季節社）3
わが出雲・わが鎮魂（入沢康夫・文藝）4
「動物哀歌」（村上昭夫・Làの会）9
「美田」（中村草田男・みすず書房）11
「滝口修造の詩的実験1927—1937」（滝口修造・思潮社）12
友達（安部公房・文藝）3
一目見て憎め（石川淳・中央公論）4
朱雀家の滅亡（三島由紀夫・文藝）10
内と外からの日本文学（佐伯彰一・文学界）1～12
「内部の人間」（秋山駿・南北社）1
「美と宗教の発見」（梅原猛・筑摩書房）1
「土着と情況」（桶谷秀昭・南北社）2
一族再会（江藤淳・季刊藝術）4～47年7
「作品論の試み」（三好行雄・至文堂）6
暗殺の哲学（高橋和巳・群像）9
変貌（森有正・展望）9、10
「大江健三郎の世界」（松原新一・講談社）10
「限界芸術論」（鶴見俊輔・勁草書房）10
「日本農民詩史全五巻」（松永伍一・法政大学出版局）10～45年7
「アルチュール・ランボオ研究」（西条八十・中央公論社）11
「文学理論の研究」（桑原武夫編・岩波書店）12

社会動向・文学事象・その他

戦後初めての建国記念の日2
東京都知事に社共推薦の美濃部亮吉が当選4
家永三郎、教科書検定問題で文部大臣を告訴6
マクルーハン旋風おこる8
吉田茂元首相の死去で戦後初の国葬挙行10
佐藤首相の東南アジア訪問反対で全学連、警官隊と衝突、いわゆる羽田闘争10～11
この年、ベトナム反戦運動、世界各国で高まる
この年、アメリカで黒人暴動激化
川端康成、石川淳、安部公房、三島由紀夫、中国の文化大革命に抗議の声明文を発表2
日本近代文学館、東京・駒場に開館4
江藤淳ら雑誌「季刊藝術」を創刊4
三島由紀夫、陸上自衛隊に体験入隊、話題となる4
映画「黒い雪」（武智鉄二監督）に無罪判決7
内田百閒、芸術院会員を辞退する12
大江の「万延元年のフットボール」、安部公房の「燃えつきた地図」の二長篇、話題となる
「日本詩人全集」（新潮社）、「日本の詩歌」（中央公論社）などの出版により、詩歌ブームを招来する
寺山修司、横尾忠則らと劇団天井桟敷を結成
この年、明治百年記念の出版企画盛ん

<創刊>「季刊藝術」（古山高麗雄編集、江藤淳、遠山一行、高階秀爾）4～54年7
「四季」（第四次、神保光太郎ら）12

<歿>山宮允　武島羽衣　山本周五郎　柳原白蓮　勝本清一郎　窪田空穂　遠地輝武　壺井栄　淀野隆三　吉野秀雄　菱山修三　正富汪洋　新村出　富田常雄　時枝誠記　恒藤恭　河竹繁俊　笠信太郎

歴史（シモン）　死者（バタイユ）　グラマトロジー（デリダ）　ガン病棟（ソルジェニツィン）　言語と沈黙（スタイナー）　百年の孤独（マルケス）　冗談（クンデラ）

昭和43年（1968）

楠ノ木の箱（尾崎一雄・新潮）1
影法師（遠藤周作・新潮）1
安土往還記（辻邦生・展望）1、2、5
小説渡辺崋山（杉浦明平・朝日ジャーナル）
1・17～45年10・28
暗い波濤（阿川弘之・新潮）1～48年6
町（小島信夫・群像）1～56年3※48年9より
「別れる理由」と改題
「海市」（福永武彦・新潮社）1
不意の声（河野多恵子・群像）2
招魂の賦（中谷孝雄・群像）2
狩猟で暮したわれらの先祖（大江健三郎・文藝）2～8
年の残り（丸谷才一・文学界）3
ひたちうたがき（畑山博・群像）3
欣求浄土（藤枝静男・群像）4
坂の上の雲（司馬遼太郎・産経新聞）4・22
～47年8・4
「輝ける闇」（開高健・新潮社）4
「少年愛の美学」（稲垣足穂・徳間書店）5
三匹の蟹（大庭みな子・群像）6
未成年（阿部昭・新潮）7
エオンタ（金井美恵子・展望）7
わが子キリスト（武田泰淳・群像）8
暁の寺（三島由紀夫・新潮）9～45年4※「豊饒の海」第三巻
構図のない絵（大庭みな子・群像）10
先導獣の話（古井由吉・白描）11
「現代史上下」（小田実・河出書房新社）11、12
ヴァージニア（倉橋由美子・群像）12

「表札など」（石垣りん・思潮社）12
美しきものの伝説（宮本研・展望）4
幼児たちの後の祭り（秋浜悟史・新劇）11
わが友ヒットラー（三島由紀夫・文学界）12
対談・現代をどう生きるか（江藤淳、大江健三郎・群像）1
鬼石谷戸から（本多秋五・展望）1～44年12
「宮沢賢治の彼方へ」（天沢退二郎・思潮社）1
島尾敏雄の世界（吉本隆明・群像）2
折口学の発生序説（高橋英夫・中央公論）2
「小説への序章」（辻邦生・河出書房新社）2
「サルトル論」（野間宏・河出書房新社）2
「詩の構造についての覚え書」（入沢康夫・思潮社）2
「近代の奈落」（桶谷秀昭・国文社）4
文化防衛論（三島由紀夫・中央公論）7
美の論理と政治の論理（橋川文三・中央公論）9
戦後派の方法的実験（高橋和巳・群像）10
蘆花徳富健次郎（中野好夫・展望）10～46年4
「若い荒地」（田村隆一・思潮社）10
「持続する志」（大江健三郎・文藝春秋）10
「太陽と鉄」（三島由紀夫・講談社）10
「志賀直哉私論」（安岡章太郎・文藝春秋）11
「吉本隆明論」（小林一喜・田畑書店）11
内なる辺境（安部公房・中央公論）11、12
「三島由紀夫の世界」（野口武彦・講談社）12

三派全学連を中心とした、米原子力空母の佐世保寄港阻止闘争激化1
金嬉老事件おこる2
ジョンソン米大統領、北ヴェトナム爆撃停止を発表3
日大紛争・東大紛争激化6
ソ連・東欧五ヵ国の軍隊がチェコに侵入、全土を軍事制圧8
東京府中市で現金三億円強盗事件が発生12

「群像」の新春対談で江藤淳と大江健三郎、きびしく対立、絶交関係になる1
「中央公論」、〈現代世界の思想状況・第一回〉として特集「構造主義とは何か」を組む3
「パイディア」、特集「構造主義とは何か」を組む4
河出書房倒産、出版界に波紋を投げる4
中央公論社、「中央公論」誌上で言論の自由についての自己批判の社告を発表7
石原慎太郎・今東光、参院選挙に全国区から自民党候補として出馬、当選7
チェコ問題で中野重治、小田実、新日本文学会など相次いで抗議声明を発表8
日本近代文学館、「名著複刻全集」の刊行を開始9
三島由紀夫「楯の会」を結成9
川端康成、ノーベル文学賞を受賞10
平野謙、「毎日新聞」の〈文芸時評〉を辞退12
大庭みな子、大型新人として文壇に登場し、「三匹の蟹」で芥川賞を受賞する
伊藤整の「変容」、老人の自由な性を描き話題となる

<創刊>「パイディア」（竹内書店）4～48年1

<歿>奥野信太郎　子母沢寛　若山喜志子
木山捷平　丸岡明　広津和郎
カップルズ（アップダイク）　モズビーの思い出（ベロー）　ロジック（ソルレス）　テオレマ（パゾリーニ）
ツヴァイク　スタインベック歿

昭和44年（1969）

小説

大いなる日（阿部昭・季刊藝術）1
暗室（吉行淳之介・群像）1〜12
われらの狂気を生き延びる道を教えよ（大江健三郎・新潮）2
時間（黒井千次・文藝）2
野菜売りの声（坂上弘・文藝）2
笑い地獄（後藤明生・早稲田文学）2
「ガン病棟」（ソルジェニツィン、小笠原豊樹訳・新潮社）2
無明（真継伸彦・文藝）3
「スミヤキストQの冒険」（倉橋由美子・講談社）4
赤頭巾ちゃん気をつけて（庄司薫・中央公論）5
またふたたびの道（李恢成・群像）6
深い河（田久保英夫・新潮）6
ジョン・クレアの詩集（上林暁・新潮）7
天馬賦（石川淳・海）7〜9
背教者ユリアヌス（辻邦生・海）7〜47年8
心優しき叛逆者たち（井上光晴・世界）7〜47年8
密約（森万紀子・文藝）8
ミンドロ島ふたたび（大岡昇平・海）8
円陣を組む女たち（古井由吉・海）8
「懲役人の告発」（椎名麟三・新潮社）8
富士（武田泰淳・海）10〜46年6
アカシヤの大連（清岡卓行・群像）12
幼き者は驢馬に乗って（森内俊雄・文学界）12

詩歌・戯曲・評論

「少年」（清水昶・永井出版企画）9
「バリケード・一九六六年二月」（福島泰樹・新星書房）10
狂人なおもて往生をとぐ（清水邦夫・テアトロ）3
不思議の国のアリス（別役実・新劇）4
かさぶた式部考（秋元松代・文藝）6
癩王のテラス（三島由紀夫・海）7
棒になった男（安部公房・文学界）8
阿Q正伝（宮本研・文藝）9
少女仮面（唐十郎・新劇）11
歩行と貝殻（秋山駿・早稲田文学）2〜45年2
「石川淳論」（野口武彦・筑摩書房）2
情況（吉本隆明・文藝）3〜45年3
「蕩児の家系」（大岡信・思潮社）4
「限界の文学」（川村二郎・河出書房新社）4
「ルネサンスの女たち」（塩野七生・中央公論社）5
わが解体（高橋和巳・文藝）6〜10
「無用の告発」（秋山駿・河出書房新社）6
「文学運動の流れのなかから」（平野謙・筑摩書房）8
「戦後批評家論」（磯田光一・河出書房新社）9
「川端康成の世界」（川嶋至・講談社）10
経験的小説論（石川達三・文学界）11〜45年4
怡吾庵酔語（里見弴・中央公論）11〜45年12

社会動向・文学事象・その他

チェコ、ドプチェク第一書記辞任、自由化路線が後退し粛清が始まる4〜5
米、宇宙船アポロ11号月面着陸に成功、人類初の月面第一歩をテレビ中継7
「10・21国際反戦デー」、全国各地で集会デモ10
この年、東大安田講堂占拠をはじめ、学園紛争激化、東大・京大など入試中止となる
野間宏、堀田善衛、野坂昭如ら、東大全共闘支持の声明を発表1
海音寺潮五郎、引退を表明4
村松剛（立大）、寺田透（東大）、学園紛争中の大学に辞表を提出5
井上光晴、大江健三郎ら、ソルジェニツィンのソ連作家同盟からの除名に抗議声明11
大学紛争を題材にした作品目立つ
この年、戯曲の秀作が続出
この年、新人作家として、庄司薫、清岡卓行、黒井千次、後藤明生、古井由吉らが登場する一方、磯田光一、秋山駿、川村二郎、野口武彦ら新鋭評論家の評論集の刊行盛ん
山田洋次監督作品の〈寅さんシリーズ〉第一回「男はつらいよ」製作

〈創刊〉「早稲田文学」（復刊第七次、立原正秋、秋山駿、後藤明生、平岡篤頼ら）2〜50年1 「海」（中央公論社）7 「ユリイカ」（復刊、清水康雄編集、青土社）7 「ピエロタ」（緑川登編集）10

〈歿〉森谷均 柳田泉 阪本越郎 富永次郎 松岡譲 中山義秀 中原綾子 安藤鶴夫 長谷川かな女 木々高太郎（林髞）、長谷川如是閑 伊藤整 石田波郷 獅子文六 由起しげ子

ブルーノの夢（マードック） 東斜面（パス） アーダ（ナボコフ） ケルウアック ヤスパース歿

昭和45年（1970）

椿谷（田中澄江・群像）2
夢の時間（金井美恵子・新潮）2
「家畜人ヤプー」（沼正三・都市出版社）2
白く塗りたる墓（高橋和巳・人間として）3
鳥の影（柴田翔・人間として）3
「橋上幻像」（堀田善衛・新潮社）3
無明長夜（吉田知子・新潮）4
プレオー8の夜明け（古山高麗雄・文藝）4
走る家族（黒井千次・文藝）5
双面（高橋たか子・文藝）5
早春の記憶（坂上弘・新潮）6
犠牲（三浦朱門・すばる）6～47年6
「闇のなかの黒い馬」（埴谷雄高・河出書房新社）6
瓦礫の中（吉田健一・文藝）7
夢の浮橋（倉橋由美子・海）7～10
天人五衰（三島由紀夫・新潮）7～46年1※
「豊饒の海」第四巻
杏子（古井由吉・文藝）8
樹影（佐多稲子・群像）8～47年4
「化石の森上下」（石原慎太郎・新潮社）9、10
試みの岸（小川国夫・文藝）10
人殺し（山口瞳・文学界）10～46年12
円いひっぴい（小田実・文藝）10～52年9
妻隠（古井由吉・群像）11
「回転扉」（河野多恵子・新潮社）11
「青春の門」全六部（五木寛之・講談社）11～55年11
司令の休暇（阿部昭・新潮）12
万徳幽霊奇譚（金石範・人間として）12

「黄金詩篇」（吉増剛造・思潮社）3
「群黎」（佐佐木幸綱・青土社）10
「聖なる淫者の季節」（白石かずこ・山梨シルクセンター）12
総統いまだ死せず（福田恆存・別冊文藝春秋）6
冒険・藤堂作右衛門の（田中千禾夫・群像）7
あの日この日—文学自伝風に（尾崎一雄・群像）1～48年12
「壊れものとしての人間」（大江健三郎・講談社）2
「北村透谷論」（小田切秀雄・八木書店）4
「作品行為論を求めて」（天沢退二郎・田畑書店）5
本の神話学（山口昌男・中央公論）6～46年2※断絶連載
日本の「私」を索めて（佐伯彰一・文藝）7～49年1※断絶連載
宇野浩二伝（水上勉・海）8～46年9
「漱石とその時代ⅠⅡ」（江藤淳・新潮社）8
「ヨオロッパの世紀末」（吉田健一・新潮社）10
近代日本文学と「私」（入江隆則・新潮）10
「作家論」（三島由紀夫・中央公論社）10
内面性の文学を撃つ（宮内豊・早稲田文学）11
「文学の否定性」（森川達也・審美社）11
内部の季節の豊穣（川村二郎・文藝）12
「武田泰淳論」（松原新一・審美社）12
「批評の精神」（高橋英夫・中央公論社）12

日本初の人工衛星打上げに成功2
万国博、大阪で開催3
日航機「よど号」赤軍派に乗取られる3
日米安保条約自動延長6
教科書裁判（東京地裁）で家永三郎勝訴7
東京で歩行者天国スタート8
この年、公害が社会問題となる
石川淳、「朝日新聞」の〈文芸時評〉を担当、作品批評を中心に新機軸を出す1
五木寛之、梶山季之、野坂昭如ら、言論圧迫問題で、創価学会系雑誌へ執筆拒否2
松岡洋子、小田切秀雄、大江健三郎ら、韓国での国際ペン大会及び台湾でのアジア作家会議参加に反対、ペンクラブを脱退6
ノーベル文学賞、ソ連のソルジェニツィンに決定11
三島由紀夫、市ヶ谷の自衛隊総監部内で割腹自殺11
この年、昨年に引き続き、戦後派作家の秀作力作が目立つ
「人間として」「辺境」など創刊され、季刊雑誌ブームおこる
曾野綾子の「誰のために愛するか」大ベストセラー
この年、言語への関心高まり、「中央公論」三度にわたり、特集「言語—根源的なものへの問い」「言語と文学運動」「かくされた次元—言語への問い」を組む
＜創刊＞「人間として」（小田実、開高健、柴田翔、高橋和巳、真継伸彦編集）3「すばる」（集英社）5「辺境」（井上光晴編集）6 第二次「文学的立場」（小田切秀雄ら）6
＜歿＞鈴木信太郎 西条八十 佐賀潜 森田たま 大宅壮一 三島由紀夫
知の考古学（フーコー） 表象の帝国（バルト）
バートランド・ラッセル イヨネスコ モーリヤック レマルク ドス・パソス歿

昭和46年（1971）

小説

室町画人伝（花田清輝・群像）1
明治四十二年夏（阿部昭・群像）1
海の瞳（清岡卓行・文学界）1～7
或る一人の女の話（宇野千代・文学界）1～12
蓮如（丹羽文雄・中央公論）1～47年12 ※のち書き継ぎ全八巻57年9～58年4刊行
霜雨（北原武夫・群像）2
行隠れ（古井由吉・文藝）2～11
斬（綱淵謙錠・新評）2～47年2
狂風記（石川淳・すばる）2～55年4
絵空ごと（吉田健一・文藝）3
彼方の水音（高橋たか子・群像）4
揺れる家（黒井千次・文藝）4
謝肉祭（津島佑子・文藝）5～7
髪の花（小林美代子・群像）6
黄色い娼婦（森万紀子・文学界）6
丘に向ってひとは並ぶ（富岡多恵子・中央公論）6
砧をうつ女（李恢成・季刊藝術）7
ベルリン漂泊（柏原兵三・文学界）8～47年4
捕囚（阿部知二・文藝）8～48年5 ※未完
「梅の夢」（大庭みな子・文藝春秋）9
「八甲田山死の彷徨」（新田次郎・新潮社）9
夏の闇（開高健・新潮）10
団蔵入水（戸板康二・小説現代）10
ちりがみ交換（中野重治・群像）10、11
夜（金石範・文学界）11
オキナワの少年（東峰夫・文学界）11

詩歌・戯曲・評論

「感傷旅行」（吉野弘・葡萄社）7
道元の冒険（井上ひさし・新劇）6
そよそよ族の叛乱（別役実・海）6
「悲劇人の姿勢」（西尾幹二・新潮社）1
日本文壇史（瀬沼茂樹・群像）1～51年12
自殺の形而上学（高橋和巳・文藝）2
『甘え』の構造」（土居健郎・弘文堂）2
夏目漱石論（梶木剛・試行）2～51年4
「ロマン主義者は悪党か」（田中美代子・新潮社）4
「方丈記私記」（堀田善衛・筑摩書房）7
「新しい批評」（森川達也、渡辺広士編・審美社）7
「埴谷雄高の世界」（立石伯・講談社）7
文学史の基軸を求めて—日本文学の独創性（佐伯彰一・群像）8
昭和文学の可能性（平野謙・世界）8～47年2
「はじまりの意識」（丸山静・せりか書房）8
「源実朝」（吉本隆明・筑摩書房）8
リアリズムの源流（江藤淳・新潮）10
「戦後文学史論」（本多秋五・新潮社）10
光と影—一九三〇年代と七〇年代（佐々木基一・群像）12
座談会・現代小説の状況と行方（佐伯彰一、川村二郎、磯田光一・群像）12

社会動向・文学事象・その他

成田空港で代執行始まり、反対闘争激化す2
米国でベトナム帰還兵の反戦デモ4
沖縄返還協定調印6
群馬県で大久保清事件起こる6
公害が社会問題化、環境庁発足7
米国でドル防衛に出たため、ドル・ショックが起こる8
中国、国連に復帰10
新著作権法施行され、著作権五〇年にのびる1
小田切秀雄の「満州事変から四十年の文学の問題」（「東京新聞」三月二十三～二十四日）を発端に、柄谷行人との間に〈「内向の世代」論争〉が起こる3～11
石川達三、芥川賞選考委員を辞任7
松本清張、大江健三郎ら、「司法の独立と民主主義を守る国民連絡会議」を結成9
野間宏「青年の環」、谷崎潤一郎賞を受賞9
佐多稲子、野間宏ら、成田空港反対を声明10
大岡昇平、芸術院会員を辞退11
この年、三島ブームおこる
この年、高橋たか子、富岡多恵子、小林美代子、森万紀子、津島佑子ら、異色の女流作家の台頭が目立つ
この年、李恢成、金石範ら在日朝鮮人作家の新世代が登場する
この年、池田寿夫「日本プロレタリア文学運動の再認識」（三一書房）、「井上良雄評論集」（国文社）など、昭和初期のすぐれた仕事が刊行される
〈創刊〉「噂」（梶山季之編集）8
〈歿〉 深田久彌　小林勝　内田百閒　高橋和巳　平塚らいてう　日夏耿之介　保高徳蔵　原久一郎　志賀直哉　立野信之　三角寛　金田一京助　塩田良平　谷崎精二
脱領域の知性—文学言語革命論集（スタイナー）
ルカーチュ歿

昭和47年（1972）

走れトマホーク（安岡章太郎・新潮）1
鶴（竹西寛子・新潮）1
此の世（中里恒子・文藝）1
野鴨（庄野潤三・群像）1〜10
蟲たちの棲家（高井有一・文学界）1〜48年4
古河力作の生涯（水上勉・太陽）1〜48年6
翔ぶが如く（司馬遼太郎・毎日新聞）1・1〜51年9・4
手鎖心中（井上ひさし・別冊文藝春秋）3
誰かが触った（宮原昭夫・文藝）4
いつか汽笛を鳴らして（畑山博・文学界）4
水（古井由吉・季刊藝術）4
「たった一人の反乱」（丸谷才一・講談社）4
「旅の重さ」（素九鬼子・筑摩書房）4
千年（阿部昭・群像）5
森（野上彌生子・新潮）5〜48年7
日の移ろい（島尾敏雄・海）6〜51年9
「恍惚の人」（有吉佐和子・新潮社）6
「後白河院」（井上靖・筑摩書房）6
萠野（大岡昇平・群像）7〜48年3
鼠どもへの訴状（佐江衆一・文学界）8〜10
小さな市街図（古山高麗雄・文藝）10
ベティさんの庭（山本道子・新潮）11
母を拭く夜（畑山博・群像）11
夢のいた場所（黒井千次・文学界）11
「海を眺める女」（大原富枝・講談社）11
「津軽世去れ節」（長部日出雄・津軽書房）11
平和の死（中村光夫・群像）12
れくいえむ（郷静子・文学界）12
鶸（三木卓・すばる）12

「水準原点」（石原吉郎・山梨シルクセンター出版部）2
「遠岸」（鷹羽狩行・角川書店）5
「語彙集」（中江俊夫・思潮社）6
僕らが非情の大河をくだる時（清水邦夫・テアトロ）11
同時代としての戦後（大江健三郎・群像）1〜10
「畏怖する人間」（柄谷行人・冬樹社）2
「実朝考」（中野孝次・河出書房新社）3
「紙の中の戦争」（開高健・文藝春秋）3
「夏目漱石論」（桶谷秀昭・河出書房新社）4
「文学における原風景」（奥野健男・集英社）4
「幻想のかなたに」（入江隆則・新潮社）4
「サンダカン八番娼館」（山崎朋子・筑摩書房）5
「反歴史主義の文学」（饗庭孝男・河出書房新社）6
「危機の文学」（渡辺広士・筑摩書房）7
「私の作家評伝ⅠⅡⅢ」（小島信夫・新潮社）8、10、50年4
「椎名麟三論」（岡庭昇・冬樹社）9
「檸檬と爆弾」（宮内豊・小沢書店）9
「漱石啄木露伴」（山本健吉・文藝春秋）10
「文学非芸術論」（高橋義孝・新潮社）10
「笑いの構造」（梅原猛・角川書店）10
「鷗外闘う家長」（山崎正和・河出書房新社）11
「望郷と海」（石原吉郎・筑摩書房）12

元日本兵横井庄一、グァム島で発見救出1
連合赤軍浅間山荘事件起こる2
高松塚古墳で飛鳥時代の壁画発見3
沖縄、日本に復帰5
田中内閣発足7
北京で日中共同声明が出され、国交正常化なる9
この年、米国、北ベトナム全土を猛爆
この年、卸売物価急騰、土地ブーム起こる
火野葦平の死、実は自殺と遺族より公表3
川端康成、逗子の仕事場でガス自殺4
「四畳半襖の下張」掲載の「面白半分」摘発される7
米国「ライフ」誌廃刊12
この年、宮原昭夫、畑山博、阿部昭、三木卓、佐江衆一、森内俊雄、山田智彦、郷静子、山本道子ら、新人作家の活躍目立つ
この年、柄谷行人、入江隆則、饗庭孝男ら、若手評論家が台頭
この年、「たった一人の反乱」「旅の重さ」「恍惚の人」など話題となる
この年、戦後派作家の活躍退潮に向かう
〈創刊〉「雁　映像＋定型詩」（冨士田元彦編集）1　「浪曼」（保田与重郎、檀一雄ら）10
〈歿〉柏原兵三　平林たい子　渡辺順三　鏑木清方　三橋鷹女　川端康成　川上澄生　細田民樹　安藤一郎　ジュール・ロマン　モンテルラン　エズラ・パウンド歿

昭和48年（1973）

小説

青銅時代（小川国夫・波）1～12
収穫の年（野口武彦・文藝）2
植物祭（富岡多恵子・海）3～12
「箱男」（安部公房・新潮社）3
「日本沈没上下」（小松左京・光文社）3
約束の土地（李恢成・群像）4
金沢（吉田健一・文藝）4
少年―ある自伝の試み（大岡昇平・文藝展望）4～50年7
「生き物の集まる家」（津島佑子・新潮社）4
「盆栽老人とその周辺」（深沢七郎・文藝春秋）5
十九歳の地図（中上健次・文藝）6
われらアジアの子（三木卓・文学界）6
憑かれた人（井上光晴・すばる）6～55年5
「死海のほとり」（遠藤周作・新潮社）6
月山（森敦・季刊藝術）7
「帰らざる夏」（加賀乙彦・講談社）7
歌枕（中里恒子・新潮）8
アフリカの光（丸山健二・新潮）8
此岸の家（日野啓三・文藝）8
櫛の火（古井由吉・文藝）9～49年9
「洪水はわが魂に及び上下」（大江健三郎・新潮社）9
「俳人仲間」（瀧井孝作・新潮社）10
「挾み撃ち」（後藤明生・河出書房新社）10
草のつるぎ（野呂邦暢・文学界）12
「櫂上下」（宮尾登美子・筑摩書房）12、49年3

詩歌・戯曲・評論

「新年の手紙」（田村隆一・青土社）3
「橋本多佳子全句集」（立風書房）6
「永田耕衣全句集　非仏」（冥草舍）6
「真神」（三橋敏雄・端渓社）10
「メランコリックな怪物」（長田弘・思潮社）12
一寸さきは闇（小島信夫・文藝）1
北斎漫画（矢代静一・文藝）3
熱海殺人事件（つかこうへい・新劇）12
対談・「衰弱の文学」を排す（小島信夫、江藤淳・文学界）1
日本人の自伝（佐伯彰一・群像）1～12
海は甦える第一部・第二部（江藤淳・文藝春秋）1～50年12※のち書き継ぎ全五部完成
状況へ（大江健三郎・世界）2～49年1
状況から（小田実・世界）2～49年3
『誠実』の逆説（野島秀勝・冬樹社）2
「内向の世代」考（上田三四二・群像）4
「日本の近代小説」（篠田一士・集英社）4
「見つつ畏れよ」（高橋英夫・新潮社）6
安岡章太郎論（蓮實重彦・海）7
「変容と試行」（平岡篤頼・河出書房新社）7
「谷崎潤一郎論」（野口武彦・中央公論社）8
小説空間の拡大―戦後派の意味（柴田翔・現代の理論）9
「戦後の文学」（寺田透・河出書房新社）9
「近代読者の成立」（前田愛・有精堂）11

社会動向・文学事象・その他

ベトナム和平協定調印される1
駅のコインロッカーにえい児の遺棄死体発見され、以後首都圏で多発2
大手商社による買占め容疑発覚4
金大中誘拐される8
江崎玲於奈、ノーベル物理学賞を受賞10
巨人、セ・リーグ九連覇を達成11
この年、悪性インフレに加え、石油ショックによる物価の暴騰、物不足、買いだめ騒ぎが発生、社会不安をひきおこす
この年、新左翼の内ゲバ激化
安部公房スタジオ誕生1
短篇小説を対象とした川端康成文学賞発足3
野間宏、「青年の環」でA・A作家会議のロータス賞受賞6
青地晨ら金大中事件に対して日韓両国政府に抗議声明8
山崎豊子「不毛地帯」（「サンデー毎日」連載）に盗用問題起こる10
瀬戸内晴美、中尊寺で剃髪す11
「群像」の「創作合評」三一九回をもって終了（のち再開）12
ソルジェニツィンの「収容所列島」、「ニューヨーク・タイムズ」に連載始まる12
この年、終末論流行する
この年、石油ショックによる紙不足のため、雑誌のページ数に削減現象みられる
この年、「日本沈没」爆発的な売れ行き
＜創刊＞「現代思想」（青土社）1　「文藝展望」（筑摩書房）4　「終末から」（筑摩書房）6　第二次「辺境」10
＜歿＞吉田一穂　石井鶴三　椎名麟三　浅見淵　菊田一夫　阿部知二　大佛次郎　吉屋信子　白鳥省吾　小林美代子　北原武夫　鶴見祐輔　サトウ・ハチロー　浜田広介　成瀬正勝　貴司山治　山内義雄
ブラック・プリンス（マードック）
パール・バック　ピカソ　オーデン歿

昭和49年（1974）

極楽寺門前（上林暁・群像）1
田紳有楽（藤枝静男・群像）1
天沼（森敦・文藝）1
楕円（三浦朱門・すばる）1
木精（北杜夫・新潮）1〜50年2
冥土の家族（富岡多恵子・群像）2
道化の背景（高橋昌男・海）2
「祖父・小金井良精の記」（星新一・河出書房新社）2
舞踏会の手帖（長谷川修・新潮）3
「雨の音」（宇野千代・文藝春秋）3
椋鳥日記（小沼丹・文藝）4
一休（水上勉・海）4〜11
「没落風景」（高橋たか子・河出書房新社）4
触媒（田久保英夫・文学界）5〜53年3
退屈しのぎ（高橋三千綱・群像）6
横しぐれ（丸谷才一・群像）7
「兎の眼」（灰谷健次郎・理論社）7
思い川（後藤明生・群像）8
葎の母（津島佑子・文藝）8
あの夕陽（日野啓三・新潮）9
鳩どもの家（中上健次・すばる）9
「みごもりの湖」（秦恒平・新潮社）9
土の器（阪田寛夫・文学界）10
静かなみじかい午後（岩橋邦枝・文藝）10
「無縁の生活」（阿部昭・講談社）10
詩礼伝家（清岡卓行・新潮）11
血と貝殻（河野多恵子・新潮）11
震える舌（三木卓・文藝）11
「鞄の中身」（吉行淳之介・講談社）11

「われアルカディアにもあり」（渋沢孝輔・青土社）5
「ゴヤのファースト・ネームは」（飯島耕一・青土社）5
「遠く夏めぐりて」（近藤芳美・昭森社）7
「金芝河詩集」（姜舜訳・青木書店）8
「虚空日月」（山中智恵子・国文社）8
「やわらかい闇の夢」（鈴木志郎康・青土社）10
座談会・戦後文学を再検討する（秋山駿、磯田光一、上田三四二、柄谷行人、川村二郎・群像）1
引用と再現（高橋英夫・文藝）1
「ゴヤ」全四巻（堀田善衛・新潮社）2〜52年3
戦後文学の党派性（埴谷雄高・群像）2
歴史小説とは何か（菊池昌典・展望）2
「現代の表現思想」（亀井秀雄・講談社）3
「詩の現在」（菅野昭正・集英社）4
マルクスその可能性の中心（柄谷行人・群像）4〜9
事実は復讐する（川嶋至・季刊藝術）4〜52年7
藤枝静男論（蓮實重彦・海）5、6
歴史小説の問題（大岡昇平・文学界）6
「宇野浩二論」（渋川驍・中央公論社）8
戦後文学の理念（宮内豊・群像）9
尾崎一雄論—私小説と判断停止（高橋英夫・群像）10
「文豪」（松本清張・文藝春秋）10
「批評の原理」（月村敏行・国文社）12

小野田元少尉、ルバング島より帰還3
ゼネストで空前の交通マヒ3
ニクソン米大統領、ウォーターゲート事件により辞任、フォード副大統領昇格8
田中首相、金脈が問題化し退陣、三木内閣発足12
この年、三菱重工など多くの企業が、「東アジア反日武装戦線」により爆破される
「群像」で座談会形式による「日本文学通史への試み」連載2〜12
開高健、吉行淳之介、中村光夫、吉田精一、「四畳半襖の下張」裁判に弁護側証人として出廷し証言4、6
昭和四十八年の「東京新聞」年末回顧座談会で、加賀乙彦、丸谷才一、辻邦生、小川国夫の作品を〈フォニー〉と一括した江藤淳の発言に端を発し、江藤と平岡篤頼との間に〈フォニー論争〉起きる4〜10
野坂昭如、参議院選挙に無所属で出馬落選7
日本現代詩人会、韓国の金芝河に対する無期懲役判決に抗議7
日本ペンクラブ、韓国派遣の藤島泰輔、白井浩司の発言で紛糾、安岡章太郎らの理事辞任8
荒正人の「漱石研究年表」（集英社）完成10
三省堂倒産11
この年、埴谷雄高と柄谷行人、中野孝次・桶谷秀昭と入江隆則との間で戦後文学評価をめぐって、いわゆる第二次〈戦後文学論争〉が起きる
この年、小説界やや不振のなかにあって、日野啓三、野呂邦暢、阪田寛夫ら新作家登場
この年、中野好夫「蘆花徳冨健次郎」全三部に大佛次郎賞、臼井吉見「安曇野」全五部に谷崎潤一郎賞
文庫本ブーム本格化
ソルジェニツィン、「収容所列島」問題でソ連当局に抗議、国外に追放される

〈創刊〉「野性時代」（角川書店）5

〈歿〉山本有三　尾崎喜八　人見東明　深尾須磨子　中村星湖　窪川鶴次郎　結城哀草果　細田源吉　中村白葉　有島生馬　花田清輝　丸山薫　高木市之助
ムッシュー、あるいは暗黒の王子（ダレル）
ブランデス歿

昭和50年 (1975)

小説

抱寝(和田芳恵・文藝) 1
軽井沢(円地文子・新潮) 1~12 ※のち「彩霧」と改題
時に佇つ(佐多稲子・文藝) 1~12
夢かたり(後藤明生・海) 1~12
宣告(加賀乙彦・新潮) 1~53年7
「四季」(中村真一郎・新潮社) 2
風の地平(日野啓三・文藝) 3
幻戯(中井英夫・海) 3
黄色い皇帝(芝木好子・文学界) 5~51年8
祭りの場(林京子・群像) 6
夢魔の世界(埴谷雄高・群像) 7 ※「死霊」第五章
風祭(八木義徳・文藝) 7
藁のぬくもり(高橋昌男・新潮) 7
鬼平犯科帳(池波正太郎・オール読物) 7~55年6
人生の一日(阿部昭・海) 8
「甘い蜜の部屋」(森茉莉・新潮社) 8
岬(中上健次・文学界) 10
暗い流れ(和田芳恵・文藝) 10~52年1
「詩礼伝家」(清岡卓行・文藝春秋) 10
優しい人々(坂上弘・文藝) 11
背教(阪田寛夫・文学界) 11
志賀島(岡松和夫・文学界) 11
「火宅の人」(檀一雄・新潮社) 11
「復讐するは我にあり上下」(佐木隆三・講談社) 11
世の中や(阿嘉誠一郎・文藝) 12
髪の環(田久保英夫・群像) 12

詩歌・戯曲・評論

「我卵亭」(岡井隆・六法出版社) 7
「水駅」(荒川洋治・書紀書林) 9
「はかた」(那珂太郎・青土社) 10
七人みさき(秋元松代・文藝) 4
未来の文学者(大江健三郎・新潮) 1
谷崎文学と肯定の欲望(河野多恵子・文学界) 1~51年2
「日本文学史序説上」(加藤周一・筑摩書房) 2 ※下は55年4
「書物の解体学」(吉本隆明・中央公論社) 4
「役割としての神」(高橋英夫・新潮社) 5
「詩的リズム—音数律に関するノート」(菅谷規矩雄・大和書房) 6 ※続篇53年3
知れざる炎—評伝中原中也(秋山駿・文藝) 7~52年8
「われら」の文学と「内向」の文学(高橋英夫・中央公論) 8
「漱石とアーサー王伝説—「薤露行」の比較文学的考察」(江藤淳・東京大学出版会) 9
「前賢余韻」(石川淳・岩波書店) 9
「アナキズム文学史」(秋山清・筑摩書房) 9
チャンドスの城—文学と夢についての試論(川村二郎・群像) 10~51年9
思考の紋章学(渋沢龍彦・文藝) 10~51年9
「現代文学史」(小田切秀雄・集英社) 12 ※上・下巻

社会動向・文学事象・その他

田中金脈に対して巨額の追徴金3
新幹線、九州博多まで延長される3
ベトナム戦争終結4
英国のエリザベス女王来日5
沖縄で国際海洋博覧会開催7
この年、倒産、戦後最悪を記録する
この年、残暑、過去百年間で最高を記録する
石川淳、「四畳半襖の下張」裁判で証言2
埴谷雄高の「死霊」第五章の発表が話題となり、同作掲載の「群像」七月号、異例の増刷となる
サルトル、作家活動を廃業6
石川達三の「二つの自由」論、論議をよぶ7
中国で「水滸伝」批判始まる9
文芸家協会「ことばの規制に関する声明書」を発表11
この年、中上健次、大型新人としてデビュー
この年、「内向の世代」の文学者達の仕事充実を示す
この年、知識人、文化人による金芝河釈放要求の抗議運動盛ん
<創刊>「幻影城」(絃映社)2 「三千里」(李進熙編集)2 「エピステーメー」(朝日出版社)10
<歿>間宮茂輔 江口渙 江馬修 村野四郎 村上一郎 渡辺一夫 服部嘉香 梶山季之 矢代幸雄 林武 金子光晴 きだ・みのる 壺井繁治 棟方志功 林房雄 角川源義 正木ひろし
トインビー パゾリーニ バフチン歿

昭和51年（1976）

多摩川幻想（島村利正・新潮）1
当世凡人伝（富岡多恵子・群像）1〜12
新倉掘貫（井伏鱒二・海）1〜52年1
「ある愛」（中村光夫・新潮社）1
夢の碑（高井有一・新潮）2
シェパードの九月（丸山健二・文学界）2
流離譚（安岡章太郎・新潮）3〜56年4
砂の檻（河野多恵子・新潮）4
あらがい（島尾ミホ・海）5
寺泊（水上勉・展望）5
水西書院の娘（宇野千代・海）5〜52年2
限りなく透明に近いブルー（村上龍・群像）6
「誘惑者」（高橋たか子・講談社）6
蕁麻の家（萩原葉子・新潮）7
人形愛（高橋たか子・群像）7
見果てぬ夢（李恢成・群像）7〜54年4
静かな日（中村昌義・文藝）8
ピンチランナー調書（大江健三郎・新潮）8〜10
まだ見ぬ街（佐々木基一・文藝）9
鴇色の武勲詩（神山圭介・文学界）9
問わず語り（円地文子・群像）10
傷（吉行淳之介・群像）10
枯木灘（中上健次・文藝）10〜52年3
霧の旅（大庭みな子・群像）10〜52年9 ※第I部、第II部は54年7〜55年7
立枯れ（富岡多恵子・群像）11
北帰行（外岡秀俊・文藝）12
死小説（野坂昭如・海）12〜54年3
「上海の螢」（武田泰淳・中央公論社）12

「羽虫の飛ぶ風景」（中村稔・青土社）6
「ひたくれなゐ」（斎藤史・不識書院）9
「サフラン摘み」（吉岡実・青土社）9
存在と倫理—武田泰淳論（立石伯・群像）1〜6
内的独白（福永武彦・文藝）1〜52年5
永井荷風（磯田光一・群像）2〜53年11
「日本の世紀末」（岡田隆彦・小沢書店）2
影絵の時代（埴谷雄高・文藝）4〜52年6
「絶対零度の文学—大岡昇平論」（中野孝次・集英社）4
「近代の解体—知識人の文学」（饗庭孝男・河出書房新社）4
「元素としての『私』—私小説作家論」（高橋英夫・講談社）6
『リンチ共産党事件』の思い出」（平野謙・三一書房）6
「三島由紀夫—ある評伝」（ネイスン、野口武彦訳・新潮社）6
「文学における虚と実」（大岡昇平・講談社）6
個我の集合性—大岡昇平論（亀井秀雄・群像）7〜52年2
「黄禍物語」（橋川文三・筑摩書房）8
「不機嫌の時代」（山崎正和・新潮社）9
「芥川龍之介論」（三好行雄・筑摩書房）9
沓掛筆記（中野重治・文藝）10〜53・6
「近代短歌論争史 明治大正編」（篠弘・角川書店）10※昭和編は56年7
「最後の親鸞」（吉本隆明・春秋社）10

ロッキード事件で一斉捜索が行われる2
金大中ら「民主救国宣言」を発表、朴政権の退陣と韓国の民主回復を要求3
河野洋平ら自民党を離党、新自由クラブを結成6
田中前首相、外為法及び外国貿易管理法違反の容疑で逮捕7
アメリカ建国二百年祭7
中国で権力闘争が激化、文革左派の江青ら四人組が逮捕、華国鋒首相が党主席となる10
カーター、米大統領に就任11
この年、中国・フィリッピン・トルコで大地震が発生

「復讐するは我にあり」の映画化紛糾2
「風景」、舟橋聖一の死去により終刊4
「四畳半襖の下張」裁判に有罪判決4
日本ペンクラブ（石川達三会長）、言論表現の自由をめぐって論争が激化する5
入試問題について文芸家協会が要望書を出し文芸作品の改ざんその他の自粛をうながす9
光文社の争議、組合側の完全勝利で解決11
この年、大岡昇平、江藤淳の「漱石とアーサー王伝説」を批判
この年、「限りなく透明に近いブルー」（芥川賞受賞）論議をよび、大ベストセラーとなる

＜創刊＞「週刊ピーナッツ」3 「早稲田大学」（第八次）6 「季刊創造」（聖文社）8

＜歿＞檀一雄 高野素十 舟橋聖一 有本芳水 久松潜一 四賀光子 武者小路実篤 近藤忠義 荻原井泉水 久板栄二郎 八田元夫 ぬやま・ひろし 武田泰淳 森有正 北條誠 駒井哲郎 大井広介
周恩来 アガサ・クリスティー ハイデッガー ポール・モーラン 毛沢東 マルロー歿

昭和52年（1977）

小説

シャボン玉に映る（中村光夫・文藝）1
果実（田久保英夫・新潮）1
エーゲ海に捧ぐ（池田満寿夫・野性時代）1
草の臥所（津島佑子・群像）2
「五月巡歴」（黒井千次・河出書房新社）2
「浦島草」（大庭みな子・講談社）3
海の向こうで戦争が始まる（村上龍・群像）5
僕って何（三田誠広・文藝）5
「春の戴冠上下」（辻邦生・新潮社）5
榧の木祭り（高城修三・新潮）6、8
行き帰り（後藤明生・海）7
泥の河（宮本輝・文藝展望）7
天の湖（高橋たか子・新潮）8
新家族（富岡多恵子・海）8
鴉（円地文子・海）8
悲しいだけ（藤枝静男・群像）9
エッグ・カップ（小沼丹・文藝）9
「事件」（大岡昇平・新潮社）9
故人（坂上弘・文体）9～54年7
漂泊（日野啓三・文藝）10
螢川（宮本輝・文藝展望）10
朝の声（野呂邦暢・季刊藝術）11
「死の棘」（島尾敏雄・新潮社）11
過ぎし楽しき年（阿部昭・新潮）12
ポロポロ（田中小実昌・海）12
「密会」（安部公房・新潮社）12
「わだつみ」全三部（井上靖・岩波書店）12

詩歌・戯曲・評論

「next」（飯島耕一・河出書房新社）12
人間館（知念正真・テアトロ）2
ペンの散歩（尾崎一雄・海）1～7
「昭和文学私論」（平野謙・毎日新聞社）3
「神と玩具との間」（秦恒平・六興出版）4
「劇的文体論序説上」（田中千禾夫・白水社）4※下は53年4
「反＝日本語論」（蓮實重彦・筑摩書房）5
「日本人の死生観上」（加藤周一他、矢島翠訳・岩波書店）5※下は10
「回想の文学」全五部（中島健蔵・平凡社）5～11
文学・その方法の総体（大江健三郎・新潮）6
文学の輪郭（中島梓・群像）6
「同時代を生きる『気分』」（川本三郎・冬樹社）6
「読書のユートピア」（清水徹・中央公論社）6
「義堂周信・絶海中津」（寺田透・筑摩書房）7
「江藤淳論—感受性の命運」（月村敏行・而立書房）8
「文章読本」（丸谷才一・中央公論社）9
「本居宣長」（小林秀雄・新潮社）10
「志賀直哉とその時代」（平野謙・中央公論社）11
さまざまなうた（富岡多恵子・文学界）12～53年11

社会動向・文学事象・その他

チェコ知識人が思想・信仰の自由を求める宣言「77憲章」を発表1
ソ連のサハロフ博士をめぐり米ソ両国対立2
米ソ、二百カイリ漁業専管水域を実施3
日劇レビュー、四十一年の幕を閉じる4
中山千夏ら「革新自由連合」を結成4
中国共産党、鄧小平の復活を明らかにし「四人組」の永久追放を決定7
宇宙連絡船「エンタープライズ」初飛行8
東京地方、連続二十二日の長雨で新記録8
王貞治、七五六本のホームラン新記録達成9
日本赤軍、日航機をダッカでハイジャック9
江藤淳の戦後文学者＝白樺派説に、本多秋五、埴谷雄高が反論3～4
「展望」に発表された臼井吉見のモデル小説「事故のてんまつ」に川端家が抗議5
空席の日本ペンクラブ会長に高橋健二就任7
永井龍男、芥川賞の選考に不満を表明、委員を辞退8
石川達三のペンクラブ批判の文章が論議を呼ぶ9
日本近代文学館編「日本近代文学大事典」全六巻の刊行始まる11（53年3完結）
この年、新田次郎「八甲田山死の彷徨」、池田満寿夫「エーゲ海に捧ぐ」、森村誠一「人間の証明」、臼井吉見「事故のてんまつ」などベスト・セラーとなる
＜創刊＞「文体」（後藤明生、坂上弘、高井有一、古井由吉編集、平凡社）9
＜歿＞　寒川光太郎　土師清二　末川博　宇野弘蔵　竹内好　村山知義　藤森成吉　大木惇夫　秋元不死男　真船豊　吉田健一　今東光　和田芳恵　浅原六朗　稲垣足穂　大谷藤子　石原吉郎　前田鉄之助　海音寺潮五郎　呉茂一
不確実性の時代（ガルブレイス）
プレベール　ナボコフ　プレスリー　チャップリン歿

昭和53年（1978）

九月の空（高橋三千綱・文藝）1
花と虫の記憶（大庭みな子・婦人公論）1～54年2
羽搏く鳥（芝木好子・海）1～54年10
初めの愛（坂上弘・群像）1～55年8
埋火（立原正秋・季刊藝術）2
丘の火（野呂邦暢・文学界）2～55年4
食卓のない家（円地文子・日本経済新聞）2・11～12・6
玉、砕ける（開高健・文藝春秋）3
離婚（色川武大・別冊文藝春秋）3
住吉詣で（長谷川修・すばる）4
「夏」（中村真一郎・新潮社）4
誰袖草（中里恒子・文学界）5
もう頬づえはつかない（見延典子・早稲田文学）5
「ロマネ・コンティ・一九三五年」（開高健・文藝春秋）5
「ギヤマン・ビードロ」（林京子・講談社）5
海を感じる時（中沢けい・群像）6
伸予（高橋揆一郎・文藝）6
「寵児」（津島佑子・河出書房新社）6
「管絃祭」（竹西寛子・新潮社）7
麦熟るる日に（中野孝次・文藝）8
「夕暮まで」（吉行淳之介・新潮社）9
グロテスク（中村光夫・文藝）10
「一絃の琴」（宮尾登美子・講談社）10
樹の声　海の声（辻邦生・朝日ジャーナル）11・3～56年12・25
葬儀の日（松浦理英子・文学界）12

「宿恋行」（鮎川信夫・思潮社）11
子午線の祀り（木下順二・文藝）1
感覚の鏡―吉行淳之介論（川村二郎・群像）1～12
回想の芥川・直木賞（永井龍男・文学界）1～12
「戦後日本文学史・年表」（松原新一、磯田光一、秋山駿・講談社）2
「ドストエフスキーを読む」（寺田透・筑摩書房）3
「評伝三島由紀夫」（佐伯彰一・新潮社）3
都市への回路（安部公房・海）4
感性の変革（亀井秀雄・群像）4～57年4※断続連載
「小説の方法」（大江健三郎・岩波書店）5
「無条件降伏」の意味（本多秋五・文藝）9
「論注と喩」（吉本隆明・言叢社）9
「戦後詩史論」（吉本隆明・大和書房）9
「夏目漱石論」（蓮實重彦・青土社）10
「思想としての東京―近代文学史論ノート」（磯田光一・国文社）10
日本美の「いのち」と「かたち」（山本健吉・新潮）10～55年12
「ドストエフスキイ」（桶谷秀昭・河出書房新社）11
今日の文学は戦後的批判を越えているか（大江健三郎・世界）12

伊豆大島近海地震発生1
社会民主連合が結成される3
アフガニスタンで軍部クーデター4
過激派による成田空港管制室の破壊のため延期されていた成田空港、正式に開港5
宮城県沖地震発生、東北地方の被害甚大6
日中平和友好条約締結8
巨人と契約したいわゆる「江川問題」紛糾12
この年、永大産業、ヴァンヂャケット（VAN）など、大型倒産続出
日本文芸家協会、引用の基準を作成1
戦後文学の推進者であった評論家・平野謙が歿し、多くの文芸誌が特集号を組む5
日活ロマンポルノ裁判、全員に無罪判決6
筑摩書房倒産7
江藤淳の「毎日新聞」の文芸時評、「対談集・もう一つの戦後史」（四月刊）などで提示された戦後批判・戦後文学批判をめぐって、本多秋五、大江健三郎らとの間に〈無条件降伏論争〉起こる8～12
八重洲ブックセンター、開店9
有事立法反対の文化人、共同アピール発表10
英国の新聞「ザ・タイムズ」休刊11
この年、新旧女流作家の話題作相次ぐ
この年、流行語〈夕暮族〉生まれる
「朝日ジャーナル」「週刊文春」「週刊現代」、相次いで一〇〇〇号を出す
映画とタイアップした角川商法が威力を発揮「証明三部作」の森村誠一と「八つ墓村」の横溝正史が高額所得者の上位を占める
〈歿〉岡本潤　岡潔　山手樹一郎　平野謙　五島美代子　橋本英吉　新田潤　網野菊　北園克衛　柴田錬三郎　本多顕彰　津田青楓　山岡荘八　小牧近江　楢崎勤
海、海（マードック）　リヴィア（ダレル）
郭沫若　カイヨワ歿

昭和54年（1979）

小説

山川草木（中里恒子・群像）1
「血族」（山口瞳・文藝春秋）1
一年の牧歌（河野多恵子・新潮）1〜12
魂ふる日（岡松和夫・文学界）1〜12
戦場の博物誌（開高健・文学界）2〜5
城の中の城（倉橋由美子・新潮）2〜55年9
野いばらの衣（三木卓・群像）3
やまあいの煙（重兼芳子・文学界）3
陸橋からの眺め（中村昌義・文藝）3
邯鄲の庭（清岡卓行・群像）4
芻狗（富岡多恵子・群像）5
苦い夏（中野孝次・文藝）5
天馬漂泊（真鍋呉夫・文学界）5、6
風の歌を聴け（村上春樹・群像）6
愚者の夜（青野聰・文学界）6
みちのくの人形たち（深沢七郎・中央公論）6
漕げや海尊（阪田寛夫・群像）7
モッキングバードのいる町（森禮子・新潮）8
なぎの葉考（野口冨士男・文学界）9
奈良飛鳥園（島村利正・新潮）9
肌ざわり（尾辻克彦・中央公論）10
誘惑（森瑤子・すばる）10
兆治（山口瞳・波）10〜55年11
道化の季節（増田みず子・すばる）11
「比叡」（瀬戸内晴美・新潮社）11
「同時代ゲーム」（大江健三郎・新潮社）11
ある女のグリンプス（冥王まさ子・文藝）12

詩歌・戯曲・評論

「不帰郷」（黒田喜夫・思潮社）4
「望郷蠻歌　風や天」（伊藤信吉・集英社）5
右往左往—夢の懸け橋（田中千禾夫・文藝）6
毒婦の父—高橋お伝（矢代静一・文藝）6
共同体について（唐木順三・文体）1
横光利一論（吉本隆明・海）4
「共通感覚論」（中村雄二郎・岩波書店）5
「批評と表現—近代日本文学の『私』」（饗庭孝男・文藝春秋）6
「日本現代文学史㈠—明治文学史」（猪野謙二・講談社）6
言葉ありき（阿部昭・文藝）6〜55年5
「近代文学ノート」全四巻（勝本清一郎・みすず書房）7、11、55年6、10
「物語芸術論—谷崎・芥川・三島」（佐伯彰一・講談社）8
「徳田秋声の文学」（野口冨士男・筑摩書房）8
「若き木下尚江」（中野孝次・筑摩書房）8
「日本夢文学志」（堀切直人・冥草舎）9
志賀直哉を読む（高橋英夫・文学界）10〜56年4
死者の身代りの世代（吉田満・諸君！）11
「表層批評宣言」（蓮實重彥・筑摩書房）11
「回想の戦後文学」（中島健蔵・平凡社）12
「悲劇の解読」（吉本隆明・筑摩書房）12

社会動向・文学事象・その他

第一回国公立大学共通一次試験実施1
大阪で三菱銀行人質事件起きる1
ホメイニ師のイラン革命派、新政権樹立2
東京サミット開催6
スモン訴訟全面解決7
朴韓国大統領射殺される10
ソ連軍、アフガニスタンに侵攻12
この年、中央官庁その他で不正経理相次ぐ
この年、自動車の免許保有者、四千万人突破
夏目漱石の復刻初版本刊行予定の日本リーダーズダイジェスト社に対して、日本近代文学館とほるぷ出版が販売禁止の仮処分を申請2
隔月刊行の「すばる」月刊となる5
「季刊藝術」五〇号にて終刊7
ブラジルの国際ペン大会、金芝河らの釈放要求を決議7
リーダイ版の漱石復刻版問題、版元の「復刻権」を認めることで和解成立8
「文学界」創刊五〇〇号を迎える11
中野重治をしのぶ記録映画の上映、文芸講演会（新日本文学会主催）など相次いで開かれる11
この年、「SF宝石」（光文社）、「SFアドベンチャー」（徳間書店）が創刊、SF界活況を呈す
〈創刊〉「使者」（野間宏、井上光晴、篠田浩一郎、直継伸彦、小田実編集、小学館）4
〈歿〉谷口吉郎　富安風生　神崎清　青山二郎　江口榛一　長谷川修　蕗谷虹児　バーナード・リーチ　小田仁二郎　小田嶽夫　荒正人　中島健蔵　瀧口修造　福永武彦　中野重治　木原孝一　吉田満　木村毅　土居光知　植草甚一

昭和55年（1980）

「鳳仙花」（中上健次・作品社）1
荒野（髙橋たか子・文藝）1、2
風のない日々（野口冨士男・文学界）1〜9
「帰路」（立原正秋・新潮社）2
身がわり山羊の反撃（大江健三郎・群像）2、3
『芽むしり仔撃ち』裁判（大江健三郎・新潮）2〜4
一九七三年のピンボール（村上春樹・群像）3
遠雷（立松和平・文藝）3
兵隊宿（竹西寛子・海）3
貝紫幻想（芝木好子・文藝）4〜56年10
グリニッジの光りを離れて（宮内勝典・文藝）5
越境者の祭り（出口裕弘・文藝）6
「侍」（遠藤周作・新潮社）6
千年の愉楽（中上健次・文藝）7、9、11、56年2、57年1、4※第一部
「椋鳥」（古井由吉・中央公論社）8
幕舎（大原富枝・群像）10
地吹雪（小檜山博・文藝）10
「コインロッカー・ベイビーズ上下」（村上龍・講談社）10
春の道標（黒井千次・新潮）11
闇に咲く美青年（深沢七郎・文学界）11
槿（古井由吉・作品）11〜56年8（海燕）57年1〜58年4
父が消えた（尾辻克彦・文学界）12
なんとなく、クリスタル（田中康夫・文藝）12
ギンネム屋敷（又吉栄喜・すばる）12

「バルバラの夏」（長谷川龍生・青土社）8
「水の中の歳月」（安藤元雄・思潮社）10
三月ウサギ（筒井康隆・別冊小説新潮）1
「上海バンスキング」（斎藤憐・而立書房）3
乱―かな女覚え書（宮本研・すばる）8
「言葉なき歌―中原中也論」（中村稔・角川書店）1
近代日本の自伝（佐伯彰一・群像）1〜12
語り物の宇宙（川村二郎・群像）1〜56年3
回想太宰治（野原一夫・新潮）3
「方法を読む＝大江健三郎文芸時評」（大江健三郎・講談社）4
「世界認識の方法」（吉本隆明・中央公論社）6
対談・批評にとって作品とは何か（吉本隆明、蓮實重彦・海）7
『科学者の社会的責任』についての覚え書（唐木順三・筑摩書房）7
「日本近代文学の起源」（柄谷行人・講談社）8
「蒲原有明論―近代詩の宿命と遺産」（渋沢孝輔・中央公論社）8
〝間〟の構造（奥野健男・すばる）8〜57年10
司馬江漢雑考（中野好夫・新潮）9〜58年8
近代日本知識人の典型 清水幾太郎を論ず（福田恆存・中央公論）10
「黄金の女達・私の作家遍歴Ⅰ」（小島信夫・潮出版社）10※Ⅱ「最後の講義」は12、Ⅲ「奴隷の寓話」は56年1

自衛隊の元陸将補ら、ソ連のスパイ容疑で逮捕1
政府、ソ連のアフガン侵攻制裁措置としてモスクワ・オリンピックの不参加を決定2
韓国で光州事件が起き死者多数を出す5
張本勲、プロ野球史上初の三千本安打達成5
具志堅用高、プロボクシングの防衛新記録十二回を達成6
「イエスの方舟」教祖千石剛賢逮捕される7
東京地方、七六年ぶりの冷夏を記録8
ポーランドで労働者スト拡大、「連帯」結成される9
イラン・イラク全面戦争に突入9
川崎で金属バットによる両親殺害事件起こる11
この年、東京原宿で「竹の子族」乱舞
この年、ピンク・レディー解散、長島茂雄監督辞任、王貞治・山口百恵引退

「新潮」九〇〇号に達す2
志賀直哉の遺骨が盗まれる3
京都の冷泉家の古文書公開4
俳誌「ホトトギス」千号に達す5
黒沢明監督の「影武者」、カンヌ・グランプリを受賞5
「面白半分」社倒産7
この年、村上春樹、立松和平、宮内勝典、尾辻克彦、田中康夫らの新人作家登場
「なんとなく、クリスタル」論議をよび、ベストセラー
野呂邦暢、立原正秋ら中堅作家の急逝、惜しまれる

〈創刊〉「文学的立場」（第三次）7 「作品」（作品社）11〜56年5

〈歿〉黒田三郎 岩下俊作 平野義太郎 新田次郎 出隆 添田知道 五味康祐 吉川幸次郎 田中冬二 土岐善麿 有馬頼義 大内兵衛 野呂邦暢 唐木順三 多田裕計 南洋一郎 立原正秋 上林暁 榊山潤 河上徹太郎 山川菊栄 白井喬二 寺崎浩 土方定一 山田盛太郎

薔薇の名前（ウンベルト・エーコ）
サルトル R・バルト ヒチコック H・ミラー ジョン・レノン歿

昭和56年 (1981)

小　説

重力の都（中上健次・新潮）1
野ぶどうを摘む（中沢けい・群像）1
「秋」（中村真一郎・新潮社）1
本覚坊遺文（井上靖・群像）1～8
抱擁（日野啓三・すばる）1～9
小さな貴婦人（吉行理恵・新潮）2
金色の象（宮内勝典・文藝）2
豊多摩郡井荻村（井伏鱒二・新潮）2～57年6※単行本で「荻窪風土記」と改題
鳥人伝説（青野聰・新潮）4
《愁いの王》（埴谷雄高・群像）4　※『死霊』第六章
「虚人たち」（筒井康隆・中央公論社）4
白夜を旅する人々（三浦哲郎・新潮）5～59年10
「ひとびとの跫音上下」（司馬遼太郎・中央公論社）7
「みちのくの人形たち」（深沢七郎・中央公論社）7
「吉里吉里人」（井上ひさし・新潮社）8
「歓喜の市上下」（立松和平・集英社）8
漂雲（八木義徳・文藝）9
「コーマルタン界隈」（山田稔・河出書房新社）9
「麦笛」（増田みず子・福武書店）10
錦繍（宮本輝・新潮）12
さようなら、ギャングたち（高橋源一郎・群像）12
「流離譚上下」（安岡章太郎・新潮社）12

詩歌・戯曲・評論

空洞（高橋新吉・立風書房）2
漂流家族（山崎哲・新劇）4
黄金バット（唐十郎・文藝）10
ジーザス・クライスト・トリックスター――山にのぼりて笑え（筒井康隆・海）12
「近代」のリアリズムを問う（饗庭孝男・文学界）1
隠喩としての建築（柄谷行人・群像）1～8
正宗白鳥の作について（小林秀雄・文学界）1～58年5※断続掲載
戦後史の空間（磯田光一・新潮）1～57年10
近代文学論争譜（谷沢永一・新潮）4～58年4※断続掲載
評伝高橋和巳（川西政明・群像）6
石川淳論（粟津則雄・文学界）7～57年1
同時代としてのアメリカ（村上春樹・海）7～57年7
ミュンヘン物語（小松伸六・文学界）7～57年10
「志賀直哉　近代と神話」（高橋英夫・文藝春秋）7
鹿鳴館の系譜―近代日本文芸史誌（磯田光一・文学界）8～58年4
「都市」の中の作家たち―村上春樹、村上龍をめぐって（川本三郎・文学界）11
調和の幻想（吉田秀和・海）11～57年9

社会動向・文学事象・その他

レーガン、米大統領に就任1
ローマ法王ヨハネ＝パウロ二世来日2
中国残留孤児の肉親捜し始まる3
ポートピア'81、神戸で開幕3
敦賀原子力発電所で放射能漏れ発見4
仏大統領に社会党のミッテランが当選5
ポーランドの「連帯」議長ワレサ来日5
パリ留学生人肉事件起こる6
千代の富士、五十八人目の横綱になる7
教科書会社の政治献金が明るみに出、教科書への政治介入に反対する動きが活発化8
北炭夕張新鉱でガス事故10
福井謙一京大教授にノーベル化学賞10
エジプトのサダト大統領暗殺10
ロッキード事件で第一審実刑判決11
この年、癌、脳卒中を抜き死因のトップ
日本ペンクラブが「四畳半襖の下張」裁判の最高裁判決に抗議声明2
小島信夫の「別れる理由」、十三年ぶりに完成、話題となる3
「作品」廃刊5
同人誌「心」廃刊となる7
西ドイツの作家を中心に、西欧の反核運動が起こる8
向田邦子、台湾で航空機遭難8
「常用漢字表」実施される10
「群像」が創刊三十五周年記念特集を出す10
この年、増田みず子、青野聰、高橋源一郎らの新進作家が登場
この年、「別れる理由」をはじめ安岡章太郎「流離譚」、井上ひさし「吉里吉里人」、井上光晴「憑かれた人」、井上靖「本覚坊遺文」など、長篇小説の力作が話題となる
この年、黒柳徹子「窓ぎわのトットチャン」ベストセラー
〈創刊〉「FOCUS」（新潮社の写真週刊誌）12
〈歿〉福原麟太郎　市川房枝　荒畑寒村　堀口大学　本間久雄　水原秋桜子　神近市子　船山馨　向田邦子　湯川秀樹　保田與重郎　横溝正史
クローニン　茅盾　サロイヤン歿

昭和57年（1982）

相生橋煙雨（野口冨士男・文学界）1
天窓のあるガレージ（日野啓三・海燕）1
夏の栞―中野重治をおくる（佐多稲子・新潮）1～12
本郷（木下順二・群像）1～12
サハリンへの旅（李恢成・群像）1～58年2
春雷（立松和平・地上）1～58年8
菊慈童（円地文子・新潮）1～58年12
時の壁（中村光夫・新潮）2
湾内の入江で（島尾敏雄・新潮）3
「山躁賦」（古井由吉・集英社）4
寂兮寥兮（大庭みな子・文藝）5
ときめきに死す（丸山健二・新潮）6
時代屋の女房（村松友視・野性時代）6
上海（林京子・海）6～58年3
『雨の木（レイン・ツリー）』を聴く女たち」（大江健三郎・新潮社）7
ヴィレッジに雨（山本道子・新潮）8
羊をめぐる冒険（村上春樹・群像）8
黙市（津島佑子・海）8
「千年の愉楽」（中上健次・河出書房新社）8
「裏声で歌へ君が代」（丸谷才一・新潮社）8
夢の壁（加藤幸子・新潮）9
虚懐（藤枝静男・群像）9
蓬萊の島（佐木隆三・群像）10
「装いせよ、わが魂よ」（高橋たか子・新潮社）10
隅田川暮色（芝木好子・文学界）10～58年11
佐川君からの手紙（唐十郎・文藝）11
樹下の家族（干刈あがた・海燕）11

「青梅」（伊藤比呂美・思潮社）7
「死者たちの群がる風景」（入沢康夫・河出書房新社）10
「GIGI」（井坂洋子・思潮社）11
うお伝説（山崎哲・新劇）3
戯曲・吾輩は漱石である（井上ひさし・すばる）11、12
「小説論=批評論」（蓮實重彦・青土社）1
幻想の変容（高橋英夫・群像）1～12
モダン都市東京（海野弘・海）1～12
対談・二つの同時代史（大岡昇平、埴谷雄高・世界）1～58年12
「現代詩髄脳」（篠田一士・集英社）2
ノンフィクションの言語（篠田一士・文学界）2～4
日米関係のなかの文学（佐伯彰一・文学界）2～59年5
マス・イメージ論（吉本隆明・海燕）3～58年2
「本居宣長補記」（小林秀雄・新潮社）4
「戦後　その光と闇」（野間宏・福武書店）4
保田与重郎（桶谷秀昭・新潮）5
「自我」の帰趨―本多秋五論（宮内豊・群像）9、10
「都市空間のなかの文学」（前田愛・筑摩書房）12
「主体の変容」（三浦雅士・中央公論社）12

デクエヤル、国連事務総長に就任1
ホテル・ニュージャパンで火災2
日航機、羽田空港前の海面に墜落2
桂離宮の全面修理終わる3
イギリス・アルゼンチンのフォークランド紛争起こる4
中国で三千年前のミイラが発掘される4
映画「愛のコリーダ」の無罪確定6
東北新幹線（大宮・盛岡間）開業6
米ソの戦略兵器削減交渉開始6
臨時行政改革に関する基本答申提出7
歴史教科書の検定、外交問題に発展、是正を表明8
ブレジネフ書記長死去11
中曽根内閣成立11
上越新幹線（大宮・新潟間）開業11
つかこうへい「蒲田行進曲」に直木賞1
中野孝次、水上勉、安岡章太郎らが反核アピール「核戦争の危機を訴える文学者の声明」を発表1
松竹歌劇団（SKD）、浅草国際劇場最終公演1
「心の花」千号を刊行2
季刊誌「使者」、十二号で終刊2
谷川俊太郎、前登志夫、芸術選奨を辞退3
SM小説「家畜人ヤプー」の作者、名乗りを上げる10
ソルジェニツィン、密かに来日10
亀井勝一郎賞第十四回で中止11
森村誠一、「続・悪魔の飽食」のニセ写真問題で光文社と絶縁12
三浦雅士、川村湊ら新進批評家が活躍
この年の十月、講談社から刊行された村上春樹「羊をめぐる冒険」、翌年にかけて大ベストセラーとなる
この年、テレホンカード使用開始
この年、エアロビクス、ゲートボール人気
〈創刊〉「海燕」（福武書店）1
〈歿〉衣笠貞之助　竹中郁　西脇順三郎　小山祐士　坪田譲治　鹿地亘　鷲巣繁男　大野林火　鹿児島寿蔵　諸橋轍次
エラリー・クイーン　ルイ・アラゴン歿

昭和58年（1983）

小説

海辺で（三木卓・群像）1、4、7、11
良寛（水上勉・中央公論）1～12
耳の物語（開高健・新潮）1～60年11
雪中群鳥図（円地文子・群像）4
「地の果て至上の時」（中上健次・新潮社）4
緑の年の日記（阿部昭・海燕）4～59年2
遠い地平（八木義徳・新潮）5
波うつ土地（富岡多恵子・群像）5
優しいサヨクのための嬉遊曲（島田雅彦・海燕）6
「新しい人よ眼ざめよ」（大江健三郎・新潮社）6
鞆ノ津日記（井伏鱒二・海燕）7～84年4、85年4～8　※後「鞆ノ津茶会記」と改題
この国の空（高井有一・新潮）8
震洋発進（島尾敏雄・別冊潮）8
異郷の歌（岡松和夫・文学界）8
横浜ストリートライフ（佐江衆一・新潮）9
雨（立松和平・すばる）9
ウホッホ探検隊（干刈あがた・海燕）9
三界の家（林京子・新潮）10
パルチザン伝説（桐山襲・文藝）10
「火の河のほとりで」（津島佑子・講談社）10
李二の世界（笠原淳・海燕）11
シュンポシオン（倉橋由美子・海燕）11～60年10
光抱く友よ（高樹のぶ子・新潮）12
夜逃げ町長（杉浦民平・群像）12

詩歌・戯曲・評論

「月の山」（阿部岩夫・書肆山田）3
「薬玉」（吉岡実・書肆山田）10
「光州詩片」（金時鐘・福武書店）11
「昭和文学の水脈」（紅野敏郎・講談社）1
魂と意匠―小林秀雄（秋山駿・群像）1～60年4
自由と禁忌（江藤淳・文藝）1～59年5
私の見た昭和の思想と文学の五十年（小田切秀雄・すばる）1～62年8
「異様の領域」（川村湊・国文社）3
「幻影の杼機―泉鏡花論」（渡部直己・国文社）4
「感性の変革」（亀井秀雄・講談社）6
二葉亭四迷と明治日本（桶谷秀昭・文学界）8～60年12　※隔月連載
「白鳥・宣長・言葉」（小林秀雄・文藝春秋）9
「構造と力―記号論を超えて」（浅田彰・勁草書房）9
「内田百閒論」（川村二郎・福武書店）10
「チベットのモーツァルト」（中沢新一・せりか書房）11
偉大なる暗闇―岩元禎をめぐる人々（高橋英夫・新潮）12
「〈信〉の構造」（吉本隆明・春秋社）12
「昭和文学交友記」（佐々木基一・新潮社）12

社会動向・文学事象・その他

中曽根首相の「不沈空母」発言、物議をかもす1
町田市の中学で、教諭が生徒を刺す1
浅草ロック座消える2
東京ディズニーランド開園4
日本海中部地震が起こる5
戸塚ヨットスクール校長が逮捕される6
免田事件の再審裁判で死刑囚に初の無罪判決7
フィリピンの野党議員アキノ暗殺8
大韓航空機、ソ連空軍により撃墜9
三宅島雄岳大噴火10
ロッキード事件の丸紅ルート判決公判10
米大統領レーガン、来日11
中国共産党総書記胡耀邦、来日11
この年、愛人バンク「夕ぐれ族」摘発
西東山鬼、スパイ説から名誉回復3
冷泉家時雨亭文庫の「古今和歌集」など国宝に指定される4
第三次「文学的立場」休刊5
「現代の眼」休刊5
映画「楢山節考」（今村昌平監督作品）、カンヌ国際映画祭グランプリを受賞5
寺山修司の死去に伴い「天井桟敷」が解散6
城山三郎、直木賞の選考委員を辞退8
国立能楽堂がオープン9
「歴程」三百号に達する10
「文学界」が創刊五十年記念特集号を出す11
この年、島田雅彦、干刈あがた、高樹のぶ子、桐山襲らの新進作家登場
この年、各誌が小林秀雄追悼特集を組む
この年、「積木くずし」ベストセラー
＜創刊＞「月刊カドカワ」5　「ラ・メール」（新川和江、吉原幸子）7　「鳩よ！」（マガジンハウス）11
＜歿＞里見弴　手塚富雄　小林秀雄　尾崎一雄　高垣眸　木俣修　寺山修司　羽仁五郎　高柳重信　中村草田男　中桐雅夫　田村泰次郎　橘川文三
テネシー・ウィリアムズ　アーサー・ケストラー歿

昭和59年（1984）

冬の梢（永井龍男・新潮）1
極楽まくらおとし図（深沢七郎・すばる）1
啼く鳥の（大庭みな子・群像）1～60・8
天門（石川淳・すばる）1～60・10
韃靼疾風録（司馬遼太郎・中央公論）1～62・8
われ逝くもののごとく（森敦・群像）3～62・2
「撃墜」（柳田邦男・講談社）3
「群棲」（黒井千次・講談社）4
「漂流記1972」（三田誠広・河出書房新社）4
ゆっくり東京女子マラソン（干刈あがた・海燕）5
虹の彼方に（高橋源一郎・海）5
「虚航船団」（筒井康隆・新潮社）5
「冷い夏、熱い夏」（吉村昭・新潮社）7
「熊野集」（中上健次・講談社）8
水獣（富岡多恵子・新潮）8
《最後の審判》（埴谷雄高・群像）10　※「死霊」第七章
堺港攘夷始末（大岡昇平・中央公論文芸特集）10～63・12
「自由時間」（増田みず子・新潮社）10
青桐（木崎さと子・文学界）11
いかに木を殺すか（大江健三郎・新潮）11
「方舟さくら丸」（安部公房・新潮社）11
大連港で（清岡卓行・海燕）12～62・3
「冬」（中村真一郎・新潮社）12

「乾河道」（井上靖・集英社）3
「オシリス、石ノ神」（吉増剛造・思潮社）8
「日本語のカタログ」（谷川俊太郎・思潮社）11
「頭痛肩こり樋口一葉」（井上ひさし・集英社）4
「東京物語考」（古井由吉・岩波書店）3
「都市の感受性」（川本三郎・筑摩書房）3
「メランコリーの水脈」（三浦雅士・福武書店）4
「絵画の領分　近代日本比較文化史研究」（芳賀徹・朝日新聞社）4
「自家製文章読本」（井上ひさし・新潮社）4
「柔らかい個人主義の誕生」（山崎正和・中央公論社）5
「詩学創造」（菅野昭正・集英社）6
「姦通の記号学」（大岡昇平・文藝春秋）6
自伝の世紀（佐伯彰一・群像）7～60・8
「この世この生」（上田三四三・新潮社）9
ノンフィクション言語から小説言語へ（篠田一士・すばる）10～60・4
「書物の夢　夢の書物」（清水徹・筑摩書房）10
「忠臣蔵とは何か」（丸谷才一・講談社）10
批評とポスト・モダン（柄谷行人・海燕）11～12

植村直己、北米マッキンリー山で消息を絶つ2
グリコ・森永事件起こる3
ロサンゼルスで第二十三回オリンピック大会開催、ソ連や東欧諸国不参加7～8
臨時教育審議会設置8
一万円、五千円、千円の新札発行11
大阪に国立文楽劇場開場3
野上彌生子の百歳を祝う会開く5
東京で国際ペン大会開催（テーマ「核状況下における文学—なぜわれわれは書くのか」）5
文芸誌「海」休刊5
山本安英主演「夕鶴」、三十五年目で千回公演達成7
東京国立近代美術館フィルムセンターで火災発生、外国映画フィルム多数焼失9
横浜に県立神奈川近代文学館開館10
「日本読書新聞」休刊12
この年、ロンドンに夏目漱石記念館、ベルリンに鷗外記念館があいついで開館
週刊「少年ジャンプ」発行部数六〇〇万部を突破

＜創刊＞「俳句四季」1　「三田文学」（季刊）復刊4　「橡」（堀口星眠ら）6　「中央公論文芸特集」（季刊）10　「FRIDAY」（講談社の写真週刊誌）11　「へるめす」（季刊、のち隔月刊、編集同人＝磯崎新・大江健三郎・大岡信・武満徹・中村雄二郎・山口昌男）12　「潭」（古井由吉ら）12

＜歿＞前田透　星野立子　笹沢美明　林達夫　吉田精一　竹山道雄　黒田喜夫　野田宇太郎　今日出海　高安国世　有吉佐和子　結城信一　瀧井孝作　中西悟堂　藤原審爾

存在の耐えられない軽さ（クンデラ）
ショーロホフ　フーコー　カポーティ　ミショー歿

昭和60年（1985）

小説

眠れる霧に（黒井千次・文学界）1～61・10
砂丘が動くように（日野啓三・中央公論）1～12
僕は模造人間（島田雅彦・新潮）2
老熟家族―安楽死殺人事件（佐江衆一・新潮）3
「路上の人」（堀田善衛・新潮社）4
「伴侶」（岩橋邦枝・新潮社）4
「水平線上にて」（中沢けい・講談社）4
「世界の終りとハードボイルド・ワンダーランド」（村上春樹・新潮社）6
「海図」（田久保英夫・講談社）6
夢の島（日野啓三・群像）7
過越しの祭（米谷ふみ子・新潮）7
火まつり（中上健次・文学界）7～62・2
春燈（宮尾登美子・新潮）8～62・11
「魚雷艇学生」（島尾敏雄・新潮社）8
天国が降ってくる（島田雅彦・海燕）9
「怒りの子」（高橋たか子・講談社）9
蜂アカデミーへの報告（後藤明生・新潮）10
「回転木馬のデッド・ヒート」（村上春樹・中央公論社）10
ロックス（山川健一・すばる）11
「森」（野上彌生子・新潮社）11
ベッドタイムアイズ（山田詠美・文藝）12
「河馬に嚙まれる」（大江健三郎・文藝春秋）12

詩歌・戯曲・評論

「いきなり愛の実況放送」（ねじめ正一・思潮社）1
「ひとつとや」（長谷川双魚・牧羊社）4
「詩経国風」（金子兜太・角川書店）5
「照径」（上田三四二・短歌研究社）9
探究（柄谷行人・群像）1～63・10
「物語批判序説」（蓮實重彦・中央公論社）2
「アメリカの影」（加藤典洋・河出書房新社）4
萩原朔太郎（磯田光一・群像）4～62・2※未完
「たけくらべ」解釈へのひとつの疑問（佐多稲子・群像）5
「批評という物語」（川村湊・国文社）5
左翼がサヨクになるとき（磯田光一・すばる）6～61・7
「文学の砂漠のなかで」（入江隆則・新潮社）6
「伊東静雄」（杉本秀太郎・筑摩書房）7
「表現の風景」（富岡多恵子・講談社）9
「山川登美子」（竹西寛子・講談社）10
「ステファヌ・マラルメ」（菅野昭正・中央公論社）10
「近代以前」（江藤淳・文藝春秋）11

社会動向・文学事象・その他

東京両国に新国技館完成1
新風俗営業法施行2
東北・上越新幹線、上野始発となる3
つくば科学万博開催3～9
厚生省、エイズの日本上陸を公表3
NTT・日本たばこ産業株式会社発足4
日本航空ジャンボ機、群馬県山中に墜落、五三〇人死亡8
ロス疑惑で三浦被告らを逮捕9
奈良県藤ノ木古墳から石室・石棺発見9
中核派による同時多発ゲリラで、首都圏の国電マヒ11
金鶴泳自殺1
埴谷雄高、「反核」運動をめぐる埴谷の態度をめぐっての吉本隆明の批判に応じ、「政治と文学」をめぐる両者の論争に発展2
三浦朱門、文化庁長官に就任4
遠藤周作、日本ペンクラブ会長に就任6
軽井沢高原文庫開館8
武者小路実篤記念館、調布の自宅あとに開館10
井伏鱒二、自選全集に「山椒魚」収録の際、大幅改稿する10
鎌倉文学館開館11
この年、ちくま文庫（筑摩書房）、福武文庫（福武書店）が創刊される。
丸谷才一の発言をきっかけに「忠臣蔵」論争が、佐多稲子の発言をきっかけに「たけくらべ」論争が起こり、諸家が発言。
＜創刊＞「リュミエール」（蓮實重彦編集）9
＜歿＞金鶴泳　石川達三　国分一太郎　中野好夫　野上彌生子　川口松太郎　源氏鶏太　和田伝　川上宗薫　川崎長太郎　田中美知太郎
ベル　シャガール歿

昭和61年（1986）

岐路（加賀乙彦・新潮）1〜62・12
「しずかにわたすこがねのゆびわ」（干刈あがた・福武書店）1
月に泣く（丸山健二・文学界）3
「菅野満子の手紙」（小島信夫・集英社）3
「化身上・下」（渡辺淳一・集英社）3
「壁の中」（後藤明生・中央公論社）3
ドンナ・アンナ（島田雅彦・新潮）4
ソウル・ミュージック・ラバーズ・オンリー（山田詠美・月刊カドカワ）4〜62・3
「穢土荘厳」（杉本苑子・文藝春秋）5
「ぼくたちの好きな戦争」（小林信彦・新潮社）5
作家装い（村松友視・文学界）6
「シングル・セル」（増田みず子・福武書店）7
「破れた繭　耳の物語＊」（開高健・新潮社）8
「アマノン国往還記」（倉橋由美子・新潮社）8
月光のなかで（埴谷雄高・群像）9※「死霊」第八章
夢の記録（津島祐子・文学界）10
「M／Tと森のフシギの物語」（大江健三郎・岩波書店）10
「夜の光に追われて」（津島祐子・講談社）10
「優駿上・下」（宮本輝・新潮社）10
惑星の泉（丸山健二・新潮）11
「天井から降る哀しい音」（耕治人・講談社）11

「知と愛と」（長谷川龍生・思潮社）8
「われらを生かしめる者はどこか」（稲川方人・青土社）8
「五重奏のヴィオラ」（岡井隆・不識書院）9
「浸禮」（生野幸吉・書肆山田）11
泣き虫なまいき石川啄木（井上ひさし・新潮）7
夢去りて、オルフェ（清水邦夫・群像）12
藤村のパリ（河盛好蔵・新潮）1〜平1・3
『文明論之概略』を読む上・中・下」（丸山真男・岩波書店）1、3、11
「複製の廃墟」（絓秀実・福武書店）5
「戦争と革命の放浪者 二葉亭四迷」（亀井秀雄・新典社）5
「メディアの興亡」（杉山隆男・文藝春秋）6
「島木赤彦」（上田三四二・角川書店）7
「短編小説礼讃」（阿部昭・岩波書店）8
駱駝の瘤にまたがって—三好達治伝（石原八束・新潮）9
「異郷に死す—正宗白鳥論」（高橋英夫・福武書店）10
「SFとは何か」（笠井潔編・日本放送出版協会）10
『酔いどれ船』の青春—もう一つの戦中・戦後」（川村湊・講談社）12
「漱石的主題」（佐藤泰正、吉本隆明・春秋社）12

フィリピン、アキノ大統領就任。マルコス亡命2
東京中野の中学生、いじめを苦に自殺2
ハレー彗星、地球に接近4
男女雇用機会均等法が施行される4
ソ連チェルノブイリ原子力発電所の大事故4
土井たか子、日本社会党委員長になる。日本で初めての女性党首が誕生9
三原山大噴火を起こし、島民らに避難命令が出る11
婦人四大誌の一つ、「婦人生活」が廃刊となる8
野田秀樹「夢の遊眠社」が創立十周年特別公演で延べ二万六千人の観客を動員6
現代仮名遣いの内閣告示が発布される7
劇団四季の「キャッツ」入場者百万人を突破する11
「昭和文学全集全三十五巻」（小学館）の配本が始まり、全巻予約購読者が約七万人11
ビートたけし軍団「FRIDAY」編集部に乱入12
「文藝」（春季号）、「思想の科学」（五月号）、「群像」（九月号）などが《戦後》の特集を組む
この年、加藤典洋と富岡幸一郎の間に、文学の変容をめぐる論争が起きる
この年、立花隆「脳死」（中央公論社）、柳田邦男『死の医学』への序章」（新潮社）など、《脳死》論議が活発
ドゥルーズ、ガタリ「アンチ・オイデプス」、フーコー「性の歴史」などの翻訳が注目される
この年、ビデオレンタルショップ、著しく増加する
＜創刊＞「東京人」1　「演劇ぶっく」5　「アスティオン」6　「タッチ」10　「フラッシュ」10
＜歿＞梅原龍三郎　土方巽　石塚友二　劉寒吉　村山古郷　稲垣達郎　石坂洋次郎　鮎川信夫　島尾敏雄　円地文子　仁木悦子　佐々木孝丸　宮柊二
ボーヴォワール　ジャン・ジュネ　エリアーデ　ボルヘス歿

昭和62年（1987）

小説

ランナーズ・ハイ（日野啓三・新潮）1
王女の涙（大庭みな子・新潮）1〜12
蛇の歌（石川淳・すばる）1〜63・3（未完）
狂人日記（色川武大・海燕）1〜63・6
「夢の木坂分岐点」（筒井康隆・新潮社）1
ヴェクサシオン（新井満・文学界）3
「雪舞い」（芝木好子・新潮社）3
樹影譚（丸谷才一・群像）4
ゼウスガーデン衰亡史（小林恭二・海燕）5
捨て子ごっこ（永山則夫・文藝）5
木彫の雛（高井有一・文学界）5
孔子（井上靖・新潮）6〜平1・5
白光（富岡多恵子・新潮）7
生還（石原慎太郎・新潮）8
「暗夜遍歴」（辻井喬・新潮社）8
「鍋の中」（村田喜代子・文藝春秋）8
文学部唯野教授（筒井康隆・へるめす）9〜平1・9
「ポポイ」（倉橋由美子・福武書店）9
「ノルウェイの森上・下」（村上春樹・講談社）9
さすらう雨のかかし（丸山健二・群像）10
スティル・ライフ（池澤夏樹・中央公論）10
「懐かしい年への手紙」（大江健三郎・講談社）10
「高丘親王航海記」（渋澤龍彦・文藝春秋）10
キッチン（吉本ばなな・海燕）11
夜のロボット（増田みず子・群像）12

詩歌・戯曲・評論

「サラダ記念日」（俵万智・河出書房新社）5
「四旬節なきカルナヴァル」（飯島耕一・書肆山田）7
「冬の本」（松浦寿輝・青土社）8
「OPUS」（朝吹亮二・思潮社）9
諸国を遍歴する二人の騎士の物語（別役実・新劇）11
都市という廃墟（松山巖・新潮）1〜12
小説から遠く離れて（蓮實重彦・海燕）3〜63・9
「西洋の音、日本の耳—近代日本文学と西洋音楽」（中村洪介・春秋社）4
「人間の零度、もしくは表現の脱近代」（鈴木貞美・河出書房新社）4
「日本廻国記　一宮巡歴」（川村二郎・河出書房新社）5
「近代の感情革命」（磯田光一・新潮社）6
「物語論／破局論」（井口時男・論創社）7
「批評と私」（江藤淳・新潮社）7
「東京路上博物誌」（藤森照信、荒俣宏・鹿島出版会）7
「貴種と転生」（四方田犬彦・新潮社）8
「郡虎彦—その愛と生涯」（杉山正樹・岩波書店）8
「窪田空穂論」（大岡信・岩波書店）9
「土方巽頌」（吉岡実・筑摩書房）9

社会動向・文学事象・その他

売上税の反対運動が高まる1〜4
NTTが初上場される2
国鉄が民営化、JRとなる4
朝日新聞社阪神支局、襲撃される7
NHK衛星第一テレビジョンが二四時間放送を始める7
石原裕次郎が亡くなる7
ニューヨークの株式市場の大暴落（魔の月曜日）、東京株式市場に波及10
新潮社、井伏鱒二「山椒魚」など、短編小説の名作を朗読した「カセット・ブック・シリーズ」を刊行1
芥川賞の選考委員に河野多恵子、大庭みな子、直木賞の選考委員に田辺聖子、平岩弓枝が加わる7
新国劇が解散する9
この年、文学の《自我》を巡り、「群像」誌上で宮内豊と富岡幸一郎が論争する
野坂昭如「赫奕たる逆光」（「オール讀物」1、6）、松本健一「三島由紀夫亡命伝説」（河出書房新社11）など、三島に関する論述活発となる
この年、映画館の入場者数が戦後最低となり、一方、家庭のVTRの普及率50％に近づく
この年、俵万智「サラダ記念日」が二百万部の売れ行きを見せ、他にも、安部譲二「塀の中の懲りない面々」、村上春樹「ノルウェイの森」、渡辺淳一「別れぬ理由」が大ベストセラーとなる
＜創刊＞「花神」（大岡信編集）5　「小説すばる」11
＜歿＞磯田光一　中里恒子　長谷川四郎　高橋新吉　森茉莉　高田博厚　臼井吉見　富士正晴　前田愛　渋澤龍彦　佐藤佐太郎　石森延男　深沢七郎　山田清三郎　椋鳩十　石川淳
ウォーホール　コールドウェル　ジャン・アヌイ　ボールドウィン歿

昭和63年（1988）

「キッチン」（吉本ばなな・福武書店）1
塵の都に（高井有一・群像）1
そうかもしれない（耕治人・群像）2
「優雅で感傷的な日本野球」（高橋源一郎・河出書房新社）3
海の歌（中野孝次・文学界）5
尋ね人の時間（新井満・文学界）5
消えた畑道を求めて（杉浦明平・海燕）5
一日（開高健・新潮）6
私の他人たち（野坂昭如・すばる）6
ブラックノディが棲む樹（高樹のぶ子・文学界）7
「ひざまづいて足をお舐め」（山田詠美・新潮社）8
「うたかた・サンクチュアリ」（吉本ばなな・福武書店）8
『平家』の首（後藤明生・群像）9
ダイヤモンドダスト（南木佳士・文学界）9
カリフォルニアの歌（三浦清宏・海燕）9
浄土（森敦・群像）10
「ダンス・ダンス・ダンス」（村上春樹・講談社）10
「トパーズ」（村上龍・中央公論社）10
惑星の午後に吹く風（三木卓・文藝）11
黄昏のストーム・シーディング（大岡玲・文学界）12
なぜか・海（永山則夫・文藝）12
「哀しい予感」（吉本ばなな・角川書店）12

「山口哲夫全詩集」（山口哲夫・小沢書店）6
「水辺逆旅歌」（入沢康夫・書肆山田）8
「冬の旅」（正津勉・河出書房新社）9
「ベーゲェット氏」（阿部岩夫・思潮社）10
「港の人」（北村太郎・思潮社）10
「円き広場」（清岡卓行・思潮社）10

「幻想の伝統」（饗庭孝男・筑摩書房）2
「文学テクスト入門」（前田愛・筑摩書房）3
「文体としての物語」（小森陽一・筑摩書房）4
「中原中也」（佐々木幹郎・筑摩書房）4
「小説家夏目漱石」（大岡昇平・筑摩書房）5
「物語のウロボロス」（笠井潔・筑摩書房）5
「闘争のエチカ」（柄谷行人、蓮實重彦・河出書房新社）5
「徳田秋聲」（松本徹・笠間書院）6
「探偵のクリティック」（絓秀実・思潮社）7
「都市という新しい自然」（日野啓三・読売新聞社）8
「日本の戦後小説―廃墟の光」（西川長夫・岩波書店）8
「リアリズムの構造」（渡部直己・論創社）9
「文藝時評」（川村二郎・河出書房新社）11
「凡庸な芸術家の肖像」（蓮實重彦・青土社）11

アグネス・チャンの「子連れ出勤」をめぐり林真理子との間に論争起こる4
総人口に占める子供（十五歳未満）の割合が初めて二十パーセントを下回る4
我が国でもエイズ広域感染が始まる5
ビルマ政変起こる6
リクルート疑惑発覚6
横須賀沖で潜水艦なだしおと釣り舟衝突7
ソウル五輪開催9
天皇重体9
ゴルバチョフ、ソ連幹部会議長に選出される10
韓国の全斗煥前大統領、国民に謝罪し、隠遁生活へ11
リクルート事件で、宮沢蔵相、長谷川法相、NTT真藤会長、相次いで辞任12
この年、ジャパン・バッシングが起こる

「婦人倶楽部」（大正九年創刊）廃刊1
講談社が文芸文庫を発刊2
「ちくま文学の森」スタート2
「新潮」五月号で千号に、「群像」五月号で五百号に達し、記念号発刊4
第一回三島由紀夫賞受賞作「優雅で感傷的な日本野球」の選考で、大江健三郎と江藤淳の間で論争生じる5
この年、「ホトトギス」が千百号、「東京朝日新聞」が創刊百年、「図書」が創刊五十年を迎える
この年、「ノルウェイの森」さらにヒットを続け、年末までに三百万部売上げに近づく

＜創刊＞「AERA」（朝日新聞社）1
＜歿＞耕治人　宇野重吉　宮本研　田宮虎彦　桑原武夫　山本健吉　中村光夫　武智鉄二　清水幾太郎　瀬沼茂樹　中村汀女　山本太郎　草野心平　秋山清　山口青邨　楠本憲吉　大岡昇平

レイモンド・カーバー歿

昭和64年（平成元年）(1989)

小説

人生の親戚（大江健三郎・新潮）1
ダンヌンツィオに夢中（筒井康隆・文学界）
1
黄金の樹（黒井千次・新潮）2
「高円寺純情商店街」（ねじめ正一・新潮社）
2
「TUGUMI」（吉本ばなな・中央公論社）
3
「愉楽の園」（宮本輝・文藝春秋）3
鬼の木（増田みず子・新潮）4
「奇蹟」（中上健次・朝日新聞社）4
「夜の蟻」（高井有一・筑摩書房）5
「市塵」（藤沢周平・講談社）5
ペンギン村に陽は落ちて（高橋源一郎・すばる）6
「黄色い猫」（吉行理恵・新潮社）6
「フーシェ革命暦Ⅰ・Ⅱ」（辻邦生・文藝春秋）
7
「白河夜船」（吉本ばなな・福武書店）7
横顔（野口冨士男・文学界）8
その夜の終りに（三枝和子・群像）9
「少年たちの終わらない夜」（鷺沢萠・河出書房新社）9
「仮往生伝試文」（古井由吉・河出書房新社）
9
「目玉」（吉行淳之介・新潮社）9
わが人生の時の時（石原慎太郎・新潮）10～
11
「海にゆらぐ糸」（大庭みな子・講談社）10

詩歌・戯曲・評論

「故郷の水へのメッセージ」（大岡信・花神社）
4
「悪霊」（粕谷栄市・思潮社）8
「ハウスドルフ空間」（藤井貞和・思潮社）8
「フレベヴリイ・ヒッポポウタムスの唄」（岩成達也・思潮社）10
文芸時評の時代（川村湊・新潮）1
横光利一（菅野昭正・海燕）1～2・12
「リアリズムの源流」（江藤淳・河出書房新社）
4
「アジアという鏡」（川村湊・講談社）5
「ミクロコスモス―松尾芭蕉」（高橋英夫・講談社）5
「夢野久作」（鶴見俊輔・リブロポート）6
「探求Ⅱ」（柄谷行人・講談社）6
「昭和の文人」（江藤淳・新潮社）7
「読者生成論」（渡部直己・思潮社）7
「宮沢賢治」（吉本隆明・筑摩書房）7
「詩人・菅原道真」（大岡信・岩波書店）8
「肉体の時代」（上野昂志・現代書館）10
「蠣崎波響の生涯」（中村真一郎・新潮社）10
「神の罠―浅野和三郎の悲劇」（松本健一・新潮社）10

社会動向・文学事象・その他

7日、昭和天皇崩御。皇太子明仁親王が天皇に即位。新元号「平成」となる1
米国、ブッシュ政権誕生1
リクルート事件で江副浩正前会長逮捕2
ソ連、アフガニスタンから撤退2
消費税、不評のうちに実施される4
中ソ関係、三十年ぶりに正常化5
イランの最高指導者ホメイニ師死去6
中国で、天安門事件起こる6
参院選で与野党逆転。宇野内閣退陣後、海部内閣成立7
連続幼女殺害事件の犯人逮捕8
「ベルリンの壁」崩壊し、ドイツ再統一問題浮上11
マルタ沖米ソ首脳会談で、冷戦終結宣言12
この年、東独、東欧諸国に民主化の嵐
この年、手塚治虫、松下幸之助、美空ひばりが亡くなり、戦後の終わりを象徴
前年発表のラシュディ「悪魔の詩」がイスラムを冒瀆するとしてイランで抗議運動が起こり、我が国でも販売自粛2
「明治文学全集」（筑摩書房、昭40・2～）が完結2
江藤淳「昭和の文人」をめぐり論争起こる7
甲府に山梨県立文学館開館11
村上春樹「羊をめぐる冒険」英訳がアメリカで出版され、人気を博す12
この年、村上春樹「ノルウェイの森」が年末までに四一九万部に達し、同「ダンス・ダンス・ダンス」、吉本ばななも「キッチン」など六冊の本が次々ベスト・セラーとなり、「村上春樹現象」「吉本ばなな現象」と呼ばれるブーム起こる
この年、「クレア」「ヴァンテーヌ」「シュプール」など女性誌の創刊相次ぐ
この年、色川武大、篠田一士、開高健など活躍中の文学者が急逝
＜歿＞上田三四二　色川武夫　篠田一士　斯波四郎　阿部昭　高田敏子　藤沢桓夫　小山いと子　森敦　河野愛子　谷川徹三　三浦つとむ　開高健
サミエル・ベケット歿

平成２年（1990）

珠玉（開高健・文学界）1
あとや先き（佐多稲子・海燕）1
楽天記（古井由吉・新潮）1～3年9
彼岸先生（島田雅彦・海燕）1～3年12
「バビロンに行きて歌え」（池澤夏樹・新潮社）1
花終る闇（開高健・新潮）2
世紀末鯨鯢記（久間十義・文藝）2
やすらかに今はねむり給え（林京子・群像）2
父の伝説（杉浦明平・海燕）3
クラウディ（辻仁成・すばる）5
異水（永山則夫・文藝）5
「讃歌」（中上健次・文藝春秋）5
「睡蓮の午後」（辻邦生・福武書店）5
「しらぬひ上下」（田久保英夫・福武書店）6
「文学部唯野教授のサブ・テキスト」（筒井康隆・文藝春秋）7
「ロココ町」（島田雅彦・集英社）7
中国人の恋人（柴田翔・文学界）9
マグレブ、誘惑として（小川国夫・群像）9～3年8
「氷河が来るまでに」（森内俊雄・河出書房新社）9
「道化師の恋」（金井美恵子・中央公論社）9
「どこでもないどこか」（日野啓三・福武書店）9
「続明暗」（水村美苗・筑摩書房）9
「静かな生活」（大江健三郎・講談社）10
「みいら採り猟奇譚」（河野多恵子・新潮社）11
スプラッシュ（大鶴義丹・すばる）12

「うまやはし日記」（吉岡実・書肆山田）4
「幽明過客抄」（那珂太郎・思潮社）5
「ピューリファイ、ピューリファイ！」（藤井貞和・書肆山田）7
「螺旋歌」（吉増剛造・河出書房新社）10
エリゼのために（北村想・しんげき）1
人間合格（井上ひさし・すばる）2
ブレスレス（坂手洋二・テアトロ）5
人魚伝説（鄭義信・しんげき）6
「日本風景論」（加藤典洋・講談社）1
「永井荷風」（紀田順一郎・リブロポート）3
「月に憑かれて」（島弘之・福武書店）3
「志賀直哉上下」（本多秋五・岩波書店）5
「終焉をめぐって」（柄谷行人・福武書店）5
「詩はどこに住んでいるか」（天沢退二郎・思潮社）5
描写と欲望（渡部直己・新潮）6
「小説的強度」（絓秀実・福武書店）8
「私のチェーホフ」（佐々木基一）8
「三島由紀夫の世界」（村松剛・新潮社）9
「詩的モダニティの舞台」（絓秀実・思潮社）9
「写真の誘惑」（多木浩二・岩波書店）9
「異郷の昭和文学」（川村湊・岩波書店）10
「大正幻影」（川本三郎・新潮社）10
「詩とメーロス」（菅谷規矩雄・思潮社）10
「近代日本の批評　昭和篇上下」（柄谷行人編・福武書店）12・3年3

衆院総選挙で自民党二七五議席の勝利、社会党も一三六議席の躍進2
ゴルバチョフ、ソ連初代大統領に就任3
大蔵省、不動産融資の総量規制を金融機関に通達3
ロシア共和国、主権宣言6
イラク軍、クウェートに侵攻8
子どもの権利条約発効9
政府は多国籍軍に十億ドル、エジプト・トルコ・ヨルダンに約二十億ドルの経済援助決定9
東西ドイツ統一成る10
スーパーファミコン発売11
日本文芸家協会、永山則夫死刑囚の入会拒否3
「季刊思潮」終刊4
永山則夫の入会拒否に抗議して筒井康隆、中上健次、柄谷行人が文芸家協会を退会5
大江健三郎、丸谷才一が芥川賞選考委員に復帰5
恵比寿に東京都写真美術館開館6
電子ブックとプレイヤー発売7
ソルジェニツィン他の国外追放処分をゴルバチョフ・ソ連大統領が取り消し8
東急文化村がドゥマゴ文学賞新設。第一回選考委員は蓮實重彦9
首都圏のJRで中吊り連載小説始まる9
「ニューヨーカー」に村上春樹「TVピープル」翻訳掲載される9
池袋に東京芸術劇場オープン10
ソルジェニツィン、「収容所群島」へのロシア共和国の文学賞授賞を拒否12
＜歿＞岡田禎子　北川冬彦　池波正太郎　三好行雄　丸岡秀子　吉岡実　由良君美　土門拳　永井龍男　湯浅芳子　神保光太郎　幸田文　土屋文明
プイグ　モラヴィア　レリス　アルチュセール　ダレル歿

平成3年（1991）

小説

荒野論（小林恭二・新潮）1
カンガルー・ノート（安部公房・新潮）1〜7
軽蔑（中上健次・朝日新聞）2・13〜10・17
小林一茶（矢代静一・文藝）2
響子愛染（三枝和子・新潮）2
「正義の味方」超人マン（高橋源一郎・文学界）2
夢、草深し（金石範・群像）4
卵洗い（立松和平・群像）4
ア・ルース・ボーイ（佐伯一麦・新潮）4
なにもしてない（笙野頼子・群像）5
自動起床装置（辺見庸・文学界）5
親指Pの修業時代（松浦理英子・文藝）5〜5年11
かかとを失くして（多和田葉子・群像）6
「本当の名前を捜しつづける彫刻の話」（伊井直行・筑摩書房）6
台風の眼（日野啓三・新潮）7〜5年3
「ベトナムから遠く離れて1・2・3」（小田実・講談社）7〜9
摩天楼のインディアン（三浦清宏・海燕）8
「フィネガンズ・ウェイクⅠ・Ⅱ」（ジョイス、柳瀬尚紀訳・河出書房新社）9※Ⅰ・Ⅱは5年10
至高聖所【アバトーン】（松村栄子・海燕）10
朝のガスパール（筒井康隆・朝日新聞）10・18〜4年3・31
うわさ（吉目木晴彦・群像）11

詩歌・戯曲・評論

「地に堕ちれば済む」（井坂洋子・思潮社）4
「2000光年のコノテーション」（稲川方人・思潮社）4
「路上の影」（北村太郎・思潮社）6
「女中」（松浦寿輝・七月堂）7
「浮泛漂蕩」（中村稔・思潮社）10
招待されなかった客（別役実・悲劇喜劇）2
骨の鳴るお空（山崎哲・しんげき）6
ジャップ・ドール（鄭義信・しんげき）12
「美人論」（井上章一・リブロポート）3
虚妄としての日本（福田和也・新潮）4
モーツァルトとは何か（池内紀・文学界）5
人間 坂口安吾（野原一夫・新潮）6
「漱石 文学の端緒」（竹盛天雄・筑摩書房）6
ブルーノ・タウト（高橋英夫・新潮）7
「小説という植民地」（三浦雅士・福武書店）7
「南島文学発生論」（谷川健一・思潮社）8
「帝国の陰謀」（蓮實重彦・日本文芸社）9
「アメリカの影」（加藤典洋・河出書房新社）10
「近世狂言綺語列伝」（川村湊・福武書店）10
「アレゴリーの織物」（川村二郎・講談社）10
「束の間の幻影」（中村稔・新潮社）11

社会動向・文学事象・その他

多国籍軍がイラクに攻撃開始（湾岸戦争）1
ブッシュ米大統領、湾岸戦争勝利宣言2
ワルシャワ条約機構の軍事機構が解体3
牛肉とオレンジの輸入自由化4
ペルシャ湾の機雷除去のため、自衛隊初の海外派遣4
ドイツの首都ベルリンに6
ワルシャワ条約機構完全解体7
国連総会、南北朝鮮の一括加盟を承認9
ソ連消滅、ロシア共和国成立12
この年、バブル経済が破綻
この年、インターネットのWWWが開発される
中上健次、柄谷行人、高橋源一郎、津島祐子、島田雅彦、田中康夫、いとうせいこう ら湾岸戦争加担反対声明、四二人が署名2
ラシュディ「悪魔の詩」の訳者が筑波大構内で殺される7
初のオンライン書店clbooks .com米で開業8
「フライデー」の記事で名誉を傷つけられたと宗教法人「幸福の科学」が講談社を訴える9
「早稲田文学」創刊百周年、「馬酔木」創刊七十周年、「短歌」五百号10
「週刊明星」休刊、「作家」（小谷剛）終刊12
＜創刊＞「批評空間」（福武書店、「季刊思潮」の後継誌）3　「マルコポーロ」（文藝春秋）6
＜歿＞野間宏　藏原惟人　井上靖　森山啓　生島遼一　芝木好子　小谷剛　日影丈吉　山本七平
グリーン　マンディアルグ歿

平成４年（1992）

僕が本当に若かった頃（大江健三郎・新潮）1
炎々の記（河野多惠子・群像）1
ミュージック・ワイア（辺見庸・文学界）1
ヒ・ノ・マ・ル（大岡玲・新潮）2
瓶の中の旅愁（小林恭二・海燕）2
「星条旗の聞こえない部屋」（リービ英雄・講談社）2
鹽壺の匙（車谷長吉・新潮）3
アンダーソン家のヨメ（野中柊・海燕）3
流域（李恢成・群像）4
ほんとうの夏（鷺沢萠・新潮）4
「プロフェッサー・ディア」（米谷ふみ子・文藝春秋）4
ドリーム・ハウス（小林信彦・新潮）5
ペルソナ（多和田葉子・群像）6
神々の消えた土地（北杜夫・新潮）6
「三位一体の神話」（大西巨人・光文社）6
居場所もなかった（笙野頼子・群像）7
石の聲（李良枝・群像）8
片瀬江ノ島（辻原登・群像）9
チョコレット・オーガズム（野中柊・海燕）9
現われ（真継伸彦・群像）10
日本近代文学―私小説from left to right（水村美苗・批評空間）10〜6年10
夏至祭（佐藤洋二郎・群像）11
ゆうべの神様（角田光代・群像）11
ガラスの魚（稲葉真弓・文藝）11
ノヴァーリスの引用（奥泉光・新潮）12
犬婿入り（多和田葉子・群像）12

「夢焼け」（吉野弘・花神社）7
「遠い人の声に振り向く」（鈴木志郎康・書肆山田）7
ラ・ヴィータ（高泉淳子・しんげき）1
さよならだけが人生か（平田オリザ・LES SPECS）7
インスタントジャパニーズ（宮沢章夫・LES SPECS）11
魚の祭（柳美里・テアトロ）11
「近代日本の批評　明治・大正篇」（柄谷行人編・福武書店）1
「男流文学論」（上野千鶴子・小倉千加子・富岡多惠子・筑摩書房）1
「文学としての評伝」（中村真一郎・新潮社）4
「現代ＳＦのレトリック」（巽孝之・岩波書店）6
「谷崎潤一郎　擬態の誘惑」（渡部直己・新潮社）6
「昭和精神史」（桶谷秀昭・文藝春秋）6
「忠誠と反逆」（丸山真男・筑摩書房）6
「〈電通〉文学にまみれて」（渡部直己・太田出版）9
「小説を考える」（菅野昭正・講談社）10
「森のバロック」（中沢新一・せりか書房）10
「日本語の勝利」（リービ英雄・講談社）11
正名と自然（井口時男・群像）11

ＥＣ加盟国、欧州連合条約に調印2
暴力団対策法施行3
ロサンゼルスで米史上最悪の暴動4
細川護熙の日本新党発足5
ＰＫＯ協力法成立6
従軍慰安婦に関する政府調査公表・謝罪7
学校週五日制実施9
カンボジアＰＫＯに自衛隊派遣9
国連安保理、ソマリアへ多国籍軍、モザンビークへＰＫＯ要員の派遣を決議12
江戸川乱歩賞、サントリーミステリー大賞の賞金が一千万円に値上げ2
石ノ森章太郎らのコミック表現の自由を守る会が性表現の規制に反対するアピール3
同人誌「VIKING」が五百号8
「リテレール」編集長の安原顯が作家養成のクリエイティブ・ライティング・スクールを渋谷に開校10
野田秀樹の劇団・夢の遊民社が最終公演「ゼンダ城の虜」をもって解散12
この年、「別冊婦人公論」、「朝日ジャーナル」、「雲母」、「LES SPECS」（「しんげき」改題）休刊
この年、漱石ブーム
<創刊>「リテレール」（メタローグ）6　「小説中公」（「別冊婦人公論」後継誌）12
<歿>寿岳文章　岡田嘉子　桐山襲　李良枝　井上光晴　龍胆寺雄　松本清張　中上健次　干刈あがた　北村太郎　小田切進　阿波野青畝　諏訪優　ガタリ歿

平成５年（1993）

小説

不思議な事があるものだ（宇野千代・すばる）1
ヴァリアシオン（川西蘭・すばる）1〜4
「女ざかり」（丸谷才一・文藝春秋）1
草の上の朝食（保坂和志・群像）3
シナプスの入江（清水義範・海燕）4
飛ぶ男（安部公房・新潮）4
セミの追憶（古山高麗雄・新潮）5
アラブの電話（村上政彦・海燕）6
コンチュラ物語（尾辻克彦・群像）6
「マシアス・ギリの失脚」（池澤夏樹・新潮社）6
友だちの出来事（青野聰・新潮）8
題名なし（平成3年5月2日、後天性免疫不全症候群にて急逝された明寺伸彦博士、並びに……）（石黒達昌・海燕）8
「異族」（中上健次・講談社）8
「救い主」が殴られるまで―燃えあがる緑の木　第一部―（大江健三郎・新潮）9
炸裂する闇（金石範・すばる）9
「ファザーファッカー」（内田春菊・文藝春秋）9
響子不生（三枝和子・新潮）10
魚津埋没林（清水邦夫・文学界）10
バナールな現象（奥泉光・すばる）11
森番（藤原智美・群像）11
二百回忌（笙野頼子・新潮）12
石の来歴（奥泉光・文学界）12

詩歌・戯曲・評論

「世間知ラズ」（谷川俊太郎・思潮社）5
「左手日記例言」（平出隆・白水社）6
「わたしはあんじゅひめ子である」（伊藤比呂美・思潮社）8
くじらの墓標（坂手洋二・テアトロ）3
ぼくは、きみの夢をみた（太田省吾・テアトロ）5
朝焼けのマンハッタン（斎藤憐・悲劇喜劇）12
そして「純文学」は消滅した（笠井潔・海燕）2
「日本の家郷」（福田和也・新潮社）2
「貨幣論」（岩井克人・筑摩書房）3
「詩的レトリック入門」（北川透・思潮社）5
「本文の生態学 漱石・鷗外・芥川」（山下浩・日本エディタースクール出版部）6
「文芸時評というモード」（絓秀実・集英社）8
「ヒューモアとしての唯物論」（柄谷行人・筑摩書房）8
「作文する小説家」（清水良典・筑摩書房）9
純文学と大衆文学（鈴木貞美・文学界）10〜6年1
「漱石とその時代Ⅲ」（江藤淳・新潮社）10
「小林秀雄声と精神」（高橋英夫・小沢書店）10
「悪文の初志」（井口時男・講談社）11
「純文学」を必要としているのは誰か（絓秀実・群像）12

社会動向・文学事象・その他

米国、クリントン政権誕生1
佐川急便事件で金丸信逮捕3
ウィンドウズ3・1発売5
自衛隊、モザンビークPKOのため出発5
プロサッカーのJリーグ開幕5
宮沢内閣不信任案可決で衆議院解散、自民党分裂で新党さきがけ、新生党結成6
衆院総選挙で新党ブーム。自民党過半数割れ、社会党も七〇議席の歴史的敗北7
細川連立内閣発足。自民党、結党以来初めて野党に8
カンボジアPKO任務完了、帰国開始9
冷夏による米不足対策で米の緊急輸入決定9
日本でインターネットの商用サービス開始11
欧州連合条約発効11
ウルグアイ＝ラウンド最終協定案採択。世界貿易機関発足へ12
この年、ゼネコン汚職で逮捕者多数
この年、昭49以来のGNPマイナス成長
欧米で吉本ばなながベストセラーに1
歿後十年の寺山修司ブーム5
にっかつ倒産7
筒井康隆、差別語問題で断筆宣言10
立松和平「光の雨」（すばる）が無断引用を指摘され連載中止に10
「完全自殺マニュアル」（鶴見済・太田出版）ベストセラー
この年、「主婦と生活」、「ラ・メール」、「文化評論」、「天狼」休刊
＜創刊＞「白露」3（「雲母」後継誌）「漱石研究」（翰林書房）3　「小説王」（角川書店）11
＜歿＞安部公房　戸板康二　澁川驍　芹沢光治良　藤枝静男　島田謹二　佐々木基一　土橋治重　加藤楸邨　森瑶子　井伏鱒二　山本安英　野口冨士男　中井英夫　ゴールディング　フェリーニ歿

平成６年（1994）

風の交遊録（青野聰・群像）1
隅田川の皺男（多和田葉子・文学界）1
蟹女（村田喜代子・文学界）1
「アムリタ上下」（吉本ばなな・福武書店）1
「青春」（林京子・新潮社）2
「五分後の世界」（村上龍・幻冬舎）3
おどるでく（室井光広・群像）4
猫に時間の流れる（保坂和志・新潮）4
「ねじまき鳥クロニクル第1・2部」（村上春樹・新潮社）4※第3部は7年8
死刑囚　永山則夫（佐木隆三・群像）5
揺れ動く―燃えあがる緑の木　第二部―（大江健三郎・新潮）6
タイムスリップ・コンビナート（笙野頼子・文学界）6
アメリカの夜（阿部和重・群像）6
食べる（森内俊雄・群像）6
百年の旅人たち（李恢成・新潮）7〜8
キオミ（内田春菊・海燕）8
片冷え（河野多惠子・新潮）11
よなき（三浦哲郎・新潮）11
コーリング（保坂和志・群像）12
ドッグ・ウォーカー（中村邦生・文学界）12
「夜を賭けて」（梁石日・日本放送出版協会）12

「明るい箱」（朝吹亮二・思潮社）4
「夕陽に赤い帆」（清水哲男・思潮社）4
「漂ふ舟」（入沢康夫・思潮社）6
思い出せない夢のいくつか（平田オリザ・テアトロ）4
父と暮らせば（井上ひさし・新潮）10
鼻（別役実・テアトロ）12
「純文学」のために（宮内豊・群像）1
「〈戦前〉の思考」（柄谷行人・文藝春秋）2
「絶対文芸時評宣言」（蓮実重彦・河出書房新社）2
「われよりほかに谷崎潤一郎最後の十二年」（伊吹和子・講談社）2
「日本という身体」（加藤典洋・講談社）3
「『歴史の終わり』と世紀末の世界」（浅田彰・小学館）3
「小林秀雄」（島弘之・新潮社）3
「はじまりのレーニン」（中沢新一・岩波書店）6
「妊娠小説」（斎藤美奈子・筑摩書房）6
「電脳的」（布施英利・毎日新聞社）6
「日本近代文学と〈差別〉」（渡部直己・太田出版）7
「志賀直哉上下」（阿川弘之・岩波書店）7
「『超』言葉狩り宣言」（絓秀実・太田出版）8
「身体の零度」（三浦雅士・講談社）11
「海を渡った日本語」（川村湊・青土社）12
「彼等の昭和」（川崎賢子・白水社）12

米カリフォルニア州南部で地震1
細川辞任で新生党党首の羽田連立内閣発足4
ポケットベル契約数八三〇万に達する5
PL法成立6
松本サリン事件6
自民党の不信任案に内閣総辞職、自社さきがけ連立の村山内閣発足6
就職戦線氷河期7
記録的猛暑と水不足8
PKOのためザイールに自衛隊派遣9
ロシア軍がチェチェン侵攻12
この年、前年の四〇年ぶりの凶作で米不足、緊急輸入のタイ米は不評
「『超』整理法」（野口悠紀雄・中公新書）がベストセラー。
国語審議会、差別語を検討課題とせず1
「批評空間」第Ⅰ期（福武書店）終刊1、第Ⅱ期（太田出版）発刊4
「アララギ」千号2
「文藝春秋」千号3
北区つかこうへい劇団が養成所開校4
パソコン通信で候補作・選考過程すべて公開のパスカル文学賞第一回選考会開かれる4
日本文化会議解散、「文化会議」廃刊4
宝塚市に手塚治虫記念館オープン4
ソルジェニツィン、ロシアに永住帰国5
「新潮」創刊九十周年6
井上光晴のドキュメンタリー映画「全身小説家」（原一男監督）公開8
月刊漫画誌「ガロ」（青林堂）三十周年9
大江健三郎、川端康成に次いで日本人二人目のノーベル文学賞受賞10
大江健三郎受賞講演「あいまいな日本の私」12
「石に泳ぐ魚」（柳美里）のモデル問題で損害賠償・出版差し止め訴訟12
＜創刊＞「シアターアーツ」（晩成書房）12
＜歿＞小島政二郎　村松剛　吉行淳之介　関根弘　真鍋美恵子　飯沢匡　春山行夫　生田耕作　福田恆存　中河与一　千田是也　駒田信二
イヨネスコ　カネッティ歿

平成７年（1995）

小説

声の巣（黒井千次・群像）１
待ちあわせ（増田みず子・文学界）２
大いなる日に―燃えあがる緑の木　第三部―（大江健三郎・新潮）３
この人の閾（保坂和志・新潮）３
しんとく問答（後藤明生・群像）３
黄落（佐江衆一・新潮）４
惨憺たる童女（大原富枝・群像）４
うそりやま考（三枝和子・新潮）５
フルハウス（柳美里・文学界）５
ジェロニモの十字架（青来有一・文学界）６
公爵夫人邸の午後のパーティー（阿部和重・群像）６
「恋愛太平記１・２」（金井美恵子・集英社）６
エクリチュール元年（三浦俊彦・文学界）７
亡命者（高橋たか子・群像）８
星祭りの町（津村節子・新潮）９
三月生まれ（伊井直行・群像）９
千年往来（吉田知子・新潮）10
「忘れられた帝国」（島田雅彦・毎日新聞社）10
豚の報い（又吉栄喜・文学界）11
《虚体》論（埴谷雄高・群像）11※［死霊」第九章
ゴットハルト鉄道（多和田葉子・群像）11
魔の国アンヌピウカ（久間十義・新潮）11

詩歌・戯曲・評論

「鎮魂歌」（那珂太郎・思潮社）７
「笑う男」（正津勉・邑書林）10
「通り過ぎる女たち」（清岡卓行・思潮社）11
「花火の家の入口で」（吉増剛造・青土社）12
月の光（竹内銃一郎・テアトロ）２
火宅か修羅か（平田オリザ・テアトロ）６
保田與重郎と昭和の御代（福田和也・文学界）１～５
「大正生命主義と現代」（鈴木貞美編・河出書房新社）３
『挫折』の昭和史」（山口昌男・岩波書店）３
「出来事としての文学」（小林康夫・作品社）４
「文学のプログラム」（山城むつみ・太田出版）４
『声』の資本主義」（吉見俊哉・講談社）５
「折口信夫論」（松浦寿輝・太田出版）６
「エッフェル塔試論」（松浦寿輝・筑摩書房）６
『敗者』の精神史」（山口昌男・岩波書店）７
「小説は何処から来たか」（後藤明生・白地社）７
「戦争がつくる女性像」（若桑みどり・筑摩書房）９
「ペルソナ　三島由紀夫伝」（猪瀬直樹・文藝春秋）11

社会動向・文学事象・その他

阪神淡路大震災１
祝日法改正成立で海の日新設２
地下鉄サリン事件３
米オクラホマで連邦政府ビルに爆弾テロ４
青島幸男、横山ノックが無党派知事に４
青島都知事、世界都市博を中止決定５
参院選で社会党大敗、新進党躍進７
ロシア・チェチェン共和国和平文書に調印７
ウィンドウズ95発売、ブームに11
オウム真理教に破防法適用決定12
この年、金融機関の破綻相次ぎ、住専処理機構設立
この年、中国とフランスが地下核実験、抗議運動起る
青野聰、奥泉光、島田雅彦中心の月一回朗読会が渋谷ジァンジァンではじまる４
米でオンライン書店amazon.com開業７
紀伊國屋書店でインターネット販売開始８
「海」後継誌の「中公文芸特集」休刊８
この年、「パラサイト・イヴ」（瀬名秀明）、「らせん」（鈴木光司）などホラー小説ブーム
＜殁＞谷川雁　五味川純平　福田清人　山口瞳　中谷孝雄　田木繁　田中千禾夫　寺田透　エンデ　エイミス　ドゥルーズ殁

平成８年（1996）

天安門（リービ英雄・群像）1
『吾輩は猫である』殺人事件（奥泉光・新潮社）1
蛇を踏む（川上弘美・文学界）3
「信長」（秋山駿・講談社）3
「アニマル・ロジック」（山田詠美・新潮社）4
季節の記憶（保坂和志・群像）5
「空の華」（田久保英夫・文藝春秋）4
陽炎（佐藤洋二郎・すばる）6
「炎都上下」（加賀乙彦・新潮社）6
くっすん大黒（町田康・文学界）7
「弟」（石原慎太郎・幻冬舎）7
「遠き山に日は落ちて」（佐伯一麦・集英社）8
「火山島1～4」（金石範・文藝春秋）8※9年9月全七巻完結
ガーデン・ガーデン（稲葉真弓・群像）9
麗しき日日（小島信夫・読売新聞）9・11～9年4・9
輪廻の暦（萩原葉子・新潮）10※「蕁麻の家」完結編
ホーム、スイートホーム（篠原一・すばる）10
盗み読み（多和田葉子・群像）10
地獄は一定すみかぞかし（石和鷹・新潮）10～12
いちげんさん（デビット・ゾペティ・すばる）11
満洲エクスプレス（リービ英雄・群像）11
「レキシントンの幽霊」（村上春樹・文藝春秋）11
海峡の光（辻仁成・新潮）12
家族シネマ（柳美里・群像）12

「吉岡実全詩集」（吉岡実・筑摩書房）3
「俳諧辻詩集」（辻征夫・思潮社）6
「現れるものたちをして」（白石かずこ・書肆山田）11
テレビ・デイズ（岩松了・テアトロ）2
赤鬼（野田秀樹・せりふの時代）11
「坂口安吾と中上健次」（柄谷行人・太田出版）2
「出来事としての読むこと」（小森陽一・東京大学出版会）3
「中上健次論」（渡部直己・河出書房新社）4
「泉鏡花論」（渡部直己・河出書房新社）7
「宮沢賢治の宇宙を歩く」（芹沢俊介・角川書店）7
「セクシュアリティの近代」（川村邦光・講談社）9
「荷風と東京『断腸亭日乗』私註」（川本三郎・都市出版）9
「永井荷風巡歴」（菅野昭正・岩波書店）9
「漱石とその時代Ⅳ」（江藤淳・新潮社）10
「柳田国男と近代文学」（井口時男・講談社）10
「二葉亭四迷の明治四十一年」（関川夏央・文藝春秋）11
「旅する巨人」（佐野眞一・文藝春秋）11
『国語』という思想」（イ・ヨンスク・岩波書店）12
「三絃の誘惑　近代日本精神史覚え書」（樋口覚・人文書院）12

村山首相退陣、橋本内閣発足1
社会党、社会民主党と改名1
薬害エイズ訴訟でミドリ十字社長ら謝罪3
米・英・仏、南太平洋非核地帯条約に調印3
らい予防法廃止法成立3
W杯日韓共催が決定5
新党さきがけ、社民党分裂9
民主党結党9
衆院総選挙で自民二三九議席に回復、社民党は一五議席と半減10
この年、携帯電話とPHSが二千万台を超える
大江健三郎、武満徹の弔辞で作家復帰宣言2
断筆中の筒井康隆、小林恭二ら、インターネットで文芸ページを開き、筒井の新作「越天楽」など発表7
「新潮」千百号、「群像」五十周年を迎える9
「悪徳の栄え」（サド、澁澤龍彦訳・現代思潮社）7年11に続き、「チャタレイ夫人の恋人」（ロレンス、伊藤整訳・新潮社）が完全版として出版される11
新宿に紀伊國屋サザン・シアター開場11
「ホトトギス」創刊百年、千二百号12
筒井康隆、5年10以来の断筆を解き、用語使用ルールの覚書を出版社と交わす12
この年、宮沢賢治生誕百年でイベント・映画上映など各地で行なわれる
この年、書籍販売額、実質で初めて前年を下回る
この年、「野性時代」、「思想の科学」、「頓智」、「海燕」、「リテレール」休刊
＜創刊＞「せりふの時代」（小学館）10
＜歿＞飯島正　岡本太郎　布川角左衛門　司馬遼太郎　武満徹　宇野千代　丸山真男　遠藤周作　小野十三郎　小沼丹
ブロツキー　デュラス歿

平成9年（1997）

小説

ピアノの音（庄野潤三・群像）1
あの遠景（大城立裕・群像）1
壊れるところを見ていた（笙野頼子・文学界）1
イン ザ・ミソスープ（村上龍・読売新聞）1・27～7・31
「少年H上下」（妹尾河童・講談社）1
「アンダーグラウンド」（村上春樹・講談社）3
「蝶の皮膚の下」（赤坂真理・河出書房新社）3
水滴（目取真俊・文学界）4
海で何をしていた？（藤沢周・文学界）4
日本文学盛衰史（高橋源一郎・群像）5～12年11月
「インディヴィジュアル・プロジェクション」（阿部和重・新潮社）5
白仏（辻仁成・文学界）7
夫婦茶碗（町田康・新潮）8
ニーダーザクセン物語（多和田葉子・文藝）8～10年5※「ふたくちおとこ」（河出書房新社）10年10
赤目四十八瀧心中未遂（車谷長吉・文学界）10
竜女の葬送（笙野頼子・文学界）11
「あ・じゃぱん上下」（矢作俊彦・新潮社）11
国民のうた（リービ英雄・群像）12
トライアングルズ（阿部和重・群像）12

詩歌・戯曲・評論

「行き方知れず抄」（渋沢孝輔・思潮社）6
「渡世」（荒川洋治・筑摩書房）7
リレイヤー・（鴻上尚史・せりふの時代）2
フユヒコ（マキノノゾミ・悲劇喜劇）6
マッチ売りの少女たち（平田オリザ・テアトロ）11
「日本思想という問題 翻訳と主体」（酒井直樹・岩波書店）3
「海外進出文学」論・序説」（池田浩士・インパクト出版会）3
「メディア・表象・イデオロギー明治三十年代の文化研究」（小森陽一・紅野謙介・高橋修編・小沢書店）5
「敗戦後論」（加藤典洋・講談社）8
「男であることの困難」（小谷野敦・新曜社）10
「黙阿弥の明治維新」（渡辺保・新潮社）10
「大杉栄 自由への疾走」（鎌田慧・岩波書店）10
「知の歴史学」（饗庭孝男・新潮社）10

社会動向・文学事象・その他

米国、クリントン政権誕生1
英でクローン羊成功が明らかに2
神戸で中学生による小学生殺傷事件3～5
消費税率3％から5％に4
アイヌ文化の振興並びにアイヌの伝統に関する知識の普及及び啓発に関する法律施行7
北海道旧土人保護法が廃止7
北朝鮮の金正日、総書記に就任10
財政構造改革法成立11
地球温暖化防止京都会議12
介護保険法成立12
アニメ「ポケットモンスター」が光過敏性発作を誘発、社会問題に12
この年、小中学生の不登校が十万人以上に
この年、北海道拓殖銀行破綻、山一証券自主廃業、経済不安が広がる
柳美里のサイン会、右翼の脅迫で中止2
永山則夫死刑囚に刑執行8
インターネット上の公共図書館「青空文庫」開設9
新国立劇場が東京・初台にオープン10
池袋文芸坐閉館10
初の詩の朗読タイトルマッチ開催、初代王者はねじめ正一10
この年、「失楽園」（渡辺淳一）映画・ドラマ化され、ブームとなる
この年、「北方文芸」、「関西文学」、「試行」休刊
〈創刊〉「季刊・本とコンピュータ」7
〈殁〉杉森久英　藤沢周平　与田準一　埴谷雄高　岡田隆彦　池田満寿夫　嶋中鵬二　杉村春子　石和鷹　金達寿　金井直　住井すゑ　井上友一郎　奥野健男　伊丹十三　中村真一郎　嵯峨信之　星新一　猪野謙二　ギンズバーグ　バロウズ殁

平成10年（1998）

共生虫（村上龍・群像）1～11年11
「敵」（筒井康隆・新潮社）1
人間の屑（町田康・新潮）2
コーリング（赤坂真理・文藝）2
龍秘御天歌（村田喜代子・文学界）2
「血と骨」（梁石日・幻冬舎）2
夕陽を見に行く（中薗英助・群像）3
けものがれ、俺らの猿と（町田康、文学界）4
カブキの日（小林恭二・群像）4
マラカス―消尽―（唐十郎・すばる）5
ハウス・プラント（伊藤比呂美・新潮）5
「ぼくは始祖鳥になりたい上下」（宮内勝典・集英社）5
ブエノスアイレス午前零時（藤沢周・文藝）5
ゲルマニウムの夜（花村萬月・文学界）6
エイジ（重松清・朝日新聞）6・29～8・15
「火の山―山猿記上下」（津島佑子・講談社）6
日蝕（平野啓一郎・新潮）8
燃える塔（高樹のぶ子・新潮）8
猫の目（黒川創・群像）8
火夜（増田みず子・新潮）9
後日の話（河野多惠子・文学界）11
ゴールドラッシュ（柳美里・新潮）11
一月物語（平野啓一郎・新潮）12

「この世あるいは箱の人」（高橋睦郎・思潮社）3
「1999」（田村隆一・集英社）5
「日本方言詩集」（川崎洋編・思潮社）7
紙屋町さくらホテル（井上ひさし・せりふの時代）2
水の駅―3（太田省吾・せりふの時代）11
フローズン・ビーチ（ケラリーノ・サンドロヴィッチ・せりふの時代）11
「怠惰の逆説　広津和郎の人生と文学」（松原新一・講談社）2
「戦後批評論」（川村湊・講談社）3
サブ・カルチャー文学論（大塚英志・文学界）4～12年8
「私という小説家の作り方」（大江健三郎・新潮社）4
「日本変流文学」（巽孝之・新潮社）5
「日本人の目玉」（福田和也・新潮社）5
『故郷』という物語」（成田龍一・吉川弘文館）7
「日本の『文学』概念」（鈴木貞美・作品社）10
「存在論的、郵便的」（東浩紀・新潮社）10
「探偵小説論1・2」（笠井潔・東京創元社）12

公衆電話が8年のピーク時七九万四千台から約一三万台減る1
インド、パキスタンが相次いで核実験5
サッカー仏ワールドカップに日本初出場6
ウィンドウズ98発売7
参院選で自民党惨敗、民主・共産が躍進7
橋本退陣で小渕内閣誕生7
和歌山市で毒入りカレー事件7
文部省、ヒトのクローン研究禁止の指針7
ケニア・タンザニアの米大使館同時爆破事件。米、アフガニスタンとスーダンで報復攻撃8
北朝鮮のミサイル「テポドン」が太平洋に落下8
対人地雷全面禁止条約批准9
イラク、国連査察拒否、米・英イラク空爆12
電子出版物も国会図書館に納本を義務づけるよう納本制度審査会が答申5
この年、「文芸別冊90年代J文学マップ」（河出書房新社）から「J文学」の呼称、11年8にかけて「文芸」で特集が組まれ、関連して河出文庫でもJ文学のシリーズ発行
セブンイレブン、月刊誌の予約販売開始11
読売新聞社の支援で中央公論新社発足へ11
岩波映画製作所が自己破産申請12
「老人力」（赤瀬川原平）、中高年の支持を受け流行語になる
この年で出版物販売金額二年連続減少、雑誌も初のマイナス成長
＜歿＞矢代静一　景山民夫　渋沢孝輔　白井健三郎　加太こうじ　須賀敦子　小堀杏奴　郡司正勝　田村隆一　堀田善衛　黒澤明　佐多稲子　淀川長治　白洲正子
オクタビオ・パス　リオタール歿

平成11年（1999）

小説

三声のリチェルカーレ（島田雅彦・新潮）1
裏ヴァージョン（松浦理英子・ちくま）2～12年7
豆畑の昼（中沢けい・群像）2
ギリシア通りは夢夢と（中薗英助・群像）2
都会（吉村昭・文学界）3
幽（松浦寿輝・群像）3
幽霊（司修・新潮）3
「東京セブンローズ」（井上ひさし・文藝春秋）3
水の中のザクロ（稲葉真弓・群像）4
父（小林恭二・新潮）4
「スプートニクの恋人」（村上春樹・講談社）4
運動会（佐藤洋二郎・群像）6
「宙返り上下」（大江健三郎・講談社）6
一番寒い場所（車谷長吉・新潮）7
センセイの鞄（川上弘美・太陽）7～12・12
「おぱらばん」（堀江敏幸・青土社）7
地震のあとで（村上春樹・新潮）8～12※「神の子どもたちはみな踊る」（新潮社）12年2
夢の子供（加藤幸子・群像）8
「マロニエの花が言った上下」（清岡卓行・新潮社）8
「溺レる」（川上弘美・文藝春秋）8
高山右近（加賀乙彦・群像）9
海の底から、地の底から（金石範・群像）11
蔭の棲み家（玄月・文学界）11
夏の約束（藤野千夜・群像）12

詩歌・戯曲・評論

「めぐりの歌」（安藤元雄・思潮社）6
「倚りかからず」（茨木のり子・筑摩書房）10
Right Eye（野田秀樹・せりふの時代）2
水の戯れ（岩松了・テアトロ）2
冬のひまわり（鄭義信・せりふの時代）8
「文学のトポロジー」（奥野健男・河出書房新社）1
「もてない男―恋愛論を超えて」（小谷野敦・筑摩書房）1
「日本の無思想」（加藤典洋・平凡社）5
「妻と私」（江藤淳・文藝春秋）7
「不敬文学論序説」（渡部直己・太田出版）7
幼年時代（江藤淳・文学界）8～9※未完
「郵便的不安たち」（東浩紀・朝日新聞社）8
「転形期と思考」（山城むつみ・講談社）8
『「小説」論』（亀井秀雄・岩波書店）9
「天皇と倒錯」（丹生谷貴志・青土社）9
「戦後的思考」（加藤典洋・講談社）11
「考える身体」（三浦雅士・NTT出版）12
「漱石とその時代 V」（江藤淳・新潮社）12

社会動向・文学事象・その他

EUの単一通貨ユーロ導入1
NTTドコモ、携帯電話向けインターネットサービスのiモード開始2
日本初の脳死臓器移植2
携帯電話の加入数が四千万台を突破3
新ガイドライン関連法成立5
NATO軍がユーゴ空爆3～6
国旗国歌法、国家公務員倫理法、通信傍受法、改正住民基本台帳法、相次いで成立8
東ティモールに多国籍軍進駐9
ロシア軍がチェチェン共和国に侵攻10
世界の人口六十億突破10
西暦二〇〇〇年でコンピュータ誤作動のY2K問題の恐れから年末年始に緊張
石原慎太郎が東京都知事に当選4
取次大手の日販がネットで書籍販売開始4
柳美里「石に泳ぐ魚」モデルのプライバシー侵害で出版差し止め判決6
江藤淳自殺7
日販、出版社二十九社と共同でオンデマンド出版社の「ブッキング」設立10
この年で出版物販売金額三年連続マイナス、書籍新刊点数も十五年ぶりに減少
この年「ハリー・ポッターと賢者の石」翻訳され、その後シリーズ続く
＜歿＞夏堀正元　榛葉英治　菊村到　中島河太郎　進藤純孝　江藤淳　辻邦生　後藤明生　尾崎秀樹　三浦綾子　西野辰吉　八木義徳
ボウルズ歿

平成12年（2000）

アレグリア（デビット・ゾペティ・すばる）2
「始祖鳥記」（飯嶋和一・小学館）2
鏡川（安岡章太郎・新潮）4
羽根と翼（黒井千次・群像）4
「消えさりゆく物語」（北杜夫・新潮社）4
蛇行（唐十郎・新潮）5
きれぎれ（町田康・文学界）5
花腐し（松浦寿輝・群像）5
「彼女（たち）について私の知っている二、三の事柄」（金井美恵子・朝日新聞社）5
「コンセント」（田口ランディ・幻冬舎）6
「燃える頬」（久世光彦・文藝春秋）7
生者へ（丸山健二・新潮）8
海へ（南木佳士・文学界）8
「長い時間をかけた人間の経験」（林京子・講談社）9
「聖耳」（古井由吉・講談社）10
「沈黙博物館」（小川洋子・筑摩書房）10
「秘事」（河野多惠子・新潮社）10
もどろき（黒川創・新潮）12
聖水（青来有一・文学界）12
熊の敷石（堀江敏幸・群像）12
「取り替え子　チェンジリング」（大江健三郎・講談社）12

パンドラの鐘（野田秀樹・文學界）1
「ハムレットクローン」（川村毅・論創社）1
「ナイス・エイジ」（ケラリーノ・サンドロヴィッチ・白水社）9
「メランコリー・ベイビー」（高泉淳子・工作舎）10
「語られた自己　日本近代の私小説言説」（鈴木登美、大内和子・雲和子訳・岩波書店）1
「木村蒹葭堂のサロン」（中村真一郎・新潮社）3
「明治文学史」（亀井秀雄・岩波書店）3
「作家の値うち」（福田和也・飛鳥新社）4
「小説家の起源　徳田秋聲論」（大杉重男・講談社）4
「昭和精神史　戦後篇」（桶谷秀昭・文藝春秋）6
「闊歩する漱石」（丸谷才一・講談社）7
「キルケゴールとアンデルセン」（室井光広・講談社）9
「翻訳夜話」（村上春樹・柴田元幸・文藝春秋）10
「日本人の帽子」（樋口覚・講談社）11
「ピカレスク太宰治伝」（猪瀬直樹・小学館）11

露、チェチェンの首都グロズヌイ制圧2
携帯電話が固定電話を抜き五千万台突破3
介護保険制度スタート4
小渕首相倒れ、森内閣発足4
マイクロソフトに独占禁止法違反認定4
プーチンがロシア大統領に就任5
児童虐待防止法、ストーカー規制法成立5
初の南北朝鮮首脳会談6
衆院総選挙で与党三党激減、民主党大幅増6
ヒトゲノム概要解読完了6
九州・沖縄サミット開催、二千円札発行7
iモード加入者一千万人を超える8
ユーゴのミロシェビッチ辞任、コシュトニツァ大統領就任、八年ぶりに国連復帰10
米大統領選、接戦で再集計の末G・W・ブッシュに12
BSデジタル放送開始12
都営地下鉄大江戸線全面開通12
取次大手の日販が三月期決算で九十億円の赤字見通し2
「批評空間」第Ⅱ期終刊3
渋谷の小劇場ジァンジァン閉館4
上野に国際子ども図書館オープン5
全国書店数四五六減り九四〇六店に5
キング、ホームページで小説直販開始7、代金未払いが半数以上で打ち切り12
出版八社による電子書籍ダウンロード販売の「電子文庫パブリ」オープン9
「明治の文学」（全25巻、筑摩書房）刊行開始9
田中康夫が長野県知事に当選10
三島由紀夫の手紙、最高裁で著作物とみなす判決11
オンライン書店amazon. com日本国内でサービス開始11
この年、「アサヒグラフ」「太陽」休刊
＜歿＞辻征夫　牧羊子　生方たつゑ　大原富枝　田中小実昌　田中澄江　山室静　河盛好蔵　小田切秀雄　如月小春

平成13年（2001）

小説

「ホラ吹きアンリの冒険」（荻野アンナ・文藝春秋）1
蚊と蠅のダンス（リービ英雄・群像）3
満月（金石範・群像）4
遺書（古山高麗雄・文学界）4
「群蝶の木」（目取真俊・朝日新聞社）4
「模倣犯上下」（宮部みゆき・小学館）4
ピアノ・サンド（平田俊子・群像）4
中陰の花（玄侑宗久・文学界）5
明け方の猫（保坂和志・群像）5
「日本文学盛衰史」（高橋源一郎・講談社）5
「蕭々館日録」（久世光彦・中央公論新社）5
「巴」（松浦寿輝・新書館）5
「赤い月上下」（なかにし礼・新潮社）5
ニッポニア・ニッポン（阿部和重・新潮）6
「センセイの鞄」（川上弘美・平凡社）6
「いつか王子駅で」（堀江敏幸・新潮社）6
「仮装」（田久保英夫・新潮社）6
スリー・りろ・ジャパニーズ（伊藤比呂美・新潮）7
父、断章（辻原登・群像）7
毒身帰属（星野智幸・中央公論）8
長江（加藤幸子・新潮）8
熊の場所（舞城王太郎・群像）9
猛スピードで母は（長嶋有・文学界）11
「人が見たら蛙に化（な）れ」（村田喜代子・朝日新聞社）12

詩歌・戯曲・評論

「荒川洋治全詩集 1971-2000」（荒川洋治・思潮社）6
「胡桃ポインタ」（鈴木志郎康・書肆山田）9
「世紀の変り目にしやがみこんで」（大岡信・思潮社）10
「幽明偶輪歌」（天沢退二郎・思潮社）10
「老世紀界隈で」（伊藤信吉・集英社）11
「内田魯庵山脈上下」（山口昌男・晶文社）1
「日本語を書く部屋」（リービ英雄・岩波書店）1
「慶応三年生まれ 七人の旋毛曲（つむじまが）り」（坪内祐三・マガジンハウス）3
「文壇挽歌物語」（大村彦次郎・筑摩書房）5
「帝国」の文学（絓秀実・以文社）7
「江藤淳」（田中和生・慶應義塾大学出版会）7
「石に泳ぐ魚」の語るもの—柳美里裁判の問題点（加藤典洋・群像）8
「青春の終焉」（三浦雅士・講談社）9
「沖縄／草の声・根の意志」（目取真俊・世織書房）9
「詩ってなんだろう」（谷川俊太郎・筑摩書房）10
トランスクリティーク—カントとマルクス（柄谷行人・批評空間）10
「江藤淳と少女フェミニズム的戦後」（大塚英志・筑摩書房）11
「なぜ書きつづけてきたか／なぜ沈黙してきたか—済州島四・三事件の記憶と文学」（金石範、金時鐘・平凡社）11
「動物化するポストモダン」（東浩紀・講談社）11

社会動向・文学事象・その他

中央省庁再編成1
ハワイ沖でえひめ丸が米原潜と衝突沈没2
田中康夫長野県知事、脱ダム宣言2
「新しい歴史教科書をつくる会」の中学「歴史」「公民」教科書が検定合格4
情報公開法施行4
熊本地裁、ハンセン病国家賠償請求訴訟で賠償金支払命令5
小泉首相、8年の橋本首相以来の靖国参拝8
米国でハイジャックされた航空機四機による同時多発テロ事件9
米軍、アフガニスタンを空爆10
テロ対策特別措置法案など三法案成立10
幻冬舎、全書籍のネット通販開始1
公正取引委員会、書籍・新聞・音楽用CDなどの再販制度存続を決定3
出版業界と新古書店ブックオフの間で図書券論争。ブックオフの「ただ乗り」批判3
女流文学賞の改組で婦人公論文芸賞新設5
井伏鱒二「黒い雨」のモデル重松静雄の「重松日記」出版される5
書店のポップ広告からテリー・ケイ「白い犬とワルツを」ベストセラーに8
写真週刊誌の草分けの「フォーカス」休刊8
鎌倉市に虚子立子記念館開館9
インターネットで全国古書籍商組合連合会の「日本の古本屋」スタート9
司馬遼太郎記念館開館10
開高健ノンフィクション賞創設11
硬派出版物取次会社の鈴木書店自己破産12
新潮学芸賞に代えて小林秀雄賞と新潮ドキュメント賞新設、日本芸術大賞は当面休止12
この年、創復刊誌数一六七誌、休廃刊誌数一七〇誌。後者が上回るのは史上初
〈創刊〉「エクスタス」（群像別冊）9 「批評空間」（第三期）10
〈歿〉本多秋五 杉浦明平 馬場のぼる 勅使河原宏 田久保英夫 窪田章一郎 山田智彦 秋元松代 團伊玖磨 江崎誠致 久保田正文 石川利光 山田風太郎 畑山博 林富士馬 上林猷夫

平成14年（2002）

「ブラック・マジック」（大岡玲・文藝春秋）1
深い音（小田実・新潮）2
「官能小説家」（高橋源一郎・朝日新聞社）2
「パレード」（吉田修一・幻冬舎）2
「忿翁」（古井由吉・新潮社）3
「泳ぐのに、安全でも適切でもありません」（江國香織・ホーム社）3
Helpless（青山真治・新潮）4
平成（青山繁晴・文学界）4
「文壇」（野坂昭如・文藝春秋）4
「フランシスコX」（島田雅彦・講談社）4
冬至草（石黒達昌・文学界）5
パーク・ライフ（吉田修一・文学界）6
「龍宮」（川上弘美・文藝春秋）6
「球形時間」（多和田葉子・新潮社）6
ガードマン哀歌（東峰夫・群像）7
「にぎやかな湾に背負われた船」（小野正嗣・朝日新聞社）7
吾妹子哀し（青山光二・新潮）8
「葬送第1部・第2部」（平野啓一郎・新潮社）8
海辺のカフカ上下」（村上春樹・新潮社）9
「憂い顔の童子」（大江健三郎・講談社）9
「本格小説上下」（水村美苗・新潮社）9
「イカロスの森」（黒川創・新潮社）9
リトル・バイ・リトル（島本理生・群像）11
銃（中村文則・新潮）11
「浪漫的な行軍の記録」（奥泉光・講談社）11
「金色の虎」（宮内勝典・講談社）11
しょっぱいドライブ（大道珠貴・文学界）12
十一月の少女（森内俊雄・新潮）12

「ことばのつえ、ことばのつえ」（藤井貞和・思潮社）4
「幸福な物質」（野村喜和夫・思潮社）4
「遐い宴楽」（とほいうたげ）（入沢康夫・書肆山田）6
「砂から」（佐々木幹郎・書肆山田）7
「遊山」（正津勉・思潮社）8
「誕生」（和合亮一・思潮社）8
「大地」（塔和子・編集工房ノア）10
「minimal」（谷川俊太郎・思潮社）10
「大岡信全詩集」（大岡信・思潮社）11
太鼓たたいて笛ふいて（井上ひさし・新潮）9
入れ札と籤引き（柄谷行人・文学界）1
「「三島由紀夫」とはなにものだったのか」（橋本治・新潮社）1
「近代文学研究とは何か」（三好行雄・勉誠出版）5
不良債権としての「文学」（大塚英志・群像）6
「過去の声」（酒井直樹・以文社）6
「文壇アイドル論」（斎藤美奈子・岩波書店）6
「岩波講座　文学13巻＋別巻」（小森陽一ら・岩波書店）9〜16年5

ブッシュ米大統領、北朝鮮・イラク・イランを「悪の枢軸」と非難1
サッカー・ワールドカップ日韓大会5〜6
住民基本台帳ネットワークシステム開始8
県議会の不信任決議を受けた田中康夫長野県知事再選9
小泉首相、初の訪朝で日朝平壌宣言9
携帯電話向け「新潮ケータイ文庫」開始1
内田康夫地元で北区ミステリー文学賞創設1
11年に小学館がはじめたコンビニ向け廉価版マンガ本、人気で百億円市場に1
宮崎駿監督「千と千尋の神隠し」、ベルリン国際映画祭の最高賞（金熊賞）受賞2
井伏鱒二訳「ドリトル先生物語」、差別表現で回収論争。断り書きで対応へ2
前年度の出版物推定販売金額、五年連続のマイナス成長2
毎日書評賞創設2
山田詠美の小説の高校国語教科書収録に際し、差別的表現への検定意見で三回目の差し替え4
文化庁の現代日本文学翻訳・普及事業（JLPP）はじまる（平24・6に廃止決定）4
日本書籍総目録、CD-ROMのみ刊行で書籍版廃止5
大江健三郎が仏最高勲章受章5
「菊と刀」や「ルーツ」の社会思想社倒産6
日韓の知的交流総合誌「識見交流」創刊7
長野市の原型歌人会、齋藤史文学賞創設8
五千円札登場決定で樋口一葉人気9
柳美里「石に泳ぐ魚」、プライバシー侵害裁判で小説初の出版差止め。翌月改訂版刊行9
漫画雑誌「ガロ」、売れ行き不振のため書店販売中止。翌年からオンデマンド出版へ11
もりおか啄木・賢治青春館開館11
アマゾン・ジャパンがマーケットプレイス開設、古本の個人売買が身近に11
「群像」の「創作合評」一時中断12
〈創刊〉「考える人」「季刊短歌」
〈歿〉向井敏　いぬいとみこ　佐藤鬼房　近藤啓太郎　半村良　古山高麗雄　中薗英助　安東次男　齋藤史　矢川澄子　室生朝子　伊藤信吉　宇佐見英治　鮎川哲也　日野啓三　笹沢左保　吉原幸子　リンドグレーン　イリイチ歿

平成15年（2003）

小説

「日本難民」（吉田知子・新潮社）2
「権現の踊り子」（町田康・講談社）3
「キャッチャー・イン・ザ・ライ」（村上春樹訳、サリンジャー・白水社）4
「お母さんの恋人」（伊井直行・講談社）4
「シンクロナイズド・」（三浦俊彦・岩波書店）4
「FUTON」（中島京子・講談社）5
「グロテスク」（桐野夏生・文藝春秋）6
「輝く日の宮」（丸谷才一・講談社）6
イッツ・オンリー・トーク（絲山秋子・文学界）6
空中庭園（角田光代・別冊文藝春秋）7
「デッドエンドの思い出」（よしもとばなな・文藝春秋）7
「水晶内制度」（笙野頼子・新潮社）7
「カンバセイション・ピース」（保坂和志・新潮社）7
蹴りたい背中（綿谷りさ・文藝）8
「雪沼とその周辺」（堀江敏幸・新潮社）8
「博士の愛した数式」（小川洋子・新潮社）8
「静かな大地」（池澤夏樹・朝日新聞社）9
「光ってみえるもの、あれは」（川上弘美・中央公論新社）9
「らら科學の子」（矢作俊彦・文藝春秋）9
「シンセミア上下」（阿部和重・朝日新聞社）10
ロリヰタ（嶽本野ばら・新潮）10
蛇にピアス（金原ひとみ・すばる）11

詩歌・戯曲・評論

「ニューインスピレーション」（野村喜和夫・書肆山田）1
「浮遊する母、都市」（白石かずこ・書肆山田）1
「みてみたいみたい」（朝倉勇・思潮社）5
「（ひかり）、…擦過。」（岩成達也・書肆山田）6
「地球創世説」（城戸朱理・思潮社）6
「箱入豹」（井坂洋子・思潮社）7
「吉本隆明全詩集」（吉本隆明・思潮社）7
「夜のミッキーマウス」（谷川俊太郎・新潮社）9
「わがノルマンディー」（安藤元雄・思潮社）10
「現代能　始皇帝」（那珂太郎・思潮社）10
オイル（野田秀樹・文学界）5
「林芙美子の昭和」（川本三郎・新書館）2
「郊外の文学誌」（川本三郎・新潮社）2
「谷崎潤一郎と異国の言語」（野崎歓・人文書院）6
「座談会　昭和文学史全六巻」（井上ひさし、小森陽一編・集英社）9～16年2
「書きあぐねている人のための小説入門」（保坂和志・草思社）10
「絵具屋の女房」（丸谷才一・文藝春秋）10
「世界俳句入門」（夏石番矢・沖積舎）11

社会動向・文学事象・その他

人名漢字増える1
イラク戦争3～5
中国、香港などでSARS集団発生3
郵政事業庁が日本郵政公社に4
個人情報保護法成立5
有事法制関連三法成立6
イラク復興支援特別措置法成立7
地上デジタル放送開始12
この年、5年以来十年ぶりの冷夏となる
講談社がランダムハウスとの合弁会社設立を発表1
瀬戸内寂聴が朝日新聞に「反対　イラク武力攻撃」の意見広告掲載3
日本近代文学館が雑誌検索システム公開4
新日本文学会総会で17年解散を決定6
更科源蔵賞創設6
書籍、雑誌にも音楽CDと同じ貸与権の獲得をめざし、貸与権連絡協議会設立6
カメラ付き携帯で立ち読みのページを撮影する「盗撮」横行に防止キャンペーン7
「韓国からの通信」の「T・K生」が池明観だったことが判明7
帯広市など、中城ふみ子賞創設8
女性書店員の手書きポップを契機に「世界の中心で、愛をさけぶ」八一万部突破9
文化庁、小説や漫画本の貸与権を認める著作権法改正案提出9
ダイヤモンド経済小説大賞（のち城山三郎経済小説大賞）創設10
紀伊國屋書店が現代教養文庫をオンデマンド復刊12
〈創刊〉「DOCUMENT」「en-taxi」「短歌ヴァーサス」「ミステリーズ！」「文字」（石川九楊編集）
〈歿〉村上兵衛　安原顯　窪田般彌　野村喬　宮脇俊三　生島治郎　黒岩重吾　鈴木真砂女　水木洋子　霜田正次　三枝和子　宇佐美承　藤田省三　都筑道夫
ブランショ　サイード歿

平成16年（2004）

去年今年（高井有一・群像）1
「我的中国われてきちゅうごく」（リービ英雄・岩波書店）1
「ジャスミン」（辻原登・文藝春秋）1
アッシュベイビー（金原ひとみ・すばる）3
「日本ノ霊異(フシギ)ナ話」（伊藤比呂美・朝日新聞社）3
「ブラフマンの埋葬」（小川洋子・講談社）4
介護入門（モブノリオ・文学界）6
「遮光」（中村文則・新潮社）6
「鉄塔家族」（佐伯一麦・日本経済新聞社）6
「夢の船旅 父中上健次と熊野」（中上紀・河出書房新社）7
アルカロイド・ラヴァーズ（星野智幸・新潮）7
「半島」（松浦寿輝・文藝春秋）7
「好き好き大好き超愛してる。」（舞城王太郎・講談社）7
「8月の果て」（柳美里・新潮社）8
千々にくだけて（リービ英雄・群像）9
ダウナー大学（モブノリオ・文学界）9
「アフターダーク」（村上春樹・講談社）9
「ナラ・レポート」（津島佑子・文藝春秋）9
クレーターのほとりで（青木淳悟・新潮）10
人のセックスを笑うな（山崎ナオコーラ・文藝）10
野ブタ。をプロデュース（白岩玄・文藝）10
伝達少女（多和田葉子・群像）10
「金毘羅」（笙野頼子・集英社）10
「対岸の彼女」（角田光代・文藝春秋）11
グランド・フィナーレ（阿部和重・群像）12

「ゴールデンアワー」（四元康祐・新潮社）2
「悲歌が生まれるまで」（佐々木幹郎・思潮社）7
「起きあがる人」（高橋睦郎・書肆山田）9
「青をめざして」（杉山平一・編集工房ノア）9
「アメリカ」（飯島耕一・思潮社）10
「舟歌」（平林敏彦・思潮社）10
「御身あるいは奇談紀聞集」（天沢退二郎・思潮社）10
「中村稔著作集全六巻」（中村稔・青土社）11〜17年9
だるまさんがころんだ（坂手洋二・テアトロ）5
秋人の不在（宮沢章夫・文学界）8
「テクストから遠く離れて」（加藤典洋・講談社）1
「小説の未来」（加藤典洋・朝日新聞社）1
「サブカルチャー文学論」（大塚英志・朝日新聞社）2
「小説の終焉」（川西政明・岩波書店）9
「極西文学論 Westway to the world」（仲俣暁生・晶文社）12
「神々の闘争 折口信夫論」（安藤礼二・講談社）12

陸上自衛隊イラク派遣1
裁判員法成立5
EU憲法採択6
有事法制関連七法成立6
アテネで百八年ぶりにオリンピック開催8
普天間基地の米軍ヘリ、沖縄国際大学に墜落8
米政府調査団がイラクに大量破壊兵器なしと発表10
新潟県中越地震、M6・8、死者六八人10
スマトラ沖地震、M9・0、死者三十万人12

昭和59年からの夏目漱石に代わって野口英世の千円札、同じく新渡戸稲造に代わって樋口一葉の五千円札発行開始11
この年、9年から七年連続でマイナス成長を続けた書籍・雑誌の推定総販売金額が前年比〇・七%プラス成長に
この年、インターネット掲示板の2ちゃんねる発の中野独人「電車男」ベストセラー、翌年にかけて映画化・ドラマ化される
この年、百円ショップのダイソーから一冊百円の文学全集発売。夏目漱石、芥川龍之介、太宰治、樋口一葉、北原白秋、萩原朔太郎、梶井基次郎など全三十巻
この年、「砂の器」、「黒革の手帖」など松本清張原作のテレビドラマが相次いで人気を呼ぶ

＜歿＞河邨文一郎 鷺沢萠 戸川幸夫 春日井建 松下竜一 中野孝次 中島らも 木島始 種村季弘 水上勉 島田修二 森村桂 川崎洋 南條範夫 山代巴 本田靖春 今西祐行 光岡明 松田解子 石垣りん
デリダ ソンタグ歿

平成17年（2005）

小説

「となり町戦争」（三崎亜記・集英社）1
六〇〇〇度の愛（鹿島田真希・新潮）2
異物（玄月・群像）2
「河岸忘日抄」（堀江敏幸・新潮社）2
「半島を出よ上下」（村上龍・幻冬舎）3
東京奇譚集（村上春樹・新潮）3～6
「ベルカ、吠えないのか？」（古川日出男・文藝春秋）4
「風味絶佳」（山田詠美・文藝春秋）5
さよならアメリカ（樋口直哉・群像）6
阿呆物語（車谷長吉・新潮）6
語、録、七、八、苦を越えて行こう（笙野頼子・すばる）6
「在日ヲロシア人の悲劇」（星野智幸・講談社）6
「地上生活者　第1部」（李恢成・講談社）6～第4部23年9月
「焼身」（宮内勝典・集英社）7
「土の中の子供」（中村文則・新潮社）7
白い軒（古井由吉・新潮）8
サッド・ヴァケイション（青山真治・新潮）9
「さようなら、私の本よ！」（大江健三郎・講談社）9
「凍」（沢木耕太郎・新潮社）9
「LOVE」（古川日出男・祥伝社）9
「ニート」（絲山秋子・角川書店）10
冷たい水の羊（田中慎弥・新潮）11
愛情省（見沢知廉・新潮）11

詩歌・戯曲・評論

「在日コリアン詩選集　一九一六年～二〇〇四年」（森田進・佐川亜紀編・土曜美術社出版販売）5
「食うものは食われる夜」（蜂飼耳・思潮社）7
「神の子犬」（藤井貞和・書肆山田）8
「河原荒草」（伊藤比呂美・思潮社）10
「音速平和 sonic peace」（水無田気流・思潮社）10
「ひとりぼっち爆弾」（ねじめ正一・思潮社）10
「三月の5日間」（岡田利規・白水社）4
「春、忍び難きを」（斎藤憐・而立書房）5
凡庸な私小説作家廃業宣言（車谷長吉・新潮）2
「霊性の文学誌」（鎌田東二・作品社）3
「西条八十」（筒井清忠・中央公論新社）3
「北原白秋」（三木卓・筑摩書房）3
夜露死苦現代詩（都築響一・新潮）1～18年4
「物語の娘」（川村湊・講談社）5
「「アジア」の渚で　日韓詩人の対話」（高銀、吉増剛造・藤原書店）5
「アースダイバー」（中沢新一・講談社）5
「出生の秘密」（三浦雅士・講談社）8
小説の設計図（メカニクス）（前田塁・文学界）9
「近代文学の終り」（柄谷行人・インスクリプト）11
「武田泰淳伝」（川西政明・講談社）12
「文芸時評という感想」（荒川洋治・四月社）12

社会動向・文学事象・その他

NHKの女性国際戦犯法廷番組への安倍晋三ら自民党議員の介入発覚1
地球温暖化防止の京都議定書発効2
愛知万博開幕3
JR福知山線脱線事故、百七人死亡4
米南部に超大型ハリケーン上陸、被害甚大8
郵政民営化法が成立10
自民党、初の新憲法草案で自衛軍保持を明記10
昭和63年絶版の「ちびくろ・さんぼ」復刊される4
インターネットで作品を公募し、オンライン人気投票によって受賞作を選出する第一回「Yahoo! JAPAN 文学賞」創設（～20年第四回で終了）7
図書券の発行停止、図書カードに一本化9
この年、著作権切れで『星の王子さま』新訳ラッシュ
この年、携帯電話で読むケータイ書籍市場が急成長し、八～十億円規模となる
この年、「詩の森文庫」（思潮社）、「近代浪漫派文庫」（新学社）など刊行開始
〈歿〉土方鉄　江間章子　阪田寛夫　江藤文夫　丹羽文雄　塚本邦雄　倉橋由美子　長新太　萩原葉子　串田孫一　寿岳章子　知念榮喜　見沢知廉　早船ちよ
アーサー・ミラー　ベロー　リクール　シモン　巴金歿

平成18年（2006）

だいにっほん、おんたこめいわく史（笙野頼子・群像）1
「辻」（古井由吉・新潮社）1
「一日　夢の柵」（黒井千次・講談社）1
「虹とクロエの物語」（星野智幸・河出書房新社）1
「どうで死ぬ身の一踊り」（西村賢太・講談社）1
「名もなき孤児たちの墓」（中原昌也・新潮社）2
「ミーナの行進」（小川洋子・中央公論新社）4
「残光」（小島信夫・新潮社）5
狗塚らいてうによる「おばあちゃんの歴史」（古川日出男・すばる）6
「うらなり」（小林信彦・文藝春秋）6
「虹の鳥」（目取真俊・影書房）6
「オートフィクション」（金原ひとみ・集英社）7
だいにっほん、ろんちくおげれつ記（笙野頼子・群像）8
「八月の路上に捨てる」（伊藤たかみ・文藝春秋）8
「小説の誕生」（保坂和志・新潮社）9
「真鶴」（川上弘美・文藝春秋）10
「爆心」（青来有一・文藝春秋）11
「アメリカ　非道の大陸」（多和田葉子・青土社）11
「海に落とした名前」（多和田葉子・新潮社）11
「SPEEDBOY!」（舞城王太郎・講談社）11
１０００の小説とバックベアード（佐藤友哉・新潮）12

「鷲がいて」（辻井喬・思潮社）5
「廃墟の月時計／風の対位法」（高柳誠・書肆山田）6
「スペクタクル」（野村喜和夫・思潮社）7
「アンユナイテッド・ネイションズ」（瀬尾育生・思潮社）7
「六月の光、九月の椅子」（吉田文憲・思潮社）7
「ひさしぶりのバッハ」（清岡卓行・思潮社）10
「入道雲入道雲入道雲」（和合亮一・思潮社）10
「傘の死体とわたしの妻」（多和田葉子・思潮社）10
「黒い破線、廃市の愛」（鈴村和成・書肆山田）11
夢の痂（井上ひさし・すばる）8
「詩学叙説」（吉本隆明・思潮社）1
「方法叙説」（松浦寿輝・講談社）2
暴力的な現在（井口時男・群像）4
「戦争詩論　1910−1945」（瀬尾育生・平凡社）7
中国、そして現代文学へ（莫言、リービ英雄・群像）8
「美酒と革嚢」（長谷川郁夫・河出書房新社）8
Ｗｅｂ上の賢治研究（入沢康夫・図書）12
「私小説という人生」（秋山駿・新潮社）12
「村上春樹をどう読むか」（川村湊・作品社）12
「言葉のなかに風景が立ち上がる」（川本三郎・新潮社）12
「表象の奈落」（蓮實重彦・青土社）12

ライブドア堀江貴文社長ら逮捕1
日米安保協議、普天間基地移設と一部グアム移転など合意5
冥王星、惑星から除外8
秋篠宮妃紀子が男子（悠仁）出産、皇室典範改正見送りへ9
オウム事件の松本智津夫（麻原彰晃）被告、最高裁で死刑確定9
安倍晋三内閣発足9
イラクのフセイン元大統領に死刑判決11
愛国心を盛り込んだ改正教育基本法成立12
村上春樹訳「グレート・ギャッビー」刊行、話題になる11
この年、ソフトバンク新書、朝日新書、幻冬舎新書が創刊、時事的テーマに即応する雑誌的な路線が主流に
この年、アマゾンが17年から開始した「なか見！検索」、グーグルが実施方針を表明した「ブック検索」に対して、出版社の間で参加の是非をめぐる論争おこる
この年、携帯電話向け電子出版が好調、電子書籍の市場規模は前年度の約二倍の九四億円に
この年、日本ケータイ小説大賞、タイトルが先だ！文学賞、ケータイ文学賞など、携帯電話向け小説の文学賞創設相次ぐ

＜歿＞茨木のり子　久世光彦　小松伸六　村上元三　吉行理恵　寺村輝夫　米原万里　清岡卓行　宗左近　近藤芳美　鶴見和子　吉村昭　巌谷大四　小島信夫　木下順二　灰谷健次郎　青島幸男
レム・スピレイン歿

平成19年（2007）

小説

「植物診断室」（星野智幸・文藝春秋）1
「ひとり日和」（青山七恵・河出書房新社）2
「夢を与える」（綿矢りさ・河出書房新社）2
ダンシング・ヴァニティ（筒井康隆・新潮）2〜9
ピカルディーの三度（鹿島田真希・群像）3
「湖の南」（富岡多恵子・新潮社）3
「悪人」（吉田修一・朝日新聞社）4
わたくし率イン歯ー、または世界（川上未映子・早稲田文学）5
「メタボラ」（桐野夏生・朝日新聞社）5
アサッテの人（諏訪哲史・群像）6
「ノルゲ Norge」（佐伯一麦・講談社）6
てれんぱれん（青来有一・文学界）7
チパシリ（辻原登・文学界）7
「川の光」（松浦寿輝・中央公論新社）7
蛹（田中慎弥・新潮）8
俺（佐伯一麦・新潮）8
カソウスキの行方（津村記久子・群像）9
「犬身」（松浦理英子・朝日新聞社）10
「臈たしアナベル・リイ総毛立ちつ身まかりつ」（大江健三郎・新潮社）11※のち「美しいアナベル・リイ」と改題
乳と卵（川上未映子・文学界）12
だいにっほん、ろりりべしんでけ録（笙野頼子・群像）12
「白暗淵」（古井由吉・講談社）12

詩歌・戯曲・評論

「記憶する水」（新川和江・思潮社）5
「草花丘陵」（新井豊美・思潮社）5
「風景は絶頂をむかえ」（田中清光・思潮社）5
「とげ抜き　新巣鴨地蔵縁起」（伊藤比呂美・講談社）6
「溶ける、目覚まし時計」（北川透・思潮社）7
「隠す葉」（蜂飼耳・思潮社）9
「母不敬」（柴田恭子・思潮社）10
「私」（谷川俊太郎・思潮社）11
「かりのそらね」（入沢康夫・思潮社）11
「聖─歌章」（稲川方人・思潮社）11
「遭難、」（本谷有希子・講談社）5
THE　BEE（野田秀樹、コリン・ティーバン・新潮）7
先生とわたし（四方田犬彦・新潮）3
「日本文化における時間と空間」（加藤周一・岩波書店）3
「『赤』の誘惑」（蓮實重彦・新潮社）3
「ゴシックスピリット」（高原英理・朝日新聞社）9
「音楽が聞える」（高橋英夫・筑摩書房）11
「西脇順三郎　絵画的旅」（新倉俊一・慶應義塾大学出版会）11
「詭弁的精神の系譜」（高橋勇夫・彩流社）12

社会動向・文学事象・その他

社会保険庁で公的年金の加入記録の不備五千万件が発覚2
伊藤一長長崎市長銃撃され翌日死亡4
憲法改正の手続きを定める国民投票法成立5
参院選で民主党圧勝し参院の第一党に7
サブプライムローン問題で世界同時株安8
安倍首相突然の退陣、後継に福田康夫首相9
集団自決を軍が強制したという教科書記述の削除をめぐり沖縄で十一万人の県民大会9
この年、不二屋、ミートホープ、赤福、船場吉兆など食品偽装事件相次ぐ
小学館が少年向けの「ガガガ文庫」、少女向けの「ルルル文庫」創刊、若者向けライトノベル市場に本格参入5
上野千鶴子「おひとりさまの老後」ベストセラー7
新語辞典「イミダス」「知恵蔵」休刊決定、ネット版に移行へ8
ケータイ小説で人気の美嘉「恋空」、書籍化でベストセラー10
この年、グーグルがブック検索を開始
〈歿〉高橋揆一郎　飯田龍太　城山三郎　島尾ミホ　藤原伊織　大庭みな子　大田省吾　宮本顕治　小田実　阿久悠　西村寿行
トロワイヤ　ボードリヤール　ボネガット　サイデンステッカー　メイラー歿

平成20年（2008）

「先端で、さすわさされるわそらええわ」（川上未映子・青土社）1
「かもめの日」（黒川創・新潮社）3
「転身」（蜂飼耳・集英社）4
「石の花　林芙美子の真実」（太田治子・筑摩書房）4
「東京島」（桐野夏生・新潮社）5
時が滲（にじ）む朝（楊逸（ヤンイー）・文学界）6
「決壊上下」（平野啓一郎・新潮社）6
「さよなら渓谷」（吉田修一・新潮社）6
「ぼくは落ち着きがない」（長嶋有・光文社）6
イキルキス（舞城王太郎・群像）7
ギンイロノウタ（村田沙耶香・新潮）7
「ラジ&ピース」（絲山秋子・講談社）7
「宿屋めぐり」（町田康・講談社）8
「テンペスト上下」（池上永一・角川書店）8
ハワイアンブルース（木村紅美・すばる）9
このあいだ東京でね（青木淳悟・新潮）9
「ばかもの」（絲山秋子・新潮社）9
「聖家族」（古川日出男・集英社）9
「地図男」（真藤順丈・メディアファクトリー）9
「未見坂」（堀江敏幸・新潮社）10
「悼む人」（天童荒太・文藝春秋）11
「元職員」（吉田修一・講談社）11

「限られた時のための四十四の機会詩他」（岡井隆・思潮社）2
「表紙 omote-gami」（吉増剛造・思潮社）4
「自伝詩のためのエスキース」（辻井喬・思潮社）7
「吃水都市」（松浦寿輝・思潮社）10
「言葉たちは芝居を続けよ、つまり移動を、移動を」（野村喜和夫・書肆山田）10
「戦後詩を滅ぼすために」（城戸朱理・思潮社）2
小説と評論の環境問題（東浩紀、高橋源一郎、田中和生・新潮）2、3
「リアリズムの擁護」（小谷野敦・新曜社）3
「収容所文学論」（中島一夫・論創社）6
「蟹工船」と新貧困社会（吉本隆明・文藝春秋）7
「文学の断層　セカイ・震災・キャラクター」（斎藤環・朝日新聞社）7
「ゼロ年代の想像力」（宇野常寛・早川書房）7
「リアルのゆくえ　おたく／オタクはどう生きるか」（大塚英志、東浩紀・講談社）8
「日本語が亡びるとき」（水村美苗・筑摩書房）10
「秘密のおこない」（蜂飼耳・毎日新聞社）10
「光の曼陀羅」（安藤礼二・講談社）11
「文学の未来」（清水良典・風媒社）12

中国製の冷凍餃子から殺虫剤成分検出1
トヨタ自動車、GM抜き生産台数世界一位2
ミャンマーでサイクロン、死者・不明者十三万人5
中国四川省でM8・0の大地震5
「アイヌは先住民族」と国会決議6
北京オリンピック開催8
福田首相が突然の退陣表明、後継は麻生太郎首相9
米証券会社リーマン・ブラザーズが経営破綻、世界金融危機のリーマン・ショックへ9
米下院が七千億ドルの公的資金を投入する金融安定化法を可決10
米大統領選、初のアフリカ系であるバラク・オバマ当選11
G20の金融サミットで世界金融安定への規制強化などを合意11
初の日中韓サミット、九州で開催12

「思想地図」（東浩紀、北田暁大編・NHK出版）vol.1刊行される4
「超左翼マガジン」を名乗る「ロスジェネ」創刊号（かもがわ出版）7
この年、「ストーリー・セラー」、「モンキービジネス」、「真夜中」など新趣向の文芸雑誌創刊相次ぐ
この年、「論座」「月刊現代」「インターコミュニケーション」など休刊あいつぐ。前年の二一八誌に続き、一八六誌が休刊。大手有名誌が多く雑誌の危機を印象づける
この年、「蟹工船」ブームで新潮文庫は五十万部以上増刷、二度目の映画化

＜歿＞高杉一郎　川村二郎　松永伍一　石井桃子　前登志夫　小川国夫　岡部伊都子　浜田知章　氷室冴子　寺内大吉　小島直記　井上俊夫　青山光二　天野哲夫（沼正三）　加藤周一　早乙女貢
ロブ＝グリエ　ソルジェニーツィン　ピンター歿

平成21年（2009）

小説

デンデラ（佐藤友哉・新潮）1
「神器　軍艦「橿原」殺人事件上下」（奥泉光・新潮社）1
巡礼（橋本治・新潮）2
「ポトスライムの舟」（津村記久子・講談社）2
「ボルドーの義兄」（多和田葉子・講談社）3
「恋文の技術」（森見登美彦・ポプラ社）3
「ゼロの王国」（鹿島田真希・講談社）4
「1Q84」BOOK1・2（村上春樹・新潮社）5
「ポケットの中のレワニワ上下」（伊井直行・講談社）5
白い紙（シリン・ネザマフィ・文学界）6
終の住処（磯崎憲一郎・新潮）6
「学問」（山田詠美・新潮社）6
「骸骨ビルの庭上下」（宮本輝・講談社）6
「許されざる者上下」（辻原登・毎日新聞社）6
「ドーン」（平野啓一郎・講談社）7
「太陽を曳く馬上下」（高村薫・新潮社）7
ヘヴン（川上未映子・群像）8
老人賭博（松尾スズキ・文学界）8
「四とそれ以上の国」（いしいしんじ・文藝春秋）11
逆に14歳（前田司郎・新潮）10
「掏摸」（中村文則・河出書房新社）10
「すき・やき」（楊逸・新潮社）11
「水死」（大江健三郎・講談社）12
「クォンタム・ファミリーズ」（東浩紀・新潮社）12
「カデナ」（池澤夏樹・新潮社）12

詩歌・戯曲・評論

「世界はうつくしいと」（長田弘・みすず書房）4
「トロムソコラージュ」（谷川俊太郎・新潮社）5
「実視連星」（荒川洋治・思潮社）5
「辻井喬全詩集」（思潮社）5
「夢の庭へ」（牟礼慶子・思潮社）5
「注解する者」（岡井隆・思潮社）7
「永遠まで」（高橋睦郎・思潮社）7
「攻勢の姿勢 1958-1971」（鈴木志郎康・書肆山田）8
「みどり、その日々を過ぎて。」（岩成達也・書肆山田）8
ザ・ダイバー（野田秀樹・新潮）9
「「學鐙」を読む 正続」（紅野敏郎・雄松堂出版）1、10
「憂鬱の文学史」（菅野昭正・新潮社）2
「関係の化学としての文学」（斎藤環・新潮社）4
「二十一世紀の戦争」（神山睦美・思潮社）8
「圧縮批評宣言」（可能涼介・論創社）9
「詩的間伐」（稲川方人、瀬尾育生・思潮社）10
「人間の消失・小説の変貌」（笠井潔・東京創元社）10
「静かなアメリカ」（吉増剛造・書肆山田）11
「人はある日とつぜん小説家になる」（古谷利裕・青土社）12
「日本人の戦争　作家の日記を読む」（ドナルド・キーン・文藝春秋）12

社会動向・文学事象・その他

オバマ米大統領、プラハで「長期的に核兵器のない世界」を目指すと演説4
裁判員制度スタート5
四月の米クライスラーに続いてGM経営破綻6
改正臓器移植法成立で脳死を人の死と認定7
衆院選で民主党が大勝し政権交代へ8
鳩山由紀夫内閣成立9
厚生労働省、日本の貧困率を一五・七％と発表、先進国中で最大11
この年、生活保護世帯、過去最多
村上春樹、エルサレム賞受賞演説でイスラエルのガザ攻撃を批判、「私は常に卵の側に立つ」と述べて注目を集める2
横浜事件の第四次再審請求で横浜地裁、「改造」元社員らに免訴判決3
グーグルの書籍本文のデータベース、二月の法定通知に反発相次ぎ、米作家組合らの和解の対象を米、英、オーストラリア、カナダの四ヶ国に限定するという修正案公表11
この年、村上春樹「1Q84」BOOK1・2とも発売直後に品切続出のミリオンセラー
この年、丸善と図書館流通センターに続き、ジュンク堂書店も大日本印刷傘下に。文教堂も合わせ年商二千億円超の日本最大の書店グループとなる
この年、アマゾンの電子書籍端末キンドル日本発売
この年、書籍・雑誌の販売額一兆九三五六億円。二兆円を割って昭和63年並みの水準
この年、ウェブ雑誌「マガジン航」創刊
この年、「諸君！」「國文學」など休刊
＜歿＞内村剛介　泡坂妻夫　伊藤計劃　上坂冬子　中島梓（栗本薫）　平岡正明　海老沢泰久　庄野潤三　石上玄一郎　原田康子　遠丸立
アップダイク　レヴィ＝ストロース歿

平成22年（2010）

「ピストルズ」（阿部和重・講談社）3
灯（岡田睦・群像）3
「高く手を振る日」（黒井千次・新潮社）3
「1Q84」BOOK3（村上春樹・新潮社）4
「闇の奥」（辻原登・文藝春秋）4
「MUSIC」（古川日出男・新潮社）4
「弱い神」（小川国夫・講談社）4
「小さいおうち」（中島京子・文藝春秋）5
「「悪」と戦う」（高橋源一郎・河出書房新社）5
アナーキー・イン・ザ・JP（中森明夫・新潮）5
「悪貨」（島田雅彦・講談社）6
「ストレンジ・フェイス」（青山真治・朝日新聞出版）6
「俺俺」（星野智幸・新潮社）6
乙女の密告（赤染晶子・新潮）6
「シューマンの指」（奥泉光・講談社）7
「勝手にふるえてろ」（綿矢りさ・文藝春秋）8
「寝ても覚めても」（柴崎友香・河出書房新社）9
きことわ（朝吹真理子・新潮）9
「歌うクジラ上下」（村上龍・講談社）10
「魔王の愛」（宮内勝典・新潮社）11
苦役列車（西村賢太・新潮）12
第三紀層の魚（田中慎弥・すばる）12
「母子寮前」（小谷野敦・文藝春秋）12
「黄金の夢の歌」（津島佑子・講談社）12
「飛水」（高樹のぶ子・講談社）12

「コルカタ」（小池昌代・思潮社）3
「生首」（辺見庸・毎日新聞社）3
「まばゆいばかりの」（朝吹亮二・思潮社）8
「X——述懐スル私」（岡井隆・短歌新聞社）9
「木浦通信」（吉増剛造、樋口良澄・矢立出版）9
「組曲虐殺」（井上ひさし・集英社）5
ザ・キャラクター（野田秀樹・新潮）7
家の内臓（前田司郎・悲劇喜劇）9
「新・日本文壇史第一巻」（川西政明・岩波書店）1〜第一〇巻25年3
「ヴァレリー」（清水徹・岩波書店）3
「異邦の香り　ネルヴァル『東方紀行』論」（野崎歓・講談社）4
「世界史の構造」（柄谷行人・岩波書店）6
「現代人は救われ得るか」（福田和也・新潮社）6
「場所と産霊」（安藤礼二・講談社）7
「戦後論」（伊東祐吏・平凡社）7
「随想」（蓮實重彦・新潮社）8
「神的批評」（大澤信亮・新潮社）10
「切りとれ、あの祈る手を」（佐々木中・河出書房新社）10
「パンとペン　社会主義者・堺利彦と「売文社」の闘い」（黒岩比佐子・講談社）10
「ドストエフスキー」（山城むつみ・講談社）11

ハイチでM7・0の大地震、死者二二万人以上1
日本航空、会社更生法適用申請1
平成の大合併終結、市町村数半減3
普天間問題で沖縄県内移設反対九万人集会4
上海万博開幕5
日米両政府、普天間基地移転先を名護市辺野古とする共同声明5
鳩山首相退陣、後継に菅直人首相6
シベリア抑留法成立、特別給付金支給へ6
韓国併合百年で菅首相、植民地支配を謝罪8
尖閣諸島沖で中国漁船と海保巡視船が衝突9
検事による証拠改ざんで大阪地検への批判高まる9
北朝鮮が韓国延坪島を砲撃11

この年、匿名内部告発サイトのウィキリークス、米軍の内部文書や米国の外交公電など数十万点の機密文書を公開
この年、書籍・雑誌の販売金額は前年比三・一％減だが、村上春樹「1Q84」BOOK3などミリオンセラー五点
この年、人気ブランドのバッグやポーチの付録がブランドムックから女性誌に定着
この年、米アップル社発売の情報端末iPad人気で「電子書籍元年」が再び話題に
この年、村上龍、電子出版社G2010設立、新作長編「歌うクジラ」の電子版など発売
この年、書籍を断裁してスキャンし電子化する「自炊」ブーム
この年、九八歳の柴田トヨの初めての詩集「くじけないで」ベストセラー
この年、「国文学　解釈と鑑賞」の特集「プロレタリア文学とプレカリアート文学のあいだ」など、不安定労働者「プレカリアート」が話題に

＜歿＞立松和平　瀬川康男　清水一行　井上ひさし　針生一郎　梅棹忠夫　つかこうへい　森毅　河野裕子　森澄雄　三浦哲郎　武井昭夫　紅野敏郎　佐野洋子　黒岩比佐子　朝倉喬司　豊田正子

サリンジャー　シリトー歿

平成23年（2011）

小説

これはペンです（円城塔・新潮）1
「雪の練習生」（多和田葉子・新潮社）1
「赤の他人の瓜二つ」（磯崎憲一郎・講談社）3
「人の道御三神といろはにブロガーズ」（笙野頼子・河出書房新社）3
「心はあなたのもとに」（村上龍・文藝春秋）3
ボブ・ディラン・グレーテスト・ヒット第三集（宮沢章夫・新潮）4
紅梅（津村節子・文学界）5
「逆事」（河野多恵子・新潮社）5
「なずな」（堀江敏幸・集英社）5
私のいない高校（青木淳悟・講談社）6
神様2011（川上弘美・群像）6
道化師の蝶（円城塔・群像）7
不愉快な本の続編（絲山秋子・新潮）7
「馬たちよ、それでも光は無垢で」（古川日出男・新潮社）7
「マザーズ」（金原ひとみ・新潮社）7
すべて真夜中の恋人たち（川上未映子・群像）9
持ち重りする薔薇の花（丸谷才一・新潮）10
RIDE ON TIME（震災に。）（阿部和重・早稲田文学）10
「かわいそうだね？」（綿矢りさ・文藝春秋）10
小説に関する夢十一夜（筒井康隆・文学界）10
大根で仕上げる（片岡義男・文学界）10
共喰い（田中慎弥・すばる）10
恋する原発（高橋源一郎・群像）11
「クリスタル・ヴァリーに降りそそぐ灰」（今村友紀・河出書房新社）11

詩歌・戯曲・評論

眼の海――わたしの死者たちに（辺見庸・文学界）6
「詩の礫」（和合亮一・徳間書店）6
「詩の邂逅」（和合亮一・朝日新聞出版）6
「詩ノ黙礼」（和合亮一・新潮社）6
「裸のメモ」（吉増剛造・書肆山田）9
「いとま申して―「童話」の人びと」（北村薫・文藝春秋）2
「子規、最後の八年」（関川夏央・講談社）3
「福島原発人災記」（川村湊・現代書館）4
「風俗壊乱　明治国家と文芸の検閲」（ルービン、今井泰子ら訳・世織書房）4
「久米正雄伝　微苦笑の人」（小谷野敦・中央公論新社）5
「戦争へ、文学へ　「その後」の戦争小説論」（陣野俊史・集英社）6
「散歩の一歩」（黒井千次・講談社）10
「小澤征爾さんと、音楽について話をする」（小澤征爾、村上春樹・新潮社）11
「樹液そして果実」（丸谷才一・集英社）7

社会動向・文学事象・その他

チュニジアのベンアリ大統領が退陣要求デモで亡命、エジプト、リビアに及ぶアラブの春の発端に1
中国のGDP、日本を抜き世界二位に1
エジプトのムバラク大統領辞任2
東日本大震災、M9・0の地震と津波で岩手、宮城、福島三県に壊滅的被害。死者・不明者約二万人。福島第一原発で炉心溶融（メルトダウン）と爆発事故3
原子力安全・保安院、原発事故レベルをチェルノブイリ級のレベル7に修正4
野田佳彦内閣発足9
格差是正を訴えるウォール街占拠運動9
東京で脱原発集会、六万人参加9
野田首相、日米首脳会談でTPP参加意向を表明11
大阪維新の会の橋下徹が大阪市長、松井一郎が大阪府知事に当選11
この年、和合亮一がツイッターで発信した「詩の礫」話題に
この年、出版物の販売金額は前年比三・八％減だが東川篤哉「謎解きはディナーのあとで」などミリオンセラー十点
この年、新潮社が電子書籍サイトで、紙の書籍や書店との共存をはかる「新潮社電子書籍基本宣言」発表
この年、スマートフォンの普及で若者の雑誌離れ進み、雑誌推定販売額は前年比6・6％減の九八四四億円。二七年ぶりに一兆円の大台を割り込む
この年、「ぴあ」休刊
＜殁＞庄司肇　中原佑介　谷沢永一　瀬木慎一　いいだもも　長崎源之助　岸田衿子　多木浩二　団鬼六　小松左京　辺見じゅん　斎藤憐　北杜夫　土屋隆夫
アゴタ・クリストフ殁

難読作品一覧（明治元年〜明治二十年）

〈明治元年〉

薄緑娘白波　うすみどりむすめしらなみ

白縫譚　しらぬいものがたり

春色玉襷　しゅんしょくたまだすき

訓蒙窮理図解　くんもう・きゅうりづかい

〈明治二年〉

七不思議葛飾譚　ななふしぎかつしかものがたり

匏菴十種　ほうあんじゅっしゅ

〈明治三年〉

柳蔭月廼朝妻　やなぎかげつきのあさづま

北雪美談時代加賀見　ほくせつびだん・じだいかがみ

〈明治四年〉

藪黄鸝八幡不知　やぶのうぐいすやはたしらず

釈迦八相倭文庫　しゃかはっそうやまとぶんこ

牛店雑談安愚楽鍋　うしやぞうだん・あぐらなべ

〈明治五年〉

河童相伝胡瓜遣　かっぱそうでん・きゅうりづかい

倭国字西洋文庫　やまとかなぽれおんいちだいき

今朝之春三組盃　けさのはるみつぐみさかずき

魯敏孫全伝　ろびんそんぜんでん

大鈍託新文鬼談　おおどんたくしんぶんきだん

〈明治六年〉

聖愚新文聖人肝潰志　せいぐしんぶん・せいじんきもつぶし

通俗伊蘇普物語　つうぞくいそっぷものがたり

西国立志編巻之二其粉色陶器交易　さいごくりっしへんまきのに・そのいろどりとうきのこうえき

江湖機関西洋鑑　うきよのからくりせいようめがね

〈明治七年〉

阿玉ヶ池櫛月形　おたまがいけくしのつきがた

〈明治八年〉

開巻驚奇暴夜物語　かいかんきょうき・あらびやものがたり

〈明治九年〉

一大奇書書林之庫　いちだいきしょ・しょりんのくら

龍動繁昌記　ろんどんはんじょうき

〈明治十年〉

和蘭美政録 楊牙児ノ奇獄　おらんだびせいろく・よんげるのきごく

〈明治十一年〉

鳥追阿松海上新話　とりおいおまつかいじょうしんわ

英国 龍動新繁昌記　えいこく・ろんどんしんはんじょうき

夜嵐阿衣花廼仇夢　よあらしおきぬはなのあだゆめ

金之助の話説　きんのすけのはなし

〈明治十二年〉

菊種延命袋　きくがさねえんめいぶくろ

高橋阿伝夜叉譚　たかはしおでんやしゃものがたり

欧州小説 哲烈禍福譚　おうしゅうしょうせつ・てれまっくかふくものがたり

格蘭氏伝倭文賞　ぐらんどしでんやまとぶんしょう

島田一郎梅雨日記　しまだいちろうさみだれにっき

巷説児手柏　こうせつこのてがしわ

霜夜鐘十字辻筮　しもよのかねじゅうじのつじうら

〈明治十三年〉

名広沢辺萍　なもひろしさわべのうきぐさ

鵞瓈皤児回島記　がりばあかいとうき

吉野一重咲 丸岡八重咲 恋相場桜花夜嵐　よしのひとえざきまるおかやえざき・こいそうばはなのよあらし

冠松真土夜暴動　かぶりのまつまどのよあらし

開巻驚奇 龍動鬼談　かいかんきょうき・ろんどんきだん

端西独立 自由の弓弦　すいすどくりつ・じゆうのゆみずる

〈明治十四年〉

冬楓月夕栄　ふゆもみじつきのゆうばい

幻阿竹噂廼聞書　まぼろしおたけうわさのききがき

天衣紛上野初花　くもにまごううえののはつはな

蓆旗群馬嘶　むしろばたぐんまのいななき

嶋鵆月白波　しまちどりつきのしらなみ

〈明治十五年〉

薫兮東風英軍記　かおるこちはなぶさぐんき

冤枉乃鞭笞　むじつのしもと

哲爾自由譚　てるじゅうものがたり

仏国革命起源 西洋血潮小暴風　ふっこくかくめいきげん・にしのうみちしおのさあらし

〈明治十六年〉

天下無双人傑海南第一伝記 汗血千里の駒　てんかむそうじんけつかいなんだいいちでんき・かんけつせんりのこま

斉武名士 経国美談　ていべいめいし・けいこくびだん

露国奇聞 花心蝶思録　ろこくきぶん・かしんちょうしろく

茨木阿瀧粉白糸　いばらきおたきみだれのしらいと

阿国民造 自由廼錦袍　おくにたみぞう・じゆうのにしき

絶世奇談 魯敏孫漂流記　ぜっせいきだん・ろびんそんひょうりゅうき

島鵆沖白波　しまちどりおきのしらなみ

経世指針 鉄烈奇談　けいせいししん・てれまっくきだん

〈明治十七年〉

政党余談 春鶯囀　せいとうよだん・しゅんおうてん

該撒奇談 自由太刀余波鋭鋒　しいざるきだん・じゆうのたちなごりのきれあじ

惨風悲雨 世路日記　さんぷうひう・せろにっき

自由艶舌女文章　じゆうのえんぜつおんなぶんしょう

虚無党実伝記 鬼啾啾　きょむとうじつでんき・きしゅうしゅう

〈明治十八年〉

開巻悲憤 慨世士伝　かいかんひふん・がいせいしでん

一読三歎 当世書生気質　いちどくさんたん・とうせいしょせいかたぎ

諷世嘲俗 繋思談　ふうせいちょうぞく・けいしだん

趣向は沙士比阿の肉一片 文章は柳亭種彦の正本装 何桜彼桜銭世中　しゅこうはしぇくすぴあのにくいっぺん　ぶんしょうはりゅうていたねひこのしょうほんじたて・さくらどきぜにのよのなか

新磨 妹と背かがみ　しんみがき・いもとせかがみ

〈明治十九年〉

今様商人気質　いまようしょうにんかたぎ

理学鉤玄　りがくこうげん

雨窓漫筆 緑蓑談　うそうまんぴつ・りょくさだん

政治小説 雪中梅　せいじしょうせつ・せっちゅうばい

一顰一笑 新粧之佳人　いっぴんいっしょう・しんそうのかじん

侠骨今に馨く賊胆猶ほ腥し 松の操美人の生埋　きょうこついまにかんばしくぞくたんなおなまぐさし・まつのみさおびじんのいきうめ

〈明治二十年〉

政事小説 花間鶯　せいじしょうせつ・かかんおう

女子参政 蜃中楼　じょしさんせい・しんちゅうろう

風琴調一節　ふうきんしらべのひとふし

浮雲の褒貶　うきぐものほめおとし

芥川賞・直木賞受賞作品一覧

芥川賞

故芥川龍之介の名を記念し、文藝春秋社が「文藝春秋」昭和10年1月号に「芥川・直木賞宣言」を発表して、直木賞と同時に創設。無名、もしくは新進作家の登龍門として、最も権威ある賞であるとされている。

受賞者

第1回（昭10上） 石川達三「蒼氓」〈星座〉10年4月号
第2回（昭10下） 該当作なし
第3回（昭11上） 鶴田知也「コシャマイン記」〈小説〉11年2月号 小田嶽夫「城外」〈文学生活〉11年6月号
第4回（昭11下） 富沢有為男「地中海」〈東陽〉11年8月号 石川淳「普賢」〈作品〉11年6月～9月号
第5回（昭12上） 尾崎一雄「暢気眼鏡」砂子屋書房
第6回（昭12下） 火野葦平「糞尿譚」〈文学会議〉12年10月号
第7回（昭13上） 中山義秀「厚物咲」〈文学界〉13年4月号
第8回（昭13下） 中里恒子「乗合馬車」〈文学界〉13年9月号
第9回（昭14上） 半田義之「鶏騒動」〈文藝首都〉14年6月号 長谷川健「あさくさの子供」〈虚実〉14年4月号
第10回（昭14下） 寒川光太郎「密猟者」〈創作〉14年7月号
第11回（昭15上） 高木卓「歌と門の盾」（辞退）〈作家精神〉15年3月号
第12回（昭15下） 桜田常久「平賀源内」〈作家精神〉15年10月号
第13回（昭16上） 多田裕計「長江デルタ」〈大陸往来〉16年3月号
第14回（昭16下） 芝木好子「青果の市」〈文藝首都〉16年10月号
第15回（昭17上） 該当作なし
第16回（昭17下） 倉光俊夫「連絡員」〈正統〉17年11月号
第17回（昭18上） 石塚喜久三「纒足の頃」〈蒙彊文学〉18年1月号
第18回（昭18下） 東野辺薫「和紙」〈東北文学〉18年10月号
第19回（昭19上） 八木義徳「劉広福」〈日本文学〉19年4月号 小尾十三「登攀」〈国民文学〉19年2月号
第20回（昭19下） 清水基吉「雁立」〈日本文学者〉19年10月号
第21回（昭24上） 由起しげ子「本の話」〈作品〉24年3月号 小谷剛「確証」〈作家〉24年11月号
第22回（昭24下） 井上靖「闘牛」〈文学界〉24年12月号
第23回（昭25上） 辻亮一「異邦人」〈新小説〉25年2月号
第24回（昭25下） 該当作なし
第25回（昭26上） 石川利光「春の草」〈文学界〉26年6月号 安部公房「壁―S・カルマ氏の犯罪」〈近代文学〉26年2月号
第26回（昭26下） 堀田善衛「広場の孤独」「漢奸」〈人間〉26年8月号〈文学界〉26年9月号
第27回（昭27上） 該当作なし
第28回（昭27下） 松本清張「或る「小倉日記」伝」〈三田文学〉

27年9月号　五味康祐「喪神」〈新潮〉27年12月号
第29回（昭28上）安岡章太郎「悪い仲間」〈群像〉28年6月号
安岡章太郎「陰気な愉しみ」〈新潮〉28年4月号
第30回（昭28下）該当作なし
第31回（昭29上）吉行淳之介「驟雨」〈文学界〉29年2月号
第32回（昭29下）小島信夫「アメリカン・スクール」〈文学界〉
29年9月号　庄野潤三「プールサイド小景」〈群像〉29年12
月号
第33回（昭30上）遠藤周作「白い人」〈近代文学〉30年5～6
月号
第34回（昭30下）石原慎太郎「太陽の季節」〈文学界〉30年7
月号
第35回（昭31上）近藤啓太郎「海人舟」〈文学界〉31年2月号
第36回（昭31下）該当作なし
第37回（昭32上）菊村到「硫黄島」〈文学界〉32年6月号
第38回（昭32下）開高健「裸の王様」〈文学界〉32年12月号
第39回（昭33上）大江健三郎「飼育」〈文学界〉33年1月号
第40回（昭33下）該当作なし
第41回（昭34上）斯波四郎「山塔」〈早稲田文学〉34年5月号
第42回（昭34下）該当作なし
第43回（昭35上）北杜夫「夜と霧の隅で」〈新潮〉35年5月号
第44回（昭35下）三浦哲郎「忍ぶ川」〈新潮〉35年10月号
第45回（昭36上）該当作なし
第46回（昭36下）宇能鴻一郎「鯨神」〈文学界〉36年7月号
第47回（昭37上）川村晃「美談の出発」〈文学界〉37年3月号
第48回（昭37下）該当作なし
第49回（昭38上）後藤紀一「少年の橋」〈山形文学〉37年11
月号　河野多恵子「蟹」〈文学界〉38年6月号
第50回（昭38下）田辺聖子「感傷旅行（センチメンタル・ジャ
ーニィ）」〈航路〉7号
第51回（昭39上）柴田翔「されどわれらが日々――」〈文学界〉
39年4月号
第52回（昭39下）該当作なし
第53回（昭40上）津村節子「玩具」〈文学界〉40年5月号
第54回（昭40下）高井有一「北の河」〈犀〉40年10月号
第55回（昭41上）該当作なし
第56回（昭41下）丸山健二「夏の流れ」〈文学界〉41年11月号
第57回（昭42上）大城立裕「カクテル・パーティー」〈新沖縄
文学〉4月号
第58回（昭42下）柏原兵三「徳山道助の帰郷」〈新潮〉42年7
月号
第59回（昭43上）丸谷才一「年の残り」〈文学界〉43年3月号
大庭みな子「三匹の蟹」〈群像〉43年6月号
第60回（昭43下）該当作なし
第61回（昭44上）庄司薫「赤頭巾ちゃん気をつけて」〈中央公
論〉44年5月号　田久保英夫「深い河」〈新潮〉44年6月号
第62回（昭44下）清岡卓行「アカシヤの大連」〈群像〉44年12
月号
第63回（昭45上）吉田知子「無明長夜」〈新潮〉45年4月号
古山高麗雄「プレオー8の夜明け」〈文藝〉45年4月号

第64回（昭45下）　古井由吉「杳子」〈文藝〉45年8月号
第65回（昭46上）　該当作なし
第66回（昭46下）　東峰夫「オキナワの少年」〈文学界〉46年12月号　李恢成「砧をうつ女」〈季刊藝術〉18号
第67回（昭47上）　宮原昭夫「誰かが触った」〈文藝〉47年4月号　畑山博「いつか汽笛を鳴らして」〈文学界〉47年4月号
第68回（昭47下）　山本道子「ベティさんの庭」〈新潮〉47年11月号　郷静子「れくいえむ」〈文学界〉47年12月号
第69回（昭48上）　三木卓「鶸」〈すばる〉47年12月号
第70回（昭48下）　森敦「月山」〈季刊藝術〉26号　野呂邦暢「草のつるぎ」〈文学界〉48年12月号
第71回（昭49上）　該当作なし
第72回（昭49下）　阪田寛夫「土の器」〈文学界〉49年10月号
日野啓三「あの夕陽」〈新潮〉49年9月号
第73回（昭50上）　林京子「祭りの場」〈群像〉50年6月号
第74回（昭50下）　中上健次「岬」〈文学界〉50年11月号　岡松和夫「志賀島」〈文学界〉50年11月号
第75回（昭51上）　村上龍「限りなく透明に近いブルー」〈群像〉51年6月号
第76回（昭51下）　該当作なし
第77回（昭52上）　三田誠広「僕って何」〈文藝〉52年5月号
池田満寿夫「エーゲ海に捧ぐ」〈野性時代〉52年1月号
第78回（昭52下）　宮本輝「螢川」〈文芸展望〉第19号　高城修三「榧の木祭り」〈新潮〉52年8月号
第79回（昭53上）　高橋三千綱「九月の空」〈文藝〉53年1月号
高橋揆一郎「伸予」〈文藝〉53年6月号
第80回（昭53下）　該当作なし
第81回（昭54上）　青野聰「愚者の夜」〈文学界〉54年6月号
重兼芳子「やまあいの煙」〈文学界〉54年3月号
第82回（昭54下）　森禮子「モッキングバードのいる町」〈新潮〉54年8月号
第83回（昭55上）　該当作なし
第84回（昭55下）　尾辻克彦「父が消えた」〈文学界〉55年12月号
第85回（昭56上）　吉行理恵「小さな貴婦人」〈新潮〉56年2月号
第86回（昭56下）　該当作なし
第87回（昭57上）　該当作なし
第88回（昭57下）　唐十郎「佐川君からの手紙」〈文藝〉57年11月号　加藤幸子「夢の壁」〈新潮〉57年9月号
第89回（昭58上）　該当作なし
第90回（昭58下）　笠原淳「杢二の世界」〈海燕〉58年11月号
高樹のぶ子「光抱く友よ」〈新潮〉58年12月号
第91回（昭59上）　該当作なし
第92回（昭59下）　木崎さと子「青桐」〈文学界〉59年11月号
第93回（昭60上）　該当作なし
第94回（昭60下）　米谷ふみ子「過越しの祭」〈新潮〉60年7月号
第95回（昭61上）　該当作なし
第96回（昭61下）　該当作なし

第97回（昭62上） 村田喜代子「鍋の中」〈文学界〉62年5月号
第98回（昭62下） 池澤夏樹「スティル・ライフ」〈中央公論〉62年10月号 三浦清宏「長男の出家」〈海燕〉62年9月号
第99回（昭63上） 新井満「尋ね人の時間」〈文学界〉63年6月号
第100回（昭63下） 南木佳士「ダイヤモンドダスト」〈文学界〉63年9月号 李良枝「由熙」〈群像〉63年11月号
第101回（平元上） 該当作なし
第102回（平元下） 瀧澤美恵子「ネコババのいる町で」〈文学界〉元年12月号 大岡玲「表層生活」〈文学界〉元年12月号
第103回（平2上） 辻原登「村の名前」〈文学界〉2年6月号
第104回（平2下） 小川洋子「妊娠カレンダー」〈文学界〉2年9月号
第105回（平3上） 辺見庸「自動起床装置」〈文学界〉3年5月号 荻野アンナ「背負い水」〈文学界〉3年6月号
第106回（平3下） 松村栄子「至高聖所（アバトーン）」〈海燕〉3年10月号
第107回（平4上） 藤原智美「運転士」〈群像〉4年5月号
第108回（平4下） 多和田葉子「犬婿入り」〈群像〉4年12月号
第109回（平5上） 吉目木晴彦「寂寥郊野」〈群像〉5年1月号
第110回（平5下） 奥泉光「石の来歴」〈文学界〉5年12月号
第111回（平6上） 笙野頼子「タイムスリップ・コンビナート」〈文学界〉6年6月号 室井光広「おどるでく」〈群像〉6年4月号
第112回（平6下） 該当作なし
第113回（平7上） 保坂和志「この人の閾（いき）」〈新潮〉7年3月号
第114回（平7下） 又吉栄喜「豚の報い」〈文学界〉7年11月号
第115回（平8上） 川上弘美「蛇を踏む」〈文学界〉8年3月号
第116回（平8下） 辻仁成「海峡の光」〈新潮〉8年12月号 柳美里「家族シネマ」〈群像〉8年12月号
第117回（平9上） 目取真俊「水滴」〈文学界〉9年4月号
第118回（平9下） 該当作なし
第119回（平10上） 藤沢周「ブエノスアイレス午前零時」〈文藝〉10年5月号 花村萬月「ゲルマニウムの夜」〈文学界〉10年6月号
第120回（平10下） 平野啓一郎「日蝕」〈新潮〉10年8月号
第121回（平11上） 該当作なし
第122回（平11下） 玄月「蔭の棲みか」〈文学界〉11年11月号 藤野千夜「夏の約束」〈群像〉11年12月号
第123回（平12上） 町田康「きれぎれ」〈文学界〉12年5月号 松浦寿輝「花腐（くた）し」〈群像〉12年5月号
第124回（平12下） 青来有一「聖水」〈文学界〉12年12月号 堀江敏幸「熊の敷石」〈群像〉12年12月号
第125回（平13上） 玄侑宗久「中陰の花」〈文学界〉13年5月号
第126回（平13下） 長嶋有「猛スピードで母は」〈文学界〉13年11月号
第127回（平14上） 吉田修一「パーク・ライフ」〈文学界〉14年6月号
第128回（平14下） 大道珠貴「しょっぱいドライブ」〈文学界〉14年12月号
第129回（平15上） 吉村萬壱「ハリガネムシ」〈文学界〉15年5

月号
第130回（平15下） 綿矢りさ「蹴りたい背中」〈文藝〉15年秋号
金原ひとみ「蛇にピアス」〈すばる〉15年11月号
第131回（平16上） モブ・ノリオ「介護入門」〈文学界〉16年6月号
第132回（平16下） 阿部和重「グランド・フィナーレ」〈群像〉16年12月号
第133回（平17上） 中村文則「土の中の子供」〈新潮〉17年4月号
第134回（平17下） 絲山秋子「沖で待つ」〈文学界〉17年9月号
第135回（平18上） 伊藤たかみ「八月の路上に捨てる」〈文学界〉18年6月号
第136回（平18下） 青山七恵「ひとり日和（びより）」〈文藝〉18年秋号
第137回（平19上） 諏訪哲史「アサッテの人」〈群像〉19年6月号
第138回（平19下） 川上未映子「乳と卵」〈文学界〉19年12月号
第139回（平20上） 楊逸「時が滲む朝」〈文学界〉20年6月号
第140回（平20下） 津村記久子「ポトスライムの舟」〈群像〉20年11月号
第141回（平21上） 磯﨑憲一郎「終の住処」〈新潮〉21年6月号
第142回（平21下） 該当作なし
第143回（平22上） 赤染晶子「乙女の密告」〈新潮〉22年6月号
第144回（平22下） 朝吹真理子「きことわ」〈新潮〉22年9月号
西村賢太「苦役列車」〈新潮〉22年12月号
第145回（平23上） 該当作なし
第146回（平23下） 円城塔「道化師の蝶」〈群像〉23年7月号
田中慎弥「共喰い」〈すばる〉23年10月号
第147回（平24上） 鹿島田真希「冥土めぐり」〈文藝〉24年春季号（2月）
第148回（平24下） 黒田夏子「ａｂさんご」〈早稲田文学〉5号（24年9月）
第149回（平25上） 藤野可織「爪と目」〈新潮〉25年4月号
第150回（平25下） 小山田浩子「穴」〈新潮〉25年9月号
第151回（平26上） 柴崎友香「春の庭」〈文學界〉26年6月号
第152回（平26下） 小野正嗣「九年前の祈り」〈群像〉26年9月号
第153回（平27上） 又吉直樹「火花」〈文學界〉27年2月号
羽田圭介「スクラップ・アンド・ビルド」〈文學界〉27年3月号
第154回（平27下） 本谷有希子「異類婚姻譚」〈群像〉27年11月号 滝口悠生「死んでいない者」〈文學界〉27年12月号
第155回（平28上） 村田沙耶香「コンビニ人間」〈文學界〉28年6月号
第156回（平28下） 山下澄人「しんせかい」〈新潮〉28年7月号

直木賞

故直木三十五の名を記念して、芥川賞と同時に昭和10年に制定された賞で、無名もしくは新進作家の大衆文芸作品のうち、最も優秀なものに贈られる。芥川賞とともに一流作家への登龍門として最も権威ある賞とされている。

受賞者

第1回〈昭10上〉 川口松太郎「鶴八鶴次郎・風流深川唄」〈オール読物〉9年10月号
第2回〈昭10下〉 鷲尾雨工「吉野朝太平記」春秋社
第3回〈昭11上〉 海音寺潮五郎「天正女合戦」〈オール読物〉11年4月号
第4回〈昭11下〉 木々高太郎「人生の阿呆」〈新青年〉11年1〜5月号
第5回〈昭12上〉 該当作なし
第6回〈昭12下〉 井伏鱒二「ジョン万次郎漂流記」河出書房
第7回〈昭13上〉 橘外男「ナリン殿下への回想」〈文藝春秋〉13年2月号
第8回〈昭13下〉 大池唯雄「兜首」「秋田口の兄弟」各〈新青年〉13年7月号、7月増刊号
第9回〈昭14上〉 該当作なし
第10回〈昭14下〉 該当作なし
第11回〈昭15上〉 堤千代「小指」〈オール読物〉14年12月号
河内仙介「軍事郵便」〈大衆文藝〉15年3月号
第12回〈昭15下〉 村上元三「上総風土記」〈大衆文藝〉15年9月号
第13回〈昭16上〉 木村荘十「雲南守備兵」〈新青年〉16年4月号
第14回〈昭16下〉 該当作なし
第15回〈昭17上〉 該当作なし
第16回〈昭17下〉 神崎武雄「寛容」〈オール読物〉17年11月号
田岡典夫「強情いちご」〈講談倶楽部〉17年9月号
第17回〈昭18上〉 該当作なし
第18回〈昭18下〉 森荘己池「山畠」「蛾と笹舟」各〈文藝読物〉18年12月号、7月号
第19回〈昭19上〉 岡田誠三「ニューギニヤ山岳戦」〈新青年〉19年3月号
第20回〈昭19下〉 該当作なし
第21回〈昭24上〉 富田常雄「面」「刺青」各〈小説新潮〉23年5月号、〈オール読物〉22年12月号
第22回〈昭24下〉 山田克郎「海の廃園」〈文藝読物〉24年12月号
第23回〈昭25上〉 今日出海「天皇の帽子」〈オール読物〉25年4月号 小山いと子「執行猶予」〈中央公論〉25年2月号
第24回〈昭25下〉 檀一雄「長恨歌」「真説石川五右衛門」各〈オール読物〉25年10月号、夕刊「新大阪新聞」25年10月〜26年12月
第25回〈昭26上〉 源氏鶏太「英語屋さん」〈週間朝日〉26年夏季増刊号
第26回〈昭26下〉 久生十蘭「鈴木主水」〈オール読物〉26年11

月特別号　柴田錬三郎「イエスの裔」〈三田文学〉26年12月号

第27回（昭27上）　藤原審爾「罪な女」〈オール読物〉27年5月号

第28回（昭27下）　立野信之「叛乱」〈小説公園〉27年1月～12月号

第29回（昭28上）　該当作なし

第30回（昭28下）　該当作なし

第31回（昭29上）　有馬頼義「終身未決囚」〈文学生活〉28年6月号

第32回（昭29下）　梅崎春生「ボロ家の春秋」〈新潮〉29年8月号　戸川幸夫「高安犬物語」〈大衆文藝〉29年12月号

第33回（昭30上）　該当作なし

第34回（昭30下）　新田次郎「強力伝」朋文堂　邱永漢「香港」〈大衆文藝〉38年8月～11月号

第35回（昭31上）　南条範夫「燈台鬼」〈オール読物〉31年5月　今官一「壁の花」藝術社

第36回（昭31下）　今東光「お吟さま」〈淡交〉31年1月～12月号　穂積驚「勝烏」〈大衆文藝〉31年9月～12月号

第37回（昭32上）　江崎誠致「ルソンの谷間」筑摩書房

第38回（昭32下）　該当作なし

第39回（昭33上）　山崎豊子「花のれん」〈中央公論〉33年1月号　榛葉英治「赤い雪」和同出版社

第40回（昭33下）　城山三郎「総会屋錦城」〈別冊文藝春秋〉66号（33年10月）　多岐川恭「落ちる」河出書房新社

第41回（昭34上）　渡辺喜恵子「馬淵川」〈新文明〉30年6月号　平岩弓枝「鏨師」〈大衆文藝〉34年2月号

第42回（昭34下）　司馬遼太郎「梟の城」「中外日報」33年4月～34年2月　戸板康二「団十郎切腹事件」〈宝石〉34年12月号

第43回（昭35上）　池波正太郎「錯乱」〈オール読物〉35年4月号

第44回（昭35下）　寺内大吉「はぐれ念仏」〈近代説話〉5号（35年7月号）　黒岩重吾「背徳のメス」中央公論社

第45回（昭36上）　水上勉「雁の寺」〈別冊文藝春秋〉75号（36年3月号）

第46回（昭36下）　伊藤桂一「螢の河」〈近代説話〉8号（36年10月号）

第47回（昭37上）　杉森久英「天才と狂人の間」河出書房

第48回（昭37下）　山口瞳「江分利満氏の優雅な生活」〈婦人画報〉36年10月～37年8月号　杉本苑子「孤愁の岸」講談社

第49回（昭38上）　佐藤得二「女のいくさ」二見書房

第50回（昭38下）　安藤鶴夫「巷談本牧亭」桃源社　和田芳恵「塵の中」光風社

第51回（昭39上）　該当作なし

第52回（昭39下）　永井路子「炎環」光風社　安西篤子「張少子の話」〈新誌〉4号（39年10月号）

第53回（昭40上）　藤井重夫「虹」〈作家〉40年4月号

第54回（昭40下）　新橋遊吉「八百長」〈讃岐文学〉13号　千葉治平「虜愁記」〈秋田文学〉23～27号

第55回(昭41上)　立原正秋「白い罌粟」〈別冊文藝春秋〉94号（40年12月号）
第56回(昭41下)　五木寛之「蒼ざめた馬を見よ」〈別冊文藝春秋〉98号(42年1月号)
第57回(昭42上)　生島治郎「追いつめる」光文社
第58回(昭42下)　三好徹「聖少女」〈別冊文藝春秋〉101号〈42年9月号〉　野坂昭如「火垂るの墓」「アメリカひじき」各〈オール讀物〉42年10月号
第59回(昭43上)　該当作なし
第60回(昭43下)　早乙女貢「僑人の檻」講談社　陳舜臣「青玉獅子香炉」〈別冊文藝春秋〉105号（43年9月号）
第61回(昭44上)　佐藤愛子「戦いすんで日が暮れて」講談社
第62回(昭44下)　該当作なし
第63回(昭45上)　結城昌治「軍旗はためく下に」〈中央公論〉44年11月〜45年4月号　渡辺淳一「光と影」〈別冊文藝春秋〉111号(45年3月号)
第64回(昭45下)　豊田穣「長良川」作家社
第65回(昭46上)　該当作なし
第66回(昭46下)　該当作なし
第67回(昭47上)　井上ひさし「手鎖心中」〈別冊文藝春秋〉119号(47年3月号)　綱淵謙錠「斬(ざん)」〈新評〉46年2月〜47年2月号
第68回(昭47下)　該当作なし
第69回(昭48上)　長部日出雄「津軽世去れ節」「津軽じょんがら節」（共に津軽書房刊「津軽世去れ節」より）　藤沢周平「暗殺の年輪」〈オール讀物〉48年3月号
第70回(昭48下)　該当作なし
第71回(昭49上)　藤本義一「鬼の詩」〈別冊小説現代〉陽春号(49年4月号)
第72回(昭49下)　半村良「雨やどり」〈オール讀物〉49年11月号　井出孫六「アトラス伝説」〈現代の眼〉45年7〜9月号
第73回(昭50上)　該当作なし
第74回(昭50下)　佐木隆三「復讐するは我にあり」講談社
第75回(昭51上)　該当作なし
第76回(昭51下)　三好京三「子育てごっこ」文藝春秋
第77回(昭52上)　該当作なし
第78回(昭52下)　該当作なし
第79回(昭53上)　色川武大「離婚」〈別冊文藝春秋〉143号　津本陽「深重の海」〈VIKING〉292〜328号
第80回(昭53下)　宮尾登美子「一絃の琴」講談社　有明夏夫「大浪花諸人往来」角川書店
第81回(昭54上)　田中小実昌「浪曲師朝日丸の話」「ミミのこと」（共に泰流社刊・作品集「香具師の旅」より）　阿刀田高「ナポレオン狂」講談社
第82回(昭54下)　該当作なし
第83回(昭55上)　志茂田景樹「黄色い牙」講談社　向田邦子「花の名前」「かわうそ」「犬小屋」〈小説新潮〉4〜6月号
第84回(昭55下)　中村正軌「元首の謀叛」文藝春秋
第85回(昭56上)　青島幸男「人間万事塞翁が馬」新潮社
第86回(昭56下)　つかこうへい「蒲田行進曲」角川書店　光

岡明「機雷」講談社

第87回（昭57上） 深田祐介「炎熱商人」文藝春秋 村松友視「時代屋の女房」〈野性時代〉57年6月号

第88回（昭57下） 該当作なし

第89回（昭58上） 胡桃沢耕史「黒パン俘虜記」文藝春秋

第90回（昭58下） 神吉拓郎「私生活」文藝春秋 高橋治「秘伝」〈小説現代〉58年11月号

第91回（昭59上） 連城三紀彦「恋文」新潮社 難波利三「てんのじ村」実業之日本社

第92回（昭59下） 該当作なし

第93回（昭60上） 山口洋子「演歌の虫」「老梅」（共に文藝春秋刊「演歌の虫」より）

第94回（昭60下） 森田誠吾「魚河岸ものがたり」新潮社 林真理子「最終便に間に合えば」「京都まで」（共に文藝春秋刊「最終便に間に合えば」より）

第95回（昭61上） 皆川博子「恋紅」新潮社

第96回（昭61下） 逢坂剛「カディスの赤い星」講談社 常盤新平「遠いアメリカ」講談社

第97回（昭62上） 白石一郎「海狼伝」文藝春秋 山田詠美「ソウル・ミュージック・ラバーズ・オンリー」角川書店

第98回（昭62下） 阿部牧郎「それぞれの終楽章」講談社

第99回（昭63上） 景山民夫「遠い国から来たCOO」角川書店 西木正明「凍れる瞳」「端島の女」（共に文藝春秋刊「凍れる瞳」より）

第100回（昭63下） 藤堂志津子「熟れていく夏」文藝春秋 杉本章子「東京新大橋雨中図」新人物往来社

第101回（平元上） 笹倉明「遠い国からの殺人者」文藝春秋 ねじめ正一「高円寺純情商店街」新潮社

第102回（平元下） 星川清司「小伝抄」〈オール読物〉元年10月号 原尞「私が殺した少女」早川書房

第103回（平2上） 泡坂妻夫「蔭桔梗」新潮社

第104回（平2下） 古川薫「漂泊者のアリア」文藝春秋

第105回（平3上） 宮城谷昌光「夏姫春秋」海越出版社 芦原すなお「青春デンデケデケデケ」河出書房新社

第106回（平3下） 高橋義夫「狼奉行」〈オール読物〉3年12月号 高橋克彦「緋い記憶」文藝春秋

第107回（平4上） 伊集院静「受け月」文藝春秋

第108回（平4下） 出久根達郎「佃島ふたり書房」講談社

第109回（平5上） 高村薫「マークスの山」早川書房 北原亞以子「恋忘れ草」文藝春秋

第110回（平5下） 大沢在昌「新宿鮫 無間人形」読売新聞社 佐藤雅美「恵比寿屋喜兵衛手控え」講談社

第111回（平6上） 海老沢泰久「帰郷」文藝春秋 中村彰彦「二つの山河」〈別冊文藝春秋〉207号（6年4月号）

第112回（平6下） 該当作なし

第113回（平7上） 赤瀬川隼「白球残映」文藝春秋

第114回（平7下） 小池真理子「恋」早川書房 藤原伊織「テロリストのパラソル」講談社

第115回（平8上） 乃南アサ「凍える牙」新潮社

第116回（平8下） 坂東眞砂子「山妣」新潮社

第117回（平9上）　篠田節子「女たちのジハード」集英社　浅田次郎「鉄道員（ぽっぽや）」集英社
第118回（平9下）　該当作なし
第119回（平10上）　車谷長吉「赤目四十八瀧心中未遂」文藝春秋
第120回（平10下）　宮部みゆき「理由」朝日新聞社
第121回（平11上）　佐藤賢一「王妃の離婚」集英社　桐野夏生「柔らかな頬」講談社
第122回（平11下）　なかにし礼「長崎ぶらぶら節」文藝春秋
第123回（平12上）　船戸与一「虹の谷の五月」集英社　金城一紀「GO」講談社
第124回（平12下）　重松清「ビタミンF」新潮社　山本文緒「プラナリア」文藝春秋
第125回（平13上）　藤田宜永「愛の領分」文藝春秋
第126回（平13下）　唯川恵「肩ごしの恋人」マガジンハウス　山本一力「あかね空」文藝春秋
第127回（平14上）　乙川優三郎「生きる」文藝春秋
第128回（平14下）　該当作なし
第129回（平15上）　石田衣良「4TEEN（フォーティーン）」新潮社　村山由佳「星々の舟」文藝春秋
第130回（平15下）　江國香織「号泣する準備はできていた」新潮社　京極夏彦「後巷説百物語」角川書店
第131回（平16上）　奥田英朗「空中ブランコ」文藝春秋　熊谷達也「邂逅の森」文藝春秋
第132回（平16下）　角田光代「対岸の彼女」文藝春秋
第133回（平17上）　朱川湊人「花まんま」文藝春秋
第134回（平17下）　東野圭吾「容疑者Xの献身」文藝春秋
第135回（平18上）　森絵都「風に舞いあがるビニールシート」文藝春秋　三浦しをん「まほろ駅前多田便利軒」文藝春秋
第136回（平18下）　該当作なし
第137回（平19上）　松井今朝子「吉原手引草」幻冬舎
第138回（平19下）　桜庭一樹「私の男」文藝春秋
第139回（平20上）　井上荒野「切羽（きりは）へ」新潮社
第140回（平20下）　天童荒太「悼む人」文藝春秋　山本兼一「利休にたずねよ」PHP研究所
第141回（平21上）　北村薫「鷺と雪」文藝春秋
第142回（平21下）　佐々木譲「廃墟に乞う」文藝春秋　白石一文「ほかならぬ人へ」祥伝社
第143回（平22上）　中島京子「小さいおうち」文藝春秋
第144回（平22下）　道尾秀介「月と蟹」文藝春秋　木内昇「漂砂のうたう」集英社
第145回（平23上）　池井戸潤「下町ロケット」小学館
第146回（平23下）　葉室麟「蜩ノ記（ひぐらしのき）」祥伝社
第147回（平24上）　辻村深月「鍵のない夢を見る」文藝春秋　24年5月
第148回（平24下）　安部龍太郎「等伯」上・下　日本経済新聞社　24年9月　浅井リョウ「何者」新潮社　24年11月
第149回（平25上）　桜木紫乃「ホテルローヤル」集英社　25年1月
第150回（平25下）　朝井まかて「恋歌」講談社　25年8月　姫

野カオルコ「昭和の犬」幻冬舎　25年9月
第151回（平26上）黒川博行「破門」KADOKAWA　26年1月
第152回（平26下）西加奈子「サラバ！」上・下　小学館　26年11月
第153回（平27上）東山彰良「流」講談社　27年5月
第154回（平27下）青山文平「妻をめとらば」文藝春秋　27年7月
第155回（平28上）荻原浩「海の見える理髪店」集英社　28年3月
第156回（平28下）恩田陸「蜜蜂と遠雷」幻冬舎　28年9月

編者紹介

石崎　等（元立教大学）
石割　透（元駒沢大学）
大屋幸世
木谷喜美枝（和洋女子大学）
鳥羽耕史（早稲田大学）
中島国彦（元早稲田大学）

日本近代文学年表

発　行　2017年2月25日　初版1刷
　　　　2020年2月25日　　　2刷

編　者　石崎　等
　　　　石割　透
　　　　大屋幸世
　　　　木谷喜美枝
　　　　鳥羽耕史
　　　　中島国彦

発行者　加曽利達孝

発行所　鼎　書　房
〒132-0031　東京都江戸川区松島2-17-2
TEL・FAX　03-3654-1064
URL　http://www.kanae-shobo.com

印刷所　イイジマ・TOP　　製本所　エイワ

ISBN978-4-907282-30-1　C0091